SUSAN WIGGS
Por orden del rey

Editado por Harlequin Ibérica.
Una división de HarperCollins Ibérica, S.A.
Núñez de Balboa, 56
28001 Madrid

© 2009 Susan Wiggs. Todos los derechos reservados.
POR ORDEN DEL REY, N° 90 - 1.11.09
Título original: At the King's Command
Publicada originalmente por Mira Books, Ontario, Canadá.
Traducido por Sonia Figueroa Martínez

Todos los derechos están reservados incluidos los de reproducción, total o parcial. Esta edición ha sido publicada con permiso de Harlequin Enterprises II BV.
Todos los personajes de este libro son ficticios. Cualquier parecido con alguna persona, viva o muerta, es pura coincidencia.
™ TOP NOVEL es marca registrada por Harlequin Enterprises Ltd.

® y ™ son marcas registradas por Harlequin Enterprises Limited y sus filiales, utilizadas con licencia. Las marcas que lleven ® están registradas en la Oficina Espanola de Patentes y Marcas y en otros países.

I.S.B.N.: 978-84-671-7551-6

Este libro está dedicado a Joyce Bell... amiga, escritora, voz de la razón, oído al otro lado del teléfono, y hada madrina en general

AGRADECIMIENTOS

Quiero darles las gracias a Joyce Bell, Betty Gyenes y Barbara Dawson Smith, que fueron muy pacientes al leer el libro en multitud de ocasiones conforme fui escribiéndolo.

La gloria es como un círculo en el agua
que no deja de agrandarse,
hasta que a fuerza de extenderse
acaba dispersándose en nada.

William Shakespeare

PRÓLOGO

Diciembre de 1533

Juliana estaba convencida de que la cíngara ocultaba algo. El establo estaba medio en penumbra, ya que sólo contaba con la luz tenue de la mecha que ardía en un cuerno lleno de aceite, pero alcanzaba a ver la mirada esquiva de Zara y el nerviosismo con el que escondía sus manos voluminosas entre los pliegues de su ajada falda.

—Venga, Zara, me prometiste que me leerías mi futuro.

Zara se llevó la mano al cuello, y empezó a juguetear con el collar de monedas que llevaba puesto.

—Ya es tarde, deberías regresar a la casa. Si tu madre se enterara de que te has escabullido para tratar con cíngaros, te daría una paliza y nos echaría a la calle para que nos heláramos en la nieve.

Juliana trazó con los dedos los granates que abotonaban su abrigo, y comentó:

—No se enterará, nunca viene al cuarto de los niños de noche; además, no tendría que seguir durmiendo con mis hermanos, soy demasiado mayor para las bromitas tontas de Misha y los miedos nocturnos de Boris.

Zara posó una mano en su mejilla con una ternura que Juliana jamás había recibido de su madre. Era una mano grande, pesada, y olía ligeramente a grasa de oveja.

—No eres tan mayor, tienes catorce años.

Juliana la miró a través del aire polvoriento del establo, que estaba empañado por el aliento de los caballos. El olor dulzón y penetrante del heno y de los animales la envolvía, y aislaba el pequeño recinto del frío del exterior.

—Tengo edad suficiente para estar prometida —apoyó las manos en las rodillas, que estaban cubiertas por el abrigo de marta cibelina—. ¿Por eso no quieres leerme la buenaventura? Alexei Shuisky... ¿es un hombre del que podría llegar a enamorarme?

Alexei era un desconocido de cabello oscuro y piel clara que había llegado el día anterior para concretar con el padre de Juliana los detalles del compromiso matrimonial. Ella sólo había coincidido con él en una ocasión, porque la casa era muy grande y, al igual que todos los demás, parecía creer que aún era una cría que debía quedarse en el cuarto de los niños.

—¿Me pegará cuando estemos casados?, ¿se casará con otra mujer y me mandará a un convento? Eso fue lo que hizo el Gran Príncipe Basilio, a lo mejor es lo que está de moda.

Zara esbozó una sonrisa, pero sus ojos oscuros reflejaban inquietud. Tenía la boca mellada, ya que había sacrificado un diente por cada hijo que había dado a luz. Había tenido siete, y en ese momento estaban durmiendo en uno de los cubículos sobre el heno y varias mantas. Su esposo, Chavula, y su tío Laszlo habían salido a comprobar las trampas para conejos que habían colocado.

Juliana se sentía reconfortada, protegida. Era poco habitual que un grupo de cíngaros viajara tan hacia el norte, pero en invierno siempre se dirigían hacia allí. La ciudad de Nóvgorod estaba situada en una zona boscosa al noroeste de Moscú, y Gregor Romanov, el padre de Juliana, dejaba que la pequeña tribu se cobijara en su extensa finca durante aquellos fríos meses.

Era un privilegio que no se había otorgado a la ligera. Cuando tenía tres años, Juliana se había perdido en el denso bosque, y su padre había organizado una búsqueda frenética. Las esperanzas habían ido menguando conforme había ido oscureciendo, pero entonces había aparecido un desconocido que, a juzgar por sus pantalones de colores alegres y su blusa recargada, procedía de los Cárpatos. El hombre se había agenciado tres de los galgos de la perrera de Gregor, y después de buscarla incansable, había acabado encontrándola llorosa y acurrucada junto a un riachuelo helado.

Juliana recordaba muy poco de aquel incidente, pero jamás olvidaría los ladridos frenéticos de los perros, el rostro maravillosamente fiero de Laszlo, ni la fuerza de aquellos brazos que la habían levantado del suelo y la habían llevado a casa.

Desde aquel día, se había sentido atraída por aquella gente misteriosa y nómada. Tenía sangre real en las venas y la habían preparado desde la cuna para llegar a ser la esposa de algún poderoso boyardo, así que no tendría que prestar la más mínima atención a los cíngaros, y mucho menos relacionarse con ellos; sin embargo, el hecho de que le estuviera prohibido sólo incrementaba el entusiasmo que sentía por aquellos encuentros secretos.

—Vamos, Zara, dímelo. ¿Has tenido alguna visión sobre Alexei?

—Ya sabes que mis visiones no son ni tan claras ni tan obvias.

—Entonces, ¿qué has visto? —arrancó uno de los botones de plata de la capucha, y le dijo con impaciencia—: Ten, debe de valer cien kopeks por lo menos —al ver que Zara agarraba el botón, sonrió y le dijo con picardía—: Vaya, ¿ahora ya puedes ver con más claridad?

—Los *gaje* sois unos inocentones —le dijo Zara con afecto, mientras se metía el botón en el corpiño.

Juliana se echó a reír; para ella, aquel botón tenía tanto valor como una astilla. Aceptaba la fortuna de su familia con tanta naturalidad como las largas ausencias de su padre, que solía marcharse a menudo para cumplir los mandatos de Basilio III, el gran príncipe de la vecina ciudad-estado de Moscú.

Se puso seria al recordar que Basilio había muerto varias semanas atrás. Su hijo Iván, que sólo tenía tres años, había heredado el trono, y el consejo de boyardos estaba inmerso en un sinfín de virulentas disputas.

En los últimos tiempos, su padre se pasaba el día encerrado en su despacho, escribiendo frenéticas misivas dirigidas a aliados de otras ciudades. Estaba preocupado por los nobles sin escrúpulos que habían empezado a reclamar el derecho a gobernar tras la muerte del príncipe.

Se obligó a dejar de pensar en la mirada de preocupación que había visto en los ojos de su padre, en su expresión tensa, y alargó la mano con la palma hacia arriba.

—No me ocultes nada. Puede que lo de «una vida larga y llena de felicidad» satisfaga a los *gaje* supersticiosos, pero yo quiero la verdad.

Zara le agarró la mano con reticencia, y la volvió hacia la luz parpadeante del candil.

—A veces, es mejor no saber ciertas cosas.

—No tengo miedo.

Los ojos de Zara se encontraron con los de Juliana, negro contra verde esmeralda.

—Es bueno no tener miedo, Juliana —trazó con una uña sucia una línea sinuosa y continua que se extendía por la palma de la joven, y entonces fijó la mirada en el enorme broche que Juliana llevaba prendido en el hombro.

La débil llama del candil encendía y daba vida al rubí, que parecía insondable engarzado en una base cruciforme de oro y perlas.

Los ojos de Zara se empañaron, y la mejilla en la que tenía una marca fascinante en forma de estrella pareció hundirse un poco. A pesar de que no se movió, dio la impresión de que se alejaba y se internaba en un reino secreto de intuición e imaginación.

—Veo a tres mujeres fuertes, tres vidas entrelazadas —lo dijo con voz pausada, y su acento romaní se acentuó aún más.

Juliana frunció el ceño. ¿Tres mujeres? Era la única hija de su padre, pero tenía incontables primas Romanov en Moscú.

—Sus destinos están lanzados como semillas a los cuatro vientos —añadió Zara, sin apartar la mirada de la joya, mientras sus dedos recorrían la palma de Juliana. Al rozar una delicada línea curva, dijo—: La primera viajará lejos —su dedo siguió avanzando hasta encontrar una línea quebrada—. La segunda apagará las llamas del odio —su dedo retrocedió, y encontró el punto donde convergían las tres líneas principales—. La tercera curará viejas heridas.

Juliana sintió que un escalofrío le recorría la espalda, y tuvo que aguantar las ganas de apartar la mano. En el exterior, el viento soplaba entre los árboles, y su voz sonaba quejumbrosa en un mundo de hielo y oscuridad.

—¿Cómo es posible que veas los destinos de otras dos mujeres en la palma de mi mano?

—Shhh... —Zara le agarró la mano con más firmeza, cerró los ojos, y empezó a balancearse como al ritmo de una melodía que sólo podía oír ella—. El destino cae como una piedra en aguas mansas. Los círculos se expanden y alcanzan otras vidas, cruzan límites invisibles.

En la distancia, los perros sumaron sus voces al aullido del viento. Zara se estremeció, y añadió:

—Veo sangre y fuego, pérdida y reencuentro, y un amor tan enorme, que no puede ser destruido ni por el tiempo ni por la muerte.

Aquellas palabras parecieron quedar suspendidas como motas de polvo en el aire, y Juliana permaneció inmóvil en la penumbra. Era consciente de que Zara era una embaucadora que tenía tantos poderes de adivinación como el poni preferido de su hermano, pero algo en su interior se movió y se encendió, como unas brasas avivadas por el hálito del viento. De forma instintiva supo que en las palabras de Zara había una magia real, y a pesar de que no eran más que profecías vagas, le quedaron grabadas en el corazón.

«Un amor tan enorme...» ¿era eso lo que iba a tener con

Alexei? Sólo le había visto una vez. Era atractivo, joven, ambicioso, y parecía bastante afable, pero no sabía si podría llegar a enamorarse de él.

Las preguntas se le agolparon en la garganta, pero antes de que pudiera articular palabra, oyó que un búho ululaba con suavidad desde las tablas del techo.

—¡*Bengui!* —Zara le soltó la mano, y sus ojos reflejaron un miedo descarnado.

—¿Qué pasa? Zara, ¿qué estás ocultándome?

La cíngara formó con los dedos un símbolo para mantener alejado al demonio, y dijo con voz temblorosa:

—El búho canta a Bengui... al demonio. Es un presagio claro de...

—¿De qué? —Juliana oyó el sonido de caballos galopando en la distancia... aunque más que oírlos, sintió el golpeteo rítmico de los cascos en la boca del estómago—. No es más que un búho, Zara. ¿Qué crees que presagia?

—Muerte —Zara se levantó de inmediato, y fue corriendo al cubículo donde dormían sus hijos.

Juliana se estremeció, y le dijo:

—Eso es rid...

La puerta del establo se abrió de golpe y Laszlo entró junto a la ventisca de nieve, iluminado desde atrás por la gélida luz de la luna. Tras él entró Chavula, el marido de Zara. Los dos parecían aterrados.

Chavula empezó a hablar a toda velocidad en romaní, pero empalideció al ver a Juliana y dijo en ruso:

—¡Dios...! ¡No dejes que lo vea!

—¿Qué pasa, Chavula? —le preguntó la joven. Su aprensión iba en aumento, y echó a andar a toda prisa hacia la puerta.

Él le cerró el paso, y le dijo con firmeza:

—No salgas.

Juliana sintió que una oleada de furia se sumaba al miedo que sentía, y le dijo:

—No tienes derecho a darme órdenes. Apártate.

Al ver que él vacilaba, aprovechó para salir del establo.

Su abrigo empezó a ondear bajo la fuerza de la ventisca, los copos de nieve le azotaron el rostro, y tuvo que entornar los ojos cuando miró hacia su casa a través de la tormenta.

Empezó a gritar al ver el sobrecogedor resplandor rojizo que iluminaba la mansión... se había declarado un incendio. Su familia y los criados corrían peligro, y sus adorados perros estaban atrapados en las perreras adyacentes a la cocina.

Al oír que Laszlo le gritaba algo a Chavula, se alzó un poco la falda y echó a correr hacia la casa. Notó que Laszlo la agarraba de la manga, pero se zafó de él de un tirón.

Corrió como si tuviera pies alados, avanzó por encima de la nieve sin hundirse mientras veía las llamas que salían de las ventanas y oía los ladridos de un perro y el relincho de algún caballo.

Pero todos los caballos estaban en el establo... la idea se deslizó por su mente abotargada por el pánico, y desapareció como agua a través de un sumidero.

Mientras cruzaba el amplio terreno salpicado de cenadores y arbustos cubiertos de nieve, oyó una respiración jadeante a su espalda.

—Juliana, por favor, detente. Te lo suplico.

—¡No, Laszlo! —le gritó por encima del hombro—, mi familia... —papá, mamá, los niños y su niñera, Alexei... su ansiedad se acrecentó, y aceleró aún más el paso.

Laszlo la agarró por la capucha del abrigo y tiró de ella. Juliana soltó una exclamación ahogada al caer al suelo bajo una morera, y quedó medio enterrada por el aluvión de nieve que cayó de la planta.

Abrió la boca para gritar, pero Laszlo se la cubrió con una mano enfundada en un guante maloliente de cuero, y sólo alcanzó a soltar un pequeño resoplido lleno de furia.

Él la apresó contra el suelo con su propio cuerpo, y le susurró al oído:

—Lo siento, pequeña *gaja*, pero tenía que detenerte. No sabes lo que está pasando.

Ella le apartó la mano de un tirón, y le dijo:

—Tengo que ir a ver... —enmudeció al oír una serie de estallidos.

—¡Disparos! —Laszlo la arrastró hasta que quedaron más ocultos bajo la morera cubierta de nieve, y apartó las ramas bajas con manos temblorosas para poder ver la fachada de la casa.

Juliana se quedó sin palabras, y permaneció inmóvil como una estatua dorada. El viento invernal había avivado las llamas, que parecían lenguas gigantescas que rugían desde las ventanas y proyectaban en el suelo sombras rojas como la sangre.

Un grupo de jinetes se detuvo delante de la casa. Sus caballos se movían inquietos, sus hocicos dilatados desprendían vaho y la nieve salía disparada bajo sus pezuñas.

A los pies de la escalinata de piedra yacía una figura oscura.

—¡Gregor!

Era la voz de su madre, que reflejaba una agonía que Juliana no había oído en su vida. Natalya Romanov se lanzó sobre la figura inmóvil que permanecía tirada en el suelo, y mientras gritaba y sollozaba llena de angustia, un hombre de hombros anchos ataviado con un sombrero de piel y botas negras se le acercó. Su espada curva relampagueó bajo la luz de las llamas, y los gritos de Natalya Romanov enmudecieron de golpe.

—¡Mamá! —Juliana intentó salir de debajo del arbusto, pero Laszlo siguió sujetándola.

—Quédate quieta, no puedes hacer nada —le dijo él al oído.

Nada, nada más que ver cómo masacraban a su familia. Al ver a Alexei, sintió un atisbo de esperanza y creyó que quizás él pudiera salvar a sus hermanos, pero su prometido desapareció con la misma rapidez con la que había aparecido, rodeado por atacantes y llamas descontroladas.

Para Juliana fue una tortura permanecer allí, impotente, como sumida en una pesadilla horrible. Los asesinos habían atacado con una rapidez fulminante, y no se trataba de bandidos, sino de soldados que sin duda estaban a las órdenes de alguno de los numerosos rivales de su padre. Quizá se trataba de Fyodor Glinsky, que vivía al otro lado del río y la semana anterior había tildado a su padre de traidor.

—Tápate los ojos, pequeña —le pidió Laszlo.

Juliana sofocó con sus manos heladas los sollozos que la sacudían, pero se negó a apartar la mirada. Ya era demasiado tarde para salvar a sus seres queridos, porque los soldados actuaron con premura. Sus sombras se extendían como demonios sobre la nieve coloreada por el brillo de las llamas. En segundos vio cómo le cortaban el cuello a Mikhail, vio al pequeño Boris volar hacia atrás cuando un hombre le disparó desde corta distancia. Sacaron a los criados como si fueran reses y los acuchillaron. Los perros habían escapado de su recinto, y murieron también al intentar atacar a los invasores.

El mundo resplandeciente de Juliana, que hasta entonces había sido opulento y prometedor, se derrumbó como un castillo de naipes.

Abrió la boca en un grito silencioso, y cerró los dedos en un gesto convulsivo alrededor de su broche cruciforme. Se lo había regalado su padre y contenía oculta una pequeña daga, pero el arma era inútil contra las espadas, los sables y los rifles de los soldados.

El crepitar de las llamas quebraba el silencio de la noche. Al oír el ladrido de un perro, entornó los ojos y vio a dos hombres luchando. Al darse cuenta de que uno de ellos era Alexei, cerró los ojos y rezó por él.

Al oír otro ladrido, abrió los ojos a tiempo de ver que uno de los perros emergía de entre las sombras y mordía una pierna cubierta por una bota.

—¡Maldito seas! —masculló una voz ahogada.

Cuando el hombre cayó al suelo, Juliana alcanzó a ver la silueta de la mejilla y una espesa barba. Sintió una punzada de familiaridad, pero la sensación se desvaneció en medio del horror dantesco de sangre y llamas.

El hombre atacó al perro con su espada. Alcanzó a darle en el lomo, y el animal se alejó aullando hasta perderse en la noche.

En medio de la conmoción, como a través de una neblina, Juliana alcanzó a oír las voces de los soldados.

—¿... encontrado a la chica?

—Aún no.

—Maldita sea, busca mejor. No podemos dejar vivo a ningún hijo de Gregor Romanov.

—Estoy aquí —intentó gritar, pero su voz fue un susurro ronco—. Sí, estoy aquí... ¡venid a por mí!

—¡Insensata! —Laszlo volvió a taparle la boca con la mano—. ¿De qué te serviría que estos boyardos te mataran a ti también?

Juliana lo entendió todo de golpe. Boyardos... nobles celosos y sedientos de poder. Habían asesinado a su padre, a su familia, a su prometido.

Recordó las discusiones en voz baja de sus padres. A pesar de las objeciones llenas de miedo de su madre, su padre había ayudado al gran príncipe a redactar en su lecho de muerte un nuevo testamento en el que recortaba de forma drástica el poder de los boyardos; al parecer, los temores de su madre estaban más que fundados, ya que acababa de demostrarse que los nobles estaban dispuestos a asesinar a niños y a mujeres con tal de hacerse con el control del reino.

—¡Buscad fuera de la casa! —ordenó uno de los soldados.

Juliana miró a Laszlo con ojos llenos de angustia, y le suplicó en voz baja:

—Ayúdame.

—Tenemos que darnos prisa —la sacó de debajo del arbusto, y la agarró de la mano—. Agáchate un poco, y camina entre las sombras.

Mientras avanzaban, Juliana sintió que le cosquilleaba el cuello. Tenía la impresión de que de un momento a otro sentiría la mordedura de una espada afilada.

Al llegar al establo, entraron con sigilo. La luz de la luna entraba por las ranuras que quedaban entre las tablas. Zara y Chavula se habían ido con sus hijos, pero en el ambiente aún se notaba ligeramente el olor del aceite del candil.

Los dos caballos más veloces de Gregor estaban atados a un poste fuera de sus cubículos. Los habían ensillado, y esperaban con la cabeza gacha y resoplando suavemente. Eran dos animales criados para la velocidad y el aguante en las extensas estepas.

—Vamos, monta —Laszlo entrelazó las manos, y ella las usó a modo de escalón.

Juliana miró hacia la puerta abierta al oír una explosión, y vio que parte del tejado del palacio se había desplomado. Una nube de chispas se alzó hacia el cielo, y las llamas avivadas perfilaron la silueta de tres figuras que corrían hacia el establo.

—Iremos a través de los pastos —le dijo Laszlo, mientras abría la puerta trasera.

Juliana se inclinó hacia el cuello de su montura, y chasqueó las riendas. Estaba aturdida, su mente era incapaz de procesar la agonía que sentía.

Los dos jinetes se internaron en la oscuridad invernal, y se dirigieron hacia el río Volkhov. Bordearon las murallas del kremlin de Nóvgorod, y las torres iluminadas por la luz de las antorchas quedaron atrás en un relampagueo.

El adormilado vigilante del puente de madera de Veliky se sobresaltó al oír el estruendo de los cascos de los caballos, pero para cuando estuvo lo bastante despejado como para pensar en exigir que le pagaran, Juliana y Laszlo ya habían cruzado.

Galoparon a través del pequeño barrio de comerciantes de la ciudad. Varios perros se pusieron a ladrar y alguien gritó, pero siguieron a toda velocidad y sólo aminoraron la marcha cuando llegaron a un camino cubierto de nieve y flanqueado a ambos lados por el bosque.

—Nos sigue alguien —dijo Laszlo.

Juliana miró por encima del hombro, y vio una sombra

que se acercaba. Cuando Laszlo se sacó una daga de la manga, exclamó:

—¡No! —desmontó del caballo en un revuelo de faldas y abrigo, y le dijo—: Es Pavlo.

En cuestión de segundos, tuvo al corpulento borzoi en sus brazos. Era su perro preferido, sólo tenía un año y siempre había estado a su cargo. No le sorprendió que los hubiera alcanzado, porque los borzoi se criaban para correr a toda velocidad, incansables, durante millas, para agotar a un lobo y que los cazadores pudieran atraparlo.

—Pavlo... —hundió el rostro en el pelaje del cuello del animal, y notó el olor a sangre—. Está herido, Laszlo —recordó una imagen de la pesadilla... un perro atacando, la hoja de una espada, una maldición ahogada seguida del gemido de un animal.

Laszlo estaba agachado en el camino, examinando algo.

—Ha dejado un reguero de sangre, *gaja*. Lo siento, pero tenemos que dejarlo aquí.

Juliana le apartó de golpe la daga, y le dijo:

—Ni te atrevas —se sorprendió al oír la dureza de su propia voz. Era la voz de una desconocida, de una mujer que había dejado la niñez atrás al ver el infierno—. Por el amor de Dios, Laszlo, es lo único que me queda.

Después de mascullar algo en romaní, el cíngaro vendó el lomo del animal con un jirón de tela, y poco después retomaron la marcha.

Laszlo impuso un paso constante, y cuando la luz plateada del amanecer empezó a asomar en el horizonte nevado, Juliana hizo la pregunta obvia:

—¿Adónde vamos?

Tras vacilar por un instante, él miró hacia el oeste y le dijo:

—A un sitio del que he oído hablar en las canciones de mi gente, un lugar llamado Inglaterra.

Inglaterra. Era una noción vaga en la mente de Juliana, unas cuantas palabras en las páginas de un libro que había leído, una tierra neblinosa y oscura plagada de bárbaros. Su tutor, un verdadero erudito, le había enseñado el idioma para que pudiera leer por sí misma poemas de aventuras y de virtud triunfal.

—¿Por qué quieres ir tan lejos? Tendría que ir a Moscú, para contarles a los padres de Alexei lo que le ha pasado a su hijo.

—No, es demasiado peligroso —la voz de Laszlo era dura, y su rostro estaba oculto entre sombras—. Los asesinos pueden ser vecinos, gente en la que confías.

Juliana se estremeció al pensar en Fyodor Glinsky, y en todos los rivales de su padre.

—Pero... Inglaterra...

—Si nos quedamos aquí, te perseguirán hasta matarte. Tú misma los oíste, pequeña. No me atrevo a ir a Moscú, es demasiado arriesgado.

Juliana estaba exhausta. Cerró los ojos y respiró hondo, pero tras la oscuridad de sus párpados cerrados volvió a verlo todo de nuevo... muerte, sangre y fuego, teñidos del rojo de una violencia salvaje.

Se obligó a abrir los ojos, y vio una hoja en el camino medio cubierta de nieve y bañada por la luz débil del sol naciente.

Fue entonces cuando recordó la profecía. Zara la había susurrado la noche anterior, pero daba la impresión de que había pasado una eternidad.

«La primera viajará lejos».

CAPÍTULO 1

Palacio de Richmond, Inglaterra
1538

Stephen de Lacey, barón de Wimberleigh, entró en los aposentos reales y encontró a su prometida en la cama del rey.

Con una expresión tan fría e inmutable como un retrato de Holbein, contempló a la belleza galesa medio oculta bajo la colcha de seda, y sintió una oleada de resentimiento casi irrefrenable. Apretó los puños con fuerza mientras luchaba por mantener el control, y miró con una inexpresividad deliberada al rey Enrique VIII.

—Majestad —se inclinó en una rígida reverencia, y notó el olor a lavanda y bergamota que emanaba de las bolsitas que había colgadas de los postes de la cama.

Para cuando se enderezó de nuevo, los lacayos ya estaban entrando en la habitación para vestir al soberano.

—Ah, Wimberleigh —el rey alargó los brazos, y un lacayo se apresuró a acercarse para ponerle un manto de seda.

Enrique esbozó una sonrisa, y en aquel gesto se vislumbró su antiguo encanto, las hazañas de un joven y prometedor príncipe. De niño, Stephen le había idolatrado como si se tratara de un segundo Arturo; sin embargo, el legendario

Arturo había muerto joven, en plena gloria, mientras que Enrique había cometido el error de seguir viviendo hasta llegar a una madurez corrupta y mediocre.

—Venid, acercaos —Enrique sacó de la cama sus piernas regordetas, y metió los pies en las zapatillas de brocado que le sujetaba un lacayo arrodillado—. Podéis acercaros a la cama real, venid a ver lo que he encontrado para vos.

Mientras se acercaba a la cama, Stephen notó la ávida curiosidad de los ayudantes del rey. La habitación había ido llenándose de nobles, que llegaban dispuestos a supervisar las funciones fisiológicas más privadas del soberano... y a influenciar la política del reino.

Sir Lambert Wilmeth, el Lacayo del Sillico, se tomaba las defecaciones de Su Majestad tan en serio como las disputas relacionadas con la frontera escocesa, y para lord Harold Bloodsmor, el Lacayo del Ropero, la colección de zapatos del soberano era tan importante como las joyas de la corona; sin embargo, en aquel momento la atención de todos aquellos caballeros se centró en Stephen de Lacey.

La muchacha sonrió con timidez, e incluso se las ingenió para ruborizarse un poco. Se estiró con una elegancia felina, y uno de sus hombros desnudos asomó por debajo de las mantas. Como la mayoría de las amantes del rey, se enorgullecía de compartir el lecho del soberano.

Después de tantas traiciones, Stephen tendría que haber sabido que no podía confiar en el rey, que le había mandado llamar para someterlo a alguna crueldad.

—Hoy me sentía juguetón —Enrique esbozó una sonrisa traviesa que revelaba un sutil rencor. Fue cojeando un poco hasta el sillico, y mientras hacía sus necesidades, dijo por encima del hombro:

—Decidí ejercer de nuevo el derecho de pernada. Es una costumbre bastante anticuada, pero tiene sus méritos y merece resurgir de vez en cuando. Saludad a vuestra lady Gwenyth, y después procederemos a...

—Mi señor —Stephen hizo caso omiso de las exclamaciones ahogadas de los nobles presentes.

Nadie interrumpía al rey. Durante sus treinta años de reinado, Enrique VIII había mandado ajusticiar a hombres por menores ofensas.

Se arrepintió de inmediato del riesgo que había corrido, ya que era consciente de que quizá lo había puesto todo en peligro con las dos palabras que acababa de pronunciar.

—¿Qué sucede, Wimberleigh? —el rey sólo parecía un poco molesto. Varios nobles le ayudaron a ponerse el jubón y las calzas.

Stephen fue incapaz de contener la furia que brotó de su interior a borbotones, y le espetó:

—Al demonio con vuestro derecho de pernada —sin más, dio media vuelta y salió de los aposentos reales. Era consciente de la infracción que estaba cometiendo, pero no estaba dispuesto a participar voluntariamente en las diversiones despiadadas que tanto entretenían al monarca.

Pasó a toda velocidad junto a varios alabarderos ataviados con librea roja y blanca, y salió al pavimentado patio central. Como necesitaba recuperar la calma, se internó en un jardín tapiado y siguió un camino de guijarros que avanzaba entre espinos blancos y eglantinas. Los lechos de flores seguían formas geométricas, y parecían burdos mosaicos.

Se dijo por enésima vez que tendría que haber hecho caso omiso del llamamiento anual del rey, que tendría que haberse quedado en Wiltshire, pero negarse a obedecer la orden del soberano significaría arriesgar la única cosa que estaba dispuesto a proteger a toda costa. Si para proteger su secreto tenía que dejar que le arrancaran el corazón y que destrozaran públicamente su orgullo, que así fuera.

Estaba convencido de que el rey no iba a dejarle en paz, y estaba en lo cierto. Al cabo de una hora, un mayordomo de lo más estirado fue a decirle que debía ir al salón de audiencias.

El salón tenía un techo arqueado con entramado de madera descubierto, y la luz de principios de primavera entraba por las dos estructuras gemelas de ventanas con parteluz. Las vidrieras de colores proyectaban formas cambiantes en las paredes y en el suelo, y la música de un laúd que alguien tocaba desde algún rincón oculto sonaba de fondo entre el murmullo de las voces.

Los miembros del Consejo Privado lo observaban todo con mirada aguzada, y sus hombros parecían encorvarse bajo el peso de sus largos mantos.

Stephen avanzó por el suelo empedrado hacia el estrado, que estaba situado bajo un baldaquín dorado y escarlata. Cuando se detuvo, se echó hacia atrás el manto ribeteado en satén que llevaba puesto, y realizó una reverencia formal. No le hizo falta mirar al soberano para saber que estaba encantado al verle en aquella pose tan sumisa, ya que sabía que a Enrique le encantaba hacer que se sintiera inferior.

Se incorporó con odio y desafío en los ojos, y con un regalo en las manos extendidas.

Enrique estaba sentado en su enorme trono tallado, y parecía el mismísimo Baco ataviado en oro y plata. En los últimos años, su rostro había ido creciendo hasta alcanzar el tamaño de la grupa de una res.

—¿Qué es eso? —el soberano le hizo una indicación al paje, que se apresuró a tomar el pequeño cofre de madera de manos de Stephen y se lo entregó. Enrique lo abrió con las prisas de un niño, y sacó un pequeño reloj en una cadena de oro—. Nunca dejáis de sorprenderme, Wimberleigh.

—Es una bagatela, mi señor —le contestó, en una voz carente de inflexión.

Enrique tenía muchos apetitos, en su mayoría insaciables, así que no resultaba difícil satisfacer el entusiasmo que sentía por los regalos únicos. Después de colocar la cadena sobre el tahalí que rodeaba su corpulento cuerpo, comentó:

—Supongo que el diseño es exclusivo —al ver que Stephen asentía, añadió—: Tenéis un talento único para inventar todo tipo de cosas, Wimberleigh. Es una lástima que vuestros modales dejen mucho que desear —el volumen desmesurado de las mejillas le empequeñecía los ojos, y tenía los labios finos y tensos—. Dejasteis la alcoba real sin pedirme permiso.

—Soy consciente de ello, mi señor.

Enrique golpeó el brazo de la silla con una de sus manos regordetas y cargadas de anillos, y aferró con fuerza una de las gárgolas talladas.

—Maldita sea, Wimberleigh... ¿es que siempre tenéis que sobrepasar los límites de la propiedad y el decoro?

—Sólo cuando se me provoca, mi señor.

La expresión del rey permaneció inalterable, pero sus ojos brillaron con furia. Con voz suave y letal, le dijo:

—Sería mejor que os dedicarais a bailar con vuestra prometida en vez de poner a prueba mi paciencia. Lady Gwenyth es hermosa, distinguida, y posee una fortuna razonable.

—Sí, y está deshonrada, mi señor.

—Le he concedido un gran honor. Sólo hay un rey de Inglaterra, al igual que sólo hay un sol. Mis favores no se limitan a una sola persona.

Stephen tuvo que morderse la lengua para no contestar, porque sabía que era inútil discutir con un hombre que se comparaba a un cuerpo celestial. El rey podía satisfacer cualquier capricho, nadie con un mínimo de sensatez osaría oponerse.

—¡Por el amor de Dios, no entiendo vuestras evasivas! —exclamó Enrique con furia—. Os he encontrado cuatro candidatas ideales en el último año, y las habéis rechazado a todas. ¿Por qué os creéis tan superior a cualquier otro noble?

—No quiero volver a casarme —Stephen no pudo evitar añadir—: No le concedo mis favores a nadie, ni siquiera a ese bombón insulso que he visto en vuestro lecho.

—Los bombones son dulces, y un placer para el paladar.

—Sí, pero pierden su sabor cuando pasan por demasiadas manos, y se pudren cuando se los deja solos por un tiempo.

El rey alargó una mano sin apartar la mirada de él, y un criado le entregó una copa de plata que contenía un vino blanco y seco procedente de Canarias. Después de tomar un buen trago, comentó:

—Así que aún lloráis la pérdida de vuestra Margaret, aunque ya lleva siete años en la tumba.

Stephen apenas pudo contener las ganas de hundir el puño en el rostro del soberano. Le enfurecía que hablara con tanta despreocupación de Meg, como si nunca la hubiera conocido.

—¿Era tan importante para vos, que no podéis amar a otra? —el monarca siguió hurgando en la herida.

Stephen permaneció inmóvil mientras su mente se llenaba de recuerdos de su difunta esposa... Meg mirándolo con timidez a través del velo en la boda, llorando de dolor y de miedo en el lecho conyugal, ocultándole secretos al marido que la adoraba, muriendo en un mar de sangre y de maldiciones amargas.

—Margaret era... —tuvo que aclararse la garganta antes de poder seguir—. Era una niña crédula e impresionable —sintió una culpabilidad desgarradora. Sabía que la había obligado a pasar de niña a mujer, a convertirse en madre, pero lo peor de todo era que al final la había arrastrado hasta la muerte.

—Sé lo que se siente al llorar a una esposa —le dijo el rey.

Stephen se sorprendió al notar una ligera compasión en su voz. Supo de inmediato que el soberano estaba pensando en Jane Seymour, la esposa callada y diligente que había muerto dándole el regalo que deseaba por encima de todos los demás: un heredero varón.

—Pero una esposa es un ornamento necesario para un hombre de cierta posición social, y no deberíais dejar a un lado vuestra obligación por culpa de viejos recuerdos. Bueno, en cuanto a la dama galesa...

Stephen bajó la voz para que sólo pudiera oírle el soberano.

—Os pido humildemente disculpas, Majestad, pero no

estoy dispuesto a aceptar los despojos de otro hombre... ni siquiera del rey de Inglaterra. No pienso ser la válvula de escape de vuestra conciencia.

—¿Mi conciencia? —Enrique sonrió con frialdad, y le dijo en un susurro—: Mi querido lord Wimberleigh, ¿de dónde habéis sacado la idea disparatada de que tengo conciencia?

Stephen se recordó a sí mismo que Enrique VIII había apartado a un lado a su primera esposa y había hecho ejecutar a la segunda, que se había apropiado de la autoridad de la Iglesia, había tomado posesión de monasterios, y había expulsado a los pobres de sus tierras. La deshonra de una joven virgen no le importaría en lo más mínimo a un hombre como Enrique Tudor.

—En cualquier caso, estoy seguro de que lady Gwenyth no querría casarse conmigo.

—Ah, sí, vuestra empañada reputación... rebeldes salvajes, juegos, rapiña... los rumores acaban llegando a la corte, todas las doncellas del reino se estremecen de miedo sólo con pensar en vos.

Stephen lo prefería así, y había trabajado duro para ocultar sus buenas cualidades bajo una pátina de mala reputación.

—Soy un hombre carente de moral, es un defecto desafortunado de mi carácter. Y ahora, si le place a Su Majestad, debo marcharme de la corte.

El rey se levantó con una rapidez sorprendente teniendo en cuenta su edad y su corpulencia, y lo agarró del jubón.

—Por Dios, claro que no me place.

Enrique acercó tanto el rostro, que Stephen alcanzó a oler el aroma dulzón del vino blanco que se había bebido.

—Conseguid una esposa y un heredero adecuado, Wimberleigh, si no queréis que Inglaterra entera se entere de lo que escondéis en Wiltshire.

Stephen estuvo a punto de rugir con la furia de un animal, pero gracias al control férreo que había adquirido a lo largo de los años consiguió controlar el impulso de atacar al soberano. No sabía cómo se las había ingeniado Enrique para enterarse de su terrible secreto, pero era dolorosamente obvio cómo pensaba utilizar aquella información.

Exhaló lentamente, y retrocedió un paso. A pesar de que le había soltado el jubón, el rey seguía agarrándolo con una atadura invisible que no se rompería hasta que Stephen consiguiera librarse de una vez por todas de la ira del monarca.

—Arrodillaos, Wimberleigh.

Stephen obedeció mientras las mejillas le ardían de rabia.

—Juradlo. Quiero que juréis obedecerme, quiero oíros decir que os casaréis... si no es con lady Gwenyth, con otra —la voz del monarca sonó alta y clara.

La orden quedó como suspendida en medio del silencio ensordecedor que se creó. Desde su perspectiva más baja, Stephen captó los detalles con una precisión fuera de lo común: el polvo que colgaba del dobladillo del manto del rey, el leve olor séptico de la úlcera que Enrique tenía en la pierna, el suave tintineo del collar de mando cuando el voluminoso pecho del soberano se movía con cada inspiración, y el eco moribundo de las cuerdas de un laúd.

La corte entera permaneció a la expectativa, con el aliento contenido. El rey acababa de retar a uno de los pocos hombres del reino que osaban desafiarle.

Stephen de Lacey no era ningún tonto, y valoraba su propio cuello. Los años le habían enseñado a usar evasivas.

—Vuestras órdenes se cumplirán, mi señor —lo dijo con claridad, para que todo el mundo pudiera oírle. Sabía que, si hablaba en voz baja, el rey le ordenaría que repitiera el juramento.

Los Consejeros Reales soltaron un suspiro colectivo. Les encantaba ver a uno de los suyos humillado.

Enrique se sentó de nuevo en el trono, y comentó:

—Espero que en esta ocasión sí que me obedezcáis —cuando Stephen se incorporó, le indicó que podía retirarse con un seco gesto de la cabeza, y entonces les gritó a sus lacayos—: Ensilladme el caballo, voy a salir a cabalgar.

Stephen salió del salón de audiencias y empezó a cruzar la antesala. La corrupción se olía en el ambiente, junto con el penetrante aroma del sándalo que ardía en un brasero y el olor de los rastrojos que cubrían el suelo y que no se habían cambiado en meses.

Antes de la audiencia, había pedido que tuvieran preparada su montura, porque quería marcharse cuanto antes. Como los mozos de las cuadras reales le habían prometido que tendrían lista su yegua napolitana en la puerta oeste, cruzó el patio y pasó entre las torres gemelas de forma octogonal. Se detuvo bajo el rastrillo, con los barrotes de hierro forjado justo por encima de su cabeza, y vio de inmediato la yegua. Estaba ensillada y atada a una arandela de hierro, a la sombra de un roble enorme, a cierta distancia de la puerta.

Frunció el ceño ante la negligencia de los mozos de cuadra. ¿Cómo era posible que hubieran dejado desatendido a un animal tan valioso? Justo cuando se preguntaba dónde estaría Kit, su escudero, ladeó la cabeza al ver un ligero movimiento junto a la yegua, y vio una sombra tan furtiva como un pecado inconfeso.

Una cíngara mugrienta estaba robándole la yegua.

Juliana apenas podía creer la suerte que había tenido. Necesitaba con tanta urgencia un caballo para poder ir a la feria de Runnymede al día siguiente, que estaba dispuesta a entrar en el mismísimo palacio para robar un animal, pero mientras estaba agazapada entre unas hayas observando las murallas resplandecientes y las torres doradas del palacio de Richmond, un mozo había salido con uno de los animales más magníficos que había visto en su vida. Si vendía los arreos de plata y de cuero de Marruecos que llevaba, tendría para alimentar al clan de cíngaros durante una década.

Pavlo, su perro, había ahuyentado al muchacho. A aquellas alturas, era una treta habitual. Los ingleses no conocían a los borzoi, y al ver al enorme perro blanco, la mayoría creía que se trataba de una especie de bestia mitológica.

Miró a su alrededor para ver si había alguna posibilidad de que la atraparan. A unos doscientos pasos, haciendo guardia delante de la puerta de las torres, había un par de centinelas ataviados con una librea verde y blanca. Tenían la mirada fija en el horizonte, en las colinas que se alzaban sobre el río Támesis, y parecían ajenos al caballo que permanecía tranquilo entre las sombras.

Juliana se detuvo para tocar su amuleto, el broche con la daga oculta que llevaba sujeto a la parte interior de la cintura de la falda, y salió con cautela del hayal. Mientras avanzaba descalza por la hierba húmeda, las cadenitas de hojalata que llevaba en los tobillos tintineaban con suavidad. La falda que llevaba estaba cosida a base de retales, y rozaba el suelo.

Después de vivir cinco años entre los cíngaros de Inglaterra, se había acostumbrado a parecer una pordiosera... y a comportarse como tal cuando era necesario. Aceptaba su suerte con una resignación que ocultaba la decisión férrea que seguía ardiendo en su corazón.

Jamás había olvidado su verdadera identidad: era Juliana Romanov, hija de un noble, prometida de un boyar. Se había jurado que algún día regresaría a casa, que encontraría a los hombres que habían asesinado a su familia y se encargaría de que acabaran en manos de la justicia.

Era una tarea enorme para una muchacha que no tenía ni un penique. Los primeros meses habían sido muy duros. Durante el largo trayecto hasta Inglaterra había ido vendiendo sus joyas y su ropa junto a Laszlo, que se había hecho pasar por su padre; al final, lo único que le había quedado era su broche, el rubí rodeado por doce perlas. La joya escondía una daga, y tenía grabado en la parte posterior el lema de los Romanov en caracteres cirílicos: *Sangre, promesas, y honor*.

Era el único vínculo que le quedaba con la joven privilegiada que había sido en el pasado, y no estaba dispuesta a desprenderse de él.

Con el tiempo, el trauma de la pérdida de su familia se había convertido en un dolor sordo y constante. Se había lanzado a su nueva vida con la misma concentración decidida que en Nóvgorod había agradado tanto a sus profesores de hípica y de baile, a su tutor, y a su maestra de música.

Había aprendido a hacer un trueque por un caballo que estaba mal de salud, a curarlo y a esconder sus defectos, y a obtener beneficios al venderlo de nuevo a los *gaje*. Sabía cómo aparecer en la plaza de un mercado aparentando ser la criatura más desaliñada y afligida del mundo, una muchacha con un aspecto tan mugriento, que la gente le daba unas monedas para mantenerla alejada. Sabía realizar trucos de feria sorprendentes a caballo, y esbozar después una sonrisa seductora mientras recogía las monedas que le lanzaban los espectadores embelesados.

La vida podría haber seguido así de forma indefinida, de no ser por Rodion.

Se estremeció al pensar en él... joven, atractivo, mirándola desde el otro lado de la hoguera con una expresión posesiva y cruel que endurecía sus facciones... la inevitable propuesta de matrimonio había llegado la noche anterior, y Laszlo le había aconsejado que la aceptara; a diferencia de ella, hacía mucho que había renunciado al sueño de regresar a su país.

Pero ella no estaba dispuesta a rendirse, así que la propuesta de Rodion la había empujado a pasar a la acción. Había llegado la hora de dejar a los cíngaros, de presentarse ante el rey de Inglaterra para pedirle una escolta armada que la acompañara a Nóvgorod.

Lo primero que tenía que hacer era conseguir ropa adecuada. Se había convertido en una experta a la hora de robar comida de los carros del mercado, y ropa de la colada que la gente dejaba colgada al sol, pero un vestido elegante y digno de la corte era un desafío mucho más grande.

Hasta ese momento, los hombres de la tribu se habían quedado con todo lo que ganaba, pero aquella yegua soberbia era para ella sola.

Esbozó una pequeña sonrisa. A la mañana siguiente se celebraba la feria de caballos de la ciudad de Runnymede, así que vendería al animal cuanto antes y pondría en marcha su plan.

—Quédate aquí, Pavlo —susurró.

El perro la miró con preocupación, pero se tumbó y apoyó su largo morro entre las patas delanteras.

Ella se agachó un poco mientras se acercaba a la yegua de frente. Para que advirtiera su presencia, susurró:

—Hola, preciosa. Eres una yegua muy bonita, una belleza.

El animal dejó de mordisquear las matas de trébol que había a los pies del árbol, echó las orejas para atrás, y soltó un pequeño resoplido.

Juliana hizo un suave chasquido con la lengua, y al ver que la yegua parecía tranquilizarse un poco, alzó la mano con la palma hacia arriba para ofrecerle un nabo pelado que había robado de un huerto.

Sonrió cuando el animal devoró el nabo y le dio un golpecito en la mano con el morro para pedirle más. A pesar de su fuerza, su velocidad y su aguante, los caballos eran seres sencillos que se dejaban guiar por sus apetitos... Catriona diría que en ese sentido se parecían mucho a los hombres.

Estaba tensa y sabía que tenía que apresurarse, pero le dio otro nabo y se le acercó un poco más mientras le acariciaba el cuello. Siguió hablándole con suavidad en inglés, diciéndole tonterías, usando la misma cadencia tranquilizadora que una madre al dormir a su hijo; en cuestión de minutos, el animal estaba relajado y dócil.

Lanzó una mirada hacia la puerta, y vio que los centinelas permanecían ajenos a su presencia. Un hombre apareció en ese momento bajo el rastrillo, y desde aquella distancia sólo alcanzó a ver que era alto y corpulento y que tenía el pelo rubio.

Se sintió triunfal, y desató la cuerda que sujetaba a la yegua a la arandela de hierro. Colocó un pie descalzo en el estribo, y se aferró a la silla para poder montar.

—¡Alto! ¡Al ladrón!

El grito la detuvo por una fracción de segundo, pero se alzó como impulsada por la mano de Dios y consiguió montar. Sin parar ni un instante, hincó los talones en los flancos de la yegua y soltó un sonido estridente.

El animal echó a correr como una flecha, y Juliana saboreó la sensación de galopar con el mejor caballo que había montado desde su huida frenética de Nóvgorod cinco años atrás.

—Parece que esa cíngara está robando vuestra montura, Wimberleigh.

Stephen estaba tan atónito al ver a la mujer alejándose al galope a lomos de Capria, que no se había dado cuenta de que el rey y su séquito se habían aproximado a la puerta de las torres.

—No llegará muy lejos —dijo en voz alta, antes de dar media vuelta y de echar a andar hacia los establos. Al ver a un mozo que estaba conduciendo a un caballo ensillado hacia el patio central, le gritó—: ¡Tráeme ese caballo de inmediato!

El mozo lo miró vacilante durante unos segundos, pero su expresión ceñuda pareció convencerlo, porque se apresuró a obedecer.

—Apuesto cien coronas a que no volveréis a ver esa yegua —le dijo el rey.

—Hecho —le contestó Stephen con tono seco.

Espoleó a su montura de inmediato, y atravesó a toda velocidad el puente hacia el camino principal. El caballo tenía un galope indiferente y la boca dura, y como Capria era muy superior, estaba claro que iba a haber una persecución considerable; además, era obvio que la cíngara era una amazona experimentada.

La joven pasó rauda como el viento junto a un hayal, y un enorme perro blanco echó a correr tras ella a una velocidad increíble; de hecho, aquel animal desgarbado y de pelaje largo era casi tan rápido como la yegua.

Stephen se inclinó sobre el cuello de su montura mientras el camino pasaba como un borrón marrón bajo las patas del caballo. La cíngara miró por encima del hombro, y espoleó los flancos de Capria con sus talones descalzos.

Al ver que conseguía acortar un poco la distancia que los separaba, Stephen se dio cuenta de que no le hacía falta alcanzar a la cíngara. Conocía otro método para recuperar a Capria, le bastaba con que la yegua le oyera.

Cuando estuvo lo bastante cerca, se llevó los dedos a los labios y soltó un estridente silbido.

La yegua ladeó la cabeza de golpe, y a la cíngara se le escaparon las riendas. Capria se detuvo, dio media vuelta, y retrocedió por el camino.

—¡No!

El grito de la muchacha resonó a lo largo del margen del río. Intentó agarrar las riendas, pero no lo consiguió.

Stephen sintió un placer perverso al verla en apuros. Un jinete menos avezado se habría caído y quizás habría acabado muriendo, pero la mujer mantuvo las piernas apretadas contra la yegua y los pies metidos en los estribos.

Mientras se aferraba aterrada a las crines grisáceas de la yegua, Juliana le suplicó que diera media vuelta o que se detuviera al menos, pero el testarudo animal sólo obedeció cuando llegó junto a un hombre alto y corpulento que estaba junto a un caballo en medio del camino. El desconocido agarró las bridas de la yegua, y le dio una chuchería.

Juliana se sintió derrotada, pero no se permitió el lujo de perder el tiempo con lamentaciones. Antes de que la yegua se detuviera del todo, bajó a toda prisa y echó a correr, pero soltó un grito gutural cuando la cabeza se le echó hacia atrás y sintió un fuerte dolor. Aquel granuja le había agarrado la trenza.

Empezó a darle patadas, pero sólo consiguió hacerse daño cuando sus pies desnudos golpearon contra las botas altas del desconocido. Le arañó y le hincó las uñas en el cuello, en las orejas... donde fuera.

La pelea sólo duró unos segundos, y el hombre usó las riendas para atarle las manos con una velocidad pasmosa.

—Y ahora... —empezó a decir él, con voz llena de furia.

—¡Pavlo!

El perro atacó de golpe y se lanzó contra el desconocido, pero de repente lanzó un aullido de dolor.

Juliana parpadeó atónita. El hombre había agarrado el collar rojo de Pavlo, y lo había retorcido para evitar que el perro pudiera respirar.

—Sería una lástima acabar con un animal tan magnífico, pero lo haré a menos que le ordenéis que se calme —le dijo él, con una tranquilidad exasperante.

Juliana no vaciló. Nada, ni siquiera su propia libertad, era más valioso para ella que Pavlo.

—Tranquilo, Pavlo. Tranquilo —le dijo en ruso.

El perro obedeció de inmediato. Sus músculos tensos se relajaron, y soltó un pequeño gemido estrangulado.

El hombre le sujetó el collar con menos fuerza, y al final lo soltó del todo y comentó:

—No sé si esto es un caso para el sheriff, o para el Caballero Alguacil.

—¡No! —Juliana había aprendido a odiar y a temer a los representantes de la ley de Inglaterra. Se arrodilló ante su captor, y alzó las manos atadas en un gesto de súplica—. ¡Por favor, mi señor, no me entreguéis al sheriff! ¡Os lo suplico!

—Por los clavos de Cristo... levantaos, mujer. No me

gustan las súplicas —Stephen se sonrojó con incomodidad, y le tiró de la manga para que se levantara.

Juliana suspiró con resignación, y se puso de pie. Era vagamente consciente de que había cierto movimiento en la distancia, entre las dos torres de la puerta del palacio, pero su mirada permaneció fija en su captor. Vestía como un caballero, y sintió que se ruborizaba al ver la forma en que la ropa enfatizaba su virilidad. Llevaba un jubón con mangas abombadas y acuchilladas, una camisa blanca, y unas calzas de varios colores que se ajustaban a sus largas piernas y a sus muslos musculosos, y que culminaban en una voluminosa bragueta. Todo ello ribeteado en plata.

Una mano la agarró de la barbilla con una suavidad que la sorprendió, y la instó a que alzara la mirada.

—Seguro que sólo traéis problemas —le dijo él. Su voz revelaba cierta diversión, y también un toque de cinismo.

Juliana sintió que se ruborizaba aún más, y lo contempló con atención. Siempre se sorprendía al ver a un hombre completamente afeitado, porque tanto los rusos como los cíngaros solían llevar barba. El pelo trigueño enmarcaba un rostro terso y duro de ángulos cincelados que exudaba fuerza y un poder intimidador.

Juliana sintió una punzada de miedo al ver sus ojos. Tenían un tono azul de lo más inusual, muy pálido y opaco, y eran fríos como ópalos. Se asomó a aquel abismo gélido, y lo que vio la sobresaltó: un placer duro y tenso, como si hubiera disfrutado de la persecución.

De repente, la idea de que la entregaran al sheriff no le pareció tan terrible como la posibilidad de pasar más tiempo en compañía de aquel noble corpulento e imponente, pero supo de forma instintiva que no debía revelar el miedo que sentía. Ladeó la cabeza, y le dijo:

—Ya habéis recuperado vuestra montura; de todas formas, es un animal testarudo y desobediente. ¿Por qué no dejáis que me vaya?

La boca del hombre se tensó. En él, aquel gesto debía de ser el equivalente a una sonrisa sardónica.

—¿Desobediente? —sacó otra chuchería del saquito que llevaba colgado de su ancho cinturón ornamentado, y se la dio a la yegua—. No, sólo golosa. Capria aprendió hace mucho tiempo que acercarse a mí al oír mi silbido significa ganarse un poco de mazapán —al ver que ella no parecía reconocer la palabra, le explicó—: Es un dulce que se hace con almendras y azúcar —le enseñó un trozo, y le dijo—: ¿Queréis probarlo?

Juliana se limitó a fruncir la nariz con resentimiento, y la yegua aprovechó para apropiarse del dulce.

—¿Dónde aprendisteis a montar así a caballo? —le preguntó el desconocido.

Ella vaciló mientras intentaba decidirse por una mentira. Si admitía que había pulido su considerable destreza junto a los cíngaros, pondría en peligro al clan, ya que por regla general la nobleza mostraba rechazo por aquella etnia.

Se sorprendió al oírse a sí misma diciendo la verdad.

—Me enseñó el profesor de equitación de mi padre... en Nóvgorod, un reino de Rusia al norte de Moscovia.

—Además de ladrona de caballos, sois una lunática. ¿Cuánto hace que escapasteis de Bedlam?

—Además de bravucón, sois un asno —le espetó ella con sequedad.

—¡Lord Wimberleigh! —un hombre vestido con librea se acercaba a caballo por el camino—. Ya veo que habéis atrapado a la ladrona.

—Así es, sir Bodely.

—Bien hecho, mi señor. Y de paso, habéis entretenido a Su Majestad durante unos minutos, aunque sospecho que no le hará ninguna gracia perder la apuesta.

—Aquí tenéis a vuestra prisionera, lord Bodely —Wimberleigh hizo una reverencia burlona, y miró sonriente a Juliana—. Aquí tenéis al Caballero Alguacil, a vuestro servicio.

Sir Bodely la miró ceñudo, y comentó:

—Me parece que es una cíngara —le ató las manos con una cuerda tosca y áspera, y le dio las riendas a lord Wimberleigh. En el cinturón que le rodeaba el barrigón cervecero tenía colgados los implementos propios de su cargo: un látigo negro, unas esposas, y unos grilletes.

Cuando Wimberleigh fijó los ojos en aquellos aparatos inhumanos, su mirada se volvió acerada y sus músculos se tensaron bajo las mangas del jubón. Dio media vuelta, y dijo:

—Será mejor que me vaya.

Juliana sintió un miedo y una furia incontenibles, y le gritó:

—¿Todos los nobles son tan cobardes como vos?

Él se tensó, y se volvió a mirarla con tanto respeto como a una cucaracha.

—¿Os habéis dirigido a mí?

—Sois el único noble cobarde que hay aquí.

—Así que os parezco cobarde, ¿no?

Ella alzó las manos atadas, y le espetó:

—Os habéis apresurado a acusarme de ladrona, pero no os quedáis a ver cómo me castigan. ¿Cuál es la pena por mi crimen?, ¿van a colgarme? Como no he conseguido robar la yegua, puede que sólo me rajen la nariz, o que me corten una mano o una oreja. Un hombre de verdad tendría el valor de quedarse a mirar.

El desconocido se volvió hacia el alguacil, y le preguntó:

—¿Tendrá la oportunidad de enfrentarse a su acusador en una corte de justicia?

Juliana contuvo el aliento. Laszlo le había repetido una y otra vez que la ley siempre estaba en contra de los cíngaros, pero a pesar de los últimos años, ella no pertenecía a aquella etnia. Era de cuna noble, descendía de príncipes y gobernantes. Iba a revelar su verdadera identidad ante la corte, y el insolente Wimberleigh no tardaría en pedirle perdón de rodillas.

El sonido de un cuerno la sacó de sus pensamientos, y se dio cuenta de que un grupo de nobles a caballo ataviados con ropas incluso más suntuosas que las de lord Wimberleigh estaban saliendo de las puertas de palacio. Junto a ellos corrían criados a pie, algunos de ellos sujetando las riendas de sus señores.

Sir Bodely se inclinó en una reverencia tan profunda, que debió de dolerle. Wimberleigh se inclinó, pero Juliana se limitó a mirar al grupo que se acercaba y supo distinguir sin problemas al rey de Inglaterra.

Enrique montaba un ruano sobre una silla enorme, que sin duda se había construido a medida para acomodar su considerable peso. Era tan impresionante como el Gran Príncipe Basilio y llevaba barba, al igual que los boyares. Sus vestiduras brillaban con hilos de oro y plata, y su manto estaba ribeteado con piel negra de civeta.

—Parece ser que habéis ganado la apuesta, lord Wimberleigh. Yo daba a vuestra yegua por perdida —dijo el rey, con voz fría y llena de odio.

Juliana sintió una punzada de furia. Su vida pendía de un hilo, y el rey y lord Wimberleigh se dedicaban a hacer apuestas.

—¿Qué truco habéis empleado, Wimberleigh? —añadió el monarca.

—No ha sido ningún truco, mi señor. He enseñado a mi yegua a venir hacia mí al oír mi silbido, la monte quien la monte. Es tan obediente como veloz.

—Es un animal fantástico —comentó uno de los hombres del rey, mientras sujetaba su gorra de terciopelo contra su pecho.

—Sí, lo es, pero no hace falta que os exaltéis tanto, Francis —el soberano miró a Juliana con ojos negros e impenetrables. Su fina boca, enmarcada en su canosa barba rojiza, estaba tensa, pero de repente esbozó una sonrisa y comentó—: Una muchacha egiptana... bien hecho, Wimberleigh.

—No soy cíngara, Majestad —Juliana habló con voz clara,

aunque era consciente del ligero acento que se reflejaba en sus palabras.

Su voz firme atrajo la atención de todos. Su meta había sido lograr una audiencia con Enrique de Inglaterra, y a pesar de que no esperaba encontrárselo en aquellas circunstancias, en ese momento había captado la atención del monarca y no podía desaprovechar la ocasión.

Enrique soltó una sonora carcajada, y comentó:

—¡Así que habla! Y además es bastante atractiva —alargó su mano enguantada y cargada de anillos, y dijo—: Venid aquí, muchacha.

—¡Su Majestad, no! —exclamó una dama morena que montaba un palafrén junto al rey—. Seguro que está infestada de piojos y de bichos.

—No pienso tocarla, lady Gwenyth, sólo mirarla.

Juliana avanzó con la cabeza en alto. Se sentía mortificada, porque era cierto que a menudo tenía piojos; de hecho, en ese momento sentía un ligero picor. Pero a pesar de todo, no estaba dispuesta a perder la oportunidad de hablar con el rey. La cuerda que le colgaba de las manos rozó el suelo cuando hizo una reverencia elegante e impecable, y un murmullo de interés recorrió al gentío creciente.

Juliana respiró hondo, y empezó a hablar usando todo lo que había aprendido del arte de contar historias a la luz de las hogueras de los cíngaros.

—Me llamo Juliana Romanov. Nací en el reino de Moscovia, y soy hija del boyar real Gregor Romanov de Nóvgorod.

Vio por el rabillo del ojo que dos damas empezaban a cuchichear, y que una de ellas señalaba hacia sus pies fríos y descalzos.

—Es cierto que intenté... tomar prestada la yegua de lord Wilberfort —no estaba segura de haber acertado con el nombre, pero siguió diciendo—: No sabía qué hacer. Soy víctima de una terrible injusticia, Majestad. Tenía intención de pediros protección y ayuda para una dama de sangre real.

Algunos de los cortesanos se echaron a reír. Juliana sabía que no veían más allá de su vestido ajado, su pelo despeinado y su rostro sucio, pero había logrado captar la atención del rey y estaba decidida a aprovechar aquella oportunidad.

—El Gran Príncipe Basilio murió hace cinco años, y los boyares... vos los llamaríais nobles, o consejeros... lucharon entre ellos. Unos mercenarios quemaron la casa de mi padre, y asesinaron a mi familia.

Bajó un poco la voz. A pesar de que ya habían pasado cinco años, los recuerdos de pesadilla aún la atormentaban. Por un instante, se encontró de nuevo en Nóvgorod, viendo el resplandor rojo como la sangre de las llamas sobre la nieve, las botas altas avanzando, la espada cruel de un asesino. Oyó de nuevo el gemido de dolor de un perro, y a un hombre mascullando una maldición.

La visión se desvaneció con la misma rapidez con la que había aparecido.

—Fui la única superviviente, y logré escapar a Inglaterra gracias a Dios.

—¡Cromwell!

Un hombre vestido con ropas oscuras y de rostro afeitado y pálido desmontó de inmediato y se acercó al rey.

—Aquí estoy, mi señor.

—¿Qué opináis de todo esto, sir Thomas? ¿Es posible que esta muchacha descalza sea hija de la realeza moscovita, o Wimberleigh ha atrapado a una loca?

—Es cierto que Basilio tercero murió hace cinco años, y que hubo luchas internas entre los boyares. El embajador de Prusia me informó del asunto.

Juliana se sintió alentada, y asintió con vigor.

—En ese caso, entenderéis mi posición. Sin duda, un rey tan noble como vos se sentirá obligado por su honor a darme su completo apoyo.

El rey soltó una carcajada, y su montura se movió como si le costara soportar tanto peso.

—¿Qué clase de apoyo, mi señora?

—Necesito una escolta naval... y bien armada, por supuesto, ya que necesitaré ayuda para conseguir llevar a los asesinos de mi familia ante la justicia.

Alguno de los cortesanos se echó a reír abiertamente, y otros le secundaron. Wimberleigh enarcó las cejas con escepticismo.

Juliana se puso tan furiosa, que hizo algo inimaginable: metió las manos atadas en la cintura de la falda, y sacó el broche Romanov de rubí.

—Esto demuestra mi identidad, mi padre me lo regaló cuando cumplí trece años.

—Es falso —dijo lady Gwenyth con desdén.

—O robado, sabemos que es una ladrona —dijo alguien.

El hombre moreno llamado Cromwell se volvió hacia sir Bodely, y le dijo:

—Llevaos a esta mentirosa, y colgadla.

A pesar de que tenía los dedos entumecidos por el terror, Juliana fue capaz de volver a meter el broche en su sitio.

Sir Bodely se acercó a ella, pero lord Wimberleigh le interceptó el paso y ordenó:

—Liberadla.

—Pero, mi señor...

—Os he dicho que la liberéis. Su ofensa ha sido en mi contra, y quiero que quede libre.

El rey se acarició la barba, y comentó:

—Siempre habéis tenido debilidad por las damiselas en apuros, Wimberleigh.

—No es sino la novia de la fatalidad —protestó Cromwell, con voz nasal—. El barón de Wimberleigh tiene mejores causas que...

—Tranquilo, Thomas —el monarca alzó la mano y le hizo una seca indicación de asentimiento a sir Bodely, que se apresuró a desatarle las manos a Juliana.

En cuanto la liberaron, su primer impulso fue huir del rey

y de la corte, en especial de aquel hombre imponente que la mantenía cautiva con su mirada helada.

—¿Qué me decís, Wimberleigh? —el rey lo miró con un cruel brillo de diversión en la mirada—. ¿Dejamos que la moza se marche, o preferís quedárosla?

Lady Gwenyth se tapó la boca con la mano, y soltó una risita.

Wimberleigh permanecía inmóvil, y Juliana se preguntó si el desagrado que se reflejaba en su rostro estaba dirigido hacia el monarca o hacia ella. Lo miró con el aliento contenido mientras esperaba su respuesta.

Stephen exhaló poco a poco mientras intentaba encontrar las palabras adecuadas, aunque sabía que cualquier respuesta sería equivocada.

Los cortesanos lo observaban todo entre murmullos y risas; para ellos, aquella escena era un entretenimiento más, y él no pudo evitar sentir admiración al ver la actitud firme de la tal Juliana ante el alborozo humillante del rey y la corte. Los ojos negros de Enrique habían acobardado a adversarios mucho más fieros que aquella cíngara, pero ella estaba sosteniendo la mirada del rey con una firmeza inquebrantable... como si se considerara su igual.

El instinto de Stephen lo impulsaba a liberarla, a dejar que volviera con su gente, pero entonces cometió un grave error: la miró a los ojos, y en aquellas profundidades verdes vio un mundo entero de tormento y anhelos. Recordó la cadencia ronca y exótica de su voz, la forma extraña en que acentuaba las palabras... «Soy víctima de una terrible injusticia, Majestad».

Se dijo a sí mismo que no debería importarle, que no tendría que interesarse por los problemas de una cíngara mugrienta y medio loca, pero una voz se alzó en su interior... una voz que parecía la de un desconocido, pero que nació de lo más profundo de su corazón.

—La decisión debería ser de la muchacha, Majestad.

—¡Ni hablar, la decisión es mía! Si dejamos que merodee a sus anchas, no hay duda de que volverá a delinquir. Esta muchacha, por muy salvaje que sea, debe casarse.

Stephen sintió que lo recorría un escalofrío, y recordó la orden del rey: «Quiero oíros decir que os casaréis... si no es con lady Gwenyth, con otra».

Enrique estaba enfadado porque había perdido la apuesta. Ya había deshonrado a un puñado de doncellas, y cada vez tenía menos escrúpulos. Stephen sintió que se le formaba un nudo en el estómago, porque supo sin lugar a dudas que el soberano acababa de encontrar una nueva forma de dar rienda suelta a su malicia.

—Vos os casaréis con ella, Wimberleigh —anunció el rey.

CAPÍTULO 2

Mientras los cortesanos soltaban exclamaciones de incredulidad y lord Wimberleigh parecía quedarse petrificado, Juliana se cruzó de brazos y luchó por intentar controlar el latido acelerado de su corazón.

–¡No puedo casarme con él! –intentó disimular su acento, pero siempre era más pronunciado cuando estaba nerviosa–. No... no está a mi altura –las risas burlonas de los nobles le dolieron como un hierro al rojo vivo–. ¿No habéis oído nada de lo que os he dicho? Soy una princesa, mi padre era un Romanov...

–Sí, y el mío es el Emperador del Sacro Imperio –dijo lord Cromwell, con una sonrisa gélida.

Sir Bodely la empujó sin demasiada consideración, y le espetó:

–Deberíais mostraros más agradecida, muchacha. El rey acaba de salvaros de la horca.

Juliana enmudeció. Casarse con un noble inglés significaría renunciar al objetivo que la había espoleado durante cinco largos y duros años, dejar a un lado los planes de regresar a Nóvgorod y de castigar a los asesinos que habían masacrado a su familia.

El rey Enrique se echó a reír, y comentó:

—Os equivocáis, mi buen Bodely. He dejado la decisión en manos de Wimberleigh, y él ha optado por dejarla vivir.
—Sí, así es —dijo el noble en cuestión con voz suave.
Estaba muy cerca de Juliana, y su presencia era tan amenazante como una nube de tormenta. Su pelo claro se movía bajo la brisa, y tenía pequeñas líneas de tensión en las comisuras de los ojos.
—Pero creo que los dos descubriremos pronto, mi dulce cíngara, que hay cosas peores que la muerte —añadió él.
Juliana se tensó mientras la recorría un escalofrío, y apartó la mirada de él. Aquel hombre tenía algo que la inquietaba... parecía implacable, pero en sus ojos se vislumbraba un pánico descarnado, un miedo similar al que ella misma sentía.
—Qué observación tan encantadora, Wimberleigh —dijo el rey.
Juliana desconfió de inmediato de su sonrisa jovial. De todos los hombres de Inglaterra, aquel soberano era el único que mostraba un esplendor parecido al que ella estaba habituada cuando vivía en Nóvgorod.
Enrique fijó sus ojillos oscuros en el barón, y le dijo:
—Es una buena forma de que cumpláis la promesa que me hicisteis, Wimberleigh. Os comprometisteis a casaros, pero insististeis en una mujer casta. La princesa egiptana es una opción ideal.

Los cortesanos se echaron a reír de nuevo al oír las palabras del monarca.
Stephen se sorprendió al ver que la desaliñada cautiva hacía algo de lo más inesperado: alzó la barbilla, irguió los hombros, y cerró las manos en dos puños apretados. Fue aquel orgullo tan férreo, y a la vez tan incongruente en una muchacha vestida con harapos y de pelo ensortijado, lo que le impulsó a traicionarse a sí mismo.
Se puso firme y miró a los cortesanos con una mirada

acerada que los acalló de inmediato, pero mientras lo hacía se dijo que era un tonto. No debería sentir nada por ella, no tendría que defenderla.

La joven miró al rey, y le dijo con voz serena:

—Me concedéis un gran honor al encontrarme un caballero tan noble, pero no puedo casarme con este desconocido.

—¿Acaso preferís la horca? —le preguntó Enrique, con una sonrisa helada.

Ella no movió ni un músculo, pero empalideció de golpe. Stephen era el único que estaba lo bastante cerca para verle el pulso acelerado en la sien. No quería ver ni el valor ni la desesperación de aquella muchacha, no quería sentir pena por ella... y por Dios, tampoco quería admirarla.

Se sintió como un ciego en medio de una tormenta, incapaz de encontrar una salida. Enrique había envejecido pronto y mal, se había vuelto tan volátil como los vientos del Canal, pero su sed de venganza seguía siendo tan intensa como siempre.

—Os he ofrecido verdaderas bellezas inglesas, lord Wimberleigh. Damas adineradas y de noble cuna —gritó el monarca, con su voz más autoritaria—. Las habéis rechazado a todas, así que os merecéis a una cíngara; en cualquier caso, los de Lacey siempre fueron unos descastados.

Se oyeron más risas, pero algunas de ellas parecían forzadas. Cuando el rey empezaba a repartir crueles insultos, todos temían ser el siguiente blanco de su cólera.

Thomas Cromwell carraspeó ligeramente, y comentó:

—Majestad, no sé si es aconsejable que un noble se case con una cíngara...

—¡Silencio, pajarraco insulso y pueril! —le gritó el soberano al Lord del Sello Privado—, mejores hombres que Wimberleigh se han casado con mujeres de condición baja.

Stephen pensó en Ana Bolena. La mujer que había sacudido los cimientos de la monarquía era hija de un comerciante ambicioso.

Cromwell hizo una mueca, pero mostró su aplomo habitual y dijo:

—Puede que sea una cuestión que deban debatir los clérigos.

—Dejadme a mí a los letrados canónicos, mi querido Cromwell —le contestó el rey, antes de volverse hacia Stephen—. Tenéis dos opciones, Wimberleigh: podéis casaros con la moza, o dejar que la cuelguen por ladrona.

—Habrá que limpiarla, y tardará meses en aprender el nuevo catecismo. Después, a lo mejor... —dijo Stephen, en un intento de ganar tiempo.

—De eso nada... ¡traed a un clérigo! Al demonio con las amonestaciones y los preparativos, los casaremos ahora mismo.

El atardecer caía ya sobre el jardín que había delante de la capilla, y los cortesanos seguían al rey como una bandada de gaviotas tras una barca de pesca. Los susurros ahogados llenaban el ambiente, con una cadencia seductora y a la vez acusadora.

Juliana se sentía entumecida, era incapaz de sentir emoción alguna mientras se detenía bajo una pérgola y trazaba con un dedo una larga hoja de tejo. No sabía qué decirle a aquel desconocido que se había convertido en su esposo por el capricho de un rey.

Stephen de Lacey se volvió hacia ella... Stephen. Se había enterado de su nombre en la apresurada y casi clandestina ceremonia, cuando se había visto obligada a unirse de por vida a aquel noble inglés alto y serio.

«Que lo que Dios ha unido no lo separe el hombre».

Se preguntó si, al igual que ella, su marido aún seguía oyendo las palabras del clérigo. Él estaba a su lado, entre dos espinos. La brisa agitaba su pelo de reflejos dorados, y por un instante dio la impresión de que los mechones se movían bajo los dedos de alguna amante invisible. Tenía el rostro más extraordinario que Juliana había visto en toda su vida, y el juego de luces y sombras acentuaba aún más su atractivo. Cuando sus ojos brillaron bajo un rayo de luz errante, ella volvió a ver dolor y pánico en su mirada, un miedo descarnado.

—¿Siempre es tan cruel?

Stephen se aclaró la garganta, y le contestó en voz baja:

—¿Os referís al rey?

—Sí, ¿quién más maneja vidas ajenas como si fueran piezas de ajedrez?

Wimberleigh apoyó las palmas de las manos en la baranda que delimitaba el jardín. Permaneció en silencio durante unos segundos con la mirada fija en los arbustos, y al final comentó:

—Es apasionado a la vez que caprichoso. Creció siendo el segundo hijo, casi olvidado por su padre, y cuando la muerte de su hermano lo lanzó a la sucesión, se aferró al poder como si temiera que alguien pudiera arrebatárselo. Cuando un hombre como él es rey y también papa, puede llegar a ser indescriptiblemente cruel.

—¿Por qué le complace tanto atormentaros?

Al verle sonreír con amargura, Juliana supo que no iba a contestarle con sinceridad.

—Me sorprenden vuestras quejas, os ha salvado de la muerte.

—Habría luchado hasta escapar.

—¿Para qué?, ¿para volver junto a vuestros amigos cíngaros? Con ellos habríais acabado siendo una sirvienta y una ramera de por vida.

—¿Y qué acabaré siendo con vos, mi señor? —le preguntó ella con sequedad.

Stephen de Lacey se le acercó más, pero Juliana no se dejó amilanar y permaneció firme a pesar de que su instinto la instaba a salir huyendo. El peligro la acechaba, estaba a un suspiro de distancia.

—Acabo de convertiros en baronesa, mi querida descarriada —le dijo él, con la voz suave de un amante.

Su tono de voz burlón fue como una estocada en el orgullo de Juliana.

—Y esperáis mi gratitud, ¿verdad?

Él soltó una carcajada, y se acercó tanto a ella que Juliana sintió la caricia de su aliento en la mejilla.

—Vuestros poderes de observación son muy agudos, cíngara mía.

—No habéis contestado a mi pregunta. Parecéis un hombre que valora su independencia, pero habéis saltado como un perrito bien entrenado cuando el rey ha dado sus órdenes. ¿Por qué, mi señor? Intuyo que el rey Enrique tiene una lanza dirigida hacia vuestro corazón.

Él alzó la barbilla de golpe, y le contestó con tono cortante:

—No perdáis el tiempo con especulaciones inútiles, mis asuntos no son de vuestra incumbencia.

Juliana sintió una mezcla de resentimiento y frustración. A aquellas alturas ya debería estar de camino a la feria de caballos planeando su primera audiencia con el rey, que a su vez la ayudaría a recuperar lo que había perdido cinco años atrás.

—Sí que son de mi incumbencia, soy vuestra esposa.

—Sólo en nombre. ¿Creíais que iba a tomarme en serio este matrimonio? —la miró de pies a cabeza con un rígido desdén, y añadió—: ¿Creíais que honraría unos votos que me ha impuesto el rey Enrique?

Juliana dio gracias a Dios al ver que no pensaba tratarla como a una esposa de verdad. En ese momento decidió seguir con el disfraz de cíngara desaliñada y piojosa, porque era obvio que repugnaba a su marido, pero por alguna razón perversa se sintió herida en su orgullo.

—En ese caso, soy libre para marcharme, ¿verdad? —contuvo las ganas de cerrar aún más el escote de la blusa, de esconderse de él—. ¿Y bien?

—Aún no. Os llevaré a Wiltshire, y en cuanto el rey se canse de su estratagema, conseguiremos una anulación y vos podréis volver a... a leer la buenaventura, o a estafar, o a lo que quiera que hagáis cuando no estáis robando caballos.

—Se me dan bien muchas cosas, algunas de ellas muy útiles. Perder el tiempo en Wilthouse...

—Wiltshire, querida. Está a unos cuantos días a caballo de aquí, hacia el oeste.

Juliana se llevó las manos a las caderas, y le espetó:

—Perder el tiempo en Wiltshire no forma parte de...

—¿De qué?

No podía contarle a nadie sus planes, en especial a aquel desconocido, así que se limitó a decir:

—De mi plan.

Él hizo una reverencia, y comentó:

—Lamento la inconveniencia, quizás habríais preferido que os dejara colgando de la horca.

Juliana lo detestó, porque sabía que él tenía razón. Por mucho que le costara admitirlo, aquel hombre también había sido una víctima de los caprichos del rey.

Soltó un suspiro de resignación. Había oscurecido, y las primeras estrellas salpicaban ya el cielo.

—¿Y qué pasará esta noche?

—He conseguido que el Maestro de Ceremonias desista de la idea de llevar a cabo el ritual de la noche de bodas.

—¿En qué consiste ese ritual?

—A vos y a mí nos habrían escoltado hasta el lecho un grupo de cortesanos ebrios, y... en fin, da igual. Podéis quedaros sola en mis aposentos, mi escudero y yo dormiremos en la antesala. Estad lista para partir a primera hora —sin más, se volvió para marcharse.

—Mi señor... —Juliana le tocó la manga, y se sobresaltó al sentir la calidez dura y masculina que había debajo de la suave tela. Al ver que él parecía sobresaltarse también y que la miraba con repulsión, recordó de golpe el tiempo que había pasado desde la última vez que se había dado un baño, y se apresuró a apartar la mano—. Disculpadme.

—¿Qué ibais a decir?

—Se... se me ha olvidado.

Lo siguió en silencio mientras la conducía a sus aposentos. Lo que le había dicho era mentira, no se le había olvidado lo que iba a decirle. Había querido agradecerle que la salvara de la horca, que acallara a los cortesanos que se burlaban de ella, que hubiera pronunciado los votos matrimoniales en una voz alta y clara que había silenciado las risitas de las damas, pero la forma en que la había mirado cuando lo había tocado había borrado cualquier gratitud que hubiera podido sentir hacia él.

Era su noche de bodas, y la pasó en compañía de Pavlo. Se sintió más sola que nunca.

El día siguiente amaneció despejado y radiante, como por orden del rey. El tiempo contrastaba con el estado de ánimo taciturno de Stephen. Tendría que haber dejado que la cíngara le robara la yegua, debería haber permitido que el rey ganara la apuesta. Valoraba mucho a Capria, pero su propia libertad era más importante.

Había dejado que lo engatusaran los enormes ojos verdes de la cíngara... eran unos ojos claros y cautivadores, que contrastaban con el polvo que le ensuciaba el rostro y los nudos que le ensortijaban el pelo.

Ojos de cíngara, tan falsos y llenos de mentiras como su alma romaní.

—Dime que ha sido una pesadilla, Kit —le dijo a su escudero, mientras se sentaba en una silla y se llevaba las manos a la cabeza—. Dime que no estoy atado por la ley divina a una cíngara salvaje y medio loca.

La boca de Kit Youngblood se curvó en un gesto que se pareció sospechosamente a una sonrisa disimulada. Se acercó con el jubón de Stephen, y comentó:

—No fue ninguna pesadilla, mi señor. El rey decretó que las amonestaciones no eran necesarias, y mandó llamar a un clérigo. Estáis casado con esa muchacha tan extraña.

Stephen alzó la cabeza, se frotó las mejillas con las manos, y metió los brazos en el jubón.

—¿Por qué tienes que ser siempre tan sincero?

—¿Por qué no os negasteis a casaros con ella, mi señor? —le preguntó el muchacho, mientras sujetaba una manga a la sisa del jubón.

Stephen no contestó, porque ni siquiera Kit sabía la verdad. Si se atrevía a contravenir al rey una vez más...

—Tendrían que haberla ajusticiado —dijo con brusquedad—. En fin, no me queda más remedio que cargar con ella. Cuando lleguemos a casa, encontraré la manera de salir de este embrollo. Por cierto, ¿dónde está la muchacha?

Juliana ya había montado y estaba lista para partir cuando Stephen salió al patio que había junto al río Támesis.

—Ah, mi ruborosa esposa —dijo en voz baja.

Al verla a lomos de un caballo castrado, con las mejillas limpias y los ojos llenos de dolor e incertidumbre, recordó a una cierva joven que había encontrado varios años atrás. El animal moribundo tenía la pata atrapada en el cepo de un cazador furtivo y le había mirado con aquella misma expresión en los ojos, suplicándole una muerte rápida.

Él le había cortado el cuello.

—Al parecer, la dama no se alegra de ver a su esposo —dijo con tono burlón.

—No me alegra tener que marcharme con mi carcelero —le espetó ella—. No pienso fingir que me caéis bien, al igual que no pienso calentar vuestro lecho.

Él la recorrió con la mirada. La cíngara montaba a horcajadas, y su falda remendada caía sobre el arzón delantero. Sus piernas largas y desnudas y sus pies polvorientos se aferraban con pericia a los flancos del caballo.

—Elijo con cuidado a las mujeres con las que me acuesto, y vos no estáis a la altura. Parecéis más indicada para las labores domésticas –la furia que sentía hacia el rey lo impulsó a hablar con tanta crueldad.

Ella lo fulminó con la mirada, y le dijo:

–No pienso lavar ni arar para un *gajo* –sin más, se puso en marcha. Con su extraño perro trotando junto al caballo y su expresión pétrea, parecía una amazona errante que acababa de escapar de un asedio.

Comía y bebía de forma mecánica cuando se detenían en alguna posada, y por la noche yacía inmóvil en su jergón. El perro no se apartaba jamás de su lado, y mientras ella dormía permanecía vigilante y gruñía si Stephen la miraba siquiera.

Como era de esperar, Kit se sentía incómodo ante tanta tensión, y no dejaba de parlotear mientras avanzaban... que si el rey Enrique había enviado a varios consejeros al extranjero en busca de una nueva prometida, que si en la corte de Francia la gente bebía en copas que al secarse revelaban escenas de hombres y mujeres *in flagrante delicto*, que si el marinero Sebastián Cabot había mandado un salvaje a Londres desde España, y la criatura estaba expuesta en los jardines del oso...

Para cuando llegaron a los amplios campos bordeados por muros de piedra y setos espinosos que pertenecían a Lynacre, Stephen tenía los hombros doloridos por la tensión. Miró hacia atrás, y vio algo que se había repetido en varias ocasiones: Juliana se había acercado demasiado a un espino, y como la falda se le había quedado enganchada, dio un tirón para soltarse y la tela se rasgó.

Era una amazona excelente, pero a lo largo del camino se había mostrado descuidada y había ido dejando jirones de tela o algún que otro mechón de pelo en los matorrales. Era obvio que estaba tramando algo, así que iba a tener que vigilarla.

–Adelántate y anuncia nuestra llegada, Kit –le dijo a su escudero–. Dile a la cocinera que no hemos comido desde el desayuno, y pídele a Nance Harbutt que prepare el baño de la baronesa.

Kit dejó una nube de polvo a su espalda cuando se alejó al galope. Stephen retomó la marcha, pero a un ritmo más pausado. Se sentía cada vez más inquieto, porque tenía la certeza de que su mundo perfectamente ordenado estaba a punto de cambiar por completo.

Una alondra cantó desde uno de los arbustos, pero se calló al cabo de unos segundos. El suave repiqueteo de los cascos de los caballos y el crujido del cuero de las sillas de montar acentuaban el silencio cargado de tensión.

Al cabo de un momento, el perro de la cíngara soltó un ladrido y echó a correr por uno de los campos. Parecía un relámpago blanco a través de aquel terreno ondulante.

—¿Adónde va?

—Ha oído algo —Juliana ladeó la cabeza, y añadió—: Otros perros, los oigo.

Stephen observó el horizonte, más allá de las aulagas en flor, de los espinos y los acebos, hacia las colinas que se alzaban en la distancia, y masculló una imprecación al ver a un jinete.

—¿Por qué hemos tenido que encontrarnos precisamente con él?

—¿Quién es? —le preguntó Juliana.

—Mi vecino, y el mayor chismoso de todo Wiltshire.

—¿Acaso os dan miedo los chismes, mi señor?

Juliana observó en silencio a Pavlo, que se acercaba a la carrera a los lebreles que acompañaban al jinete. Unos grajos que estaban posados en unos fresnos cercanos se sobresaltaron con los ladridos, y alzaron el vuelo antes de alejarse hacia las colinas como una nube de tormenta.

Lo cierto era que se sentía bastante complacida al ver que Pavlo había roto la monotonía del viaje y el tenso silencio. Dio una palmada, se llevó las manos a la boca, y gritó una orden en ruso, y el perro regresó de inmediato con la cabeza en alto y moviendo la cola, que parecía la bandera de un vencedor.

Mientras los lebreles huían despavoridos, el jinete descendió por un sendero de ovejas que se unía al camino principal mediante una obertura en los setos. El desconocido detuvo su montura, y fulminó con la mirada al enorme perro.

–Habría que acabar con esa condenada bestia.

–Seguro que se resistiría, Algernon –le dijo lord Wimberleigh.

–Por los clavos de Cristo...

El joven miró boquiabierto a Juliana, y mientras él observaba su ropa harapienta y su pelo ensortijado, ella le devolvió la mirada y contempló el fino corte de su jubón y su justillo y la finura de sus manos enguantadas. Llevaba también una gorra de terciopelo, y sus rizos dorados enmarcaban su apuesto rostro.

–¿Qué demonios es eso, Wimberleigh?

–Una gran equivocación, pero me temo que voy a tener que cargar con ella hasta que pueda remediar la situación.

Juliana se indignó al oír sus palabras. Hasta ese momento no tenía en demasiada estima a lord Wimberleigh, pero la opinión que tenía de él empeoró aún más.

–Cielos, ¿dónde están mis modales? –siguió diciendo él, con su habitual tono sarcástico–. Algernon, esta dama afirma ser Juliana Romanov. Juliana, os presento a Algernon Basset, conde de Havelock.

El joven la miró sonriente. Cuando se quitó la gorra y se la llevó al pecho, la larga pluma que decoraba la prenda se agitó ligeramente.

–Encantado, lady Equivocación –dijo, con una carcajada.

Juliana sintió una punzada de familiaridad. Havelock era un hombre afable, de buena cuna y modales impecables, y habría encajado a la perfección entre el círculo de amigos íntimos de su padre. Era muy diferente a Stephen de Lacey, el hombre circunspecto que se había casado con ella por culpa de un arranque de caballerosidad del que se arrepentía.

Miró al conde con una sonrisa cauta, y le contestó:
—*Enchanté*, milord.
Algernon enarcó las cejas, y Juliana se preguntó qué era lo que le había sorprendido... su acento, su voz, o su sonrisa.
—¿Qué os trae a nuestro distrito?
Juliana lo miró con la sonrisa traviesa que había aprendido de Catriona, la hermana menor de Rodion.
—Una boda, mi señor.
—Ya veo. Sin duda esperáis casaros con un pastor, o con alguno de los mozos del pueblo.
A Juliana le habría gustado tomarle un poco más el pelo, pero Wimberleigh suspiró con impaciencia y dijo:
—Está casada conmigo, Algernon. Es una historia muy larga, así que...
—¿Contigo? —Algernon lo miró boquiabierto—. *¿Contigo?*
—Por orden del rey —le explicó Stephen con voz tensa, como si estuvieran arrancándole cada palabra—. Te agradecería que mantuvieras silencio...
—Ni hablar, Wimberleigh —Havelock sonrió de oreja a oreja, y posó una mano en su bragueta—. Ni un alabardero de la Torre podría silenciarme —después de soltar una carcajada, se puso la gorra y regresó al galope por donde había llegado.
Wimberleigh cerró los ojos, se pellizcó el puente nasal, y masculló una palabra que seguramente hacía referencia a alguna función corporal desagradable.
Juliana luchó por mantenerse calmada y racional durante el resto del camino. Era la esposa de un noble, y al margen del carácter encantador de su marido, quizá podría sacar ventaja de la situación. Era posible que su título de baronesa la ayudara a conseguir llevar ante la justicia a los asesinos de su familia.
En un pequeño y recóndito rincón de su interior, albergaba un profundo pesar. Tendría que haberse casado con Alexei Shuisky. Los recuerdos del joven se habían teñido

de sueños y anhelos, y en su mente su prometido había ido volviéndose más atractivo y encantador con el paso del tiempo. Qué felices habrían sido viviendo en las espléndidas fincas de los Shuisky, criando a sus hijos en un entorno bello y lleno de esplendor.

Miró ceñuda a Stephen de Lacey, que montaba como un plebeyo. Vestía ropa muy sencilla, y su pelo dorado estaba demasiado largo y necesitaba un buen corte. Aquel hombre había arruinado cualquier futuro que ella hubiera podido tener en Nóvgorod, a no ser que...

Una idea empezó a arraigar en su mente poco a poco, insidiosa como el viento a través de la lona de una caravana. El mismísimo rey de Inglaterra se había otorgado a sí mismo la potestad de acabar con un matrimonio, todo el mundo hablaba del tema cuando ella había llegado a aquel país. El rey Enrique había apartado a un lado a su esposa española para casarse con una dama de la corte de ojos oscuros, incluso a los cíngaros les había impresionado su osadía.

Se habían impresionado aún más con el destino final de Ana Bolena, que había muerto ajusticiada.

Cuando vio aparecer en el horizonte la torre de entrada de su nuevo hogar, no pudo evitar estremecerse. Estaba claro que los ingleses que no querían seguir con sus esposas eran muy peligrosos.

Al oír un alarido terrible, Stephen subió a la carrera las escaleras que conducían a la segunda planta de la casa señorial. Recorrió con paso rápido el pasillo semiabierto que iba de un extremo del hastial al otro, y tuvo que agacharse un poco al pasar bajo varias vigas bajas.

Se preguntó qué demonios estaba pasando. Habían llegado minutos antes, pero a juzgar por la voz aterrada de la mujer, daba la impresión de que estaban matándola.

Pasó junto a los retratos enmarcados de sus antepasados y de sus padres, y junto al suyo propio. Como era habitual, apartó la mirada al pasar junto al de Meg, pero a pesar de que era incapaz de mirarlo, sintió una punzada de dolor.

Siguió avanzando hacia los aposentos de su esposa cíngara, que parecía tener unos pulmones muy potentes para ser tan menuda. Sus gritos eran largos y estridentes, y probablemente se oían desde el pueblo que estaba más allá del río que bordeaba la finca.

Al llegar a la puerta, se detuvo y contempló la escena que tenía ante sí.

Juliana estaba acorralada contra un armario infestado de gárgolas. Los rostros tallados de expresión maliciosa con ojos de madera y lenguas colgantes rodeaban el de su esposa, como si pensaran que era uno de ellos.

Nancy Harbutt avanzaba hacia la cíngara como una fuerza al asedio. La gobernanta formaba parte de Lynacre desde que Stephen tenía uso de memoria, y era tan constante e inalterable como el armario de gárgolas. Llevaba un sencillo griñón almidonado, atado con una cinta bajo la barbilla.

—¡Mantente alejada de mí, vieja clueca! —le gritó Juliana.

Nance señaló con un gesto la falda y la blusa de la cíngara, y le dijo a Stephen:

—Ya sé que os sentíais presionado por la necesidad de casaros, mi señor, pero por el amor de Dios... ¿dónde habéis encontrado a esta gata abandonada?

—Es una larga historia —Stephen miró a Juliana para ver si había signos de violencia. La vieja Nance nunca había sido adversa a utilizar una vara cuando lo creía necesario—. ¿Qué es lo que pasa?

Juliana intentó contener una mueca de dolor al notar contra la espalda algo abultado que sobresalía del armario. ¿Qué clase de hombre era Stephen de Lacey?, ¿cómo osaba irrumpir en los aposentos de una dama?

—Esta mujer quiere obligarme a que me siente en ese...

ese... ¡pozo negro! —fingió que estaba horrorizada, y señaló hacia la enorme bañera que había frente a la chimenea.

—Es un baño caliente, y lo necesitáis con urgencia. Por Dios, apestáis —le espetó la vieja Nance, mientras la miraba con desagrado.

Juliana intentó apartarse aún más de la bañera, aunque en realidad estaba deseando meterse en el agua caliente. Era un aparato bastante singular, que tenía un conducto que podía conectarse al caldero que estaba calentándose en la chimenea y que proporcionaba un suministro constante de agua caliente. El baño humeaba, y en la superficie del agua flotaban plantas troceadas que emanaban un olor bastante intenso.

Juliana había utilizado durante años la suciedad y la mugre para escudarse de los hombres libidinosos. Con la excepción de Rodion, había conseguido mantener a raya a todos los que hubieran podido interesarse en ella, y estaba decidida a seguir con aquel disfraz.

—¿Por eso estaba gritando?, ¿por un baño? —Stephen soltó una carcajada—. No es algo que deba causar pánico, sino una necesidad ocasional.

—He visto a gente que ha enfermado con fiebre y ha muerto después de sentarse en agua estancada.

—¿No os bañáis jamás? —le preguntó él con calma.

Juliana se cruzó de brazos en un gesto de autoprotección, y le contestó:

—Me baño una vez al año, pero en agua corriente. No quiero hacerlo en una cuba de agua estancada que apesta a plantas venenosas.

—¿Plantas venenosas? —Nance la miró con indignación, y le espetó—: Son mis propias plantas medicinales. No soy una nigromante como Jenny Fallow, que mató a su marido con mandrágora. Le dijo que prolongaría el acto sexual, y...

—Nance.

Al ver que Stephen cortaba la diatriba, Juliana supuso que aquella mujer era dada a contar chismes.

—Ella dijo que funcionó durante un tiempo, pero...
—Por favor, Nance —le dijo él con impaciencia.
—Perdonad que me ande por las ramas, mi señor —la mujer miró ceñuda a Juliana, y añadió—: Que Dios me ciegue los ojos, es una verdadera descarada —se llevó las manos a las caderas, y se inclinó con actitud amenazadora hacia ella—. Si queréis agua corriente, id a bañaros al río.
—¡Jamás!, no acepto órdenes de nadie.

Juliana dio una patada con uno de sus pies descalzos y mugrientos, y el aguamanil lleno de agua que estaba junto a la bañera cayó al suelo. No se dio por satisfecha, así que pasó a toda velocidad junto a Nance, agarró el borde de la bañera, y la ladeó.

Mientras Nance invocaba a todos los santos católicos y retrocedía hasta la pared, una oleada de agua aromatizada inundó la habitación.

Juliana oyó que Stephen soltaba una imprecación, y antes de que pudiera reaccionar, se encontró colgada sobre su hombro. Soltó un grito, pero al ver que no le servía de nada, empezó a golpearle la espalda y se ganó una palmada en el trasero.

Stephen pasó junto a Nance, se detuvo a agarrar unas toallas de lino, un trozo de jabón y un frasco que contenía un líquido oscuro, y echó a andar hacia la puerta.

Nance corrió tras ellos, y exclamó:
—Mi señor, tened cuidado...
—No te preocupes, no muerde —mientras salía a toda prisa de la habitación, añadió—: Bueno, es probable que sí que muerda, pero aún no la he pillado in fraganti.

Cuando salieron de la casa, Pavlo se puso a ladrar como un loco. Juliana le gritó una orden, pero entonces vio que el borzoi estaba atado a un poste.

Notó que avanzaban por una cuesta mientras Stephen seguía mascullando imprecaciones, y entonces oyó el sonido de un río.

—No os atreveréis... —exclamó, indignada.

—Vuestro encanto me da valor, querida —sin más, la lanzó al agua.

Juliana empezó a gritar, pero tuvo que callarse cuando la boca se le llenó de agua. La temperatura fría del río la impactó, pero no tanto como la crueldad del hombre con el que se había casado. Cuando consiguió apoyar los pies en el lecho pedregoso, salió a la superficie con la mano en la daga.

Estaba dispuesta a pelear, pero no tuvo oportunidad de hacerlo. Él también se había metido en el río completamente vestido, y estaba armado... con el trozo de jabón.

Juliana se puso a gritar como Pavlo cuando estaba confinado en una jaula. Se magulló las manos y los pies intentando golpear el cuerpo duro de su marido, pero todo fue inútil. Stephen de Lacey era implacable, y después de empaparle el pelo con una especie de brebaje a base de hierbas, la lavó a conciencia mientras ella seguía debatiéndose y después la hundió en el agua como si fuera un montón de ropa enjabonada.

Cuando terminó de lavarla, ni siquiera la miró. Dio media vuelta, salió del río, y le dijo con sequedad:

—Las toallas están allí. Cenaremos a las seis, tendremos invitados.

—¡Espero haberos pegado algún piojo! —le gritó ella, al ver que se alejaba.

La vieja Nance se metió un dedo bajo el tocado, y se rascó un poco. Soltó el suspiro propio de una mujer que está convencida de su propia santidad, siguió esparciendo rastrojos limpios por el suelo con sus manos regordetas, y dijo:

—He arreglado los aposentos de la señora, dejad que os diga que no ha sido nada fácil.

Cuando Stephen le ofreció una silla de respaldo recto, la mujer se sentó con aires de grandeza. Él se había puesto a toda prisa ropa seca, y se había peinado el pelo húmedo.

—No os importunaré con un sinfín de preguntas, mi señor. Dejaremos que los chismosos se entretengan intentando adivinar cómo es posible que el barón de Wimberleigh se haya casado con una cíngara salvaje.
—Gracias —Stephen se sentó a horcajadas en una silla, y apoyó los brazos en el respaldo. Aunque se sentía aliviado al ver que Nance no le pedía explicaciones, sabía que era la única que podría haberle entendido, ya que sólo ella estaba al tanto del arma que el rey Enrique usaba para amenazarlo.
—No es asunto mío saber el porqué y las circunstancias de vuestro reciente matrimonio. Dios sabe que mi pobre y avejentada cabeza es demasiado débil para poder entender cómo os habéis metido en semejante situación —la mujer entrelazó las manos, y añadió—: Ahora que la cíngara ya está bañada, hay que procurarle ropa. Ya nos encargaremos más tarde de sus modales asilvestrados.
—¿Crees que realmente es tan extraña, Nance? —Stephen intentó no pensar en la batalla que habían librado en el río—. A veces vislumbro algo en su comportamiento, oigo una nota melódica en su forma de hablar, y empiezo a dudar.
—Es una cíngara, mi señor. Todo el mundo sabe que son grandes imitadores —la gobernanta soltó un bufido, y añadió—: Como un mono que vi en una ocasión. Pertenecía a un marinero de Bristol, y...
Stephen asintió sin prestarle demasiada atención, y apoyó la barbilla en la mano; de repente, se dio cuenta de que hacía ocho años que no entraba en aquellos aposentos. El dormitorio tenía una sala de música adyacente y un patio, y había pertenecido a Meg.
A pesar de que se había aireado y limpiado a toda prisa para la nueva baronesa, la habitación seguía teniendo la impronta indefinible de Meg... el cubrecama festoneado de damasco en un tono rosa un poco desteñido, la muñeca de ojos carentes de vida que estaba sentada junto a la ventana, el candelabro que él mismo había diseñado, y el peine que

descansaba sobre una mesa de patas finas, y que en la parte posterior tenía grabada una escena de la virgen protegida por un unicornio.

Por miedo a las emociones que empezaban a arremolinarse en su interior, Stephen fijó la mirada ceñuda en el suelo, y vio un trozo de cordel que asomaba de debajo del cubrecama. Se levantó de la silla, cruzó la habitación, y lo agarró antes de preguntar:

—¿Qué es esto?

Nance contuvo el aliento por un instante, y al final admitió:

—La señora estaba jugando a la escala de Jacob la noche en que... —se calló de golpe cuando Stephen se volvió y le lanzó una mirada gélida, pero entonces se llevó la mano al pecho y añadió—: Era una chiquilla muy dulce.

Stephen seguía sintiéndose culpable, y el recuerdo fue como sal en la herida. Se imaginó a su esposa vagabunda invadiendo aquellos aposentos, durmiendo en la cama de Meg, utilizando sus cosas... Juliana iba a ser como una mala hierba, como una plaga en aquel lugar perfectamente ordenado.

«Lo siento, Meg. Lamento todo lo que pasó». La culpa lo quemó como cal viva.

—Habrá que incinerar la ropa, por supuesto —estaba diciendo la vieja Nance.

Stephen sacudió la cabeza, y se obligó a dejar a un lado los dolorosos recuerdos. Empezó a pasear de un lado a otro frente a la ventana, y dijo:

—¿Qué estabas diciendo?

—Que la ropa de la cíngara debe de estar infestada de bichos, mi señor. Será mejor que la quememos.

—Sí, pero entonces no tendrá nada que... —apretó el puño contra la jamba de la ventana, y alcanzó a decir—: Tiene medidas parecidas a las de Meg.

—No está tan rellenita como vuestra primera esposa, pero yo puedo ajustarle los vestidos... si no os importa, por supuesto.

—No, no me importa —dijo con firmeza, mientras cerraba las puertas a los recuerdos del pasado.

—Y en lo que respecta a una doncella para que la sirva...

—Lo que necesita no es una doncella, sino alguien que la vigile.

—Estoy de acuerdo. Mientras estabais ocupado con ella, he mandado llamar a Jillie Egan, la hija del tintorero.

—¿A Jillie Egan? Eres malvada, Nance. Esa muchacha tiene el tamaño de un buey, y es terca como una mula.

Nance sonrió de oreja a oreja, y le contestó:

—No tolerará que la cíngara haga ninguna tontería.

—Haz lo que creas conveniente —Stephen echó a andar hacia la puerta, y añadió—: Tengo un compromiso urgente.

—Mi señor, ¿qué pensáis decirle a la cíngara acerca de...?

—Nada —le dijo, con voz cortante como un cuchillo—. Ni una sola palabra.

CAPÍTULO 3

—Tengo entendido que ese tono de azul se llama añil.

Juliana, que estaba mirándose al espejo, se llevó un susto de muerte al oír aquella voz inesperada. Soltó una exclamación ahogada, y giró de golpe para enfrentar a la intrusa.

—Dios del cielo, mi carcelera es una giganta —susurró en ruso.

Recorrió con la mirada los pies enormes embutidos en unos zuecos de aspecto macizo, y la cara rubicunda enmarcada por una mata de pelo rubio. La distancia entre los unos y la otra era de una veintena de manos por lo menos... el tamaño de un caballo de tiro.

—No hablo egiptano, mi señora —la giganta se llevó las manazas a las caderas, y se inclinó hacia delante mientras observaba abiertamente a Juliana—. Creía que estabais intentando averiguar de qué tonalidad de azul tenéis los labios después de bañaros en agua fría... yo diría que añil.

—Añil.

—Exacto. Mi padre es tintorero, así que conozco bien los colores. Estáis azul como el cuello de un herrerillo, mi señora.

Juliana aferró con manos temblorosas la bata que llevaba puesta, y miró atónita a aquella mujer. Lo cierto era que estaba azulada después de bañarse en el gélido río. Después de que su despiadado marido la sometiera a aquel baño tan ignominioso, había regresado chorreando a casa mientras lo maldecía en una mezcla de inglés, romaní, y ruso. Cuando la giganta había llegado, estaba mirándose al espejo y preguntándose si alguna vez recuperaría un color normal.

—¿Quién sois? —consiguió decir, mientras le castañeteaban los dientes.

—Jillie Egan —la mujer se inclinó en una torpe reverencia, y añadió—: Vuestra nueva doncella.

Juliana cerró los ojos por un momento, y se rindió a los recuerdos que solía tener encerrados en un rincón. De niña había tenido cuatro doncellas... todas ellas preciosas, impecables, y casi tan instruidas como ella.

—Se acerca la hora de la cena, mi señora.

Jillie la instó a que se colocara cerca de la chimenea y le quitó la toalla que le envolvía el pelo. Los densos mechones olían a las hierbas que Stephen había usado para matar a los piojos. La doncella le quitó la bata, y le puso una larga camisa interior de una tela fina y suave muy diferente al tejido basto de su ropa de cíngara.

—Pertenecía a la primera baronesa —comentó Jillie, mientras sacudía la bastilla festoneada de la camisa.

—¿A la madre de lord Wimberleigh?

—Cielos, claro que no. La madre de lord Wimberleigh estiró su noble pata hace unos veinte años. Me refería a su primera esposa.

Juliana se quedó atónita, porque ni siquiera se le había pasado por la cabeza la posibilidad de que Stephen de Lacey hubiera estado casado con anterioridad. Una esposa... Stephen era viudo. De repente, aquella información tiñó todo lo que sabía sobre él: la tristeza que se vislumbraba en sus ojos, el amargo resentimiento que parecía sentir hacia ella, sus largos silencios, y sus arranques de genio.

—¿Dónde está mi propia ropa?

—Nance ha dicho que no valía la pena lavarla, que estaba mugrienta y llena de bichos. Ha hecho que la quemen.

—¡No! Tengo que encontrar mis cosas, necesito mi...
—¿Vuestra bagatela, mi señora? —Jillie le dio el broche, y añadió—: Lo vi prendido del interior de la cinturilla de la falda.

Juliana sintió un alivio avasallador, seguido de una esperanza que empezó a caldearle la sangre. A lo mejor podía confiar en la giganta, quizás era la única persona en la que podía confiar hasta que... pensó en el rastro que había ido dejando durante el trayecto hasta Wiltshire, en los jirones de tela y los mechones de pelo que había dejado para señalar el camino, y rezó para que Laszlo se diera prisa y la rescatara cuanto antes.

—Gracias —a pesar de sí misma, empezaba a confiar en aquella doncella enorme y mandona.

Empezó a relajarse, y decidió renunciar a su disfraz de cíngara. El plan de pedirle auxilio al rey Enrique había fallado, pero a lo mejor podría conseguir que Stephen de Lacey la ayudara. Se preguntó hasta dónde estaría dispuesto a llegar, cuánto se atrevería a arriesgar con tal de deshacerse de ella.

—¿Sabes peinar, Jillie?
—Por supuesto, mi señora. Para cuando termine con vos, vuestro marido no os reconocerá.

—No me tengas en ascuas, Wimberleigh. ¿Cómo es tu nueva esposa? —dijo Jonathan Youngblood con impaciencia.

Stephen cerró los ojos, maldijo la bocaza chismosa de Havelock, y volvió a abrir los ojos para poder fulminar con la mirada a su mejor amigo. Jonathan tenía diez años más que él, y estaba sentado con actitud relajada al otro lado de la mesa de caballete. Había luchado en las guerras contra los escoceses, y tenía las cicatrices que lo demostraban. Era un hombre algo rechoncho debido a la buena vida que llevaba, su pelo canoso enmarcaba un rostro rubicundo, y vestía como un labrador, ya que jamás le habían interesado los dictados de la moda. Jonathan Youngblood era un caballero de la vieja orden, y despreciaba a los petimetres perfumados y refinados que poblaban la corte.

Tenía unos ojos marrones que destilaban bondad. Había sido bendecido con doce hijos, y como creía que Stephen no tenía ninguno, había enviado a Kit a vivir con él para que el muchacho llenara aquel vacío.

«Si él supiera...». Stephen no pudo evitar pensar aquello para sus adentros, pero apartó la idea de su mente y dijo:

—Quiero que sea una sorpresa.

—Dame al menos una pista, no quiero pasarme toda la velada mirando boquiabierto como un visitante de Bedlam.

Stephen soltó un suspiro, y tomó un trago de malvasía. Cuando dejó la copa de peltre sobre la mesa, el golpe metálico resonó en el cavernoso salón. Las vigas remachadas del techo se arqueaban como costillas gigantescas, y de las paredes colgaban enormes tapices. La mesa estaba dispuesta con una vajilla elegante, digna de una comida exquisita. Las velas de cera de abeja que estaban ensartadas en los candelabros de plata iluminaban la estancia, y las llamas ondulaban con suavidad bajo la brisa que entraba por las altas y delgadas ventanas.

En aquella mesa habían comido grandes príncipes, eruditos, y clérigos adustos, pero jamás una vagabunda medio salvaje. Stephen estaba convencido de que la cíngara debía de tener los modales de un cerdo.

Soltó un suspiro, y decidió contarle la verdad a Jonathan.

—Se llama Juliana, y afirma que procede del reino de Moscovia. No hay duda de que es una patraña que se ha inventado, hasta ahora viajaba con unos cíngaros.

—Había oído que el rey te había impuesto a una moza extranjera, pero pensé que se trataba de una de las exageraciones de Havelock... o de una de las bromas pesadas del rey.

—Para Enrique, todo fue una gran broma.

—Al rey le encanta divertirse, sobre todo a expensas del orgullo de un buen hombre —Jonathan apoyó sus gruesos brazos en la mesa, y se inclinó hacia delante—. ¿Cómo es tu nueva esposa? ¿Tiene los ojos color azabache?, ¿es apasionada? He oído que los cíngaros son una raza de sangre caliente.

Stephen lo miró ceñudo, y le contestó:

—Es bastante... —luchó por encontrar un apelativo que no fuera desagradable, y al final dijo—: Rústica.

—Ya veo, una belleza campechana.

—No exactamente.

—¿No es campechana? —Jonathan miró más allá de Stephen, y pareció fijar la mirada en algo que había detrás de su amigo.

—No es una belleza —Stephen se dio cuenta de que apenas sabía qué aspecto tenía su esposa debajo de toda la mugre y el pelo ensortijado. Ella no había dejado de forcejear mientras la bañaba, y sólo había alcanzado a ver uñas que intentaban arañarlo y una boca que no dejaba de soltar improperios en una lengua extranjera.

Intentó hacerse una imagen mental... mechones oscuros de pelo escapando de dos gruesas trenzas, un rostro mugriento, y un cuerpo menudo y carente de forma vestido con harapos.

—Su apariencia me trae sin cuidado, pienso deshacerme de ella en cuanto el rey se haya hartado de atormentarme.

—Ya veo —en los ojos de Jonathan apareció un brillo de diversión, y sus labios se tensaron mientras intentaba contener una sonrisa—. En ese caso, debe de ser una verdadera humillación para ti.

—Sí, es una moza mugrienta que tiene el atractivo de un cubo de agua sucia.

—Muchas gracias, milord —dijo una voz suave a su espalda—. Al menos no tengo los modales de un sapo.

Jonathan se puso a toser para intentar disimular una carcajada.

La cíngara. ¿Cuánto había oído de la conversación?

Stephen se levantó poco a poco, con la copa en la mano, y se giró. Se quedó tan impactado, que la copa se le cayó y el vino se derramó sobre la mesa. La visión que tenía ante sí lo dejó enmudecido, y se quedó mirándola boquiabierto.

Juliana llevaba un vestido de brocado rosa con un corpiño de cintura alta y mangas entalladas, y una capa plisada con una larga cola. El escote rectangular del vestido revelaba sus pechos... de textura sedosa y rosada, tan tentadores como un melocotón maduro.

De no ser por sus vívidos ojos verdes, no la habría reconocido. La mugre había desaparecido, y había dejado al descubierto un rostro tan exquisito como una delicada rosa primaveral.

Juliana había renunciado a la capucha francesa que estaba tan de moda, y llevaba su larga melena suelta y sujeta con una cinta de satén dorado. Gracias al agua y al jabón, el tono oscuro e indefinido del pelo había dado paso a un profundo tono castaño con brillantes reflejos rojizos. Stephen tuvo el deseo casi irrefrenable de hundir las manos en aquellos mechones largos y ondulados.

«Si pudiera tocarla ahora mismo, lo primero que acariciaría sería su pelo».

Las palabras aparecieron en su mente antes de que pudiera contenerlas, y sintió un nudo en el estómago al darse cuenta de que, si la tocaba, no se contentaría con acariciarle sólo el pelo.

—Debéis de ser lady Juliana, la nueva baronesa —Jonathan se levantó con tanta premura, que se dio un golpe contra la silla. Se inclinó en una profunda reverencia, y añadió—: Soy sir Jonathan Youngblood. Vivo en Lytton Mount, una propiedad vecina.

—*Enchantée*.

Juliana se echó hacia atrás su gloriosa mata de pelo. Llevaba prendido en el vestido el broche que le había enseñado al rey Enrique, y estaba un poco ruborizada. Esbozó una sonrisa, y añadió:

—Al parecer, mi esposo ha estado entreteniéndoos con su encanto y su ingenio habituales.

Stephen se enfadó consigo mismo por notar el dolor que se reflejaba en sus palabras, no quería que le importara si se sentía herida por lo que él había dicho.

Ella le miró de frente, le saludó con una reverencia, y le dijo:

—*Le bon Dieu vous le rendra.*

Su francés era impecable... «El buen Dios os corresponderá». Stephen estaba convencido de que así sería.

Con cautela, como si estuviera adentrándose en un nido de serpientes, la tomó de la mano para conducirla hasta la mesa. Le sorprendió darse cuenta de que su esposa parecía tener un porte y una elegancia innatas. Juliana tomó su lugar en la mesa de un noble con total naturalidad, como si llevara haciéndolo toda la vida.

Cuando los criados entraron en formación, como siempre, con trucha y ensalada, pastel de venado y pan, pudín de sangre y queso fresco, Juliana los recibió con una desenvoltura sorprendente. Indicó con un gesto la malvasía derramada, y dijo en voz baja:

—Su Señoría necesita más vino.

Stephen apenas saboreó la comida, la ingirió de forma automática. Era incapaz de apartar la mirada de su esposa, y no salía de su asombro al ver sus modales impecables. Se preguntó dónde habría aprendido a manejar el cuchillo y la cuchara con tanta soltura, a beber con tanta delicadeza, a susurrar instrucciones tan discretas y adecuadas a la servidumbre.

«Es una cíngara... todo el mundo sabe que son grandes imitadores... como un mono...».

Recordó las palabras de Nance Harbutt, pero estaba convencido de que aquélla no era la respuesta. No, no podía serlo.

Apenas oyó la amena conversación de Jonathan, ni las suaves respuestas de Juliana. Hablaron de Kit, del tiempo, y ella volvió a insistir en que pertenecía a la realeza moscovita. Estaba tan atónito, que era incapaz de hacer otra cosa que no fuera mirar a su esposa.

Esperaba que la tosca cíngara se sintiera abrumada por la opulencia de su hogar, que estaba abarrotado con los botines que sus antepasados habían ganado batallando, con tesoros eclesiásticos que su padre había rapiñado, y con las ricas ganancias que él mismo había obtenido como barón de Wimberleigh; sin embargo, Juliana sólo parecía vagamente interesada en lo que la rodeaba. Era como estuviera habituada a la elegante vajilla, a las copas venecianas, a las obras de arte de valor incalculable que adornaban las paredes y a los solícitos criados, como si ya hubiera vivido rodeada de tales lujos.

Se dijo que aquello era absurdo. Seguro que, como no estaba habituada a ver tales tesoros, no entendía el valor que tenían. Se obligó a prestar atención a lo que estaba diciendo Jonathan.

—La historia que contáis sobre vuestro pasado es de lo más singular, mi señora.

Después de comer un poco de ensalada, Juliana trazó el borde de su copa con la punta del dedo; por un instante, sus ojos reflejaron una tristeza y una melancolía tan intensas, que Stephen se quedó sin aliento.

Ella pareció recuperar la compostura, y miró a Jonathan con una sonrisa antes de decir:

—No es ninguna historia, milord, sino la pura verdad.

Stephen contuvo un resoplido burlón. No era de extrañar que los cíngaros estuvieran proscritos, nadie debería mentir con tanta habilidad.

—El matrimonio inesperado con lord Wimberleigh debe de haberos dejado desconcertada.

—Sí, os confieso que me siento como la dama de Riga.

—¿Riga?

—Es un pequeño principado situado al oeste de Nóvgorod. A mi vieja niñera le encantaba contarme la historia. La dama de Riga montó sin quererlo a lomos de un tigre, y no tuvo más remedio que seguir adelante, porque sabía que el animal la devoraría si intentaba desmontar.

—De modo que estar casada con Stephen os parece igual que montar un tigre —Jonathan parecía estar disfrutando de lo lindo.

Stephen se prometió que ignoraría a aquella mujer extranjera, que no prestaría la más mínima atención a aquella belleza deslumbrante que eclipsaba a la recatada Meg. Iba a ignorar la sonrisa cautivadora de Juliana y la seductora cadencia de su forma de hablar, porque hacer lo contrario significaría abrir su corazón a un dolor inimaginable.

Soportó la cena en silencio, y entonces se despidió de Jonathan.

—Es encantadora —le dijo su amigo, mientras esperaban en el patio a que Kit le trajera su montura—. ¿Dónde habrá aprendido esos modales una cíngara?

—Ni lo sé, ni me importa.

—Observarla resulta fascinante.

—Sí, lo mismo puede decirse de un áspid. Mira, aquí viene Kit —dijo, al ver que el robusto muchacho se les acercaba llevando de las riendas el caballo de Jonathan.

—Le ha sentado muy bien estar a tu lado, Stephen. Empezaba a perderse entre toda mi prole.

—Aquí no tiene ese problema —Stephen sintió una punzada de dolor muy familiar—. Kit es un muchacho inteligente y despierto, y no tarda en dominar todas las labores que le enseño —esbozó una sonrisa forzada, y añadió—: Aunque no tardará en interesarse en otros empeños, las criadas suspiran por él cada vez que le ven pasar.

Jonathan se echó a reír, y le dijo:

—Enséñale a ser casto, Stephen. No quiero que empiece a engendrar hijos antes de tiempo.

—No aprenderá ningún mal hábito de mí.

Stephen se quedó mirando mientras Jonathan se despedía de Kit y se alejaba al trote. Sabía que tenía fama de ser un noble disoluto que frecuentaba los antros de Bath, las tabernas del puerto de Bristol, y las casas de juego de Southwark.

Su reputación no le enorgullecía, pero le proporcionaba una gélida satisfacción saber que así mantenía a raya a las doncellas casaderas; sin embargo, en ese momento tenía a Juliana, y se preguntó qué iba a pasar con los malos hábitos que había ido cultivando de forma tan asidua.

Permaneció durante un largo rato en aquel jardín de senderos cruciformes llenos de fragantes lechos de dedaleras y madreselvas. Rodeado de la fragancia limpia de la primavera, se detuvo junto a una fuente mientras se preparaba para las horas que tenía por delante.

Apretó los puños contra el pilón de piedra, que aún conservaba la calidez del sol, mientras intentaba borrar para siempre todo sentimiento, toda emoción; sin embargo, era como una roca que había estado bajo el sol, que aún conservaba la calidez cuando estaba sumida en la oscuridad. Recordó la sonrisa de Juliana, a pesar de que sabía que no debería pensar en ella.

El sol se hundió en el horizonte... tendría que marcharse en unos minutos.

Al sentir que lo recorría un escalofrío, dio media vuelta y volvió a la casa, pero se detuvo al ver a Juliana en la puerta del salón. La tenue luz del candil que tenía en la mano le bañaba las pestañas y el pelo con un brillo dorado, y creaba sombras misteriosas en el hueco de la garganta y entre los senos. Por el amor de Dios, ¿acaso Jillie no sabía que una dama debía vestir una esclavina por recato?

Su esposa llevaba el broche justo debajo del escote, y el voluminoso rubí central brillaba como la sangre fresca.

—¿Qué soléis hacer después de cenar, milord?

Sintió pánico al oír aquella pregunta, y reaccionó pasando al ataque con furia.

—A veces me doy un buen revolcón con una o dos mozas —la recorrió con la mirada de forma deliberada, y añadió—: Aunque tres sería mucho mejor.

Ella se mordió el labio inferior, y al final le dijo:
—No os creo.
—No sabéis nada de mí.
Juliana se encogió de hombros con un movimiento grácil y fluido, y le contestó:
—Está en vuestras manos decidir hasta qué punto queréis que llegue a conoceros. He visto que hay una sala de música adyacente a mi dormitorio, a lo mejor os complacería que tocara para vos...
—Entre los instrumentos no hay ni guitarras ni cascabeles de cíngaros.
Al ver su expresión dolida, Stephen deseó poder explicárselo todo, pero sabía que no podía hacerlo. «Tengo que herirte, Juliana». Tratarla con consideración y ternura sería una crueldad mucho mayor.

Juliana se despertó poco a poco. Por un momento, se sintió confusa al ver el elegante dosel que tenía encima y al notar la calidez sedosa de las mantas que la cubrían, y en aquel distante reino que estaba a medio camino entre los sueños y el despertar creyó que estaba en Nóvgorod, esperando a que Sveta llegara con una copa de leche tibia con miel y una bandeja de pan y salchichas especiadas.

La imagen fue desvaneciéndose, y se apoyó en los codos para incorporarse. No estaba en un jergón bajo un árbol ni en la caravana mohosa de Laszlo, sino en Lynacre Hall, una casa señorial... en los hermosos aposentos que en otro tiempo habían pertenecido a la esposa de lord Wimberleigh.

Se preguntó cómo había sido la primera baronesa, si él la había amado o no, si la había tratado con gélida indiferencia. ¿Habría sido ella la causa de que Stephen se convirtiera en un hombre frío y malhumorado, o él siempre había sido así?

Decidió descubrirlo. Al llamar a Jillie, sintió la caricia de la brisa matinal que entraba por la ventana abierta. Esperó mientras acariciaba la larga y delgada cabeza de Pavlo, mientras oía cómo cobraba vida la casa... la llamada de la cuidadora de gansos, el sonido de los postigos al abrirse, el cacareo de las gallinas, algunas voces que procedían de las cocinas... poco después, Jillie llegó sujetando una bandeja entre el brazo y la cadera.

—Así que ya os habéis despertado —dijo con voz vigorosa, mientras dejaba la bandeja encima de una mesa de juego larga y estrecha—. Buenos días, mi señora. ¿Tenéis hambre?

—Siempre —admitió, mientras apartaba a un lado el cubrecama. Durante los años que había pasado junto a los cíngaros, se había acostado a menudo con hambre. Pedir limosna, robar y cazar furtivamente tenían sus limitaciones.

Después de rebuscar en el arcón labrado que había a los pies de la cama, Jillie sacó una bata larga y arrugada de lana. Cuando metió los brazos en las mangas, Juliana notó que la prenda olía a lavanda y a bergamota.

—No está bien tintada —comentó Jillie, mientras sacudía un poco la tela—. Mi padre hace trabajos mejores... cuando los consigue, claro.

—¿Escasea el trabajo para los tintoreros? —le preguntó Juliana, mientras le echaba un vistazo al líquido marrón que llenaba la copa.

—En otros tiempos, tenía las tinajas llenas día y noche durante todo el año, pero el comercio ha ido trasladándose a las ciudades como Bath, Salisbury, e incluso Londres.

Juliana tomó un trago. Era una cerveza floja y casi sin alcohol, que distaba mucho de su desayuno ideal. Le dio un bocado al pan, que estaba harinoso. Mientras masticaba encontró un trozo duro de barcia, y decidió que iba a tener que hacer algunos cambios en aquel lugar.

Con una despreocupación deliberada, le preguntó a la doncella:

—¿La antigua baronesa no colaboraba con los comerciantes de la zona? —desmoronó el pan entre los dedos, y añadió—: Me refiero a tintoreros, molineros... ¿no trataba con ellos?

—No —Jillie fijó la mirada en sus enormes manos enrojecidas, y admitió—: Daba la impresión de que lady Margaret no... no pensaba en ese tipo de cosas.

Margaret, se llamaba Margaret.

—Entiendo. ¿En qué tipo de cosas pensaba?

—Lo cierto es que no lo sé... en la moda, en la música, en coser, y también en jugar en el salón.

—Y en su esposo —Juliana se enfureció consigo misma por querer saberlo—. ¿Pensaba en él?

Jillie se llevó las manos a los muslos, y exclamó:

—¡Cielos, se me ha olvidado traeros agua para que os aseéis! Ahora mismo vuelvo, mi señora —se marchó a una velocidad sorprendente, y cuando regresó con un aguamanil lleno de agua tibia, parecía reacia a hablar.

Juliana no la presionó. No tenía ni un amigo en aquel lugar, y no quería poner a prueba la lealtad de la única candidata.

Jillie la ayudó a ponerse un vestido en un tono melocotón suave, y comentó:

—Nance se quedó despierta hasta tarde levantando el dobladillo para que os quedara bien —retrocedió un paso para poder verla mejor, y añadió—: Ha hecho un buen trabajo.

—¿Pero...? —le dijo Juliana, al notar su falta de entusiasmo.

—No debo juzgar a mis superiores...

—Jillie, quiero que siempre me hables con franqueza —le resultaba un poco extraño dar pie a tanta familiaridad con una criada, pero necesitaba una aliada.

—El color no os sienta bien, mi señora. Tenéis un color de pelo intenso, y rosas en los labios y en las mejillas. No os favorecen estos tonos pálidos, sino los fuertes.

—En ese caso, tíñeme los vestidos.

—¿Lo decís en serio? —Jillie la miró boquiabierta.

—Por supuesto. Dile a tu padre que pagaré gustosa lo que me pida.

—Mi señora, sois...

Al oír un fuerte traqueteo que procedía del exterior, Juliana se apresuró a acercarse a la ventana. Por el camino de grava del patio se acercaba un carro cargado con cajas y paquetes de extrañas formas.

—¿Qué es eso? —le preguntó a Jillie.

—El nuevo envío, milord siempre hace traer un montón de cosas de Londres —la doncella soltó un sonoro suspiro, y apoyó la barbilla en la mano—. El mundo es muy grande, sería fantástico poder verlo. No he salido nunca de este condado.

—¿Nunca? —la mera idea hizo que Juliana se sintiera agobiada e incómoda—. Algún día te contaré cómo son las cosas fuera de aquí, pero ahora debo recibir al recién llegado.

Una hora después, Juliana estaba en una sala muy espaciosa, asomada a un mirador con vistas a un manzanar en flor cercado por un grueso muro. Lynacre era un lugar extraño y hermoso. Aún tenía que familiarizarse con aquella casa. Había alas pequeñas y grandes que acababan en hastiales, y también porches, enormes chimeneas, y parapetos almenados. Los terrenos en sí también eran un laberinto, y de momento había visto tres jardines distintos tapiados, densas y casi amenazadoras arboledas hacia el oeste, y verdes páramos que conducían al río.

Después de sentarse en el banco que había junto a la ventana, apretó las rodillas contra el pecho y apoyó la sien contra el cristal, que estaba caldeado por el sol. Sí, la finca era extraña y hermosa... al igual que su dueño. Al pensar en él, recordó la vieja historia rusa de Stavr, un príncipe encantado que se había quedado atrapado en un bosque de su reino, y que sólo podría liberarse si una princesa le daba un beso por voluntad propia.

—¿Qué demonios estáis haciendo? —le preguntó una voz furiosa desde la puerta.

Se quedó helada, y se sintió mortificada al darse cuenta de que se había quedado tan absorta al imaginar un beso mágico, que se había llevado los dedos a los labios y había cerrado los ojos. Con toda la dignidad de la que pudo hacer acopio, se levantó de inmediato y se sacudió la falda.

Stephen llevaba los pantalones y el jubón del día anterior. Una barba incipiente y dorada le suavizaba las duras líneas de las mejillas y la mandíbula, y su pelo claro estaba alborotado. Su aspecto desarreglado le daba un aire desenfadado que resultaba muy atrayente, y Juliana no pudo evitar ruborizarse mientras se le aceleraba la respiración.

De repente, se dio cuenta de que su marido no se había acostado aún... a no ser que lo hubiera hecho con una de las mozas que había mencionado la noche anterior. Silenció la punzada de dolor que sintió. Si estaba habituado a pasar todas las noches fuera, que hiciera lo que le diera la gana. Sería una tonta si permitía que su actitud la hiriera.

—No habéis contestado a mi pregunta, querida.

—Ha llegado un carro procedente de Londres. Lo he recibido, y he mandado al conductor a la cocina para que comiera algo, mi se... Stephen —decidió que a partir de entonces iba a tutearlo. Sacó un silbato de marfil de una caja, y silbó con fuerza—. ¿Para qué sirve?, ¿es para un pastor? —antes de que él pudiera contestar, apartó una tela que cubría una jaula ovalada, y descubrió que dentro había un canario—. ¿Vas a ponerlo en el palomar? —empezó a hojear las páginas de un libro pequeño y grueso, y vio varias ilustraciones—. No leo demasiado bien en inglés, a lo mejor podrías decirme lo que pone. Y esto...

Alargó la mano hacia una caja de madera construida mediante piezas entrelazadas, pero su marido se le adelantó y la tuteó también al decirle en un susurro bajo y letal:

—¿Has acabado ya, Juliana?

—Son juguetes para niños, me preguntaba...

—Me gustan los inventos, tanto los míos como los de los demás. No busques significados ocultos en lo que has visto.

Era posible que los juguetes fueran regalos para los niños del pueblo cercano, a lo mejor Stephen de Lacey ocultaba un corazón de oro tras aquella fachada pétrea. Impulsada por algún diablillo travieso, agarró una pequeña flauta, y sopló mientras iba cubriendo los agujeros con los dedos para variar de nota.

—Deja eso.

A pesar de que su marido se le acercó y la fulminó con la mirada, ella siguió tocando. Prefería sufrir el impacto de su furia que la frialdad de su indiferencia. Empezó a tocar las primeras notas de una vieja canción rusa que hablaba de un cerezo, pero era más que consciente de la cercanía de su marido.

—¡Maldita sea, Juliana...! —la agarró de la muñeca, y las manos de ambos quedaron atrapadas entre los dos.

Era la primera vez que estaba tan cerca de su marido... lo bastante como para oír su respiración acelerada, para sentir la calidez de su aliento en la mejilla, para notar su olor a cuero y a lejía, para observar las líneas casi imperceptibles que tenía en las comisuras de sus preciosos ojos azul pálido.

Se quedó mirándolo embobada mientras el corazón le martilleaba en el pecho, y de repente se dio cuenta de que él también estaba impactado, que sentía la misma calidez, que era consciente de lo que estaba pasando, que también reconocía... ¿el qué?, se preguntó, desconcertada.

El deseo.

La respuesta la golpeó de lleno, como una flecha en la oscuridad que había dado justo en la diana.

—¿Stephen...? —susurró con voz queda.

Tuvo la impresión de que él vacilaba por un instante, que estaba atrapado en la misma tensión insoportable que la había dejado sin aliento. La boca severa de su marido se curvó ligeramente, y su pelo dorado estuvo a punto de acariciarla en la frente cuando bajó la cabeza hacia ella.

Stephen se acercó más y más hasta que los labios hambrientos de los dos quedaron a un suspiro de distancia, y Juliana sintió que un torrente de anticipación la recorría de pies a cabeza.

De repente, él le arrebató la flauta de la mano y retrocedió.

—Yo me ocupo de los paquetes, no hace falta que te preocupes por ellos. Y en el futuro, seré yo quien reciba todos los envíos, baronesa —se marchó de inmediato, y sus pasos se alejaron hasta detenerse de golpe.

Juliana fue a toda prisa a la puerta de la sala, y al asomarse con sigilo lo vio inmóvil en el estrecho pasillo. Tenía las manos apretadas contra la pared de piedra y la cabeza echada hacia atrás, el cuello tenso, los dientes apretados, y los ojos cerrados. Su postura revelaba una frustración tan angustiosa, que se sintió como una intrusa, así que volvió a entrar en la sala.

Aquella mañana había aprendido algo sobre su marido: la deseaba, y ése era un secreto que él no podía ocultarle.

Stephen oyó los sonidos en la distancia, a través de un pesado manto de sueños. Un grito en la oscuridad, un gemido de terror y desesperación.

Como aún estaba aturdido por todo el vino que había bebido la noche anterior para intentar olvidar el dolor que había visto en los ojos de Juliana, su mente apenas registró los sonidos, pero poco a poco fue cobrando conciencia de lo que estaba oyendo.

Había llegado el momento. Lo había temido durante años, pero una parte pequeña y oscura de su ser lo había esperado con ansia. Era el final de la espera, de la incertidumbre. Al fin iba a quedar libre...

—¡No! —la negativa salió del fondo de su alma, feroz y llena de angustia. Apartó a un lado las mantas, se levantó de golpe, y echó a correr hacia la puerta.

«No... por favor, Dios, no...», agarró los pantalones y la camisa con movimientos espasmódicos, y en cuestión de segundos salió al oscuro pasillo.

Esperaba encontrar a Nance Harbutt, dispuesta a darle la

temida noticia, pero no le esperaba nadie. Al oír de nuevo los sollozos que le habían despertado, avanzó por el pasillo... hasta los aposentos de su esposa.

La neblina de sueño y alcohol que le nublaba la mente se esfumó bajo la fuerza de un viento gélido y acerado.

Juliana... le había despertado su esposa cíngara, que estaba sollozando y murmurando algo en un idioma extranjero.

Sintió una mezcla de alivio y de irritación, y oyó un gruñido bajo y gutural en cuanto abrió la puerta. Al ver al perro de su esposa en medio de la habitación, preparado para atacar y mirándolo con ojos amenazadores, le sostuvo la mirada con firmeza.

El animal apartó la mirada antes, se tumbó en el suelo, y lo observó con cautela.

Stephen permaneció inmóvil e indeciso durante unos segundos. La tenue luz de la luna entraba por la ventana abierta, y bañaba la enorme cama. A pesar de que Juliana sólo llevaba una semana en Lynacre Hall, su presencia ya prevalecía en lo que en otros tiempos habían sido los dominios de Meg. El aire olía a lavanda, había vestidos y camisas sobre los taburetes y los arcones, y un extraño laúd descansaba en un rincón.

Notó todo aquello de pasada, porque los suaves y terribles sonidos que procedían de Juliana lo habían dejado enmudecido. Se le encogió el corazón a pesar de que ella estaba hablando en una lengua extranjera, porque era consciente de lo que significaba lo que estaba diciendo. Su mujer estaba murmurando dormida las palabras de una persona que conocía de primera mano la desesperación y el desaliento, la súplica de un corazón que ansiaba que lo curaran.

Mientras rezaba para que el perro no le atacara, atravesó la habitación a toda prisa. Era la persona menos indicada para reconfortar a un alma inquieta, pero no podía verla sufrir.

Cuando se sentó en el borde de la cama, el pesado armazón crujió bajo su peso. Posó con cuidado las manos en un hombro que asomaba bajo las mantas retorcidas.

Yacía acurrucada como una niñita aterida de frío. Tenía los brazos rígidos alrededor del torso, y él sintió que se le rasgaba el corazón al verla temblar. Soltó una imprecación que revelaba lo indefenso que se sentía ante ella, y la apretó contra su cuerpo. Sintió su calidez, el latido acelerado de su corazón, y la humedad de sus lágrimas empapándole la camisa.

–Shhh... –susurró contra su pelo, mientras rozaba con los labios aquellos mechones sedosos. Inhaló la ligera fragancia herbal, y añadió–: Por favor, Juliana, cálmate. No es más que una pesadilla, estás a salvo.

Ella despertó de golpe, inspiró con fuerza, y dijo con voz queda:

–¿Stephen?

Sintiéndose torpe y desgarbado, la apartó un poco y la miró a la cara. Ella tenía los ojos muy abiertos, y las mejillas húmedas.

–Te he oído gritar –le explicó con voz ronca, mientras luchaba por aparentar naturalidad–. He venido para hacer que te callaras, no quería que despertaras a todo el mundo.

–Ah –se pasó la abultada manga del camisón por la cara, y le preguntó–: ¿Pavlo no ha intentado detenerte?

–El perro entiende que no quiero hacerte ningún daño.

–Siento haberte despertado.

–¿Estás bien? –era demasiado peligroso estar a solas con ella así... en la cama sumida en la penumbra, con Juliana cálida y suave, adormilada y vulnerable.

–Sí –a pesar de su afirmación, tenía la voz ronca y los ojos llorosos.

Stephen sabía que debería marcharse de allí cuanto antes, pero dejar desamparado a un ser vivo que estaba sufriendo iba en contra de su forma de ser.

–Ya ha pasado, Juliana. Estás a salvo, sólo ha sido una pesadilla.

—Pero una pesadilla real. Veo cosas que le ocurrieron a mi familia, oigo cosas...

—¿El qué?

—Fuego —susurró, mientras empezaba a temblar de nuevo—. Caballos al galope, gritos, llamas saliendo por las ventanas...

—¿Qué ventanas?

—Las de mi casa de Nóvgorod, la casa de mi padre —alzó la cabeza, y por un instante lo miró con expresión altiva—. En comparación, Lynacre Hall parece una casucha.

Stephen se sintió desilusionado. Todo aquello formaba parte de la ficción que Juliana se había inventado para apoyar sus disparates, era un hilo más en su red de mentiras.

—En el sueño, estoy mirando hacia la nieve —siguió diciendo, ajena a su escepticismo. Ni siquiera pareció darse cuenta de que él deslizaba la mano desde su barbilla hasta su hombro, de que trazaba con el pulgar pequeñas espirales en el hueco de su garganta—. El fuego proyecta sombras sangrientas sobre la nieve, y entonces veo a mi familia reunida en los escalones de entrada. Las espadas de los asesinos relampaguean... Alexei, mi prometido, está luchando.

Stephen abrió la boca para preguntarle por el tal Alexei, pero ella siguió hablando antes de que pudiera pronunciar palabra.

—Las hojas de acero están teñidas de rojo bajo la luz del fuego, y mi hermano grita de dolor. No le hacen un corte limpio, así que... —su voz se quebró, y se cubrió el rostro con las manos—. Tienen que hacerle un tajo tras otro, y sus gritos se convierten en gorgoteos, y ya no vuelvo a oírle. Y entonces, al final, mientras Laszlo me contiene... —tragó con dificultad, y dio la impresión de que se obligaba a seguir—. Veo que Alexei cae. El jefe está a punto de ordenarles a sus hombres que me busquen, y Pavlo sale de la nada.

—¿Pavlo?

—Sí, consiguió salir de las perreras. Es un perro muy protector.

Stephen alzó uno de los mechones de pelo que le caían sobre la nuca, y se maravilló al ver lo suave que era.

–Sí, ya me he dado cuenta.

–Lo demás es pura confusión en mi sueño. Veo que Pavlo ataca, y oigo voces ahogadas... una imprecación. No alcanzo a oír bien las palabras por culpa del rugido del fuego, de los relinchos de los caballos, de los ladridos de los otros perros... Pavlo aúlla de dolor, y el hombre sale corriendo. No puede verme, pero el fuego gana intensidad de repente y entonces espero, porque sé que alcanzaré a verle el rostro.

Stephen contuvo el aliento. A pesar de sí mismo, aquella historia pavorosa lo tenía atrapado. A pesar de que sólo era un sueño, lo embargó una súbita tensión.

–¿Y...?

Juliana suspiró, y apoyó la frente en su hombro.

–Y nada, siempre acaba igual. Un fogonazo, como el disparo de un arma, y entonces me despierto.

–¿Sin ver la cara del villano?

–¿Villano?

Stephen estuvo a punto de sonreír, y no pudo evitar disfrutar de la ligera presión de la cabeza de su mujer contra su hombro.

–El asesino.

–Siempre me despierto antes de verle la cara.

–¿Has tenido antes este sueño?

–Al principio, cuando tuve que huir de Nóvgorod después de la masacre, lo tenía cada noche. Ahora no lo tengo tan a menudo, pero es como abrir una herida. Vuelvo a sentirlo todo... la angustia, la rabia, la impotencia, la pérdida de todo, el terror.

Juliana se aferró a su mano. Tenía la palma fría y sudorosa.

–Dios, Juliana... –le acarició el pelo, y la instó a que apoyara mejor la cabeza sobre su hombro. No sabía qué creer.

—Tengo miedo, Stephen. Laszlo siempre ha estado cerca para calmar mis temores, pero ahora estoy tan sola...
—Eso no es cierto. Estoy aquí, Juliana.

Al ver que ella se relajaba, se sintió maravillado. La posibilidad de que unas meras palabras y unas caricias pudieran reconfortar era algo que le resultaba inconcebible.

—Quédate conmigo, Stephen. Quédate conmigo, y abrázame mientras duermo —le susurró.

Se quedó tan sorprendido, que se le olvidó que tenía que ser cauto. Antes de que se diera cuenta de lo que pasaba, se tumbó junto a ella, la tapó con el cubrecama, y la abrazó con fuerza. Cuando ella apoyó la mejilla contra su pecho, él posó con cuidado la barbilla sobre su cabeza.

Se dijo que sería sólo un momento, hasta que ella se calmara y se durmiera de nuevo, pero al cabo de una hora aún seguía allí.

Mientras Juliana dormía apaciblemente, él era más que consciente de la caricia de su aliento en el cuello, de la delicada mano que tenía apoyada en la curva de la cintura, de la pierna delgada y torneada que le cubría el muslo.

Intentó no pensar en el hecho de que estaba en la cama con una mujer hermosa. Era su esposa, así que tenía todo el derecho a besarla, a tocarla, a deslizar las manos por debajo del camisón y... cortó en seco aquella fantasía, pero el esfuerzo le resultó doloroso. Había pasado demasiado tiempo desde la última vez que había sentido la suavidad de los senos de una mujer bajo una suave camisa de batista, hacía muchísimo que no oía la respiración de alguien durmiendo junto a él. Hacía una eternidad desde la última vez que había sentido deseo.

Conforme Juliana fue relajándose y durmiendo cada vez más profundamente, él fue tensándose bajo el yugo de un deseo doloroso.

Maldición, tendría que haberse marchado en cuanto ella se había despertado. No debería haber escuchado el relato de su sueño, no debería haber reconfortado a una mujer con la que se había casado a regañadientes, no tendría que sentir aquel anhelo atormentador por una cíngara.

Para distraerse de aquel deseo ardiente, se concentró en la historia que ella le había contado. Era la misma que había relatado ante el rey y la corte, y había dado por supuesto que se trataba de una patraña.

La luz de la luna se reflejó en algo que había sobre un taburete, junto a la cama, y al darse cuenta de que se trataba del broche de su esposa, alargó el brazo con cuidado y lo agarró. Era bastante pesado, las perlas eran suaves y redondas como cuentas de cristal, y el enorme rubí del centro tenía tantas facetas brillantes y misteriosas como la propia Juliana; al principio, había creído que era falso, o como mucho un granate, pero empezaba a tener sus dudas.

Alzó el broche para poder verlo mejor a la luz de la luna y vio en él sangre y fuego, los mismos elementos que habían atormentado a Juliana mientras estaba dormida. Si era un rubí de verdad, sólo cabían dos posibilidades: o era una ladrona muy avezada, o una mujer desesperada que había perdido trágicamente a su familia y su fortuna.

La parte larga de la cruz se curvaba un poco al final, y al notar que en la parte posterior había un pequeño cierre, lo abrió y sintió cómo se separaban dos partes del broche. Se quedó atónito al ver una pequeña daga afilada, y la observó intrigado durante unos segundos antes de volver a enfundarla. Recorrió la superficie del broche, y notó unas pequeñas marcas en el oro. Entrecerró un poco los ojos mientras lo alzaba hacia la luz, y vio el grabado de unos símbolos formados por curvas y ángulos extraños, que le recordaron las runas antiguas de los dólmenes que había en los valles secretos de la frontera galesa.

Le recorrió un escalofrío. Sentía una sensación extraña al tener aquel broche en sus manos, como un presentimiento que lo inquietaba.

Dejó a un lado el broche, y al notar que Juliana se acurrucaba más contra él, se obligó con esfuerzo a apartar a un lado lo que sentía, y se centró en pensar.

Se preguntó qué era lo que le atraía tanto de aquella mujer. Era como un rubí bajo la luz, que iba revelando una reluciente faceta tras otra. En cuestión de segundos, pasaba de ser una cíngara que robaba caballos a una narradora de historias. Hablaba inglés con claridad, pero le costaba leerlo. Su francés era impecable, lo había demostrado durante la visita de Jonathan. Su manera firme a la par que considerada de dirigir a la servidumbre parecía fuera de lugar en una muchacha que se había criado entre mendigos itinerantes.

¿Era posible que hubiera adquirido aquellas destrezas a base de imitar?

Fue la última pregunta sin respuesta que se le ocurrió antes de volverse hacia su esposa y abrazarla contra su cuerpo, pero antes de quedarse dormido, se preguntó quién era exactamente la mujer que tenía entre sus brazos.

CAPÍTULO 4

—¡Cuando acabe con vos, no quedará suficiente ni para dar de comer a los cerdos!

Juliana se incorporó de golpe, y parpadeó cuando el sol de la mañana le dio de lleno en los ojos. A través de los cortinajes medio abiertos de la cama alcanzó a ver una figura que le resultaba muy familiar, y entonces notó que Stephen se movía junto a ella.

Se quedó helada, y en aquellos segundos interminables lo recordó todo: Stephen había pasado la noche con ella. Al ver que él se quedaba mirando boquiabierto al recién llegado, apretó el cubrecama contra su pecho y se pasó los dedos por el pelo antes de decir:

—Hola, Laszlo. Sabía que vendrías, ¿has seguido mis *vurma*? ¿Por qué has tardado tanto?

Laszlo hizo caso omiso de sus palabras, y fulminó con la mirada a Stephen mientras empezaba a remangarse la camisa poco a poco, de forma amenazante.

Jillie apareció en la puerta de la habitación, y exclamó:

—¡Disculpadme, mi señora! Ha sido Meeks quien ha dejado entrar a este bribón, pero me desharé de él enseguida.

La doncella agarró del cuello de la camisa a Laszlo, que se zafó de un tirón y abrió los ojos como platos.

—¡Dios del cielo, es una giganta! —exclamó en romaní.

Juliana contuvo las ganas de echarse a reír, y le dijo en la misma lengua:

—Es mi doncella —pasó al inglés al añadir—: Te presento a Laszlo, Jillie. Es un invitado.

—¡Jamás me rebajaría a quedarme bajo el mismo techo que un *gajo*! —Laszlo se volvió hacia Stephen, y le dijo en inglés—: Decidme cómo os llamáis, quiero saber vuestro nombre por lo menos antes de mataros y mandaros al infierno.

Stephen se reclinó contra las almohadas, y enarcó una ceja con actitud relajada.

—Parecéis muy capaz de hacer lo que decís, ¿puedo preguntar a qué viene tanta animosidad?

—¡La habéis deshonrado! Daría mi vida por mantenerla a salvo, maldito...

Stephen se levantó con un suspiro. Estaba completamente vestido, aunque tenía los pantalones y la camisa bastante arrugados.

—Esperad un momen...

Laszlo se lanzó hacia él con un grito de furia, y a pesar de que Stephen era más alto y corpulento, el súbito ataque hizo que perdiera el equilibrio y que cayera al suelo. El dosel de la cama se sacudió por el impacto.

Laszlo empezó a soltar imprecaciones mientras luchaba con su adversario. Maldijo el aire que respiraba Stephen, el suelo que pisaba y el color de su hígado, puso en duda la virtud de su madre y la virilidad de su padre, y lo comparó a algo enganchado al eje de un carro.

Mientras las imprecaciones seguían sucediéndose, Jillie le lanzó una mirada implorante a Juliana, pero ésta negó con la cabeza para indicarle que no interviniera. Laszlo ya había soportado bastantes insultos como para tener que aguantar que le venciera una mujer desarmada.

Al ver que el cíngaro empezaba a aporrear a Stephen en la cabeza, lo agarró de los hombros e intentó apartarlo.

—¡Laszlo! Por favor, Laszlo...

—¿Qué?

Cometió el error de alzar la mirada hacia ella, y Stephen aprovechó para apartarlo de golpe y sujetarlo contra el suelo. Laszlo se debatió con furia, y su rostro barbudo empezó a enrojecer por el esfuerzo.

—No sabía que dormir contigo era tan peligroso, baronesa —masculló Stephen entre dientes. Se volvió hacia Laszlo, y le dijo con calma—: Creo que la dama desea que os rindáis.

—He venido a mataros, ¿por qué creéis que voy a rendirme?

—Porque si no lo hacéis, voy a tener que lastimaros.

—¡Ja! —le contestó Laszlo con indignación.

—Y porque soy el esposo de Juliana —le dijo Stephen, con voz pesarosa.

Stephen estaba sentado en su despacho delante de Laszlo, que permanecía de pie por testarudez. Le ofreció una copa, y al ver que el cíngaro la miraba con suspicacia, le dijo:

—Es malvasía, un vino dulce de Madeira. Os gustará.

—Es un maldito brebaje *gajo* —murmuró, antes de beberse la copa de golpe y de secarse la boca con la manga de la camisa.

Stephen sintió un latigazo de tensión en el cuello. Los dos estaban observándose con cautela, sopesando el poder y la fuerza del adversario.

—No hace falta complicar este asunto de forma innecesaria, Laszlo.

El cíngaro se metió el pulgar en el ancho fajín de seda que llevaba, y sus dedos sucios rozaron el mango de un cuchillo.

—Habladme de vos, *gajo*.

—Me llamo Stephen de Lacey —no añadió su título, porque estaba convencido de que no iba a impresionar al cíngaro—. Y vos sois Laszlo. ¿Soléis irrumpir en aposentos ajenos como un padre furioso?

El desconocido se irguió con orgullo, sacó pecho hasta llenar por completo el chaleco bordado que llevaba, y alzó aún más su nariz aguileña.

—Sólo me comporto como un padre furioso por Juliana.

Stephen parpadeó ante aquella nueva información... al parecer, aquel hombre era el padre de su esposa.

Más allá de la ventana, el sol matinal se ocultó tras unas nubes bajas. El despacho se llenó de sombras, y los ojos del cíngaro se volvieron tan oscuros como un pecado mortal.

Cualquier esperanza que hubiera podido tener sobre la sinceridad de Juliana se desvaneció de inmediato. Era obvio que había mentido al decir que era hija de un noble ruso.

Miró a Laszlo para intentar encontrar algún parecido, pero sólo vio contrastes. Aquel hombre tenía unas mejillas altas y huesudas, y las de la muchacha eran tersas y dulcemente redondeadas. El pelo de Laszlo era hirsuto, y a pesar de que estaba salpicado de gris, en otros tiempos había sido negro. El de Juliana tenía un profundo tono castaño rojizo. Y en cuanto a los ojos... los de Juliana eran de un verde cristalino, y no se parecían en nada a los de Laszlo.

—Debe de haber salido a su madre —comentó.

El cíngaro alzó la barbilla, y su tupida barba puntiaguda se balanceó hacia delante.

—Sí, en todos los sentidos.

Stephen supo instintivamente que aquellas palabras contenían un significado oculto.

—De modo que Juliana es vuestra hija... ¿por qué huyó de vos? —apretó el puño, y le preguntó con voz tensa—: ¿Acaso la maltratabais?

—¡No! Jamás le pondría la mano encima.

—Y aun así, se alejó de vos. La atrapé cuando intentaba robar mi yegua.

—¿La atrapasteis? Vaya, está claro que se le olvidó todo lo que le enseñé.

Stephen suspiró con impaciencia. Era inútil intentar discutir con aquel forastero iracundo, era un rasgo que había heredado su hija.

—¿Cómo habéis llegado hasta aquí?

—Juliana dejó pistas.

—¿Qué tipo de pistas? —le preguntó, ceñudo.

—Nosotros las llamamos *vurma*, son señales que se dejan a lo largo del camino.

—¿Trozos de tela, hilos y pelo? ¿Cosas así?

Laszlo agarró la jarra que había sobre la mesa, y se sirvió otra copa de malvasía antes de contestar.

—Exacto.

De modo que por eso se había acercado tanto a los setos durante todo el camino, por eso había dejado que se le rasgara el vestido. Era una mujer muy astuta, debería haber sabido que no podía confiar en ella.

—Tendría que haberse casado con Rodion, el capitán de la *kumpania* —Laszlo observó a Stephen con atención, como si estuviera intentando leerle como a un mapa.

—En ese caso, seguramente se marchó para escapar de ese matrimonio. Vuestra gente permite que las mujeres decidan si quieren casarse o no, ¿verdad?

—Sí, si tienen las ideas claras —Laszlo sacudió la cabeza, y dio la impresión de que por un momento se le olvidaba dónde estaba—. Juliana siempre está soñando, no deja de planear su regreso.

—¿Adónde quiere regresar?

—A su hogar *gajo*.

—Creía que habíais dicho que erais su padre.

—Habéis sido vos el que lo ha dicho.

—Y vos no lo habéis negado.

Laszlo agarró un caballo de hojalata, y observó ceñudo las articulaciones móviles. Stephen lo había inventado para entretener a los hijos de los arrendatarios.

—¿Y bien?, ¿lo sois? —le preguntó con impaciencia.

—¿El qué? —le dijo, mientras jugueteaba con el resorte que ponía en marcha el mecanismo del caballo.

—¡El padre de Juliana! —la voz de Stephen reflejaba la frustración que sentía.

—¿Y vos sois su marido? —Laszlo dejó a un lado el juguete,

y al ver que echaba a andar por encima de la mesa hasta caer al suelo, gritó sobresaltado y retrocedió mientras murmuraba algo y hacía signos para mantener alejado al demonio.

Stephen tuvo que contener una sonrisa, y comentó:

—Nos casamos por orden del rey.

—¿Por qué ordenó algo así el rey *gajo*?

Stephen respiró hondo. No quería insultar a Laszlo admitiendo que el matrimonio con Juliana era un castigo que le había impuesto el soberano.

—Es una larga historia —dijo al fin.

—Pero no habéis perdido el tiempo a la hora de acostaros con ella.

Stephen recordó la suavidad del cuerpo de Juliana apretado contra el suyo, su dulce aroma, lo mucho que la había deseado, y se dijo que era un tonto. Seguro que todo aquello formaba parte del plan de la cíngara, sin duda quería seducirlo para que el matrimonio no pudiera anularse.

—Eso no es de vuestra incumbencia, Laszlo.

—Para que sea vuestra esposa, hay que celebrar la *plotchka* —dijo el cíngaro con firmeza.

—¡No, Laszlo! —exclamó Juliana desde la puerta.

Su doncella la había peinado con maestría: le había echado el pelo hacia atrás, se lo había sujetado con peinetas, y había dejado que la melena le cayera a la espalda. Stephen no pudo evitar imaginarse acariciando aquellos largos mechones, tal y como había hecho la noche anterior.

Pavlo irrumpió en el despacho de repente y se lanzó entusiasmado hacia Laszlo, que se echó a reír y empezó a rascarle las orejas.

—Laszlo, no habrá ninguna *plotchka* —le dijo Juliana, mientras se cruzaba de brazos.

Stephen se quedó mirándola en silencio. Cada día estaba más bella. Se preguntó de dónde habría sacado aquel vestido en un vívido tono azul, porque Meg nunca había tenido algo tan llamativo.

—¡No estarás casada de verdad hasta que no celebres la

ceremonia, Juliana! —le gritó Laszlo mientras hacía bajar al perro, que seguía entusiasmado.

—¡Exacto! No quiero casarme de verdad —le dijo ella, antes de empezar a hablar a toda velocidad en su lengua extranjera.

Laszlo le respondió con la misma premura mientras hacía un gesto imperioso con el dedo, y cuando ella alzó la barbilla para contestar, él se mantuvo inflexible y acabó la discusión con un sonoro grito.

Juliana empalideció de forma visible, y sus ojos reflejaron una profunda angustia. Miró al uno y al otro, y dio la impresión de que se le encogían los hombros.

A pesar de que Stephen no había entendido lo que habían dicho, se dio cuenta de lo atormentada que estaba, y por una vez no se cuestionó la necesidad que sentía de reconfortarla.

—¿Qué os habéis dicho, Juliana? —le preguntó con voz suave.

—Yo le he dicho que el rey ordenó nuestro matrimonio a modo de broma y que vamos a conseguir la nulidad, pero se niega a escucharme. Dice que le he avergonzado, que he avergonzado al hombre que lo arriesgó todo para protegerme.

—¿Qué es una *plotchka*?

—Una ceremonia matrimonial romaní.

—¿Eso es todo?

—¿Qué queréis decir con eso? —Laszlo dejó su copa sobre la mesa con un sonoro golpe, y le espetó—: ¿Acaso sois tan noble y de alcurnia tan elevada, que el orgullo de un cíngaro os trae sin cuidado? ¿Sois un hombre tan importante, que no soy más que estiércol bajo vuestras botas?

Stephen se sintió avergonzado por su propia desconsideración. Por el amor de Dios, se había vuelto tan intolerante como el rey.

—Soy muy consciente de lo frágil que puede ser el orgullo de un hombre, jamás se me ocurriría pisotear el de otro.

—En ese caso, acceded a celebrar la *plotchka*.

—Nuestro matrimonio sólo es nominal —Stephen no habría sabido decir por qué, pero sus propias palabras le dolieron—. Anoche no pasó lo que creéis, Juliana tuvo una pesadilla y yo la consolé. Nada más.

Por primera vez, Stephen vio una expresión de aprobación en los ojos de Laszlo. Para que el cíngaro no se hiciera una idea equivocada, se apresuró a añadir:

—Pienso darle a Juliana su libertad en cuanto el rey se canse de su estratagema.

—Así que os desharéis de ella como si fuera un caballo cojo cuando ya no os sirva, ¿no?

—¡Por el amor de Dios, estoy intentando ayudarla! Ni ella ni yo queremos seguir casados —se volvió hacia Juliana, y le preguntó—: ¿Verdad que no?

Ella entrelazó los dedos, y la palidez de sus manos contrastó con el profundo tono azul del vestido.

—Lo que quiero es complacer a Laszlo, se decepcionó mucho cuando me negué a casarme con Rodion. Fue el único que me protegió cuando los asesinos intentaron acabar conmigo, dejó a su familia por mí y defendió mi honor contra todo aquél que quiso arrebatármelo.

—No esperaría menos de un padre —le dijo Stephen.

Juliana pareció recuperar todo su orgullo, y miró a Laszlo con una expresión de afecto ferviente.

—No es el hombre que me engendró, pero ha sido mi padre durante los últimos cinco años.

Stephen no sabía qué creer. Se preguntó si todo aquello era una farsa para engañarlo, pero en ese caso, ¿qué propósito podía tener? ¿Que una cíngara taimada consiguiera un marido de la nobleza? Además, ¿por qué era incapaz de ver una mentira cuando contemplaba el rostro orgulloso y bello de su esposa?

—De modo que quieres que se celebre esa... *plotchka*.

—Es mi obligación para con Laszlo —le dijo ella, sin revelar lo que opinaba realmente.

Stephen estuvo a punto de negarse, pero cometió el

error de seguir mirándola y alcanzó a ver demasiado... el temblor casi imperceptible de su barbilla, y el brillo diamantino de una lágrima que ella se apresuró a disimular parpadeando.

Y entonces cometió el error definitivo: recordó de nuevo lo que había sentido al tenerla abrazada durante toda la noche.

—¿En qué consiste la ceremonia? —se oyó preguntar como un necio.

En ese momento se dio cuenta de que él, el barón de Wimberleigh, estaba comportándose como un títere en manos de un par de cíngaros. Se dijo que se trataba de una ceremonia pagana, y que por lo tanto no sería legal. No tenía nada de malo acceder a la petición de Laszlo, porque después no sería ningún impedimento para la anulación.

—En primer lugar, hay que reunir a toda la *kumpania* —dijo el cíngaro con satisfacción. Era obvio que intuía que la victoria estaba en sus manos.

—Habéis venido solo, no hay otro cíngaro en kilómetros...

—¡Lord Wimberleigh! —el grito lleno de horror reveló la llegada de la oronda Nance Harbutt. Apretó la espalda contra la jamba de la puerta, y su papada y sus senos temblaron al unísono mientras fijaba la mirada en Laszlo—. ¡Cielos, hay otro!

Stephen empezó a perder la paciencia, y cerró los ojos por unos segundos antes de decir:

—¿Qué sucede, Nance?

—¡Los cíngaros nos invaden, mi señor! —la mujer se abanicó el rostro con el borde del delantal, y añadió—: Me lo ha dicho el hijo del velero, que ha venido a entregar un pedido... por cierto, las velas que nos ha traído son de mala calidad y grasientas, estoy segura de que apenas tienen cera de abeja. Por no hablar de las mechas, que...

—Muy bien, de acuerdo. Ya hablaremos más tarde de las velas, Nance. Así que el muchacho ha visto a unos cíngaros, ¿no?

Laszlo y Juliana intercambiaron una mirada llena de diversión.

—Sí, un montón de granujas mugrosos, mi señor —se llevó una mano regordeta a la frente, y añadió—: Están por todas partes, vienen directos a la casa en una larga procesión por el camino de Chippenham —se detuvo a tomar aliento por un segundo, y continuó diciendo—: Seguro que vienen a saquearnos. Será mejor que las madres escondan a sus hijos, porque es de todos sabido que los cíngaros roban a los niños —le lanzó una mirada furibunda a Laszlo, como desafiándole a que la contradijera.

—¿Para qué querríamos robar niños?, ya tenemos los nuestros.

Nance soltó el delantal, y se llevó las manos a las caderas.

—¡Ja! Mi señor, será mejor que nos pongamos en guardia antes de que...

—Nance... —le dijo Stephen, con la paciencia que siempre tenía con ella.

—... Esos tunantes llegarán de un momento a otro...

—¡Nance!

—Decidme, mi señor.

—Creo que tienes razón, los cíngaros se acercan —le dijo él con voz suave.

—¡Dios mío! —empezó a sacudir el delantal con vigor renovado—. ¿No os he dicho que esos ladronzuelos, esos renegados...?

—No vienen a robar niños ni vajillas, Nance.

—Entonces, ¿qué...?

Stephen miró a Juliana, cuyo rostro resplandecía de anticipación, y dijo con voz suave:

—Mi querida Nance, vienen a presenciar mi boda.

—Disculpad mi pregunta, mi señor, pero... ¿por qué? —dijo Kit, mientras retrocedía un poco para comprobar que la ropa de Stephen estaba perfecta.

Stephen examinó las mangas acuchilladas de terciopelo del jubón, que dejaban ver las de la camisa a través de las aberturas, y contestó con calma:

—He pensado que era apropiado lucir ropa festiva, ya que nuestros invitados se toman muy en serio esta ceremonia. ¿Crees que tendría que haberme puesto el jubón morado?

Kit frunció el ceño, y le dijo:

—Sabéis muy bien que no me refiero al traje, mi señor. ¿Por qué habéis aceptado participar en esta ceremonia pagana? ¡Es una locura!

«Sí, al igual que lo que siento por mi esposa». Stephen apretó los labios con determinación. No estaba dispuesto a admitir cuánto anhelaba complacer a Juliana y borrar el tormento que veía en sus ojos, así que se pasó una mano por su pelo recién lavado y dijo:

—Mi joven amigo, a veces vale la pena ceder un poco. Si me hubiera negado, Laszlo habría hecho que su gente les hiciera la vida imposible a los aldeanos. Es mejor celebrar su ceremonia pagana y que se marchen cuanto antes.

—¿Y qué me decís de la baronesa, mi señor? ¿Se irá con ellos?

—No —a Stephen le habría gustado poder sacar a Juliana de su vida para no tener que enfrentarse a lo que sentía por ella, pero sabía que era demasiado pronto. El rey aún estaba saboreando la treta que le había jugado—. Me temo que los cíngaros esperarán que me la quede después de la *plotchka*.

Kit se ruborizó, y empezó a buscar en un arcón labrado el mejor sombrero de su señor.

—¿Te complace todo esto? —le preguntó Stephen con voz pétrea, al verle sonreír.

—No soy quién para hablar sobre la señora, ni sobre vuestras... circunstancias.

—No serías digno hijo de tu padre si no hablaras abiertamente, Kit.

El muchacho se incorporó con el sombrero en la mano, y no intentó ocultar su sonrisa.

—Después de que Jillie la peinara y la vistiera con ropa adecuada, me di cuenta de que la baronesa es realmente... —se interrumpió de golpe, y alzó la mirada hacia el techo como buscando la palabra adecuada entre las vigas.

—¿Realmente qué? —Stephen observó al muchacho secretamente fascinado, como siempre. Jonathan Youngblood no tenía ni idea del regalo que le había hecho al mandarle a su hijo.

—No sé cómo explicarlo —Kit empezó a tirar de los escasos pelillos que le salpicaban la barbilla, y añadió—: Tiene algo que... es...

—¿Atractiva? —Stephen podía defenderse de una mujer atractiva, era un especialista en esas lides.

—No, mi señor, ésa no es la palabra.

—¿Bella? —la belleza era un peligro más grande, pero no infranqueable.

—Eso podría decirse a primera vista, pero es mucho más que eso.

Stephen tuvo ganas de decirle que no estaba bien observar con tanta atención a la esposa de otro hombre, pero se le formó un súbito nudo en la garganta y fue incapaz de articular palabra. A pesar de que Kit ya casi era un hombre, aún no dominaba el arte más masculino... el engaño.

—No es simplemente bella, mi señor —siguió diciendo el muchacho, con completa honestidad—, es... luminosa. Sí, brilla con una luz propia, es algo mágico —satisfecho con su explicación, le dio el sombrero de terciopelo. La prenda tenía una pluma de faisán sujeta al borde con un broche de plata.

Stephen la agarró con manos entumecidas. Kit acababa de decir la verdad con la ingenuidad típica de alguien tan joven, era cierto que Juliana tenía algo especial. Si fuera atractiva, o simplemente hermosa, no le habría resultado difícil mantener las distancias, pero la luminosidad y la magia eran harina de otro costal.

Jamás se había enfrentado a tales peligros, y mientras Kit le sujetaba una espada al cinturón, se sintió como si estuviera preparándose para entrar en batalla... y de hecho, así era.

Los cíngaros habían acampado con la eficiencia y la rapidez habituales en la zona este de la finca. Las caravanas y los animales estaban al amparo de una arboleda, y había una hoguera encendida en medio de un claro junto al río Avon.

Juliana estaba rodeada de mujeres en el interior de una especie de pabellón creado a partir de unas largas telas. La privacidad de la novia se guardaba con celo antes de la *plotchka*.

—Estate quieta, voy a ponerte un poco de brillo —le dijo Leila, una de las mujeres mayores del clan. Con movimientos delicados, le colocó un fino aro de oro en la nariz.

Juliana contuvo una sonrisa. Su marido pensaba que era rara, pero aún no había visto nada.

—Y ahora, el collar de monedas —le dijo Mandiva.

Siguiendo la tradición, las mujeres habían recogido una moneda de cada hombre del clan, para que Juliana le llevara a su futuro marido un regalo de buena fe de cada uno de ellos.

Recorrió las monedas con la punta de los dedos, y al ver un noble de oro, supuso que procedía de Laszlo. Se sentía culpable al aceptar dinero por un matrimonio que era una farsa, pero la alternativa era dejar que Laszlo se sintiera deshonrado, y no podía permitir tal cosa.

—¿Rodion también ha contribuido? —le preguntó a Mandiva.

—Aún no, pero le daré un buen pescozón si pone algún impedimento.

—¡Maldita sea, dejadme pasar!

Al oír aquellas palabras que procedían del exterior de la tienda, Juliana les lanzó una mirada de disculpa al resto de mujeres y se asomó al exterior. Jillie Egan estaba abriéndose paso entre un grupo de hombres y niños como una barcaza vikinga navegando a toda vela.

Los pequeños se quedaron mirando sobrecogidos a aquella giganta, y uno de ellos incluso la confundió con la bruja de una antigua leyenda romaní.

—¡Es Jofranka!

Un hombre agitó ante ella una ristra de ajos, ya que era un método infalible para lograr que desapareciera una hechicera, pero Jillie se la quitó de las manos, la olió como si nada, y se la devolvió antes de decir:

—Gracias, pero ya he comido.

Cuando otro hombre agitó delante de ella un amuleto hecho a base de huesos de murciélago, gritó:

—¡Bu!

Los cíngaros retrocedieron de inmediato, y la miraron con cautela.

—Una hechicera que no teme a los amuletos debe de ser muy poderosa —susurró alguien.

—Dejadla pasar, es una amiga —les dijo Juliana.

Leila y Mandiva protestaron un poco, pero la dejaron pasar y la miraron con suspicacia antes de marcharse.

—¡Estáis preciosa, mi señora! —exclamó Jillie, al verla ataviada con la falda de seda y el corpiño que le habían prestado, con el anillo en la nariz y el collar.

—¿Lo dices en serio? —le preguntó, sonriente.

—Por supuesto, aunque la verdad es que la vestimenta es un poco extraña —bajó la mano, y rozó la corona que sostenía el velo—. ¿Qué es esto?

—Una corona de trigo para tener prosperidad, de romero para el recuerdo, y de lavanda para el amor. Es la tradición.

Jillie asintió con aprobación mientras contemplaba el pelo de Juliana, que caía libre bajo el velo y le llegaba a la altura de las rodillas.

—Se supone que Stephen no debe verme la cara hasta que hayamos intercambiado los votos —le dijo Juliana, mientras echaba hacia delante el velo de gasa.

—Pues ya es un poco tarde para eso, os ha visto la cara y mucho más —la doncella sonrió de oreja a oreja—. Sólo queda esperar al novio —comentó, antes de salir del pabellón.

Al ver que se colocaba junto a la hoguera con los brazos en jarras y una sonrisa resplandeciente, Juliana sintió una oleada de afecto por ella. La mayoría de los criados de Stephen temblaban de miedo y cerraban las ventanas para protegerse de los cíngaros, pero Jillie estaba encantada con la novedad de aquellos visitantes tan particulares. No había salido nunca del condado, a lo mejor los cíngaros podrían enseñarle cómo era el mundo.

Laszlo entró en el pabellón al cabo de un momento, y su expresión se suavizó al verla.

—Mírate... —le dijo en ruso, la lengua que utilizaban cuando estaban a solas—. Hui de Nóvgorod con una huérfana asustada, ¿cuándo te convertiste en una mujer?

Juliana sonrió tras el velo, y le dijo:

—Lo hice en secreto, cuando no estabas mirando.

—¿Y cuándo empezaste a tomar tus propias decisiones? ¿Por qué huiste, Juliana? ¿En qué estabas pensando?

—En mi futuro —le dijo ella, mientras se perfumaba con un poco de agua de rosas que le había dado Mandiva—. Intenté decírtelo, pero no me escuchaste. No podía casarme con Rodion.

—Creí que sería lo mejor, que ya era hora de que te centraras y formaras parte de la *kumpania*.

—Sabes tan bien como yo que nunca fui parte de la *kumpania*, Laszlo. Si me hubiera casado con Rodion, habría tenido que renunciar a mis planes de vengar la muerte de mi familia.

—Eso es un sueño que deberías olvidar. Nóvgorod está a un mundo de aquí, no hay forma de regresar.

—Pues yo creo que sí que la hay, y ahora más que nunca —le dijo ella, mientras sujetaba el broche al centro del corpiño.

–¿Con ese *gajo* imberbe y paliducho?, ¿cómo?

–Aún no lo sé, pero encontraré la forma. Aunque ninguno de los dos quería, Stephen y yo somos marido y mujer, y es un noble del reino.

–¿Por qué ha sido incapaz de encontrar una esposa inglesa?, ¿qué es lo que le pasa?

–No lo sé –Juliana pensó en el taciturno lord Wimberleigh, en el dolor que brillaba en sus ojos, en el tono ronco de su voz cuando hablaba de cosas que le llegaban al corazón–. Creo que algún día lo averiguaré.

Laszlo la tomó de la mano, y le dijo:

–He sido tu padre durante cinco años. Hemos recorrido muchas millas, y hemos visto un sinfín de portentos. Al principio me resultabas muy extraña... eras una princesa *gaja* que huía para salvar la vida, tan indefensa como una niña en una tormenta de invierno... pero has cambiado, Juliana. Te has hecho fuerte y firme como un árbol capaz de enfrentarse a las ventiscas de las estepas. Aprendí a ver lo que había dentro de tu corazón, y descubrí que no era tan diferente del de un cíngaro. Eres una *gaja* y siempre lo serás, pero por encima de todo eres una mujer... eres Juliana.

Ella lo miró con los ojos inundados de lágrimas, contempló desde detrás del velo aquel rostro tan querido y dolorosamente familiar.

–Has sido muy bueno conmigo, Laszlo. Cuando venza a los asesinos de mi familia, te recompensaré.

Él le soltó la mano, y le dijo:

–Te aferras a la idea de volver, a tus ansias de venganza. ¿No ves que es imposible, pequeña? Escribiste mensajes frenéticos a la familia de tu prometido, Alexei Shuisky. Yo mismo los envié por los canales que conocía, y con un poco de oro para acelerar su camino.

Juliana recordaba aquellos mensajes. Cuando Laszlo y ella habían llegado a una distancia prudencial de Nóvgorod, habían contactado con cuatro mensajeros. Cada uno de ellos había recibido un botón de plata y granate de su manto, además de la promesa de que, si el botón llegaba a los Shuisky en Moscovia, la poderosa familia de boyares añadiría una generosa recompensa.

—La familia de Alexei no vino a por mí, a pesar de que en los mensajes los informaba de nuestro viaje y nuestro destino —dijo en voz baja.

—Han pasado cinco inviernos, Juliana. Estaba escrito que las cosas sucedieran así. Tu destino está aquí, con la gente que se ha convertido en tu familia.

Juliana contempló las formas que la luz de la hoguera proyectaba sobre la tienda, y por un instante estuvo de vuelta en el establo de su padre, con la mano extendida hacia Zara. «Veo sangre y fuego, pérdida y reencuentro, y un amor tan enorme, que no puede ser destruido ni por el tiempo ni por la muerte».

—No —dijo con firmeza, mientras apoyaba los dedos en la manga de Laszlo—. Me has tratado muy bien, pero tenía que marcharme. No podía quedar atrapada siendo la sirvienta de Rodion. Puede que hiciera mal al irme sola, pero tenía que hacer algo. No te conté mi plan porque sabía que no estarías de acuerdo.

—¡Claro que no!

—No debo seguir tu sueño, sino el mío —acarició su rostro sombrío, y añadió—: ¿Por qué me miras así?, ¿crees que lo que quiero es exagerado?

—A lo mejor quieres cosas equivocadas.

—No te entiendo.

Él señaló el rubí del broche, y le dijo:

—Sangre, promesas, y honor. No me gusta que vivas por y para la venganza, tus anhelos son como un veneno que va actuando poco a poco. ¿Cuándo vivirás tranquila y satisfecha?

—Cuando recupere todo lo que perdí.

—¡Ah, claro! —Laszlo alzó las manos con exasperación—. ¿Acaso crees que podrás resucitar a tu familia derramando la sangre de otros? ¿Piensas recuperar tu honor haciendo que tu alma arda hasta quedar hecha cenizas por una meta imposible?

—Sí, si es necesario —le dijo con decisión.

Laszlo agachó la cabeza, y comentó con pesar:

—Creía que habías encontrado la paz, pero a lo mejor hay cosas que un cíngaro no podrá llegar a entender jamás sobre los *gaje*.

Juliana sintió una oleada de tristeza. Laszlo le había dado todo lo que estaba en sus manos, pero sabía que no era bastante. Se odiaba a sí misma por querer... por necesitar... más de lo que podían ofrecerle los cíngaros.

Al oír que fuera del pabellón empezaban a sonar gaitas y tambores, Laszlo alzó una mano y le dijo:

—Ha llegado el momento de que salgas a recibir a tu esposo. Quizás él pueda darte lo que yo no he podido... o quizá pueda enseñarte lo que yo no he sabido inculcarte.

—¿A qué te refieres?

—Al valor de ser simplemente Juliana —la besó en la frente, y añadió—: Quiero que dejes de pensar en el honor familiar, en la venganza e incluso en la justicia, y que disfrutes siendo tú y sólo tú.

Juliana pensó en Wimberleigh, en sus silencios melancólicos e impenetrables, en su carácter sombrío, y dijo:

—Dudo que mi marido pueda hacer lo que has dicho, Laszlo —lo tomó de la mano, y salieron del pabellón.

—¿Qué demonios estoy haciendo aquí? —se preguntó Stephen en voz alta, por encima de la música de las gaitas y los tambores.

—Casándoos de nuevo —le dijo Kit, que estaba junto a él en el borde del círculo de luz que creaba la hoguera.

—No alcanzo a entender por qué accedí a esto, debí de perder la razón momentáneamente.

—Lo hacéis para complacer a vuestra esposa —al ver pasar a una muchacha cargada con un cesto de pan que lo miró sonriente, el muchacho se humedeció los labios y comentó–: Cualquier hombre haría lo mismo.

–Tienes razón –Stephen se dijo que iba a participar en aquella ceremonia pagana para aplacar a Laszlo, y para conseguir que los cíngaros se marcharan cuanto antes–. En fin, será mejor que empecemos –dijo, antes de entrar en el círculo de luz.

Vestía sus mejores calzas, su jubón más elegante, y unas botas procedentes de Córdoba. Llevaba en la mano una botella de moscatel envuelta en seda y engalanada con un collar de monedas de oro.

Cuando Laszlo apareció en el extremo opuesto de la hoguera, la música de las gaitas y los tambores fue perdiendo intensidad hasta alcanzar una cadencia baja y constante. El cíngaro estaba flanqueado por dos hombres, y tras él avanzaban tres mujeres. La que iba en medio, cubierta con un velo que le daba un aire de misterio, era sin duda Juliana.

Stephen se tensó de inmediato. Se dijo que aquello era una locura, que su alma acabaría ardiendo en el infierno por participar en aquel ritual pagano... aunque aquello daba igual, porque hacía mucho que estaba condenado. Cometer herejía con unos cíngaros era un pecado menor en comparación con los otros.

Un cíngaro de tez morena ataviado con unos pantalones bombachos de color rojo y un chaleco verde decorado con cascabeles pasó de repente junto a Laszlo, y fijó su mirada furiosa en Juliana.

–Debe de ser el tal Rodion, mi señor. El hombre del que huyó vuestra esposa –susurró Kit.

–¿Cómo sabes todo eso, muchacho? ¿De dónde has sacado esos chismorreos? –le preguntó Stephen con irritación.

Kit no contestó, no hizo falta. El guiño que le hizo a la joven cíngara que le había sonreído antes fue explicación suficiente.

–¡Es mi mujer! –exclamó Rodion, con voz potente.

—Dios del cielo —Stephen no había contado con tener que lidiar con un amante despechado.

Rodion agarró a Juliana del brazo, y le dijo:

—Ven, muchacha. Rodion te enseñará a no huir de tu prometido.

Sin importarle la multitud que los rodeaba, la atrajo hacia sí de repente, echó hacia atrás el velo, y la besó con pasión mientras hundía los dedos en el pelo de Juliana.

Stephen se quedó petrificado, y fue incapaz de apartar la mirada. Al ver tanto la sensualidad descarnada y elemental del beso como el aire de agresión sexual que emanaba de Rodion, se quedó inmóvil con una sensación de deseo insatisfecho; de repente, fue dolorosamente consciente de que se había negado a sí mismo lo que Rodion estaba tomando de forma tan abierta.

La protesta gutural de Juliana avivó su tormento. Sería una gata salvaje y excitante en manos de un amante, muy distinta a...

—¡Maldito seas! —tras gritar aquellas palabras, Juliana apartó al cíngaro con un súbito empujón.

Kit le dio un codazo a Stephen, y le dijo:

—¡No podéis permitir que ese canalla trate así a la señora!

Después de mascullar una imprecación, Stephen le dio la botella de vino al muchacho y fue hacia Rodion, que estaba alargando las manos hacia Juliana de nuevo. Le dio unas palmaditas en el hombro, y el cíngaro se volvió y lo miró con expresión ceñuda.

—Vaya, aquí está el novio *gajo*. No podíais encontrar una yegua propia que pudierais montar, ¿verdad?

—Si os oigo decir una palabra, una sola palabra más, esparciré vuestros pedazos por todo Avon. ¿Está claro?

—Caramba, escuchad al ga...

—Eso es más de una palabra —después de soltar un profundo suspiro de resignación, le dio un puñetazo en la cara, y saboreó el dolor que sintió en los nudillos debido al impacto.

Rodion trastabilló, y se habría caído al suelo si Jillie Egan no lo hubiera sujetado a tiempo.

Stephen miró a Laszlo, que estaba sonriendo de oreja a oreja, y murmuró:

—Sigamos con la ceremonia.

Fue a colocarse de nuevo en su puesto, en el otro extremo de la hoguera. Al pasar junto al ceñudo Rodion, se dijo que ojalá que el cíngaro se hubiera quedado con Juliana, pero en cuanto aquel pensamiento se formó en su mente supo que estaba intentando engañarse a sí mismo.

El paseo semicircular alrededor de la hoguera le pareció eterno. Notó con una percepción fuera de lo normal el crepitar del fuego, el olor de la hierba quemada, el sonido de un tambor, sutil y constante como el latido de un corazón.

En el lado opuesto del círculo se encontró con Laszlo, y le ofreció el vino y las monedas a cambio de una esposa que no quería. Se colocó delante de Juliana, y quedaron separados por un pequeño montículo de rocas apiladas en el suelo.

Su esposa tenía un aspecto exótico y enigmático tras el velo, y olía a rosas y a misterio. La luz del fuego bañaba su silueta menuda, y por un momento iluminó sus ojos brillantes y llenos de incertidumbre a través de la gasa.

—Ahórrate el teatro, princesa. Estás consiguiendo justo lo que querías —le dijo en voz baja.

Ella ladeó la cabeza con altivez, y le contestó con voz acaramelada:

—Que yo recuerde, no quería un asno insensible.

Laszlo alzó un trozo curvado de teja que seguramente había robado de algún tejado. Stephen sabía que tenía que romper junto a Juliana un trozo de tierra quemada, aunque no entendía el simbolismo de aquel acto.

Los dos pusieron una mano sobre la teja, y la alzaron juntos. Stephen la miró... aquella mujer era una ilusión velada, una cíngara seductora, el precio que tenía que pagar por mantener sus secretos.

En un súbito movimiento, golpearon la teja contra el montículo de rocas. Cuando la teja se rompió, Laszlo gritó una orden, y las dos mujeres que flanqueaban a Juliana se adelantaron con el cesto de pan.

Siguiendo las instrucciones que Laszlo le había dado con anterioridad, Stephen partió en dos la hogaza de pan y le entregó una mitad a cada mujer.

La siguiente parte del ritual le ponía nervioso, porque le parecía algo muy pagano. Algunos hombres habían muerto en la hoguera por menores ofensas.

Juliana se llevó la mano al broche, y dio un tirón. La parte cruciforme superior se separó de la inferior enjoyada, y la pequeña daga relució bajo la luz del fuego.

—Alarga la mano —le susurró detrás del velo.

El sonido de los tambores fue ganando intensidad, el ritmo se aceleró. Stephen alargó la mano, pero apenas sintió el corte de la daga en la palma, apenas notó cómo manaba la sangre. Se mantuvo distante, ajeno a lo que pasaba, mientras veía cómo una sola gota caía sobre el trozo de pan que sujetaba una de las mujeres.

Vaciló por un instante cuando Juliana le dio la daga y alargó la mano hacia él. Su piel era tan suave, tan pálida... no quería hacerle daño a aquella mujer.

Ella soltó un pequeño sonido de impaciencia, y alzó la mano hacia la hoja del arma. La sangre empezó a brotar del corte, y las gotitas adquirieron un brillo siniestro al reflejar la luz del fuego mientras una sola de ellas caía sobre el segundo trozo de pan.

—¿Te encuentras mal, Stephen?

—No.

Ella guardó la daga, y la música fue in crescendo hasta llegar a un ritmo enfebrecido mientras intercambiaban los trozos de pan. Stephen se movía lentamente, como si estuviera atrapado por un hechizo, como si estuviera moviéndose a través de un agua cálida y densa.

Cuando Laszlo le había explicado el rito, le había parecido bastante sencillo, pero se había equivocado. Era tan complejo y misterioso como el corazón humano.

Se llevó el pan a la boca, y comió mientras Juliana hacía lo propio. Había algo profundamente íntimo en el hecho de intercambiar pan ungido con su esposa cíngara. La sensación parecía insoportablemente sensual, y creaba un vínculo con la fuerza invisible de una promesa sellada con sangre. Era como si ella pasara a formar parte de él, como si estuvieran aunándose, como si fuera carne de su carne. Un cuerpo, un corazón, un alma.

Se oyó un gran grito, y los presentes empezaron a aplaudir y a dar patadas en el suelo. Él alzó el velo de Juliana con dedos temblorosos, y se lo colocó detrás de la cabeza.

Sabía que debía de estar tan pálido como ella. Mientras se inclinaba hacia delante poco a poco, se preguntó si le habrían dado alguna poción amorosa, porque le parecía increíblemente hermosa y la deseaba con toda su alma.

Cuando posó las manos sobre los hombros de su esposa, ella alzó la cabeza y lo contempló con una mirada que parecía contener toda la sabiduría del mundo, pero que al mismo tiempo revelaba una inocencia que rompía el corazón. Tenía los labios húmedos y carnosos, entreabiertos, a la espera...

Él tenía intención de rozarle la boca con la suya y acabar de una vez con aquella farsa, pero cuando sus labios se tocaron, un torbellino posesivo le nubló la mente, mezclado con el recuerdo de cómo había probado su sangre, con el ritmo pulsante de los tambores y los cascabeles. Cuando la apretó contra sí se maravilló al sentir aquel cuerpo esbelto y flexible, y la besó con pasión, con la boca abierta, dejando que su lengua la explorara y la saboreara, que buscara un tesoro para el que no tenía nombre.

El sabor dulce de Juliana lo embriagó, la suavidad de sus labios lo abrumó. Sintió una explosión de sensaciones, como si hubiera estado preso durante una eternidad y lo hubieran liberado de golpe.

Cuando ella soltó un pequeño sonido gutural, un gemido de indefensión que era a la vez una súplica, él recobró la cordura y la soltó antes de retroceder. Al ver que se quedaba mirándolo con expresión de aturdimiento, con los labios húmedos y ligeramente hinchados, carraspeó un poco y al final logró decir:

—¿Ya está? —se volvió hacia Laszlo, y le preguntó—: ¿La ceremonia ha concluido?

El cíngaro lanzó a la hoguera la botella de vino, que se rompió con un fuerte sonido.

—Ahora habrá un banquete, y también baile. Después llevaréis a vuestra esposa al lecho.

La mera idea hizo que a Stephen se le secara la garganta, y el deseo que se había encendido en su interior cuando la había besado se avivó de nuevo. Ardía por ella, de repente estaba lleno de sueños y de deseos que creía muertos desde hacía mucho tiempo. Miró a su esposa, que estaba resplandeciente vestida de seda y perfumada con agua de rosas.

Era lo que todos esperaban de él; si no lo hacía, Juliana se sentiría avergonzada. Todos esperaban que la llevara a la cama, así que iba a tener que cumplir con su obligación.

CAPÍTULO 5

Juliana tenía que ganar tiempo. Se sentó en la hierba, se llevó las rodillas al pecho, y contempló la hoguera como si allí pudiera encontrar las respuestas a todas las preguntas que se arremolinaban en su interior.

Stephen había aguantado la ceremonia estoicamente, aunque no aprobaba lo que él consideraba prácticas paganas. Ella había presenciado bodas cíngaras a lo largo de los años, pero jamás se había imaginado siendo la novia que intercambiaba votos de sangre y de eternidad.

De repente, deseó que la boda no hubiera sido una farsa para los dos. Llevaba tanto tiempo con los cíngaros, que se había vuelto un poco supersticiosa, y temía que pudiera pasar algo malo por culpa de aquel matrimonio fingido. En el fondo, le gustaría poder creer que aquella unión estaba predestinada, que la había profetizado años atrás en Nóvgorod una hechicera.

Pero la cruda realidad era que Stephen se había casado con ella la primera vez por orden del rey, y la segunda vez porque se había sentido obligado por Laszlo. Ella deseaba tanto como él acabar cuanto antes con aquella unión absurda.

—El caldo está bastante bueno —Jillie se sentó junto a ella, y tomó un trago de un cuenco de arcilla antes de añadir—: La carne está muy tierna, ¿de qué será?

—Supongo que de erizo —le contestó distraída, sin apartar la mirada del fuego.

La doncella soltó una exclamación, y dejó el cuenco en el suelo antes de frotarse la boca con la manga.

—No lo digáis ni en broma, mi señora —cuando uno de los cíngaros sentados en una larga fila le pasó una jarrita, cerró un ojo y miró en el interior con el otro—. ¿Sabéis qué es esto?

—Supongo que sidra —al verla beber con ganas, añadió con naturalidad—: Aunque también puede ser pis fermentado de camello, a los cíngaros les encan... —se echó a reír cuando su doncella escupió la bebida hacia el fuego.

Jillie la miró ceñuda durante unos segundos, pero al final se echó a reír también y comentó:

—Antes de que llegarais, Lynacre era un lugar triste y aburrido, mi señora.

—¿En serio? —Juliana empezó a juguetear con una brizna de hierba y miró a Stephen, que se encontraba al otro lado de la hoguera. Estaba junto a unos cuantos hombres, y escuchaba ceñudo lo que estaba diciendo Laszlo.

Detrás de él, a un lado, estaba Kit, que se quedó embobado al ver pasar a Catriona. Hizo ademán de seguirla, pero Stephen alargó la mano sin mirarlo siquiera ni interrumpir su conversación, lo agarró de la parte posterior del cuello de la camisa, y le obligó a volver a su sitio.

—Milord conoce bien al muchacho —comentó Jillie, con una carcajada.

—Sí, le prometió al padre de Kit que se encargaría de que permaneciera casto, pero el muchacho parece decidido a acabar con su inocencia.

—Estoy convencida de que lord Wimberleigh se impondrá.

Juliana le dio vueltas a aquellas palabras. Había empezado a conocer un poco mejor a su esposo, y sabía que era un hombre al que no había que enojar y al que resultaba difícil ignorar. Eso había quedado muy claro cuando la había besado.

Cerró los ojos mientras revivía aquel momento... su sabor único, la tierna posesión de sus labios...

—Habladme de aquel mozo —Jillie la agarró del brazo y le indicó una figura corpulenta que permanecía medio oculta entre las sombras, más allá de la luz de la hoguera—. El que se ha ganado un buen puñetazo de lord Wimberleigh.

—Es Rodion —Juliana decidió de inmediato no contarle todos los detalles—. Es el encargado de los osos, y el capitán de la *kumpania*.

—Cielos, es todo un hombretón.

Juliana intentó mirarlo desde el punto de vista de su doncella. Rodion era casi tan grande como Jillie, y quizás incluso más pesado. Vestía tonos verdes y rojos, y tenía un atractivo rudo y una completa confianza en sí mismo. Se había recuperado por completo del puñetazo que le había dado Stephen.

Se estremeció al recordar el fuego y el hielo que había visto en los ojos de su esposo cuando había golpeado a Rodion. Era obvio que podía ser un hombre muy peligroso.

Al darse cuenta de que Jillie miraba embobada a Rodion, le preguntó:

—¿Te gustaría conocerlo?

La doncella se tapó la cara con el delantal, y exclamó:

—¡No puedo!

—Anda, ven —se levantó con rapidez, la tomó de la mano, y la condujo hacia Rodion para presentárselo.

Él la miró con desconfianza y resentimiento al verla llegar, pero entonces vio a Jillie.

Juliana no había visto nunca el preciso momento en que se creaba una atracción avasalladora, pero vio cómo sucedía entre la doncella y el cíngaro... sus miradas encontrándose, el roce de una mano, la expresión primero de sorpresa y después de comprensión de sus rostros...

—¿Por qué no le enseñas a Jillie los pasos de la danza del tamborín?

Él asintió, y los dos entraron juntos en el círculo de luz.

Juliana se quedó mirándolos con cierta melancolía, pero se tensó de inmediato al oír la voz de Stephen a su espalda.

—¿Acaso te gusta ser cruel, baronesa?

—¿A qué te refieres?

—A esos dos —le dijo él, mientras señalaba con la cabeza hacia Rodion y Jillie.

—Se atraen.

—Exacto. Y después, ¿qué? Contribuye a que estén juntos, deja que vislumbren el paraíso, y entonces sepáralos para que se les rompa el corazón.

—Es una apreciación muy sentimental viniendo de ti, pero no tiene nada de malo que disfruten de un poco de felicidad.

—Es una felicidad que no puede durar.

—¿Por qué?, ¿acaso crees que los cíngaros son inferiores a los ingleses?

—Por supuesto que no, pero creo que no tiene sentido encender un fuego que acabará en cenizas al poco tiempo.

—En ese caso, deja que sean felices por ahora.

—Sólo por ahora —dijo, con tono burlón. Apuró su vaso de sidra, y lo dejó sobre la mesa de golpe—. ¿Y qué pasa después, Juliana?

—Siempre ves la parte negativa de la vida, yo creo que hay que aprovechar el momento —fijó la mirada en la distancia, más allá del círculo de luz—. La felicidad es muy efímera, nunca se sabe cuándo pueden arrebatártela —pareció regresar a la realidad, y comentó—: Cielos, mírame, hablando como si fuera una sabia, cuando...

—Puede que tengas razón.

Se quedó sorprendida al ver la sombra de una sonrisa en sus labios. ¿Stephen de Lacey sonriendo?, imposible.

—Baila conmigo, Juliana.

Su petición la sorprendió aún más. Los músicos estaban tocando una canción que se bailaba en corro, y las mujeres ya estaban tomándose de la mano.

La canción alcanzó una nota aguda y trémula, y por un

instante Juliana quedó vacilante entre dos mundos... el reino salvaje de los cíngaros, y los dominios estables de los *gajo*.

Al sentir que el ritmo frenético de la música le recorría las venas, se quitó el velo y lo lanzó a un lado. Sus pies desnudos empezaron a golpetear el suelo con la cadencia de los latidos de un corazón, y entonces alzó las manos y dio una palmada... dos, tres... mientras ladeaba la cabeza y le lanzaba una mirada seductora a su esposo.

Stephen vio cómo Juliana pasaba de tímida esposa a seductora en un abrir y cerrar de ojos. Alargó la mano sin apartar la mirada de ella, y alguien le dio una jarra. Apenas notó el sabor de la bebida, porque Juliana lo tenía hechizado. Se movía al ritmo de la música, tenía los ojos oscurecidos mientras lo miraba con expresión incitante, y sus movimientos eran tan fluidos como el aceite caliente. Sus pies apenas parecían tocar el suelo cuando pasó a toda velocidad junto a él, y los cascabeles que tenía en los dedos tintineaban en el aire nocturno. La música era frenética, y le recordó al sonido del viento que asolaba las colinas del suroeste del país.

Había presenciado inacabables entretenimientos en la corte, había visto cientos de acróbatas, malabaristas y actores, pero jamás había visto algo así.

Su esposa era una coqueta que se pasaba la mano por la parte inferior de la cara y lo miraba insinuante, al cabo de un segundo era la seductora que alzaba los brazos poco a poco, con un movimiento sensual, y finalmente era la amante, que movía las caderas en círculos sugestivos mientras sus delgados dedos lo incitaban a acercarse y sus ojos lo cautivaban...

Cuando la canción terminó, ella se detuvo y permaneció ruborizada y sin aliento, y volvió a ser simplemente Juliana.

Mientras ella se inclinaba en una reverencia formal, Stephen alcanzó a decir:

—Ha sido... —tuvo que tragar con fuerza para poder seguir—. Una actuación de lo más interesante.

—Me alegra que te haya gustado —le contestó ella con voz aterciopelada.

Stephen no supo si estaba burlándose de él. Era difícil de decir, debido a su acento y al tono ronco de su voz.

—¿Y ahora qué?

Su esposa se inclinó hacia él, y el fuego bañó su rostro con reflejos de oro y bronce. Le rozó la manga con la mano, y susurró:

—Creo que sabes lo que viene ahora, mi señor.

Mientras regresaba a la casa con Juliana, Stephen recordó que Laszlo le había asegurado que la ceremonia cíngara de la noche de bodas no era tan bárbara como creían los ingleses.

Se sentía más que aliviado; al parecer, en la cultura romaní los recién casados no eran acompañados hasta el lecho conyugal por un grupo de borrachos, sino que el novio se limitaba a presentar al día siguiente la prueba de la pérdida de la virginidad de la mujer.

Se dijo que era una tontería pensar en tales cosas. Su matrimonio era nominal, y seguiría siéndolo. No iba a haber ninguna prueba, porque Juliana no iba a perder nada.

Se volvió a mirar a la figura silenciosa que caminaba a su lado por el camino de grava. Las antorchas que había a los pies de los escalones de entrada iluminaban su cuerpo, que seguía cubierto por sedas cíngaras.

Se preguntó qué estaría pensando, ya que ella no le había dicho ni una sola palabra desde que habían salido del campamento. Aquella mujer era oscura y misteriosa como la noche sin luna, y mantenía ocultos sus sueños secretos.

Cuando entraron en el silencioso vestíbulo, que estaba iluminado por la luz tenue de las brasas que quedaban en la chimenea, Juliana lo miró al fin y le dijo:

—Kit se ha quedado en el campamento.

—Sí, he preferido dejar que siga disfrutando de la fiesta —soltó un profundo suspiro, y añadió—: Jonathan me ha confiado la tarea de velar por la virtud del muchacho, ¿crees que debería ir a buscarlo?

Pareció sorprenderla que le pidiera consejo. Él mismo se sorprendió de haberlo hecho, pero la oscuridad que los rodeaba parecía dar pie a que hablaran más allá de las barreras, a que fueran sinceros el uno con el otro.

—¿Cuál es la mejor manera de salvaguardar la virtud de un joven? —le preguntó ella.

A pesar de sí mismo, Stephen no pudo evitar sentir una pizca de diversión.

—La respuesta políticamente correcta sería decir que debo enseñarle a diferenciar lo que está bien y lo que está mal, en vez de ponerle restricciones físicas.

Ella se echó a reír, y le dijo:

—Sin duda sabes que, cuando a un joven le hierve la sangre, es poco probable que recuerde lo que se le ha inculcado.

Stephen sintió que se le aceleraba la respiración, y se preguntó hasta dónde llegaba la inocencia de su esposa. Deseó poder verle el rostro con claridad.

—¿Cómo sabes eso, Juliana?

—He vivido durante cinco años en un lugar donde la privacidad es... ¿cómo lo diríais los *gaje*...? Son pocos los actos íntimos que no he visto. Los jóvenes no son dados a ejercer demasiado autocontrol.

—Entonces, ¿crees que debería ir a buscar a Kit?

Ella se echó a reír de nuevo, y le dijo:

—Se te ha olvidado algo, Stephen.

—¿El qué?

—Que Jillie también está allí. Le he pedido que vigilara al muchacho, lo tirará al río si ve que se porta mal.

Stephen sintió que los labios se le curvaban de forma extraña... como si fuera a sonreír. Alzó la mirada hacia la escalera principal, hacia el pasillo que se perdía en una oscuridad que parecía estar esperando para tragárselos.

—Ven, deja que te enseñe algo —no se paró a pensar por qué quería entretenerla. Se acercó a la chimenea, y bajó poco a poco una palanca.

—¿De qué se trata?

—Mira hacia la parte superior de la escalera.

Al cabo de unos segundos, una vela cobró vida en el rellano superior.

Juliana soltó una exclamación ahogada, y retrocedió un paso antes de susurrar:

—Magia negra —entrelazó los dedos para salvaguardarse del demonio.

—Claro que no, es un sistema que creé para poder iluminar la escalera desde aquí abajo.

Ella contempló en silencio la luz de la vela, y al final comentó:

—Una vela que se enciende sola, conductos que transportan agua a través de la casa, vidrios curvados que hacen que un objeto parezca más grande de lo que es... haces cosas sorprendentes, Stephen.

—No, pero se me da bien inventar cosas útiles.

—Ya veo —se acercó al pie de la escalera, pero se detuvo como si no se atreviera a subir.

A Stephen le hizo gracia su actitud cauta, y le dijo:

—Recuérdame que te muestre cómo funciona a la luz del día, para que te convenzas de que no se trata de magia negra. Vamos —la tomó de la mano, y subieron juntos la escalera. Al llegar junto a la vela encendida, se detuvo a encender un candil, y la acompañó a sus aposentos.

Sus aposentos... ¿cuándo había dejado de pensar en ellos como los aposentos de Meg?

—¡Pavlo! —exclamó ella, en cuanto entraron.

El perro estaba tumbado panza arriba en la cama, entre mantas y almohadas, tan satisfecho como un sultán. Giró la cabeza hacia ellos, y parpadeó adormilado.

Juliana soltó un resoplido lleno de indignación, y dijo algo en su lengua extranjera con voz seca. El animal echó las orejas hacia atrás, y se bajó cabizbajo de la cama.

Por tercera vez desde que se habían ido del campamento, Stephen sintió ganas de sonreír. Se dijo que debía de ser por el vino que había bebido.

—Para ser un perro tan bien enseñado, tienes unos modales atroces —Juliana miró al perro con indignación fingida.

Pavlo suspiró, apoyó su largo morro entre las patas y cerró los ojos.

—Así me gusta —Juliana se volvió hacia él y entrelazó los dedos con nerviosismo, como si no supiera qué hacer—. En fin...

Stephen dejó el candil encima del baúl que había a los pies de la cama. Quizá fuera por la luz tenue o por el vino, pero su mujer le parecía más encantadora que nunca. Se había quitado el velo, y su larga melena le caía a la espalda como un manto reluciente, oscuro y misterioso, que refulgía con reflejos de color ámbar. Tenía las mejillas sonrosadas y parecía pagana y deliciosa, cautivadora. Sus ojos tenían un brillo más fuerte y profundo que cualquier joya, pero aun así él era incapaz de leer su expresión.

Ni él mismo sabía lo que quería, y se preguntó qué era lo que su esposa esperaba de él. Ella había dicho que también quería la anulación del matrimonio, pero era lo bastante cínico para saber que a lo mejor había cambiado de opinión al ver lo rico que era.

Juliana respiró hondo, y el collar de monedas tintineó con suavidad. Stephen bajó la mirada, y vio que ella tenía los puños apretados a ambos lados del cuerpo.

Al ver aquellas manos pequeñas y delicadas que reflejaban con tanta honestidad lo nerviosa que estaba, su escepticismo se desvaneció. La apretó contra su cuerpo, y en aquella ocasión no había un campamento entero de cíngaros esperando a ver cómo la besaba. En ese momento sólo existía Juliana, y él no era más que un hombre que llevaba demasiado tiempo sin sentirla contra sí.

Mientras acariciaba con los pulgares los mechones de pelo de sus sienes, contempló sus ojos enormes y desconcertados, sus labios tersos e inocentes. Al notar que se apretaba contra él en actitud de entrega, recordó el deseo ardiente que lo había atormentado al verla bailando con movimientos sensuales y expresión seductora.

Juliana soltó un pequeño gemido gutural cuando la besó, y al cabo de un instante subió las manos por su jubón y le rodeó el cuello con los brazos. La fuerza de la pasión que lo atenazaba pareció alzarla del suelo, y sus cuerpos se amoldaron como si ella fuera un recipiente vacío y él el líquido que lo llenaba.

A pesar de que era consciente de que estaba cometiendo una locura, Stephen la tumbó en la cama y la cubrió con su cuerpo. Su mente era una vorágine de pensamientos inconexos mientras la besaba con una pasión desenfrenada. Agarró con una mano el dobladillo de la falda, y fue subiendo la prenda mientras deslizaba la palma por su pierna tersa, por la rodilla y el interior del muslo, hasta descubrir con una satisfacción enfebrecida que no llevaba ropa interior.

—Stephen... Stephen... ¿a esto te referías cuando hablaste de vislumbrar el paraíso? —susurró ella contra su boca.

Al oír sus palabras, Stephen recordó de golpe que aquél era un matrimonio casto, que tenía que serlo. Poco a poco, con renuencia, odiándose a sí mismo y luchando por odiarla también a ella, apartó los labios de los de su mujer y dejó de acariciarla. Bajo la luz tenue, alcanzó a ver que la blusa de Juliana estaba tirante y perfilaba a la perfección la forma de sus senos.

Masculló una imprecación, y se apresuró a apartar la mirada.

—¿Stephen...? —susurró ella con incertidumbre.

Tuvo que hacer acopio de toda su fuerza de voluntad para apartarse de ella y levantarse de la cama.

—Te dije desde el principio que iba a ser un matrimonio nominal, y eso es algo que no va a cambiar por nada... ni por una ceremonia cíngara, ni por un baile sensual, ni por una jarra de vino.

Se obligó a mirarla, a enfrentarse a aquellos ojos que contenían un mundo de dolor... un dolor que él había causado.

—¿Lo entiendes, Juliana?
—Sí, Stephen, lo entiendo perfectamente —le contestó ella, con un acento inglés preciso y estudiado.

Stephen viajó veinte millas, y bebió la misma cantidad de jarras de cerveza para intentar olvidar la expresión del rostro de Juliana, pero no lo consiguió. Estaba sentado en la taberna más mugrienta de la ciudad de Bath, rodeado de embaucadores, tahúres y rameras, pero no podía desprenderse del recuerdo de aquellos ojos que primero lo habían mirado oscurecidos de deseo, y después dolidos y llenos de lágrimas cuando la había rechazado.

«Te dije desde el principio que iba a ser un matrimonio nominal».

Se preguntó qué había sentido Juliana al oír tales palabras del hombre con el que segundos antes había estado al borde del éxtasis.

Permaneció ceñudo y con la mirada fija en el suelo, hasta que una sombra cayó sobre él.

—Te pediría más cerveza si pensara que así te ayudaría en algo, pero dudo que una o dos jarras más solucionen tu problema —le dijo Jonathan Youngblood.

Stephen miró a su amigo con ojos enrojecidos, y le dijo:
—¿Qué haces aquí?, lárgate.

Después de soltar un profundo suspiro, Jonathan se sentó en el taburete opuesto y comentó:
—Prefiero quedarme.

Alzó una moneda, y al ver el color de su dinero, la camarera se apresuró a acercarse con una jarra de cerveza y le prometió que se aseguraría de ir rellenándosela.

Stephen fulminó con la mirada a su amigo, que no podía disimular lo preocupado que estaba a pesar de que intentaba aparentar naturalidad.

—¿Cómo me has encontrado? —le costaba un poco articular las palabras.

—Sabía que vendrías a Bath, porque es el lugar más cercano con tabernas lo bastante sórdidas. En cuanto he llegado, me he limitado a preguntar. No eres un borracho normal y corriente.

—Vaya, así que soy un borracho de lo más singular.

—Y tampoco eres fácil de olvidar, sobre todo montado en tu imponente caballo.

—Pues ya me has encontrado. Como puedes ver, no estoy desangrándome en algún rincón ni muerto, así que ya puedes marcharte.

—No he acabado aún mi cerveza, y tú no me has dicho lo que te preocupa.

—¿Quieres que te haga una lista?, creo que hay para rato.

Stephen se sintió molesto al verle sonreír, porque le habría resultado mucho más fácil enfadarse con alguien que no se mostrara tan considerado.

—Kit me comentó que habías participado en una boda cíngara.

Stephen asintió, y contempló taciturno su jarra de cerveza.

—Creí que así los aplacaría, que se largarían cuanto antes.

—Pero has sido tú el que se ha ido. ¿Por qué?

Stephen alzó la jarra, y con cierto esfuerzo consiguió llevársela a los labios. Después de apurarla del todo, se limitó a decir:

—Por ella.

—¿Te refieres a Juliana?

Stephen alzó su jarra vacía en un brindis burlón, y dijo:

—Juliana Romanovna de Rusia, una gran princesa del

este humillada por el humilde y malvado barón inglés con el que se vio obligada a casarse.

—¿No te has planteado que lo que dice puede ser cierto?, habla muy bien en francés.

—*Tant pis pour elle.*

—No te burles de ella, sus modales en la mesa son exquisitos y me pareció que sabía manejar a la servidumbre con naturalidad. ¿Crees que los cíngaros le han enseñado tales refinamientos, los buenos modales, y el perfecto francés?

—No resulta tan difícil enseñarle un idioma extranjero a una mujer, es mucho más difícil conseguir que aprenda a permanecer callada.

—Así que habla demasiado, ¿no? ¿Por eso la dejaste?

Stephen miró a su amigo a los ojos, y admitió:

—La dejé porque la deseo.

Jonathan dio una palmada en la mesa, y comentó:

—Tu lógica es impecable. Mi querido Stephen, en momentos como éste recuerdo por qué somos amigos... puedes llegar a ser muy divertido —se desabrochó un botón del jubón, y añadió—: De modo que huiste de casa porque deseas a tu mujer.

Dicho así parecía una ridiculez, y el mal genio de Stephen se avivó aún más.

—Maldita sea, conoces las circunstancias de nuestro matrimonio. El rey nos obligó a casarnos, accedí para aplacarlo. No pienso convertir esta unión en algo permanente.

—¿Por qué no? —Jonathan apoyó los codos en la mesa, y añadió—: ¿Es por Meg, a pesar de todos los años que han pasado?

Oscuros recuerdos se arremolinaron en la mente de Stephen como una mortaja. Jonathan tenía razón... y al mismo tiempo, estaba equivocado.

—Cuando elija otra esposa no será una cíngara, ni una mentirosa que dice ser de noble cuna. No, no será alguien así.

—Claro, será una mujer recatada e insulsa.

«Como Meg...», pero Stephen sabía que su amigo se equivocaba en cuanto a su primera esposa.

—¿Tanto te cuesta dejar que me ocupe de mis propios asuntos?

Su amigo se echó hacia atrás, y abrió los brazos de par en par antes de decir con sorna:

—Claro, como los manejas tan bien...

—No me pasa nada malo.

—Nada que un milagro no pueda curar —se inclinó hacia delante, y le dijo con seriedad—: Esa muchacha es un misterio, Stephen, pero también es hermosa y capaz. Déjala entrar en tu vida, nunca se sabe. Puede que sea capaz de hacer desaparecer ese nubarrón que lleva tantos años sobre tu cabeza... a lo mejor eso es lo que temes en el fondo.

—Lo que temo es... es... —fue incapaz de confesarle a su amigo sus verdaderos temores, y al final dijo—: Temo regresar y encontrar mi casa saqueada, mi despacho desvalijado, y a mi gente aterrorizada por los amigos cíngaros de mi esposa.

—¿Qué dice ella en su propia defensa? Apuesto a que también siente cierta ternura hacia ti. A pesar de que eres un bruto de pelo amarillo, pareces caerles bien a las mujeres.

—Sería una necia si sintiera algo por mí —tenía una estrategia para defenderse de las mujeres que querían abrirle el corazón. Había usado aquella artimaña en muchas ocasiones, y sabía interpretar su papel a la perfección.

—Serás un tonto si la rechazas, Stephen.

Apartó la mirada, y contempló al hombre que estaba jugando a cartas en la mesa vecina. Era español, y estaba inhalando el tabaco que se había puesto tan de moda. En ese momento, un mendigo entró en la taberna sin que el propietario se diera cuenta. Vestía ropa harapienta, estaba salpicado de pústulas, y tenía un ojo cubierto con un parche. Avanzó cojeando entre las mesas, y fue directo hacia él.

Stephen contuvo un suspiro de resignación al ver cómo se acercaba. Por muy severo y adusto que intentara parecer, los mendigos siempre creían que era un blanco fácil.

—¿Una limosnita, señor? —tenía la voz ronca, seguro que por la cantidad ingente de vino barato que debía de haber bebido a lo largo de su vida.

Stephen agarró el brazo de su amigo al ver que éste hacía ademán de indicarle al mendigo que se alejara. Metió una mano en su portamonedas, pero vaciló cuando se le ocurrió una idea.

Quizá, si se esforzaba al máximo, lograría que Juliana estuviera desesperada por marcharse de Lynacre.

—Puedo hacer algo mucho mejor, buen hombre —le dijo al mendigo.

—Stephen, no pretenderás... —Jonathan lo miró boquiabierto.

—Claro que sí. Ya tengo a una banda de cíngaros en mi casa; en comparación, unos cuantos granujas y algún que otro pordiosero no son nada.

Juliana se enfadó consigo misma por preocuparse por Stephen. ¡Por el amor de Dios, era una Romanov! A pesar de que él se negaba a creerla, se había casado con una mujer que tenía una posición social mucho más elevada que la suya.

Sabía que debería darle igual que él la despreciara, pero jamás se había engañado a sí misma, y no le quedaba más remedio que admitir que le dolía. Sentía un dolor insoportable al pensar en cómo la había besado, en la sensación de sus manos acariciándola, deslizándose por sus hombros y sus piernas desnudas... y al recordar cómo se había apartado de ella, cómo la había mirado con frialdad y sin remordimiento, cómo se había mostrado aparentemente indiferente al fuego que había encendido él mismo con sus caricias.

«Te dije desde el principio que iba a ser un matrimonio nominal».

Sí, también era lo que ella quería, pero él había sido tan cruel, tan insensible... se preguntó con amargura si su esposo disfrutaba haciendo que lo deseara para apartarla después como si fuera una pedigüeña. Por el amor de Dios, ¿con qué clase de hombre se había casado?

Decidió que iba a averiguarlo, que no iba a dejarse vencer por la melancolía. Recorrió la enorme mansión como una estratega militar, buscando pistas que le revelaran algo sobre el carácter de aquel hombre que había logrado que lo deseara con tanta desesperación.

Empezó por los enormes aposentos de la galería superior. Nance le había dicho que Stephen dormía allí... en las contadas noches que pasaba en casa.

Sintiéndose como una ladronzuela, descorrió el pasador de la puerta y entró en la antecámara. Los muebles eran elegantes, y las paredes estaban decoradas con telas coloridas. Libros y mapas enrollados llenaban las estanterías, y en medio de la habitación había un enorme globo terráqueo sobre un soporte. Las masas de tierra estaban pintadas en color ámbar y tenían su nombre correspondiente escrito con hermosas letras, y los mares estaban decorados con dragones y serpientes.

Sobre una mesa baja y ancha había infinidad de objetos extraños; unos parecían aparatos ópticos, otros las herramientas de un marino o un astrónomo... había un astrolabio y un cuadrante, calibradores y transportadores.

Después de observar aquellos instrumentos durante unos segundos, fijó su atención en las hileras inacabables de libros. Algunos de ellos parecían obras impresas, mientras que otros estaban escritos a mano sobre papel de vitela. Era consciente de que estos últimos tenían un gran valor, que vendiendo uno de ellos se podría alimentar a una familia de aldeanos durante años. Reconoció varias obras en latín y en francés, y aunque también había muchas en inglés, en ese momento no tenía paciencia para intentar descifrar los títulos.

Al entrar en el dormitorio propiamente dicho, vio una enorme cama con dosel. La luz del sol entraba por una ventana con unas vistas espectaculares del jardín principal.

Todo, desde los instrumentos científicos y los libros hasta la majestuosa cama, reflejaba que aquellos eran los dominios de Stephen de Lacey... un hombre erudito, pero que a la vez sabía apreciar la belleza y la sensualidad.

Deslizó los dedos por la pesada cabecera de roble de la cama, y encontró las letras *M* y *S* grabadas en la madera. Deseó que no le importara, pero no pudo evitar su reacción. Stephen no podía olvidar a Margaret... seguro que cuando la había besado y la había llevado a la cama se había imaginado que estaba con su amada esposa, pero al oírla hablar el hechizo se había roto y se había apartado de ella.

Le dio la espalda a la cama, y fijó la mirada en el enorme jardín. En la distancia, más allá del manzanar, había una extensa arboleda, y aunque por un instante le pareció ver un hilillo de humo que se alzaba entre los árboles, se dijo que debían de ser imaginaciones suyas.

Reflexionó ceñuda sobre su marido. Era mucho más sensato que ella, era una tontería que deambulara embobada por toda la casa porque un hombre le había dado unos cuantos besos. Tendría que estar centrada en buscar la forma de encontrar a los asesinos de su familia.

Con decisión renovada, se sentó tras el escritorio como si fuera suyo, y encontró hojas de papel en el cajón inferior y pluma y tintero en el superior.

Le resultó un poco extraño escribir con tinta, era una práctica que los cíngaros no empleaban. Escribió dos copias por si una se perdía, y en el escueto mensaje se limitó a informar a la familia Shuisky sobre su paradero y se refirió a sí misma como una «invitada» de lord Wimberleigh.

Había escrito numerosos mensajes como aquél a lo largo de los años, pero suponía que ninguno de ellos había llegado a Moscovia. En esa ocasión no iba a pasar lo mismo, porque iba a permanecer en un mismo lugar el tiempo suficiente para que la encontraran; además, podía pagar al mensajero una buena cantidad de dinero.

Rezó para que todo saliera bien, y empezó a rebuscar en

el escritorio para ver si encontraba cera para sellar las cartas. Al topar con un cajón cerrado con llave, vaciló por un instante. El único impedimento para abrirlo era su propia conciencia, pero no tardó en acallarla. No le debía ninguna lealtad a un noble inglés que ni siquiera podía soportar tocarla.

Después de abrir el cerrojo con facilidad gracias a su habilidad como ratera, abrió el cajón y sólo encontró algunas baratijas... un par de plumillas, unas tijeras... y tres pequeños retratos ovalados. Eran lo que se conocía como miniaturas, se trataba de pequeños dibujos realizados sobre suave cerámica.

Los colocó sobre la mesa con manos temblorosas. Uno era de la primera baronesa, la reconoció gracias al retrato que había visto en la galería superior. Era una mujer de belleza pálida, expresión recatada, facciones aquilinas, y pelo rubio claro.

Los retratos restantes eran de dos niños muy pequeños, de unos cuatro o cinco años. Se parecían mucho, debían de ser hermanos. Tenían labios rojos y carnosos, mejillas sonrosadas, pelo claro, y ojos azules... exactamente iguales a los de Stephen.

Sintió que la recorría un escalofrío al darse cuenta de que se trataba de los hijos de Stephen de Lacey.

Se apresuró a volver a meter las miniaturas en su sitio, y cerró el cajón con llave. Stephen tenía dos hijos... ¿dónde estaban?

Se le formó un nudo en la garganta cuando pensó en la explicación más plausible: quizás habían fallecido, al igual que su madre.

Se apresuró a salir de la habitación de su marido. Primero iría a darle las cartas a Laszlo, que se encargaría de llevarlas a Bristol y de mandarlas en algún barco con rumbo al este, y después iría en busca de Jillie para intentar sacarle información sobre los hijos de Stephen.

No consiguió cumplir ninguno de sus dos objetivos

aquel día, porque segundos después de que saliera de los aposentos de Stephen, oyó un gran jaleo procedente de la puerta y se apresuró a asomarse a la ventana.

Su marido había regresado a casa, y llegaba acompañado de unos invitados bastante inusuales.

CAPÍTULO 6

Juliana bajó al salón, y se acercó de inmediato a su marido.
—¿Quién es toda esta gente?
Él la miró con una sonrisa traviesa y ojos enrojecidos. Le guiñó uno, y le dijo:
—Nuestros invitados, querida —indicó con un gesto a los bulliciosos recién llegados, que ya habían empezado a jugar a las cartas, y añadió—: ¿Quieres que te los presente? Ése de ahí es Jack Sharpe, un experto jugador de cartas, y el tipo con el parche en el ojo es Penry Luck. Las mujeres son Peg y Lovey, son expertas en distintas clases de... entretenimiento.

La tal Lovey llevaba un corpiño ajustado que alzaba sus senos hasta tal punto, que parecían medias lunas gemelas sobre la ajada tela de la camisa. Tenía un aire taimado y un atractivo burdo, y Juliana tuvo ganas de abofetearla al ver su sonrisa descarada.

—Así que nuestros invitados, ¿no? ¿Se puede saber dónde los has encontrado? —le dijo a su marido, mientras luchaba por controlar su indignación.
—En Bath.
—Al parecer, ninguno de ellos aprovecharon para bañarse allí.
—Tú has traído a una banda de cíngaros a Lynacre, querida esposa mía. ¿Por qué no puedo invitar a algunos amigos? —sin más, la dejó allí plantada y fue a jugar a las cartas.

Lovey sonrió al verlo llegar, se sentó en un taburete junto a él, y se inclinó para susurrarle algo al oído.

Juliana apretó los puños mientras intentaba contener las ganas de darle una buena tunda a su marido. Como sabía que la única forma de deshacerse de aquellos indeseables era ganándoles en su propio juego, se acercó a la mesa con actitud altiva.

Los cinco años que había pasado junto a los cíngaros, cinco años embaucando a los *gajo*, iban a servirle de mucho aquella noche.

Stephen estaba convencido de que su esposa llevaba horas haciendo trampas. Los demás también eran conscientes de ello, pero ni siquiera Jack Sharpe había sido capaz de pillarla con las manos en la masa. Juliana mantenía las cartas cerca de su pecho, había dejado al descubierto sus delicadas muñecas al remangarse la camisa, y sus manos estaban siempre a la vista. ¿Cómo estaba ingeniándoselas para tomarles el pelo?

—Por los clavos de Cristo... vuelves a ganar, querida mía —murmuró, antes de tomar un trago de cerveza que ni siquiera le apetecía de la jarra que iba circulando por la mesa.

Ella se limitó a recoger sus ganancias y miró a Sharpe, que se encargaba de repartir las cartas.

Cuando la muchacha llamada Lovey soltó un sonoro suspiro y apoyó la cabeza en su hombro, Stephen tuvo que contener las ganas de apartarse. En el pasado le resultaba fácil coquetear con alguna que otra moza de sangre caliente, pero en ese momento sentía repugnancia, como si alguien le hubiera echado un purgativo a la cerveza.

Lovey tenía una indolencia capaz de mantener a raya las preguntas y las exigencias de su esposa, él ya había utilizado a mujeres así en el pasado. Cuando una joven casadera se mostraba demasiado interesada en él, se limitaba a encontrar una moza como Lovey, y la joven dama siempre perdía interés.

Era un truco que le había funcionado siempre... excepto con Juliana. Su esposa se había unido al juego con su sonrisa de tahúr y sus manos veloces, y ganaba una partida tras otra haciendo trampas.

—Estoy cansado de jugar —dijo, antes de tirar sus cartas sobre la mesa.

—Has perdido casi todo lo que has puesto en juego, Stephen —Juliana miró con fingida sorpresa el montón de monedas que había ganado, y comentó—: Vaya, me parece que he ganado el dinero de todos.

Jack y Penny intercambiaron una mirada contrariada. Juliana se llevó un dedo a los labios, y añadió:

—Mi querido esposo me da todo lo que necesito, absolutamente todo.

Stephen se preguntó qué era lo que pretendía, nunca sabía lo que su esposa iba a decir o a hacer. Por el rabillo del ojo vio a Kit, Nance y Jillie a los pies de la escalera. Llevaban la ropa de dormir, pero sus expresiones adormiladas dieron paso de inmediato a un ávido interés.

—Así que no necesito todo lo que he ganado —Juliana se encogió de hombros con indiferencia, y empujó las monedas hacia el resto de jugadores—. Seguro que vosotros podréis hacer un buen uso de todo este dinero... en Bath.

El mensaje estaba claro, no hizo falta que lo repitiera. Jack recogió las monedas, y se apresuró a salir del salón con Penry y Peg pisándole los talones y pidiéndole la parte que les correspondía. Nance sacudió su camisón con un chasquido firme para hacer que aceleraran el paso.

Muy a pesar suyo, Stephen miró a su esposa con admiración. Juliana se había deshecho de ellos con astucia... y a expensas de él.

Sin embargo, Lovey resultó ser más tenaz, porque se levantó y dijo:

—Vamos a la cama —lo tomó de la mano, y tiró para que él se pusiera de pie también.

—Puedes irte con tus amigos a Bath, o acostarte en el establo de las vacas —le dijo Juliana, mientras se levantaba a su vez.

Jillie hizo ademán de acercarse, pero Kit la detuvo.

—Vaya con la finolis, dormiré donde quiera el señor —dijo Lovey, con tono burlón.

Juliana ni siquiera se molestó en mirar a Stephen antes de contestar con firmeza:

—Mi esposo quiere que te marches con tus amigos.

—A lo mejor deberíamos dejar que él mismo conteste.

Stephen no supo qué decir. Por un lado, tenía ganas de echarse a reír; por el otro, tenía ganas de zarandear a la una o a la otra para que se callaran.

—Pienso que... —empezó a decir al fin.

—Yo diría que no has pensado demasiado, Stephen —le dijo Juliana con voz serena. Entonces se volvió hacia Lovey, que había soltado la mano de su marido y estaba de brazos cruzados, mirándola con indignación.

Stephen no había visto jamás a una mujer tan rápida. Antes de que pudiera reaccionar, su esposa se lanzó contra Lovey y la empujó contra la mesa. Juliana apenas pareció tocar el broche, pero de repente lo tenía en la mano y apretó la daga contra el cuello de la muchacha.

—¡Dios del cielo, va a matarme!

—Sólo si no me obedeces. En primer lugar, quiero que devuelvas todo lo que has robado.

—No he...

Juliana bajó la daga y rasgó el vestido de Lovey. Stephen se quedó atónito al ver que abría un bolsillo secreto y que iba sacando un botón, una cuchara de peltre, y una moneda de plata.

—Eres buena, pero no lo suficiente. Mi marido no se ha dado cuenta de que estabas robando, pero yo sí.

—Escúchame, finolis... —empezó a decir la muchacha, que se había ruborizado de golpe.

—No, escúchame tú —Juliana se inclinó hasta quedar más cerca, y le dijo—: Vas a marcharte ahora mismo si no quieres sufrir las consecuencias. Si vuelves a respirar siquiera el aire de Lynacre, lo que quede de ti no bastará ni para lavar el suelo.

Lovey soltó una palabrota que Juliana seguramente ni conocía, y se marchó hecha una furia.

Mientras su señora volvía a enfundar la daga con calma, Kit y Nance sonreían como un par de lunáticos, y Jillie parecía tan orgullosa como un profesor de esgrima con su mejor alumno.

—Se acabaron para ti las rameras, los tahúres y los granujas, Stephen. No pienso tolerar majadereces.

—Majaderías —la corrigió. Por alguna razón que ni él mismo alcanzaba a entender, aún tenía ganas de echarse a reír.

—Exijo que mi esposo se mantenga sobrio, y que no se relacione con mendigos ni con ladrones —fue dándole golpecitos en el pecho con el dedo para ir puntuando cada palabra.

—¿Por qué te preocupa tanto lo que yo haga o deje de hacer? —le preguntó al fin, cuando consiguió recuperar la voz.

—Porque quiero que me ayudes.

Stephen sintió aquel extraño tirón en los labios, y se dio cuenta de que le resultaba tan poco familiar porque apenas sonreía.

—Tengo la impresión de que eres una dama que no necesita la ayuda de nadie, Juliana.

—Quiero que me lleves a Moscovia.

Él la miró desconcertado durante unos segundos, y al final le dijo:

—He sido muy paciente al dejar que persistieras con tus falsedades y tus fantasías, pero creo que ha llegado el momento de que eso acabe también.

—Sabes que lo que te digo es cierto, que no soy cíngara de nacimiento. Sabes que soy quien digo ser.

—Te equivocas, no sé casi nada de ti.

—En ese caso, deja que te lo demuestre. Llévame a Moscovia, allí hay personas que conocían a mi padre y que me reconocerán. Puede que intenten matarme, pero sé que no se lo permitirás.

Aquella mujer era un verdadero enigma... tan menuda y ferviente, pero a la vez feroz y valerosa como una fiera acorralada. A pesar de sus historias absurdas, era una mujer perfectamente cuerda... y encantadora, demasiado encantadora.

Cuando una pasión irracional e incomprensible lo golpeó de lleno, recordó de repente por qué había escapado a Bath, pero se dio cuenta de que ni la distancia ni la bebida iban a mantener a raya el deseo ardiente que sentía por ella.

—El lugar del que hablas está a mil leguas de aquí, ¿crees que voy a viajar hasta tan lejos para demostrar que eres un fraude?

—Así que te has tomado la molestia de averiguar dónde está Nóvgorod, ¿verdad? Recibirás una generosa recompensa. Aunque lo niegues, te has casado con una mujer de una posición mucho más elevada que la tuya.

—Tienes aires de grandeza, bomboncito —le dijo, mientras la tomaba de los hombros.

Su intención era echar a andar hacia los aposentos de su esposa para dejarla allí y que dejara de importunarlo, pero sin saber cómo ni por qué, la atrajo hacia su cuerpo hasta que la tuvo lo bastante cerca como para inhalar su sutil aroma a lavanda, para ver hasta el último detalle de sus extraordinarios ojos. Se moría por saborear de nuevo aquellos labios carnosos y serios.

—¿Acaso eres una bruja? —le preguntó con voz ronca.

Ella negó con la cabeza sin decir palabra, ya fuera por cautela o por nerviosismo, y se mordió el labio inferior.

—¿Cómo es posible que me enciendas la sangre cuando todas las demás mujeres me dejan frío? —la pregunta salió de su boca antes de que pudiera detenerla.

Ella ladeó la cabeza hasta que los labios de ambos quedaron a un suspiro de distancia, y susurró:

—¿Qué quieres decir, esposo mío?

«Esposo...». Stephen deseó con todas sus fuerzas que no lo hubiera llamado así. Le sujetó los hombros con más fuerza, y le dijo:

—No te hagas la inocente, me parece que ya sé a qué estás jugando. Haces que te desee, y entonces...

—No te obligo a nada, Stephen; si fuera así, a estas horas ya estaríamos en un barco rumbo a Arkángel.

Cuando lo miró directamente a los ojos, Stephen se sintió desnudo ante ella, vulnerable y despojado de todas sus defensas. Era como si pudiera ver los secretos que él había guardado durante tanto tiempo.

—Será mejor que aprendas a no jugar con fuego si no quieres quemarte, princesa —le dijo, antes de besarla con pasión.

Juliana tenía un sabor insoportablemente dulce, sabía a lozanía y a misterio femenino. Eran sabores que se había prohibido a sí mismo durante años, y que de repente ansiaba con una intensidad que lo dejó sin aliento.

Ella apartó la boca de repente, y le dijo:

—La última vez que me besaste así, te fuiste a Bath y regresaste con un puñado de ladrones —le puso las manos en el pecho, y retrocedió con firmeza—. Esta vez, voy a ser yo quien se vaya.

Stephen estaba pasando junto al jardín de la zona este de camino a los establos, pero se detuvo a la sombra de un cenador al oír la voz de su esposa.

—La mujer es un mal necesario, una tentación natural, una calamidad deseable, un peligro doméstico, una fascinación mortífera, y una enfermedad personificada —Juliana estaba leyendo en voz alta, pronunciando las palabras con mucho cuidado.

Stephen pensó para sus adentros que aquellas palabras reflejaban una gran verdad. Sí, una fascinación mortífera... y más peligrosa con cada día que pasaba.

—Nance, ¿estás segura de que eso es lo que pone? —dijo Juliana.

Stephen apartó a un lado una rama para poder ver a su

«peligro doméstico» personal. Estaba con Nance y con Jillie, sentada en un banco encespado rodeado de hierba. Tenían un cesto con telas y todo lo necesario para coser, y unos cuantos libros.

Nance paró de coser, señaló el texto que Juliana tenía abierto en el regazo, y dijo:

—Sí, en palabras del mismísimo San Crisóstomo. Según él, la mujer tiene el deber de aprender a guardar silencio.

—San Crisóstomo —Juliana pronunció el nombre con cuidado.

En opinión de Stephen, era un gran erudito.

—Es un verdadero patán —comentó Jillie Egan, ceñuda.

—Vamos a leer otra cosa, Nance. Quiero aprender a leer en inglés, pero a este paso lo que aprenderé es a odiarlo —dijo Juliana.

—¿Los cíngaros son diferentes? —le preguntó Nance—. Que yo sepa, la mujer está bajo el yugo del marido, sin importar el tipo de hombre que sea.

Juliana asintió apesadumbrada, y comentó:

—Sí, en Moscovia pasaba lo mismo —cerró el libro de golpe, y añadió—: Pero al menos, allí el marido no le tiene miedo a su esposa.

—Su Señoría no os tiene miedo, mi señora, lo que le pasa es que...

«¡No lo digas, Nance Harbutt! ¡No te atrevas a decirlo!» Stephen estuvo a punto de gritar aquella advertencia en voz alta.

—¿Qué? —dijo Juliana.

—Supongo que podría decirse que no quiere... —como si hubiera sentido de forma instintiva la furia de Stephen, Nance dejó la frase inacabada y abrió otro libro—. Puede que éste os guste más, mi señora. Aquí hay un diálogo en el que se defiende a las mujeres de los detractores maliciosos.

Juliana apoyó la barbilla sobre las rodillas en un gesto que a Stephen le pareció encantador, y dijo:

—¿Cómo es posible que sepas leer tan bien, Nance?

—Me enseñó mi hija Kristine, que tomó los votos antes de que el rey rompiera con Roma. Era una monja excelente y pía, y jamás se dejó arrastrar por las tentaciones de la carne.

—No sabía que tenías una hija, ni que estuvieras casada —Juliana dejó el libro a un lado, y agarró hilo y aguja.

—Nunca me casé —le dijo Nance, con una carcajada—. ¿No habéis leído lo que pone en ese libro? Me niego a estar bajo el yugo de un hombre... aunque en otros tiempos no era adversa a estar de vez en cuando debajo de uno.

Jillie se tapó la cara con el delantal, y empezó a reír con tanta fuerza, que cayó hacia atrás sobre la hierba.

En vez de mostrarse escandalizada, tal y como Stephen esperaba, Juliana se echó a reír también y abrazó a Nance. El sol que se filtraba a través de las ramas de los árboles las bañaba con su luz dorada.

—Me encanta disfrutar de la compañía de otras mujeres, ¿por qué dejamos que los hombres lo estropeen todo? —dijo Juliana.

—Por lo que tienen entre las piernas —le contestó Jillie, mientras se secaba las lágrimas con el delantal.

Nance le lanzó una mirada de censura, y le preguntó:

—¿Y se puede saber qué sabes tú de eso, Jillie Egan? ¿Qué has estado haciendo con aquel cíngaro corpulento?

Stephen se había olvidado de que se suponía que iba camino de los establos, y siguió escuchando fascinado.

—Nada, aunque lo he intentado. Rodion me gusta, es... diferente. Hace que me sienta distinta, como si cualquier cosa fuera posible.

—Con el hombre adecuado, cualquier cosa es posible —apostilló Nance, con un profundo suspiro.

—¿En serio? —Juliana dejó a un lado la labor, apretó las rodillas contra su pecho, y empezó a juguetear con una brizna de hierba—. A veces, me pregunto cómo sería amar a alguien.

Stephen sintió que lo recorría un anhelo doloroso. Intentó apartar la mirada, pero no lo consiguió. Era innegable que su esposa era única; a pesar de lo menuda y delicada que era, tenía una fuerza interior acerada que inspiraba respeto.

Juliana había irrumpido en su casa con la autoridad de un general, y dirigía Lynacre Hall como si le hubieran inculcado desde la cuna las tareas de una gran dama. Desde el amanecer hasta la puesta de sol ejercía su autoridad en la cocina y en la bodega, en la despensa y en el salón, dirigiendo a la servidumbre y a los arrendatarios. Después de cenar solía dedicarse a sus estudios, repetía palabras y frases una y otra vez para poder hablar como cualquier otra muchacha inglesa.

Se recordó que aquella mujer no había dudado en desenfundar una daga para amenazar a una desconocida. La imagen se le había quedado grabada en la memoria, y se esforzó por tenerla muy presente mientras se obligaba a alejarse del jardín.

Stephen siguió desapareciendo de noche durante las semanas siguientes, pero no volvió a ir ni una sola vez a Bath, y nunca tardaba demasiado en regresar.

Algunas mañanas, Juliana se lo encontraba de mal humor en el salón, silencioso y taciturno.

La única explicación posible era que su marido tenía una amante. La idea fue creciendo como una enredadera venenosa alrededor de su corazón. Era obvio que Stephen se encontraba con otra mujer, y a juzgar por su mal humor, la relación no debía de ir demasiado bien.

Pensaba a menudo en las miniaturas que había encontrado en el escritorio, pero a pesar de cuánto deseaba descubrir más cosas sobre el pasado de su marido, decidió mantener silencio y esperar a que él sacara el tema.

Los días de verano iban sucediéndose. Los cíngaros estaban acampados en un claro del bosque junto al río Avon, y se alimentaban de lo que daba la tierra y de algún que otro ciervo o conejo que cazaban en el bosque real que estaba bajo la custodia de Stephen.

Juliana sentía una impaciencia constante que la carcomía, pero intentaba mantenerla a raya ocupándose de los asuntos de la finca. Los despachos estaban a un lado del salón, y allí disponía de una pequeña habitación sin ventanas para poder trabajar. Stephen se había sorprendido cuando le había dicho que iba a usar aquel pequeño despacho; al parecer, su primera esposa no se había involucrado en los asuntos de negocios.

Un día, en pleno verano, salió del despacho y estuvo a punto de chocar con Stephen en el espacioso pasillo flanqueado por columnatas. La indiferencia que mostraba cuando la miraba era descorazonadora, daba la impresión de que apenas existía para él.

—Mi señora —dijo, mientras la saludaba con una inclinación de cabeza.

Juliana intentó no fijarse en la forma en que el sol le iluminaba el pelo, ni en el contorno musculoso de sus piernas. Su marido vestía ropa sencilla... calzas, botas, y una túnica sin filigranas... porque trabajaba tan duro como cualquiera de sus arrendatarios. El día era bastante caluroso, y la túnica desatada hasta medio pecho revelaba su piel bronceada y sudorosa.

Se apresuró a alzar la mirada hacia sus ojos, y la frialdad que vio en ellos acabó de golpe con el deseo que había empezado a inundarla.

—Buenos días, mi señor.

Permanecieron frente a frente durante un momento. Juliana no sabía qué decirle a un hombre que se había casado con ella por obligación, y que prefería la compañía de tahúres y rameras antes que la suya.

Él debió de pensar algo parecido, porque inclinó de nuevo la cabeza y entró en su despacho. Ella se quedó en el pasillo, saludando distraída a los arrendatarios que llegaban a hablar con el barón. Todos ellos intentaban disimular por respeto la curiosidad que sentían, y la saludaban con una reverencia antes de entrar en el despacho.

Juliana permaneció allí durante unos minutos, escuchando el murmullo de voces y las ocasionales carcajadas masculinas. Stephen se sentía cómodo con aquellas personas, las apreciaba y las trataba de forma justa.

De repente, se acordó de su padre, y la atravesó una punzada de dolor que la tomó desprevenida, y que la impulsó a entrar en el despacho de su marido cuando todos sus visitantes se hubieron marchado.

—¿Qué sucede? —dijo él, sin levantar la mirada.

—Me gustaría hablar contigo, Stephen.

Él alzó la mirada de golpe, y su rostro volvió a cubrirse con la habitual máscara de indiferencia; en ese momento, se parecía a un dios de mármol que Juliana había visto en los jardines del Palacio de Richmond.

—¿De qué?

«Quiero conocerte mejor, quiero conocer tu tristeza y tu furia... y que Dios me ampare, pero quiero verte sonreír».

Juliana no se dejó amilanar por su actitud hostil, y luchó por aparentar naturalidad mientras cruzaba el despacho.

—¿Qué son estas marcas? —le preguntó, mientras pasaba la mano por la superficie de la mesa.

—Sirven para llevar las cuentas. Pongo indicadores en los cuadrados para representar las sumas, los que tienen una muesca indican diez veces la cantidad que figura en la tabla.

—Yo podría encargarme de hacer las sumas por ti, así no tendrías que utilizar ni indicadores ni muescas —siempre se le habían dado bien los números.

—Prefiero seguir utilizando la mesa.

—No tienes por qué avergonzarte si tienes deficiencias en...

—Tengo mis deficiencias, Juliana, pero no a la hora de contar. Uso la mesa para que los arrendatarios puedan ver todos los cálculos, así se sienten más tranquilos.

—Ah —fue incapaz de recordar si su padre había sido tan considerado. Se sintió un poco incómoda, y se acercó a una mesa que había a un lado—. ¿Qué es todo esto? —preguntó, mientras contemplaba fascinada varios utensilios que parecían bastante delicados. Se sobresaltó cuando él se acercó de inmediato, sin apenas hacer ruido.

—Calibradores para medir el tamaño de un agujero, y esto de aquí es una escala. Es mucho más precisa que la balanza de latón que utiliza casi todo el mundo.

—Has creado todos estos instrumentos, ¿verdad?

—Sí.

Juliana pensó en todos los pequeños utensilios que había ido descubriendo por toda la casa... un espiedo que se movía mediante el calor que generaba el fuego, una lámpara metida en un recipiente con agua para amplificar la luz, una escalerilla con ruedas en la despensa, los conductos que transportaban agua a través de la casa...

—¿Por qué?

—Porque me di cuenta de que eran necesarios.

—Los in... —frunció el ceño mientras intentaba dar con la palabra correcta, y al final la recordó—. Los inventaste tú solo... tienes un talento maravilloso, Stephen.

—Son utensilios prácticos, no creo que construirlos sea algo tan destacable —dio media vuelta con brusquedad, y regresó a su mesa. Al oír que llamaban a la puerta, dio permiso al recién llegado para que entrara.

Una mujer entró con paso lento y vacilante. Iba descalza, vestía ropa sencilla, tenía el pelo cubierto con un mantón, y llevaba colgado de uno de sus brazos enclenques un cesto de mimbre.

—Sois la señora Shane, ¿verdad? —Stephen la saludó con una voz suave y amable, que no contenía ni rastro de la brusquedad que acababa de usar con Juliana.

La mujer asintió y alzó la mirada. Tenía la piel muy pálida, las mejillas hundidas, y unos profundos ojos oscuros.

—Sí, mi señor. Disculpad la intrusión, tendría que haber

venido con los demás, pero... –cuando el bebé que llevaba en el cesto empezó a llorar, lo movió un poco hasta que volvió a callarse y añadió–: Mi hijo estaba un poco inquieto.

–¿Dónde está vuestro esposo?

–Murió mientras vos estabais en la corte, mi señor.

Juliana se quedó atónita al ver que la compasión transformaba a su esposo en un hombre completamente diferente. Sus facciones pétreas se suavizaron, y su mirada se volvió cálida mientras rodeaba la mesa y tomaba a la mujer de la mano como si se tratara de una dama de gran alcurnia.

–Sentaos, mi señora.

La mujer se sentó en un taburete, y colocó el cesto sobre su regazo.

–¿Por qué no habéis acudido antes a mí?

–Porque no quería importunaros con mis problemas, mi señor.

–¿Por qué decís tal cosa?, ¿cómo es posible que pensarais que me daría igual lo que fuera de vos?

–Decidnos lo que pasó –dijo Juliana. Cuando la mujer respiró hondo, reconoció aquella vacilación trémula, el esfuerzo al intentar contener un dolor insoportable, porque ella misma se había sentido así en muchas ocasiones.

–Mi esposo contrajo fiebre... la misma que había acabado un mes antes con mi hijo mayor.

A juzgar por la expresión de Stephen, era obvio que tampoco estaba al tanto de aquel fallecimiento. Juliana sintió lástima por el alguacil que se encargaba de informarle de todo lo relacionado con los arrendatarios.

–¿Qué clase de fiebre? –su voz parecía diferente, áspera, como si unas manos invisibles estuvieran estrangulándolo.

–La fiebre de los pulmones, mi señor.

Al ver que su marido reaccionaba como si aquellas palabras le hubieran golpeado con un impacto brutal, Juliana le agarró la mano y notó que la tenía seca y muy fría.

–¿Stephen...?

Él pareció regresar al mundo de los vivos. Parpadeó como intentando centrarse, y apartó la mano con brusquedad.

—Lamento profundamente vuestra pérdida, señora Shane. ¿Qué tierras tenía a su cargo vuestro marido?

—Tres secciones y un pequeño prado junto al río, mi señor.

—No tenéis que pagar las rentas hasta próximo aviso.

—¡Gracias, mi señor! —la mujer le agarró la mano, y empezó a salpicarla de besos.

Juliana creía que su marido apartaría la mano de inmediato, ya que le incomodaban las muestras de afecto, pero él permaneció inmóvil; al cabo de unos segundos, alzó la cabeza de la mujer con su mano libre y la miró a los ojos.

—Necesitaréis que alguien os ayude con el trabajo.

—No tengo a nadie que pueda hacerlo, mi señor.

—Hay más de una docena de hombres fuertes y capaces acampados junto al río —apostilló Juliana con voz suave.

—A los cíngaros no les gusta trabajar las tierras. Es una tarea que requiere demasiada constancia, y ellos son itinerantes por naturaleza —le dijo su marido, ceñudo.

—¿*Cíngaros?* —la mujer apretó el cesto contra su pecho, y añadió horrorizada—: Roban niños, he oído que se los comen y que...

—Eso no es cierto, os lo aseguro —se apresuró a decirle Juliana. Le lanzó a su marido una mirada elocuente, y añadió—: Es cierto que no les gusta trabajar las tierras, pero los hombres del clan de Laszlo os ayudarán.

—¿Es eso cierto, mi señor?

Stephen vaciló por un instante antes de decir:

—Me encargaré de que se ocupen del trabajo de vuestras tierras.

Cuando la mujer se fue entre palabras de agradecimiento y reverencias, Juliana se volvió hacia su marido y comentó:

—Has sido muy generoso con ella.

—Es mejor mantener las tierras productivas —carraspeó un poco mientras regresaba a su mesa, y fingió que ojeaba unos papeles.

Juliana contuvo las ganas de sonreír. Aunque su marido quisiera hacerle creer que había actuado con tanta consideración por puro pragmatismo, ella sabía que no era así. Se volvió hacia un mapa que había colgado en la pared, y le preguntó:

—¿Es Lynacre?

Su marido se limitó a asentir con actitud ausente. El mapa mostraba el gran meandro del río Avon, cuya curva marcaba los prados fértiles que ocupaban los arrendatarios. Estaba bordeado de campos y bosques en los que había dibujado una especie de rastrillo.

—¿Qué es esto de aquí?

—El coto de caza del rey.

—Abarca más de media finca.

—Sí.

—¿Y no se usa hasta que el rey desea venir a cazar?

—Exacto.

—Qué desperdicio —trazó con un dedo la silueta en forma de hache de Lynacre Hall, el gran salón central flanqueado por dos hastiales. Al ver que a cierta distancia había una extensión verde y vacía, le preguntó con curiosidad—: ¿Esto de aquí es otro jardín?

—No, una arboleda —le contestó él con impaciencia.

—¿Adónde lleva?

—A ningún sitio. Está abandonada desde hace mucho tiempo, ni siquiera sirve para cazar. Nadie va por allí.

—Entiendo. Por cierto, gracias por decirle a la señora Shane que los cíngaros la ayudarían —estaba dispuesta a decir cualquier cosa con tal de quebrar aquel terrible silencio, con tal de conseguir que él reaccionara con algo que no fuera aquella completa indiferencia.

—¿Mi decisión te ha sorprendido?

—Sí, la verdad es que sí —le espetó con voz seca. Estaba harta de la apatía de su marido—. Empezaba a creer que no tenías corazón.

Él se levantó de golpe, se acercó a ella, y le dijo con voz tensa y controlada:

—Créeme, Juliana, en lo que a ti respecta, no lo tengo. Mi único deseo ferviente es que te marches de aquí cuanto antes.

Juliana alcanzó a ver el dolor, la mentira y los secretos que se ocultaban en los ojos de su marido, y eso le dio el valor suficiente para apoyar la mano sobre su mejilla y decirle con voz suave:

—¿De qué se trata, Stephen? ¿Qué es lo que te atormenta? ¿Por qué eres tan tierno con una viuda angustiada, tan paciente cuando Kit practica con el estafermo y la arquería, pero tan brusco conmigo?

Él se apartó de inmediato, y le espetó:

—Eres una maldita entrometida —sin más, salió hecho una furia del despacho.

CAPÍTULO 7

Por muy veloz que cabalgara, Stephen era incapaz de escapar de los demonios que lo atormentaban, pero aun así siguió intentándolo, siguió hostigando a la yegua para que acelerara más y más el paso. No necesitaba espuelas, le bastaba con su voz para hacer que Capria galopara como el viento.

La yegua lo llevó a través de campos abiertos y senderos bordeados de maleza, subió las colinas yermas y volvió a bajarlas, sorteó con enormes saltos riachuelos, setos, y tapias de piedra.

No podía escapar. A pesar del peligro que estaba corriendo al galopar a aquella velocidad, su mente se aferraba a la imagen de Juliana. La veía con total claridad... con el pelo suelto y brillante cayéndole sobre los hombros, con los ojos ardiendo de deseo por él. Aquella mujer quería conocer todos sus secretos, quería robarle el alma.

El corazón le martilleaba en el pecho, porque al fin sabía qué era lo que le daba miedo. Estaba aterrado ante la posibilidad de volver a amar de nuevo.

«No, no, no...».

Hincó los talones en los flancos de la yegua y la condujo hacia un lugar escondido que le recordaba quién era y lo que había hecho, un lugar que le ayudaría a congelar sus emociones y a evitar que lo que sentía por Juliana acabara devorándolo por completo.

Cuando llegó a su destino, estaba jadeando como si hubiera sido él el que acababa de recorrer infinidad de millas al galope, en vez de la yegua.

Después de atar las riendas a la rama de un árbol, se acercó a aquel rincón apartado. Sí, ella estaba allí, esperándolo, como siempre. Inmutable y paciente, a la espera. A veces conseguía mantenerse alejado durante semanas y pasar algunos días sin pensar en ella, pero siempre acababa sucumbiendo al poder que tenía sobre él, a su inagotable paciencia, a sus secretos irresistibles.

Estaba sudoroso y jadeante cuando cayó de rodillas ante ella, como un suplicante rogándole indulgencia a una deidad. Susurró su nombre, y su voz resonó con fuerza en la quietud de aquel rincón umbrío.

—¡Meg!

Juliana no tuvo más remedio que montar con una albarda, porque los mozos de cuadra se habían escandalizado cuando les había pedido una silla de montar normal. Le parecía un poco tonto tener que montar de lado, pero se lo tomó con resignación. Pasó la pierna por el pomo, se relajó contra el borrén posterior, y chasqueó las riendas de la corpulenta yegua parda.

Piers hizo una reverencia, y le dijo con expresión respetuosa:

—Permitid que os escolte, mi señora.

—No es necesario, gracias.

—No es seguro que salgáis sola, las colinas y los bosques están infestados de maleantes y de cíngaros... —se cubrió la boca con la mano, y se puso rojo como un tomate—. Disculpadme, no era mi intención...

Juliana consiguió esbozar una sonrisa, y le dijo:

—Los insultos apenas duelen cuando nacen de la ignorancia de un hombre —sin más, se alejó al trote.

Stephen no le había dicho a nadie adónde pensaba ir. Los sirvientes decían que casi nunca daba explicaciones, y en todo caso, nadie osaría preguntarle. No le costó seguir su rastro, ya que había llovido de madrugada y las pisadas de su yegua habían quedado marcadas con claridad en la tierra húmeda.

Stephen había cabalgado a toda velocidad y sin un destino concreta durante un buen rato, había saltado por encima de arbustos y cercas y se había adentrado en una arboleda. A pesar de que el rastro era cada vez menos claro, fue siguiéndolo sin problemas. Los cíngaros le habían enseñado a leer las *vurma*, y su vista aguda encontró la huella de un casco o alguna que otra rama rota.

Al salir de la arboleda, fue a dar a una amplia pendiente que bajaba hasta un riachuelo. Era una zona remota con la que no estaba familiarizada, y estaba plagada de carrizos y nomeolvides.

Lo primero que vio fue la yegua de Stephen atada a un árbol, mordisqueando plácidamente la densa hierba que crecía en aquella zona húmeda, pero cuando desmontó se quedó boquiabierta y las riendas de su montura se le cayeron de las manos. Al ver que la yegua parda aprovechaba para alejarse, intentó detenerla, pero el animal se alejó al trote de vuelta a la cuadra.

Como era obvio que no podía alcanzarla, centró su atención en la construcción de piedra caliza amarilla que había junto al riachuelo. Tenía las mismas líneas verticales tan distintivas de las catedrales de Salisbury y de Westminster, pero era bastante pequeña; de hecho, aquella capilla habría cabido en el salón de Lynacre Hall. Quizás era una especie de santuario.

Se acercó con curiosidad. La capilla tenía dos ventanitas, la puerta estaba abierta, y las golondrinas entraban y salían por los aleros. Se detuvo al llegar a la puerta, miró hacia dentro, y vio a Stephen de perfil. Estaba arrodillado con la cabeza gacha, y tenía la frente apoyada en las manos entrelazadas. La luz que entraba por un ventanuco alto y con forma de trébol lo bañaba con un manto dorado.

Un estremecimiento la recorrió de pies a cabeza. No quería importunarlo mientras rezaba, pero al mismo tiempo sentía la necesidad de acercarse a él, de aliviar el dolor y la angustia que lo atormentaban.

—¿Stephen...? —dijo con voz queda.

Él se levantó de golpe, y se colocó delante de algo o de alguien como si quisiera ocultarlo... o quizás ocultarla.

—¿No te basta que te haya dado mi apellido, un techo bajo el que cobijarte, comida abundante y ropa nueva? —su voz reflejaba un extraño cansancio.

—No, supongo que no me basta.

Su marido parecía enorme en aquel lugar pequeño y sumido en sombras, pero a pesar de su tamaño, a pesar de la fuerza y el poder que exudaba, parecía vulnerable.

—¿Por qué? —su voz severa resonó en la capilla—. Por el amor de Dios, Juliana, ¿por qué tienes que entrometerte en mis asuntos? ¿Por qué me haces tantas preguntas?, ¿por qué me sigues?

Ella misma también se había preguntado a menudo por qué sentía aquella curiosidad insaciable por su marido.

—Hay algo en ti que me atrae. Sé que nos casamos por obligación, y que se supone que no debemos interesarnos el uno por el otro, pero no puedo evitarlo. Quiero saberlo todo sobre ti.

—Ni hablar, te aseguro que lo que llegaras a averiguar no te gustaría. Márchate, Juliana —al ver que se mordía el labio, pareció ablandarse un poco y le dijo—: Te he dado todo lo que puedo. Por favor, no me pidas más.

Ella hizo acopio de todo su valor, y le contestó:

—A veces, me he visto obligada a apoderarme de algo sin pedir permiso.

Entró en la capilla antes de que pudiera detenerla, y vio

dos efigies... una de una mujer, y la otra de un niño. Las placas de bronce afiligranadas eran exquisitas, y estaban colocadas en las tapas de dos tumbas de piedra. Ladeó la cabeza para verlas mejor, y vio que la mujer era Margaret, la primera esposa de Stephen. El artista había plasmado una belleza Plantagenet de densas pestañas, nariz y pómulos aquilinos, y labios firmes y delgados.

—Creo que ya es hora de que me hables de ella, Stephen —le dijo con voz trémula. «Quiero saber por qué sigues viniendo a este lugar, a pesar de que murió hace siete años...», las palabras resonaron en su mente, pero no se atrevió a darles voz.

Él se aferró a un reclinatorio con tanta fuerza, que los nudillos se le quedaron blancos.

—¿De qué serviría?

—No lo sé. Siempre estás triste y distante, ¿crees que te dolería aún más hablar de ella?

Él soltó un profundo suspiro, y a Juliana volvió a llamarle la atención lo cansado que parecía; al parecer, el dolor lo había dejado exhausto.

—Se llamaba Margaret —dijo con voz carente de entonación. Fijó la mirada en la ventana, como si pudiera ver algo más que colinas verdes y copas de árboles meciéndose con suavidad bajo la brisa—. Lady Margaret Genet, aunque yo la llamaba Meg. Ella tenía catorce años cuando nos casamos, y yo quince.

Juliana asintió. Su compromiso con Alexei Shuisky se había concertado a las pocas horas de que ella naciera. Margaret había crecido, se había casado, y había tenido hijos incluso antes de llegar a la edad que ella tenía en ese momento. La idea le provocó un escalofrío.

—De modo que vuestros padres concertaron el matrimonio, ¿no?

—Sí, es lo habitual... cuando el propio rey no ordena una unión en concreto.

Juliana hizo caso omiso de la alusión velada a su propio matrimonio, y comentó:

—Pero seguro que la amabas.

—¿Por qué lo dices?

Pronunció aquellas palabras con tanta furia, que Juliana retrocedió por miedo a que la golpeara. Tenía un aspecto imponente y amenazador con los pantalones ajustados de cuero y la camisa blanca que llevaba, con su pelo dorado cayéndole sobre los hombros, con las manos apretando el reclinatorio con tanta fuerza, que la madera parecía a punto de romperse.

Consciente de que quería asustarla con aquella actitud de violencia contenida, hizo acopio de valor y le preguntó:

—¿Y bien?

—¿Y bien qué?

—¿Estabas muy enamorado de ella?

Él soltó el reclinatorio con una lentitud deliberada, y se llevó las manos a las caderas.

—¿Qué más da eso ahora?

Como parecía tan decidido a no contestar, Juliana decidió dejar a un lado el tema. Rozó con la punta de los dedos la placa más pequeña, y le preguntó con voz suave:

—¿Cuál de tus hijos descansa en esta tumba?

Stephen la agarró de los hombros con fuerza, y la miró con una furia ardiente muy distinta a su frialdad habitual.

—¡Eres una bruja! Por Dios, ¿qué clase de criatura infame eres?

Juliana se dio cuenta de que debajo de toda aquella furia había un terror visceral; por alguna razón que ni ella misma alcanzaba a entender, se sentía completamente a salvo junto a él, aunque estuviera fulminándola con la mirada.

—Perdona si te he ofendido, no sabía... —tragó con dificultad, y se preguntó por qué se había enfurecido tanto con ella. Era como si alguien acabara de quemarle con un hierro al rojo vivo—. ¿Es tan horrible que te pregunte por tus hijos?, sólo me preguntaba cuál de ellos...

—Sólo tuve uno —le dijo entre dientes. Dio la impresión

de que necesitaba toda su fuerza de voluntad para obligarse a abrir los dedos y soltarla.

Juliana estaba desconcertada. Sabía que Stephen había tenido dos hijos, porque había visto con sus propios ojos las miniaturas... la de Margaret, y las de dos niños. A lo mejor se trataba del mismo pequeño a distintas edades, o de algún pariente. Quizás era un sobrino o un primo.

—Lo siento, di por supuesto que... que habías tenido dos.
—¿Por qué?

Sabía que tenía que contestar con cuidado. Si Stephen llegaba a creer de verdad que era una bruja, podría hacer que la ahogaran o que la quemaran en la hoguera.

—Por cosas que le he oído decir a la gente en la casa.
—¿Qué tipo de cosas?
—Supongo que las malinterpreté, ya sabes que el inglés no es mi lengua nativa.

Él la miró ceñudo durante unos segundos, y al final hizo un esfuerzo visible por relajarse.

—Ésta es la efigie de Richard —le dijo con voz ronca—. Le llamábamos Dickon. Murió dos meses antes que su madre, a los seis años. Le amaba con todo mi corazón. Recé y luché con todas mis fuerzas, pero fue debilitándose poco a poco. Murió en mis brazos.

Juliana no pudo contenerse, y lo tomó de la mano. Al ver que él no se resistía, la alzó hasta sus labios y le dio un beso en la palma. Él la contempló estupefacto, y al cabo de unos segundos apartó la mano con suavidad.

—No sabes cuánto lo lamento, Stephen. No puedo ni imaginar lo que se siente al perder un hijo.

—Tiñe hasta el último de mis pensamientos, todo lo que siento, cada bocanada de aire que inhalo. La felicidad ha dejado de existir para mí —tenía los puños apretados, y sus ojos reflejaban la angustia que lo desgarraba por dentro.

Juliana tuvo ganas de decirle que se equivocaba, pero sabía que sólo alguien que había tenido un hijo podría entender su dolor.

—¿Cómo murió tu esposa?
—Al dar a luz.

Juliana se tensó de inmediato, ya que aquello confirmaba que había habido un segundo hijo.

—¿El bebé era una niña?

—El bebé está muerto —de todo lo que le había dicho hasta ese momento, aquello fue lo más escalofriante, lo más inapelable—. Y ahora será mejor que te marches, mi querida baronesa —añadió, con su sarcasmo habitual. Posó una mano en su espalda, y la condujo hacia fuera.

La luz del sol quedaba un poco difuminada por las neblinas vespertinas, y estaba teñida por el verde de las hojas de los árboles.

Juliana se giró, pero él estaba más cerca de lo que pensaba y sus cuerpos quedaron a escasos milímetros de distancia. Se puso un poco nerviosa, y como no supo qué hacer con las manos, optó por cruzarse de brazos.

—Sé que se supone que no debemos sentir ningún aprecio el uno por el otro, pero no siempre hago lo que debo.

—¿Qué quieres decir?

—Que empiezo a sentir aprecio por ti.

—Pues es una verdadera lástima, Juliana.

Ella le acarició la mejilla, y le dijo con suavidad:

—No me tengas lástima a mí, sino a ti, por ser incapaz de aceptar mi amistad.

Se quedaron inmóviles, como figuras en el friso de un artista, capturados en la luz de la tarde. Juliana sintió que todos sus sentidos se agudizaban mientras lo miraba a los ojos. Oyó el zumbido de las abejas que volaban entre los cardos, olió el aroma de las vellosillas y los tréboles, y sintió la cálida caricia de la brisa en el rostro. Era como si estuvieran solos en el centro del mundo, como si la belleza del prado existiera sólo para los dos.

Le gustaba estar a solas con aquel hombre, cerca de él. A pesar de que a menudo la miraba iracundo y la trataba con frialdad, seguía siendo el hombre que había ayudado a una viuda, que le había dado de comer a un vagabundo, que aconsejaba a Kit cuando éste le pedía su opinión.

Tuvo la impresión de que el mundo se inclinaba, y se dio cuenta de que se debía a que él se había acercado un poco más. A pesar de la expresión adusta que le ensombrecía el rostro, la tomó con suavidad de la cintura. Movió los pulgares hacia arriba hasta que quedaron peligrosamente cerca de sus senos, pero sin llegar a tocarlos.

—La lástima no tiene nada que ver con lo que siento por ti, Juliana.

Sus tiernas caricias despertaron un anhelo profundo y abrumador en el interior de Juliana. Quería estar más cerca de él, mucho más. Le rodeó el cuello con los brazos y se puso de puntillas, pero aun así no llegaba a sus labios. Él bajó la cabeza hasta que sus bocas se encontraron.

Su propia reacción la tomó por sorpresa, no estaba preparada para sentir la suavidad de los labios de su marido, su fascinante sabor, el tacto de su pelo sedoso, ni la calidez y la solidez de su espalda.

Había visto cómo asesinaban a su familia, había atravesado un continente y había pasado cinco años con los cíngaros, pero a pesar de que tenía un corazón resistente, aquel beso la sobresaltó y la volvió maleable y flexible, como un sauce meciéndose bajo la caricia del viento.

Quería que aquella conexión, aquel momento en que ya no había barreras ni defensas, durara para siempre. La forma en que la abrazaba y la besaba rebosaba honestidad, una honestidad que brillaba por su ausencia cuando la ignoraba o la trataba con sarcasmo.

Soltó un gemido de protesta cuando él se apartó un poco, porque no quería que se detuviera.

—Esto es una insensatez —parecía aturdido, como si alguien le hubiera tirado de un caballo al galope.

—No conozco esa palabra... «insensatez».

Cuando él la miró con ojos sonrientes y la comisura de su

boca se curvó ligeramente hacia arriba, Juliana pensó que estaba más atractivo que nunca.

—Claro que la conoces, cíngara mía —le apartó un mechón de pelo de la mejilla, y se inclinó para mordisquearle el pulso que le latía en el cuello—. Te aseguro que sí.

La suave caricia de su lengua y el roce de sus dientes la dejaron sin aliento, pero consiguió decir con voz ronca:

—Entonces, ¿no es malo cometer una... insensatez?

Él se echó a reír y fue bajando los labios hacia la parte superior de sus senos, que se alzaban por encima del ajustado corsé. Después de saborearlos durante unos segundos, se enderezó y la tomó de la mano.

—Vámonos, Juliana. Éste es un lugar de muerte y recuerdos, y no es adecuado para encuentros amorosos —miró hacia su yegua, que seguía atada al árbol y mordisqueando hierba, y comentó—: Tu montura no está.

—Se ha marchado antes de que pudiera sujetarla.

—Encontrará el camino de regreso a casa, sabe que allí le darán avena con miel.

—¿Y cómo voy a regresar yo?

—Dos pueden cabalgar juntos, baronesa —la tomó de la mano, y la condujo hacia la yegua—. ¿No lo sabías?

Juliana supo de forma instintiva que sus palabras guardaban un significado oculto, pero no alcanzó a entenderlo. Cuando montó a horcajadas con total naturalidad, la falda y las enaguas que llevaba, y que el padre de Jillie le había teñido de rojo, se levantaron un poco y revelaron sus piernas enfundadas en unas medias de seda.

Stephen montó tras ella, agarró las riendas con una mano, y le rodeó la cintura con el otro brazo. Mientras emprendían el camino de regreso, Juliana notó que su mano empezaba a ascender hasta rozarle la parte inferior de los senos, y que después iba bajando por un muslo. Creyó que enloquecía de deseo cuando él deslizó los dedos por debajo de la falda, y alcanzó a susurrar:

—¿Qué estás haciendo?

—Asegurándome de que no pierdas interés en el camino de vuelta. ¿Quieres que pare?

Si le hubieran quedado fuerzas, Juliana se habría echado a reír al oír aquella pregunta tan absurda. ¿Que si quería que parara?, sería como intentar apagar un incendio forestal con un dedal de agua.

—No, no pares —echó la cabeza hacia atrás hasta apoyarla en su pecho, y él empezó a besarle y a mordisquearle el cuello mientras su mano le acariciaba los senos.

Al sentir una súbita sensación de frescor, se dio cuenta de que él había conseguido liberarle los pechos de la opresión del rígido corsé, y soltó un gemido de placer mientras él jugueteaba con los pezones. Se sentía indefensa, vulnerable, atrapada en el cerco de sus muslos y sus brazos musculosos.

Tuvo ganas de echarse a llorar de frustración al notar que dejaba de acariciarla, pero él se limitó a darle las riendas para tener las dos manos libres. Con una delicadeza sorprendente, le alzó las faldas y acarició la seda húmeda de su ropa interior, justo en el punto más vulnerable. Se sintió atrevida y libre con la piel desnuda mientras los dedos de su marido la acariciaban sin parar, mientras su boca seguía besándole el cuello.

A través de una neblina de placer, vio cómo aparecía entre los árboles una senda umbría, que un poco más adelante se unía al camino principal que conducía a la casa.

Al oír que Stephen jadeaba como si estuviera dolorido, quiso decirle algo para intentar aliviar su incomodidad, pero estaba tan inmersa en la magia de sus caricias, que fue incapaz de articular palabra.

—¡Por los clavos de Cristo!

Juliana soltó un jadeo ahogado, abrió los ojos, y vio lo que había causado la exclamación de su marido.

—Es Havelock —masculló él en voz baja.

Mientras Algernon Basset, conde de Havelock, se les acercaba al galope, Stephen se apresuró a ponerle bien el corsé y a bajarle las faldas.

Ella se volvió a mirarle, y le preguntó:

—¿Qué querrá? Espero que no se haya dado cuenta de... de lo que estábamos haciendo.

Él se quedó mirándola en silencio, como si estuviera debatiéndose entre el horror y la diversión, y al final le dijo:

—Un hombre tendría que estar ciego para confundir la expresión de tu rostro. Si pareces una moza bien saciada después de unas cuantas caricias, me pregunto qué aspecto tendrás después de que te lleve a las alturas.

—¿No es lo que acabas de hacer?

—Ni de lejos, baronesa. Ni de lejos.

Stephen estaba consternado, no entendía cómo era posible que hubiera perdido el control por completo.

Juliana soltó un suspiro trémulo mientras acababa de colocarse bien la ropa, y se movió ligeramente contra él. Estaba tan excitado, que creyó que iba a reventar la braguota. Con un esfuerzo titánico, consiguió alzar la barrera invisible que siempre interponía entre los dos. Llevaba años ocultando sus emociones tras un escudo impenetrable, pero Juliana se las había ingeniado para abrir una brecha en él con sus miradas llenas de dulzura y unos cuantos susurros.

Apretó los dientes para contener una imprecación. Cuando desmontó y alzó las manos hasta su cintura para ayudarla a bajar, intentó no notar el roce sensual de su cuerpo contra el suyo, intentó no sentir un profundo vacío cuando se apartó de ella para esperar a Havelock. Se dijo que era un necio. Aquello no era un juego, y Juliana no era un juguete.

Ella pareció notar su retraimiento, porque susurró con voz vacilante:

—¿Stephen...?

Maldición, ¿por qué tenía que parecer como... como una recién casada que acababa de levantarse del lecho conyugal?

—¿Qué pasa? —le preguntó con impaciencia.

Ella lo miró ceñuda, y comentó:

—Tus cambios de humor me desconciertan. Primero me abrazas como si fuera la única mujer del mundo, y después te comportas como un desconocido.

Stephen la contempló en silencio durante unos segundos, y entonces se obligó a decir:

—Lo que ha pasado no ha sido nada más que pasión animal, se te da muy bien inspirar ese tipo de reacción.

Al ver su expresión dolida, tuvo ganas de acariciarle la mejilla, de admitir que no lo había dicho en serio, pero que lo que sentía por ella era demasiado peligroso.

Juliana consiguió recuperar la compostura, y cuando el conde de Havelock detuvo su sudoroso caballo junto a ellos, lo saludó con amabilidad.

Por una vez en su vida, Algernon Basset se quedó sin palabras. Miró boquiabierto a Juliana, y sus rizos dorados se balancearon ligeramente cuando se inclinó desde su montura para verla mejor. Si Stephen no hubiera estado tan afectado por la pasión prohibida que acababa de vivir con su esposa, se habría echado a reír al ver su expresión atónita.

—¿Se te ha comido la lengua el gato, Algernon? —le preguntó con ironía.

—Me alegro de volver a veros, milord. Bienvenido —le dijo Juliana, con un acento tan incitante como las especias de Bizancio, mientras le ofrecía la mano.

—El honor es mío, mi señora.

Stephen le entregó las riendas a uno de los mozos de cuadra que se habían apresurado a salir a su encuentro. El segundo estaba esperando a que Algernon le entregara las suyas, pero el conde negó con la cabeza y comentó:

—No puedo quedarme —recorrió a Juliana con una mirada hambrienta, y añadió—: Por mucho que lo lamente, debo regresar de inmediato. He venido a entregar un mensaje.

Stephen lo miró con recelo, y le preguntó:

—¿No tienes mensajeros para esos menesteres, Algernon?
—Sí, pero esto es demasiado delicioso... incluso mejor de lo que esperaba —comentó, mientras devoraba a Juliana con la mirada.

Stephen se limitó a esperar. Algernon era muy dado a hacer pausas teatrales, pero sabía cuándo estaba a punto de acabar con la paciencia de sus interlocutores.

—Mi querido lord Wimberleigh, supongo que querrás engalanar tu salón y sacrificar a uno o dos cerdos. El rey viene a cazar a los bosques de Lynacre.

Stephen soltó el aire de los pulmones como si alguien le hubiera dado un puñetazo en el estómago. El rey... a cazar... los bosques de Lynacre... rezó para haberlo oído mal.

—¿No te sientes honrado? —le preguntó Juliana, con los ojos brillantes de entusiasmo—. Una visita real es un gran acontecimiento.

Algernon alzó los talones para espolear a su caballo, y comentó con ojos risueños:

—Espero que hagáis algo con el campamento cíngaro. Por cierto, Stephen...

—¿Qué?

Algernon recorrió a Juliana con la mirada una última vez, y comentó:

—Pon a buen recaudo tus objetos valiosos.

CAPÍTULO 8

Stephen sintió que se le formaba un nudo en el estómago al oír las trompetas de los heraldos, que anunciaban la llegada del rey. La servidumbre de la casa, ataviada con sus mejores ropas, esperaba en una fila militar tras él. Intentó fingir que no estaba bañado en sudor debajo del jubón morado y la camisa blanca de batista, y rezó para que Juliana tuviera el sentido común de obedecerle y permanecer escondida.

El rey Enrique, pesado y plomizo como una nube de tormenta, atravesó el portón principal a lomos de su caballo. La luz del sol hacía refulgir su collar de mando y el trenzado de oro de su jubón, y lo flanqueaban varios lacayos como estrellas menores alrededor del sol.

Stephen reconoció a sir Anthony Browne y a sir Francis Bryan, dos jóvenes acólitos del monarca, y a un montón más que habían logrado ganarse el favor real. Detrás del rey estaba Thomas Cromwell, tan serio y alerta como siempre, ataviado con su habitual ropa de color negro.

—No recibíamos una visita real desde que lord Wimberleigh estaba recién casado con nuestra querida Marg...

—Nance —Stephen silenció a la mujer de inmediato.

Le enfurecía que se lo hubiera recordado. Años atrás no era más que un muchacho ingenuo, deslumbrado por la llegada de un rey que había adquirido proporciones de leyenda en su crédula mente. Aquel día, Stephen de Lacey había sido el necio más grande del mundo... un muchacho de quince años henchido de orgullo por su nueva esposa, que la veía ganarse el corazón del rey con una sonrisa ruborosa y un saludo inocente en voz baja. Al menos, eso era lo que él había creído.

Su vida había cambiado de forma irrevocable aquel día, pero habían pasado los años y era mayor y más curtido. Ya no se dejaba engañar por el esplendor del rey, sabía lo que se podía esperar del monarca y se había preparado para hacer frente a la arremetida de las maquinaciones reales.

Permaneció indiferente mientras los lacayos del rey le ayudaban a desmontar en el patio central. Para tan ardua tarea eran necesarios seis hombres fuertes por lo menos, pero Enrique se comportaba con dignidad a pesar de su corpulencia. Aunque tenía la pierna hinchada, apenas cojeó mientras caminaba hacia él.

Lo saludó con una reverencia mientras el corazón le martilleaba en el pecho. Tenía la esperanza de que su estratagema funcionara, pero se tensó al ver que los ojillos del monarca parecían diseccionarlo; al parecer, Enrique se había vuelto astuto además de orondo. Rezó para que la codicia del monarca por las esposas de otros hombres hubiera disminuido.

—¿Qué tal os va, Wimberleigh?

—Estoy bien tanto en salud como en ánimo, Majestad —Stephen fingió estar ansioso por complacerlo.

El rey miró a su alrededor. Kit y los mozos de cuadra estaban en posición de firmes, y tanto los criados como Nance Harbutt lo contemplaban con la debida admiración maravillada.

—¿Dónde está vuestra esposa vagabunda, Wimberleigh?

Gracias a Dios, Nance se dio cuenta de que le había llegado el momento de actuar. Soltó un gemido de angustia, y se secó los ojos con el delantal.

El rey estaba atento a todo, y alzó la cabeza como un perro de caza que acababa de oler a su presa.

—Contestadme, Wimberleigh —se inclinó hacia delante, y añadió en voz más baja—: ¿También habéis mandado a la tumba a ésta?

Stephen por poco mordió el anzuelo, estuvo a punto de perder la vida allí mismo por atacar al rey, pero se contuvo a tiempo. Su gente le necesitaba. No sabía por cuánto tiempo, pero sabía que de momento tenía que mantener a raya su genio.

—Me temo que ha enfermado, mi señor.

—Me pareció muy lozana la última vez que la vi. Llena de piojos, pero sana como una cabra.

—La vida tranquila y estable no le sienta bien. Pero no permitáis que su indisposición os impida disfrutar de mi hogar y de mi mesa, os ruego que...

Cuando Kit Youngblood se llevó una mano a la frente y se cayó de bruces al suelo, Nance se hincó de rodillas junto a él y exclamó:

—¡Que Dios nos asista, el muchacho tiene el sudor! ¡Está perdido!

Los hombres de armas del rey retrocedieron, y apuntaron sus picas hacia el enemigo invisible.

William Stumpe, el administrador, intentó acallar a Nance, pero ésta se cubrió la cara con el delantal y exclamó:

—¡Es el sudor, lo reconocería en cualquier parte! Igual que la esposa del señor...

—¿*Qué?* —Thomas Cromwell, el Lord del Sello Privado, un hombre que dominaba con maestría el arte de la mentira, se colocó delante de Stephen y le preguntó—: ¿Vuestra esposa tiene el sudor?

—No lo sabemos con certeza —le contestó, con expresión pesarosa—. Aún no he encontrado a ningún médico que acceda a acercarse a ella.

El rey masculló una imprecación, y retrocedió un paso.

—Por Dios, Wimberleigh, si estáis apestados con el sudor...

Al verlo empalidecer de golpe, Stephen sintió un poco de lástima por él. La mortalidad era el único enemigo al que el rey Enrique no podría vencer jamás.

De repente, se acordó de Tomás Moro, de Exeter, de Neville y de Nick Carew, que habían muerto ajusticiados porque el rey era más peligroso que nunca cuando tenía miedo.

—Os ruego que esperéis un poco, Alteza —dijo, mientras tras él Nance abanicaba a Kit con el delantal—. Si realmente se trata del sudor, mi esposa estará muerta antes de mañana; si vive, significa que no es esa pestilencia —se frotó la barbilla con expresión pensativa, y añadió—: ¿Cuántos londinenses murieron el año pasado por culpa de esa enfermedad? Varios miles, ¿verdad?

—Cromwell, envía a los heraldos a Hockley Hall. Pasaremos la noche con Algernon Basset, conde de Havelock —dijo el rey, sin apartar la mirada de Stephen.

—De inmediato, Majestad.

Mientras sir Thomas se volvía para dar las instrucciones pertinentes, Stephen empezó a soltar poco a poco, de forma casi imperceptible, un suspiro de alivio. Aún le quedaba la mitad del aire en los pulmones cuando dos alabarderos reales entraron de repente por el portalón principal.

—¡Mirad lo que hemos encontrado cazando en los bosques del rey! —dijo sir Bodely.

Stephen sintió que el alma se le caía a los pies al ver que los alabarderos luchaban por sujetar a un cíngaro que forcejeaba con furia.

—¡Es Rodion! —susurró Juliana, mientras se arrastraba sobre los codos para acercarse un poco más a la ventana de la torre.

—¿Rodion? —dijo Jillie con voz llena de preocupación, antes de colocarse junto a ella en el hueco de la ventana.

—Ha elegido un mal momento para cazar un ciervo.

A Jillie le tembló la barbilla mientras las dos permanecían tumbadas en el hueco de la ventana, observando lo que estaba pasando en el patio principal. El aire de la torre olía a humedad y a madera seca, a piedras viejas y a leños quemados. Pocos minutos antes, Juliana había estado discutiendo con su doncella, insistiendo en que no era necesario que permaneciera oculta.

—No quiero esconderme como una ladronzuela, Jillie. Y Steph... mi marido no puede obligarme a que me quede aquí. ¿Cómo se atreve a comportarse como si se avergonzara de mí?

Jillie estaba debatiéndose entre dos lealtades encontradas, pero había aferrado con fuerza la llave de hierro con la que había cerrado la puerta y le había dicho con ojos llorosos:

—Lo siento, mi señora. El señor me ha ordenado que os cuide, debo impedir a toda costa que el rey os vea.

—¡Stephen de Lacey no es mi dueño! —mientras pronunciaba aquellas palabras, había recordado la tarde que había pasado con él, los besos apasionados que habían compartido, cómo la había acariciado, el deseo irrefrenable que la había embargado...

—Milord ha dicho que es por vuestro propio bien, y disculpadme que os lo diga, pero casi siempre tiene razón.

—En esta ocasión se equivoca.

—Mi señora, por favor. El rey tiene algo que no sabría cómo explicaros, hace cosas... es peligroso, puede que suceda lo mismo que la primera vez que vino a Lynacre.

—¿A qué te refieres?

Jillie estaba más ruborizada que de costumbre. Había fijado la mirada en sus manos, y había apretado la llave con más fuerza.

—No puedo decíroslo con certeza. En aquel entonces era una niña de unos diez o doce años, pero...

—¿Pero qué? —Juliana se había esforzado por conservar la paciencia. Jillie no era una cotilla, y era difícil sacarle información—. ¿El rey le hizo algún daño a Stephen?, ¿lastimó a la baronesa?

—¿Que si la lastimó? Lo cierto es que no lo sé, mi señora, pero después de la visita del rey, jamás volvió a ser la misma, y el señor se volvió taciturno y serio.

—¿La baronesa cambió?

—Sí —Jillie había bajado la voz al añadir—: Era como una flor de primavera que se había quedado helada. Había menos risas en la casa, menos conversaciones.

Juliana se había quedado en silencio durante unos segundos mientras recordaba cómo había encontrado a Stephen arrodillado ante la tumba de su primera mujer, lo solemne que estaba, el dolor que claramente sentía por la muerte de su esposa y de su hijo a pesar de los años que habían pasado. Un hijo... sólo uno estaba enterrado en la cripta junto a su madre. ¿Por qué?

Y Jillie le había dicho que las risas y la alegría se habían desvanecido de la vida de Stephen incluso antes de que perdiera a Margaret y a Dickon.

La doncella le dio un codazo que la sacó de su ensoñación, y exclamó:

—¡Dios del cielo, van a matar a Rodion!

Juliana frotó el cristal grueso y romboidal de la ventana con el lateral del puño. Los hombres del rey estaban atando las extremidades de Rodion a los pomos de las sillas de montar de cuatro caballos. Stephen estaba gesticulando como un loco delante del rey, y en varias ocasiones su mano se acercó demasiado a la espada ceremonial que tenía contra el muslo.

—Madre de Dios, lo van a despedazar —susurró en ruso. Salió a toda prisa del hueco de la ventana, y estuvo a punto de tropezar con su falda roja de terciopelo—. Date prisa, Jillie. Abre la puerta, debemos detenerlos.

Jillie abrió la puerta de la torre sin vacilar, y las dos bajaron a toda prisa la escalera de caracol que conducía al patio

En cuanto vio la expresión furiosa de su marido, Juliana se dio cuenta de que acababa de cometer un grave error.

«Voy a matarla», se dijo Stephen mientras su esposa recorría a la carrera el camino de grava y hacía una profunda reverencia a los pies del rey. «En cuanto Su Majestad se vaya, le daré una paliza y la estrangularé con mis propias manos».

—Majestad, por favor, os lo ruego... —Juliana alzó la mirada hacia el rey—. Tened piedad de este hombre.

Enrique parecía estupefacto, su boca era una fina línea roja en medio de la barba. Incluso el inescrutable Cromwell parecía desconcertado, y se cubrió la boca con el brazo mientras tosía con fuerza.

—¿Quién sois vos, querida mía? —Enrique la tomó de la mano, y la instó a que se incorporara.

—¿Acaso no me recordáis, Majestad? Ya nos conocemos, soy Juliana Romanov... de Lacey.

—Dios del cielo, el matrimonio os ha sentado muy bien —dijo el rey, mientras la recorría con la mirada de pies a cabeza.

Stephen sintió el impulso visceral de interponerse entre ellos, de escudar a Juliana de la atención libidinosa del rey, pero consiguió controlarse a duras penas. Sabía que era mejor fingir indiferencia.

Mientras el rey halagaba a su esposa, los recuerdos lo devolvieron al pasado. Vio de nuevo a una mujer hermosa deslumbrada por la atención de un rey, el corazón vulnerable de una mujer y la lujuria de un monarca, una mano delicada y femenina apoyada en el brazo que el monarca le ofrecía...

«No». Stephen estuvo a punto de gritar la negación en voz alta, pero consiguió tragársela. Enrique era como un niño con un juguete nuevo, que codiciaba lo que tenía el vecino y perdía el interés en cuanto conseguía lo que quería. Si llegaba a sospechar siquiera el deseo secreto que él sentía por su esposa cíngara, Juliana estaría tan vulnerable como una rosa en medio de una ventisca.

—De modo que vuestra esposa padecía el sudor, ¿verdad? —el rey lo miró ceñudo.

—¡Es un milagro! ¡Alabado sea el Señor, se ha recuperado! —exclamó Nance, mientras Kit se apresuraba a ponerse de pie.

Cromwell le susurró algo al monarca, que sonrió como un lobo hambriento. Era un gesto carente de humor y lleno de avidez.

—Muy ingenioso, Wimberleigh. Sí, habéis sido muy ingenioso.

Stephen sentía un profundo desprecio por los juegos verbales que tanto le gustaban a Enrique. Le habría encantado vivir en la época de su abuelo, cuando las disputas se solucionaban mediante la fuerza y un hombre se ganaba su propia valía. Aguantó la penetrante mirada del monarca mientras esperaba su siguiente movimiento, y maldijo para sus adentros a Juliana.

La muy tonta... ¿por qué no había confiado en él?, ¿por qué no le había creído cuando le había dicho que estaría más segura escondida en la torre? Al verla sonreír al rey, los recuerdos lo golpearon de nuevo... una hermosa sonrisa, una mirada de soslayo...

¿Y por qué no?, se dijo con furia. A lo mejor Juliana deseaba al rey, no sería la primera que ansiara los beneficios que se obtenían al ser la amante del gobernante más poderoso de la cristiandad.

Y además, era consciente de que no le había dado a su esposa demasiadas razones para que se sintiera cómoda y feliz en Lynacre.

—Vuestro esposo nos ha dicho que estabais indispuesta —comentó el rey.

—Y así era —le dijo Stephen con sequedad. Agarró a Juliana del hombro, y le dijo—: Será mejor que vuelvas a tus aposentos antes de que recaigas.

Ella se llevó la muñeca a la frente, y se tambaleó un poco.

—Lord Wimberleigh se preocupa demasiado, sólo he tenido un poco de fiebre.

Cromwell y Enrique intercambiaron una mirada, pero Juliana no les dio opción a poner en duda sus palabras.

—Estoy segura de que os apiadaréis de mi debilidad, y me concederéis una pequeña petición.

—¿Qué deseáis, mi señora?

Ella señaló con un gesto a Rodion, que seguía debatiéndose entre los caballos. Jillie Egan estaba remangándose las mangas de la camisa, como si estuviera dispuesta a pelearse con los hombres de armas del rey.

—Que dejéis libre a ese hombre, Majestad.

Los hombres del rey empezaron a protestar de inmediato, pero Enrique sonrió y dijo:

—Lo pedís con suma dulzura, ¿qué representa ese hombre para una gran dama como vos?

Juliana retrocedió un paso al oír aquellas palabras cargadas de ironía. Entrelazó las manos, y fijó la mirada en el suelo.

Enrique se echó a reír, y se volvió hacia Stephen.

—Habéis conseguido que vista bien y que no apeste, Wimberleigh, pero decidme, ¿habéis convertido a la cíngara en una dama?

Stephen se cruzó de brazos, y le dijo con calma:

—Últimamente, no ha robado ningún caballo.

—Me enorgullece ser romaní. Rodion pertenece al clan que me acogió cuando estaba desamparada, os ruego que lo liberéis —Juliana miró a Jillie, que estaba cada vez más roja, y añadió con un buen humor sorprendente—: Además, mi doncella le tiene aprecio, y es una mujer que jamás le ha hecho daño a nadie.

El rey se acarició la barba, y al fin señaló al animal muerto que colgaba de un poste y dijo:

—¿Y qué me decís del ciervo que ha matado? Seguro que

sois consciente de su valor. Ni siquiera mi estimado lord Wimberleigh puede cazar sin un permiso especial.

Cuando Juliana se volvió hacia él, Stephen vio en su rostro un mundo de emociones: súplica, arrepentimiento, y un profundo orgullo.

—Majestad, mi esposo os compensará por el ciervo —dijo, sin apartar la mirada de él.

—Sois muy convincente —comentó el rey, mientras todos los presentes esperaban con el aliento contenido. Se volvió hacia Stephen, y le preguntó—: ¿Qué me decís, Wimberleigh? No podéis casaros con este cíngaro, ¿qué me daréis a cambio de su libertad?

La gente que los rodeaba se quedó boquiabierta, y Stephen contuvo las ganas de zarandear a su esposa. Primero le dejaba en evidencia cuando él había mentido para protegerla, después suplicaba por la vida de Rodion... que quizás incluso había llegado a ser su amante en el pasado... cuando tendría que haber sabido que él no permitiría que descuartizaran al cíngaro, y por último esperaba que él ofreciera una fortuna para salvar a aquel tipo.

Pero a pesar de todo había algo en la forma en que Juliana lo miraba, algo hipnótico que le arrebató la voluntad y lo impulsó a decir:

—Mi administrador os dará cien coronas, Majestad.

Los presentes soltaron exclamaciones de sorpresa, porque aquella suma era diez veces lo que valía el ciervo.

—¡Trato hecho! —era obvio que el rey estaba entusiasmado con Stephen, con Juliana, y con su propia astucia—. Dejad libre al cíngaro, y que salga de mi vista. Espero que más tarde su tribu me dé alguna razón que me convenza de que puedo tolerar su proximidad.

—Son muy buenos artistas, Majestad —se apresuró a decirle Juliana.

El rey se dio unas palmaditas en el estómago sin apartar la mirada de ella, y comentó:

—Esta noche cenaremos ciervo asado, y después devoraré algo mucho más dulce.

La aprensión de Juliana fue en aumento al ver que el rey se emborrachaba cada vez más. Estaba sentada a la izquierda del soberano, y Stephen al otro lado. Su marido mantenía la mirada fija al frente y no dejaba de beber, pero se mantenía sobrio por pura fuerza de voluntad.

Los cortesanos y la servidumbre del rey llenaban el salón. Todo el mundo estaba disfrutando de la cena entre risas, de las vigas del techo colgaban coronas de hierro con velas que añadían su luz a la del fuego de la chimenea, y unos cuantos músicos tocaban en una galería que había a un lado de la tarima.

Por enésima vez, lanzó una mirada fugaz hacia su marido. Se dijo que Stephen era el mismo hombre que la había abrazado y la había besado con tanto ardor aquella misma tarde, pero le costaba creerlo, porque horas después se mostraba tan gélido y remoto como las estepas rusas en pleno invierno.

Aunque quizá la actitud de su esposo no era tan extraña; al fin y al cabo, él la había llevado a la torre y le había pedido que permaneciera escondida... y empezaba a entender por qué, ya que en ese mismo momento, el rey acababa de ponerle la mano en la rodilla.

Se levantó de forma tan súbita, que estuvo a punto de volcar la silla.

—Me gustaría bailar, Majestad —dijo, con gran cortesía.

Stephen soltó una carcajada carente de humor; al parecer, estaba convencido de que ella estaba dispuesta a lanzarse a los brazos del rey.

—Me encantaría que bailarais, mi pequeña dulzura, pero mi pierna me impide acompañaros —el monarca indicó a Stephen con un gesto de la cabeza, y añadió—: Bailad con vuestro marido.

Al oír aquellas palabras, Juliana sintió que se le aceleraba el corazón hasta que sintió el pulso martilleándole en las sienes.

Stephen parpadeó, tomó otro trago de vino, y dijo con voz suave:

—Tengo mejores cosas que hacer.

Juliana se ruborizó al ver que la dejaba en evidencia delante de todo el mundo, pero intentó aparentar indiferencia. Se volvió hacia Jonathan Youngblood, pero lo descartó al ver que estaba conversando con Thomas Cromwell. Quizá Kit... pero el joven se había escabullido, tal y como solía hacer últimamente. Sin duda había ido al campamento de los cíngaros.

Se quedó allí de pie, impotente y furiosa, patética como una doncella desdeñada. Mientras intentaba encontrar la manera más digna de regresar a su silla, un joven la tomó de la mano y se inclinó en una pequeña reverencia.

—¡Algernon!

—La pavana es mi baile preferido, sería un honor compartirlo con vos —le dijo él, sonriente.

Juliana intentó disimular el alivio que sentía. Era consciente de que tanto Stephen como el rey la estaban mirando.

—Gracias, mi querido lord Havelock —dijo, mientras iban hacia el centro del salón.

—Es un placer —le dijo con galantería, mientras le alzaba la mano y empezaban a recorrer el perímetro del salón; sin embargo, arruinó la buena impresión que había causado cuando se inclinó hacia ella y comentó—: Lo cierto es que me resultaba tentador limitarme a ver cómo se resolvía el drama. ¿Qué habríais hecho si no hubiera intervenido, Juliana?

—Me he enfrentado a mayores humillaciones, milord.

Havelock soltó una sonora carcajada, y le dijo:

—No sabéis cuánto me alegro de que Stephen se haya casado con una mujer tan singular como vos, nuestra vida rústica era de lo más aburrida hasta que llegasteis junto a vuestros amigos cíngaros.

—¿Aburrida? No esperaba oír tal cosa de la primera esposa de lord Wimberleigh.

Se quedó asombrada al ver que Algernon se ruborizaba, y que se ponía visiblemente nervioso al contestar:

—Lady Margaret distaba mucho de ser aburrida, pero murió hace mucho tiempo.

—Sí, hace siete años.

—¿Wimberleigh os ha hablado de Meg? —le preguntó él con incredulidad.

—No, sólo en contadas ocasiones —tuvo cuidado de no darle ninguna información a aquel cotilla empedernido. Los cambios de humor de Stephen y sus silencios revelaban lo enamorado que había estado de su primera esposa, lo obsesionado que seguía estando con ella.

Cuando la pavana terminó, se volvió hacia Algernon para darle las gracias por el baile. Frunció el ceño al ver el collar que llevaba, un colgante ovalado colgado de una cinta negra.

—¿Qué es esto, Algernon? —le preguntó, mientras rozaba con el dedo la miniatura ovalada.

—Una simple bagatela.

—Es un retrato vuestro —le hizo gracia ver que se ruborizaba.

—Permitidme un poco de vanidad —tiró de la cinta, pero ella se negó a soltar el colgante.

Juliana giró la miniatura, y vio que en el reverso aparecía el nombre del artista. Las letras eran tan pequeñas, que debían de haberlas grabado con un pelo. Se trataba de un tal N. Hilary, y era el mismo artista que había hecho las miniaturas de la primera esposa y los hijos de Stephen.

Algernon volvió a meter el colgante debajo de la camisa, y comentó:

—Encargué que lo hicieran el año pasado.

Juliana frunció el ceño, porque Stephen había perdido a

su hijo mucho antes. Era posible que el artista hubiera pintado al niño a través de una descripción, pero parecía una explicación un poco rara; de hecho, todo lo relacionado con Stephen le parecía raro.

Justo cuando estaba a punto de regresar a su silla, Algernon alzó la mano hacia su broche. Lo llevaba sujeto al corpiño, y el rubí y las perlas destacaban contra el terciopelo verde de la prenda.

—Yo os he enseñado el mío, querida, así que es justo que ahora... —el conde se quedó atónito cuando el broche pareció desmontarse en su mano. Al ver la daga, exclamó en voz baja—: ¡Dios del cielo! —con una rapidez que la sorprendió, la agarró del brazo y la llevó al hueco de una ventana oscurecido por las sombras.

—Dadme eso.

—Ni hablar —él observó la daga con expresión ceñuda, mientras se aseguraba de mantenerla fuera de su alcance.

—¡Algernon, por favor! —empezó a dar saltitos para intentar arrebatársela.

—¿Sabéis cuál es la pena por acercarse a menos de una yarda del rey con un arma escondida?

—Seguro que se trata de algo desagradable, como el descuartizamiento o la amputación. Los cosacos podrían aprender muchas cosas de los ingleses.

Él observó la daga mientras la ladeaba para poder verla a la luz, y contempló el grabado con el lema de los Romanov durante tanto tiempo, que Juliana habría jurado que estaba leyéndolo, pero se dijo que era imposible. No había conocido ni a un solo hombre en toda Inglaterra capaz de leer la escritura cirílica.

—Devolvédmela, es una reliquia familiar. Si me arrestan y me hacen picadillo, será por vuestra culpa.

Él se inclinó hacia delante, y miró hacia el salón antes de decir:

—Creo que he reaccionado antes de que alguien se diera

cuenta. Soy bastante rápido, vuestro amigo Laszlo ha estado enseñándome a lanzar cuchillos.

—¿Lo decís en serio? —Juliana estuvo a punto de echarse a reír.

—Se me da bastante bien, ¿queréis que os lo demuestre?

—¡No! —lo agarró de la muñeca, y añadió—: Debo regresar a la mesa, mi señor.

Cuando Algernon le devolvió la daga después de echarle un último vistazo, Juliana la metió en el broche. Al regresar a la mesa, no pudo evitar darse cuenta de que Algernon se dirigía hacia donde estaba Thomas Cromwell, y se preguntó si iba a decirle que la baronesa de Wimberleigh era una asesina.

La idea se desvaneció de su mente cuando su marido se acercó a ella para ayudarla a sentarse con actitud solícita. Sólo ella se dio cuenta de que estaba furioso.

—¿Has disfrutado de tu pequeño encuentro amoroso, cíngara? —le preguntó en voz baja.

Lo miró desconcertada, y entonces se dio cuenta de que su marido estaba celoso. Antes de que tuviera tiempo de reflexionar sobre aquella idea tan pasmosa, se dio cuenta de algo más: el rey también lo estaba.

—Por los clavos de Cristo, es absurdo que tengamos que salir a la intemperie. ¿Qué se trae entre manos vuestra esposa, Wimberleigh?

Stephen esbozó una sonrisa de despreocupación fingida, pero lo cierto era que no tenía ni idea de lo que iba a hacer Juliana.

—Quería encargarse de vuestro entretenimiento, Majestad.

—Perfecto, Lynacre es un lugar muy sombrío. ¿Dónde demonios encontrasteis a esos músicos?, ¿en un osario?

El séquito rodeó al rey y echaron a andar hacia el campo de la zona oeste. Se trataba de un amplio prado situado junto a un meandro del río. El lugar estaba iluminado con antorchas, y la claridad anaranjada deslumbró por unos segundos a Stephen. Cuando sus ojos se acostumbraron, se dio cuenta de qué era lo que estaba viendo.

—Dios mío, ¿qué locura es ésta? —dijo el rey.

«La locura de Juliana», se dijo él para sus adentros. Las antorchas estaban clavadas en el suelo formando un semicírculo, y tan cerca del río, que el agua reflejaba su luz y desde la distancia daba la impresión de que el círculo estaba completo.

En el centro de una tarima improvisada se encontraba Rodion, tocando una gaita mientras un oso bailaba en círculos. La mayoría de los cortesanos se quedaron mirando boquiabiertos, y los miembros de mayor rango, empezando por el rey, fueron sentándose en los bancos.

Stephen vio cómo Mandiva se acercaba con sigilo a Cromwell y le robaba su pomo, una bolita aromática de plata afiligranada.

Enrique palmeó sus muslos con vigor, y soltó una sonora carcajada.

—¡Esto sí que es entretenido!

El resto de la corte se apresuró a unirse a su aplauso, y Stephen empezó a entender el plan de su esposa. Era obvio que era una mujer muy astuta.

El rey esperaba que los cíngaros le dieran alguna razón para tolerar su presencia, y Juliana pensaba demostrar la valía de su gente mediante aquel espectáculo. Era posible que el plan funcionara.

Los cíngaros eran unos artistas consumados, y crearon bajo la luz de las antorchas un vívido espectáculo de malabarismos, danzas con sables, juegos de manos, y acrobacias. El público soltaba exclamaciones de entusiasmo, y el rey alzaba su copa en un gesto de saludo.

Stephen admitió a regañadientes que su esposa había hecho un buen trabajo. Era posible que el rey dejara en paz a los cíngaros después de aquel despliegue.

Su optimismo resultó ser un poco precipitado, porque poco después los cíngaros se apartaron y Juliana irrumpió en el claro a lomos de un caballo blanco.

Inhaló con fuerza mientras los que le rodeaban soltaban exclamaciones de horror. Sí, era Juliana, pero al mismo tiempo no lo era. Llevaba el pelo suelto y ropa de cíngara, estaba descalza, y llevaba brazaletes alrededor de los tobillos.

—¿Siempre es tan entretenida, Wimberleigh? —le preguntó el rey.

Stephen pensó en su extraña esposa... la ladrona de caballos que se alejaba al galope con Capria, la pilluela mugrienta que luchaba como una gata salvaje en el río, la fierecilla que echaba del salón a los tahúres, la dama que ofrecía su compañía con una dulzura que derretía el corazón, y por último la amante que suspiraba y se aferraba a él con pasión.

Se obligó a apartar aquellas imágenes de su mente, y comentó:

—Es tan salvaje y tan impredecible como una tormenta de primavera, Majestad.

Juliana montaba como si flotara en el aire, y el caballo respondía a la más mínima presión de las riendas con movimientos tan fluidos como los de un estandarte de seda ondeando bajo la brisa. Mientras amazona y montura realizaban sus trucos, varios cíngaros tocaban una melodía frenética, acentuada por el ritmo primitivo de un tambor.

Cuando Juliana agarró las riendas con una mano y se puso de pie sobre el lomo del caballo, Stephen pensó en mujeres como Boudica o Juana de Arco, que se enfrentaban al peligro con valentía y dignidad.

Juliana encandiló al público al bailar con una gracia innata sobre el caballo al galope. Pavlo entró en el círculo de luz, y corrió junto a ella. Finalmente, acabó con una floritura al detener el caballo justo delante del rey.

Al verla con la respiración jadeante y sudorosa, Stephen sintió que lo recorría un deseo súbito y descarnado. Se movió con incomodidad, y apoyó el pie en el banco mientras alzaba la pierna para disimular su erección.

Estaba convencido de que los demás hombres presentes sufrían la misma incomodidad. El plan de su esposa había salido mal. Era posible que el rey tuviera más consideración con los cíngaros después de aquel espectáculo, pero... ¿a qué precio?

Juliana miró al rey con una sonrisa atrevida. Sus ojos verdes parecían resplandecer bajo la luz de las antorchas.

—Por Dios, lo cierto es que da un poco de miedo —el rey la miró con desdén, y añadió—: En el fondo, no es más que una cíngara vulgar y arrabalera.

Los refinados cortesanos que lo rodeaban ocultaron las manos bajo las mangas de sus camisas, seguro que para hacer signos secretos que los salvaguardaran del demonio.

En ese momento, Stephen se dio cuenta de que su esposa había triunfado.

«Brava, mi señora. Bravísima».

El caballo dobló las patas delanteras y agachó la cabeza en una reverencia, mientras Juliana hacía lo propio a lomos del animal. Al cabo de unos segundos, se marchó con la misma premura con la que había aparecido.

Cromwell fue abriéndose paso entre la multitud mientras iba hacia el rey. Le seguía el conde de Havelock, que tenía una sonrisa triunfal en el rostro.

Stephen lo agarró del brazo cuando pasó por su lado, y le preguntó:

—¿Qué pretendes, Algernon?

—Tenía que tratar unos asuntillos con lord Cromwell, nada más. Aún no he recibido una invitación para asistir a la corte, y espero convencerle de mi valía —esbozó una sonrisa enigmática, y se alejó de él.

El rey parecía distraído, e incluso dio la impresión de que se sobresaltaba un poco al ver a Stephen.

—¿Adónde ha ido vuestra esposa, Wimberleigh?

—En noches como ésta, nunca se sabe.

Pensaba que el rey le ordenaría que fuera a buscarla, pero no fue así. Enrique hizo un gesto vago con la mano, y comentó:

—Está loca, os merecéis estar el uno con el otro. En fin, debo retirarme ya. Partiremos al amanecer.

Stephen luchó por disimular el alivio abrumador que sentía, y se obligó a decir:

—¿Tan pronto, mi señor? ¿No vais a cazar?

—El Lord del Sello Privado ha recordado que tiene que ocuparse de ciertos asuntos en Londres.

Stephen sintió una punzada de inquietud. Había sido un día extraño, y no pudo evitar preguntarse si los asuntos a los que acababa de aludir el rey tenían algo que ver con él... o con su esposa cíngara.

CAPÍTULO 9

Tras la breve visita del rey, Lynacre quedó inmersa en una rutina doméstica tranquila y extrañamente grata. Los días de verano parecieron envolver la finca en una especie de neblina letárgica y de ensueño. Stephen sentía una paz y una sensación de bienestar que le resultaban completamente nuevas.

Miró hacia el otro extremo del despacho, y aunque al ver la sonrisa de su esposa intentó ignorar la causa de aquel bienestar tan inesperado, no lo consiguió. Incluso un corazón tan empequeñecido, gélido y temeroso como el suyo era capaz de reconocer el poderoso encanto de Juliana. La sonrisa más imperceptible de su esposa contenía una chispa de alegría capaz de abrirse paso entre la dudas que lo atormentaban, entre las defensas que había erigido con tanto esfuerzo.

Era incongruente ver tanta fuerza al mirar a una mujer tan frágil y delicada, pero era una realidad innegable. Daba igual lo que estuviera haciendo... estudiando libros con Nance, enseñando a la cocinera a preparar una bebida fermentada a partir de leche agria, o tocando una canción en el virginal... siempre mostraba una resolución firme que lo atraía.

Su esposa sólo revelaba su vulnerabilidad en medio de la

noche, cuando aquellas enigmáticas pesadillas la atormentaban. Él no dejaba de darle vueltas a su descabellada historia sobre princesas rusas y asesinos. Había empezado a notar que, a pesar de que con los otros cíngaros solía hablar en romaní, con Laszlo empleaba otra lengua. Haría falta un lingüista para resolver esa cuestión, pero a pesar de que a Algernon se le daban bien los idiomas, no quería hablar con él de aquel asunto.

—Si sigues mirándome así, tendré que pedirle a Mandiva su amuleto para romper maleficios.

Las palabras de Juliana lo sacaron de su ensoñación. Se reclinó en la silla, y cruzó los tobillos con actitud displicente antes de decir:

—¿Acaso un hombre no puede contemplar a su mujer?

Ella se ruborizó, y agachó un poco la cabeza antes de contestar.

—No de la forma en que estás haciéndolo tú.

Stephen se puso de pie, rodeó el escritorio, y se colocó detrás de ella. Su esposa había estado estudiando con ojo crítico los planos del nuevo aventador que él había diseñado, y los tenía encima de la mesa.

Posó la mano en su barbilla, y la instó a que alzara la cabeza para que sus miradas pudieran encontrarse. Al sentir el tacto aterciopelado de su piel, tuvo que luchar por contener las ganas de besarla allí, justo al lado de la boca.

—¿Cómo estaba mirándote, Juliana?

—Como un mago que quiere hechizar a su víctima —le dijo ella con voz queda—. No deberías hacerlo, Stephen.

—¿Por qué no?

—Porque el hechizo está empezando a surtir efecto.

Su sinceridad avivó las llamas que siempre ardían entre ellos. Stephen apartó la mano y se incorporó. Se sentía avergonzado por la desconsideración con la que manipulaba las emociones de su esposa, pero lo que más le inquietaba era la reacción instantánea y ardiente de su propio cuerpo.

—No te preocupes, no pienso embrujarte con ningún hechizo de amor —para ocultar la evidencia física de su excitación, se volvió a toda prisa y fue hacia la puerta—. Acompáñame, el señor Stumpe quiere verme. El rey se quejó de los exiguos ingresos que recibe de Lynacre, así que le pedí a mi administrador que encontrara la forma de incrementar la producción.

Sintió que se le enrojecían las orejas mientras la conducía hacia un pequeño terreno cercado por un muro alto de piedra. Era un poco extraño incluir a la señora de la casa en la gestión de las tierras, pero cada vez contaba más con ella a la hora de lidiar con los asuntos de Lynacre.

William Stumpe había colocado una mesa de trabajo bajo la sombra de un ciruelo. Entre los frutos maduros zumbaban un sinfín de abejas, y de vez en cuando apartaba de un manotazo a las que se le acercaban demasiado. Años atrás, una fiebre le había arrebatado la capacidad de caminar, y como no podía trabajar, el padre de Stephen le había ordenado que se marchara de Lynacre en menos de dos semanas.

Stephen sólo tenía doce años en aquel entonces, pero le había implorado a su padre que permitiera que el pobre hombre se quedara, para que no acabara pidiendo limosna en las calles de Bath. Al ver que su padre no cedía, había trabajado día y noche para diseñar un vehículo que le diera cierta libertad de movimientos al administrador.

El primero había sido poco más que una carretilla, pero había ido mejorando el diseño a lo largo de los años. En ese momento, William Stumpe estaba en un asiento de tres ruedas con mangos en las dos laterales, para que pudiera impulsarse sin necesidad de nadie. Parecía un rey sentado en su trono... orgulloso, y capaz de valerse por sí mismo.

—Mirad esto, mi señor —le dijo, mientras le indicaba con un gesto que se acercara—. Si cercáis estos acres para que pasten las ovejas, podríais doblar el número de animales.

—No es una idea viable —dijo Juliana, antes de que su marido pudiera articular palabra.

Stumpe la miró claramente ofendido, y empezó a decir con soberbia:

—Disculpadme, pero...

—Estáis disculpado —le dijo ella, con actitud magnánima.

Stephen se mordió el interior de la mejilla para contener una sonrisa. Como su esposa aún no dominaba del todo el idioma, se le escapaban algunos matices, y a veces se generaban situaciones bastante graciosas.

—Lo que quería decir es que no entiendo vuestras objeciones, baronesa. La cría de ovejas es el camino a la prosperidad...

—¿Para quién? —le preguntó ella, mientras se llevaba las manos a las caderas.

Stephen la miró sorprendido; al parecer, su esposa tenía más facetas que un prisma.

—Para mi señor, por supuesto —Stumpe lo dijo vocalizando bien, como si estuviera hablando con una simplona.

—Entiendo. ¿Y qué pasa con los arrendatarios con... consuetu... consuetudinarios?, perderán el derecho a trabajar las tierras...

—Y tendrán que mendigar para poder subsistir —apostilló Stephen—. No me parece bien, Will. La baronesa tiene razón.

—¿Lo dices en serio? —Juliana sonrió con gratitud.

Stephen se dio cuenta de que lo miraba con una extraña calidez, pero no se atrevió a plantearse siquiera si podría ser afecto. ¿Acaso era tan importante para ella contar con su apoyo?

Se obligó a apartar a un lado aquellos pensamientos, y a centrarse en el tema que estaban tratando.

—Estas tierras se pueden arar, y así seguirán estando en manos de los arrendatarios.

—Si insistís, mi señor... —le dijo Stumpe.

—Los dos insistimos —apostilló Juliana.

—Tanto tu lógica como tu preocupación por las exigencias del rey me parecen loables, Will, pero incrementar el número de ovejas significaría arrebatarles las tierras a los arrendatarios, y no puedo hacer tal cosa.

—¿Qué me decís de esta sección de aquí? —Juliana señaló en el mapa una zona cercana a los bosques occidentales de la finca.

Stephen bajó la mirada para ocultar la aprensión que lo atenazó. ¿Por qué había tenido que mencionar justamente aquel lugar?

—No, en esa zona no puede hacerse nada —dijo con voz suave, mientras alzaba la mirada de nuevo.

—¿Por qué no?

—Porque el terreno es muy pedregoso, y está cubierto de una vegetación muy densa.

—Eso es muy cierto, mi señor.

Aquélla era otra razón por la que Stephen lo mantenía en su puesto: Stumpe fingía conocer hasta el último rincón de la finca, cuando en realidad su invalidez le impedía salir más allá de los jardines.

—¿No es un buen terreno para el cultivo?, ¿crees que nada puede crecer allí? —le preguntó Juliana.

Ella no sabía el dolor y la culpa que acababa de causarle con aquellas inocentes preguntas. Stephen sintió que el corazón se le rompía en mil pedazos.

—No —de repente, sintió la necesidad imperiosa de tocar a alguien cálido y vivo. Tomó la mano de Juliana entre las suyas, y notó la suavidad de su piel y la fragilidad de sus dedos—. No es un buen terreno para el cultivo.

Ella lo contempló en silencio durante un momento tan largo, que se sintió incómodo y le soltó la mano. Juliana lo miró con una sonrisa que revelaba lo desconcertada que estaba ante su actitud y se cruzó de brazos, pero con aquel gesto sólo consiguió que la atención de Stephen se centrara en su cuello pálido y en la delicada estructura de su clavícula.

—Señor Stumpe, el objetivo es conseguir que lord Wimberleigh prospere, ¿verdad?

—Sí, mi señora; en caso contrario, perderá la custodia de los bosques reales.

—¿Y por qué no prospera gracias a la lana que ya produce?

El administrador entrelazó los dedos mientras parecía armarse de paciencia, y le dijo:

—Porque el precio de la lana bruta ha caído...

—Exacto, de la lana bruta, la que no está tejida ni hilada. Pero el precio de la lana tejida está por las nubes.

A Stephen le sorprendió que estuviera al tanto de aquello, pero entonces recordó que su esposa había pasado los últimos años deambulando por los condados, y que sin duda había tenido oportunidad de aprender el valor de las cosas. Meg no sabía ni el color que tenía un chelín, y mucho menos lo que valían las telas.

Contempló a su esposa pensativo. La mente de Juliana funcionaba como un mecanismo de relojería, no le habría extrañado llegar a vislumbrar los engranajes tras aquellos hermosos ojos verdes.

—Tenemos que producir nuestra propia lana acabada —parecía tan decidida, que era obvio que lo consideraba cosa hecha.

Stumpe abrió y cerró la boca como un pez fuera del agua, y al final alcanzó a decir:

—¿Que produzcamos lana acabada? Pero ¿quién...? ¿Cómo...?

—Los arrendatarios. ¿A qué se dedican cuando las tierras están en berberecho?

—Se dice en barbecho, Juliana. Y en respuesta a tu pregunta, no tienen en qué ocuparse.

—Pero... necesitaríamos telares —dijo Stumpe.

Stephen pensó en los conductos que él mismo había diseñado para la casa. Los respiraderos y la cisterna alcanzaban a verse desde donde estaba. Posó la mano en el respaldo del asiento con ruedas del administrador, y le dijo:

—Mi querido Stumpe, ¿me crees capaz de construir uno?

—Por supuesto que sí, mi señor —se palmeó el muslo mientras la idea iba tomando forma en su mente, pero de pronto frunció el ceño y comentó—: Para obtener beneficios, necesitaríamos un espacio enorme, incluso mayor que el gran salón de Lynacre. No es posible.

—Eso no es problema —le dijo Juliana.

—¿Por qué no? —el administrador la miró con una mezcla de impaciencia y frustración.

—Podemos usar la vieja abadía abandonada, nadie la usa desde que la destruyeron los anticatólicos.

—¡Malmesbury! —antes de darse cuenta de lo que estaba haciendo, Stephen la levantó en brazos y empezó a girar mientras reía entusiasmado. Cuando volvió a dejarla en el suelo, le dio un sonoro beso en los labios y dijo—: Stumpe, es una idea tan sencilla que sólo podía ocurrírsele a una insensata.

—La vieja abadía está en ruinas...

—No por mucho tiempo, los arrendatarios y los cíngaros la repararán —le dijo Juliana, que aún no se había recuperado del efusivo arranque de su marido.

Stumpe asintió con entusiasmo, y empezó a parlotear sobre las inagotables posibilidades que surgirían al fabricar las telas en el distrito; al cabo de un momento, se marchó impulsando las ruedas de su silla mientras empezaba a hacer planes.

Stephen soltó una carcajada que reflejaba lo relajado y feliz que se sentía, y de repente se dio cuenta de que Juliana estaba mirándolo con extrañeza.

—¿Qué pasa, baronesa? —le preguntó, mientras seguía sonriendo como un bobalicón.

Ella alzó una mano temblorosa hacia su rostro, y trazó su labio inferior con el pulgar antes de decir con voz suave y maravillada:

—Jamás te había visto sonreír, Stephen. Es la primera vez que te oigo reír.

Se quedó atónito al darse cuenta de que aquello era cierto. Solía guardar con celo las pocas sonrisas que le quedaban dentro.

—Querías un esposo sobrio, ¿no?

—Sí, pero esto es diferente —bajó la mano, pero siguió mirándolo con la misma expresión maravillada.

Al ver que la brisa de verano le alzaba el pelo como si de un velo se tratara, Stephen contuvo el impulso de hundir las manos en aquellos mechones sedosos.

—¿Sabes que estás más apuesto que nunca cuando ríes, cuando sonríes?

Él sintió que se ponía rojo como un tomate, y comentó:

—Si eso es cierto... y la verdad es que lo dudo... no considero que sea una virtud necesaria.

—Claro que no, pero... tienes un aura de satisfacción que me gusta —posó las manos sobre su jubón, y añadió con voz suave—: Stephen...

—¿Qué? —cedió a la tentación por un instante, y le acarició el pelo. Parecía satén, pero incluso más suave y terso, y olía a plantas aromáticas. «Dios del cielo...»

—Quédate conmigo esta noche, después de la cena. No te vayas como siempre.

Los viejos temores lo atenazaron de nuevo, y borraron los últimos vestigios de alegría. La petición de Juliana acababa de demostrar que no podía vivir como cualquier otro hombre, y ella, con sus ojos risueños y su sonrisa deslumbrante, era una amenaza para la soledad obligada a la que tenía que estar sometido.

A pesar de que sabía que iba a herirla, se apartó de ella y se obligó a decir:

—No. Has tenido una buena idea y me has hecho reír, pero a pesar de que eres una moza de buen ver, no vas a lograr debilitarme hasta conseguir que me acueste contigo.

—¿Crees que eso es lo que quiero?, ¿que te acuestes conmigo? —estaba tan enfurecida como si alguien acabara de prenderle fuego en el trasero.

Su arranque de genio acentuó aún más su belleza. El rubor de sus mejillas ganó intensidad, y sus ojos parecieron echar chispas.

—Cuando una mujer empieza a manosearme, suelo dar por sentado que ése es su propósito —le dijo él.

Juliana atacó con la rapidez de una víbora. Antes de que pudiera reaccionar, Stephen sintió la mordedura de la pequeña daga contra su cuello.

—¿Y cuál crees que es mi propósito ahora, mi señor?

Tuvo ganas de tragar saliva, pero se contuvo por miedo a cortarse con el arma.

—Yo diría que... cometer un asesinato —dijo en voz baja.

—Tendrías que aprender a diferenciar bien mis propósitos, mi señor —Juliana apartó la daga de su cuello, dio media vuelta, y se alejó de él.

Rodion miró a Juliana, y le dijo con voz tajante:

—Jamás. No permitiré que lo uses para cargar y arrastrar peso, este caballo es para los espectáculos.

Juliana se sintió desesperanzada. Había conseguido que los cíngaros accedieran a trabajar en las reparaciones de la abadía, y necesitaba tanto a Rodion como al caballo para quitar los escombros.

—Te pagaré extra por él —le dijo, antes de soplar para apartar un mechón que le caía sobre la frente húmeda.

—¡Ni hablar! —Jillie Egan se les acercó con paso decidido mientras empezaba a remangarse. Se detuvo delante de Rodion, y lo fulminó con la mirada—. Como tu caballo y tú no hagáis ese trabajo, voy a...

—¿A qué? —le preguntó él, desafiante.

Cuando Jillie le susurró algo al oído y le dio un pellizco en el trasero, el cíngaro dejó de fruncir el ceño y sonrió de oreja a oreja; al cabo de cinco minutos, el caballo estaba tirando de un carro lleno de piedras.

Juliana se preguntó qué le habría dicho Jillie; a juzgar por la familiaridad con la que se trataban, estaba empezando a pensar que eran amantes. ¿Acaso era tan fácil subyugar a un hombre? Mientras un sinfín de posibilidades interesantes se le agolpaban en la mente, entró en el interior de la abadía, y oyó dos voces infantiles.

—¡Que sí!

—¡Que no!

Al ver a Sima, la hija de Mandiva, discutiendo con Tam, el hijo del velero, se apresuró a acercarse a ellos y les preguntó:

—¿Qué sucede?

—¡Me ha robado mi nido! —le dijo el muchacho, con un mohín lastimero.

—¡Que no!

—¡Que sí!

—¿Qué nido? —les preguntó con exasperación.

—El señor Stumpe me ha dicho que subiera al campanario, y allí he encontrado un nido precioso. Lo he bajado para llevármelo a casa, pero ha desaparecido en cuanto me he despistado un segundo —señaló a Sima con un dedo mugriento, y añadió—: Ella me lo ha robado, todo el mundo sabe que los cíngaros son unos ladrones.

—¡Eres un *gajo* descerebrado, ni siquiera he visto tu estúpido nido!

—¡Que sí!

—¡Que no!

—¡Tontorrona!

—¡Malna...!

—Que haya paz, os lo ruego —les dijo Stephen, claramente divertido. Bajó con gracia atlética el escaso metro que le quedaba desde la cuerda que colgaba del campanario, y se acercó a ellos—. He sido yo quien se ha llevado el nido.

—¿En serio? —el niño lo miró desconcertado.

—No podía dejar que te lo llevaras —Stephen se hincó sobre una rodilla, y posó las manos con suavidad en los hombros del muchacho—. Es el nido de una paloma bravía, y ese tipo de pájaros regresan al mismo sitio cada primavera. ¿Cómo te sentirías si un día intentaras llegar a tu casa, y te dieras cuenta de que había desaparecido?

—No me haría ninguna gracia, mi señor —le dijo el niño, muy serio.

—Lo suponía —Stephen se sacó una bolsita del cinturón, y le dio una almendra garrapiñada a cada uno antes de decir—: Y ahora, creo que el señor Stumpe necesita un par de buenos trabajadores que le echen una mano. Venga, id a buscarlo.

Cuando los niños se alejaron tomados de la mano y saboreando las almendras, Juliana se volvió hacia su marido y le preguntó:

—¿Desde cuándo lleva confites en el bolsillo el barón de Wimberleigh?

—Gracias a tu idea de que pusiéramos a trabajar tanto a los cíngaros como a los aldeanos, hay un montón de niños por todas partes.

Juliana miró más allá del ábside, hacia las puertas abiertas de par en par que había en la parte posterior del edificio. Los aldeanos entraban y salían con listones, rodillos y trinquetes, los cíngaros sacaban escombros, y Laszlo estaba martilleando bisagras y pestillos en la forja improvisada que habían instalado.

—Es una buena idea —comentó.

—Sí, es una idea muy buena, Juliana.

Lo miró sorprendida al ver que le daba la razón, y se quedó sin aliento cuando él alzó una mano y le tocó la punta de la nariz con un dedo.

—Te habías manchado con un poco de yeso, mi señora.

Su actitud juguetona la desconcertó tanto, que se quedó mirándolo boquiabierta mientras él se alejaba por el pasillo y salía del edificio.

Aquel proyecto la consumía, la distraía de su objetivo principal. A veces pasaba varios días sin pensar en Nóvgorod, ni en aquella noche terrible. Estaba muy confundida, ya que tenía el corazón dividido entre su sentido del deber y sus ansias de venganza; por un lado, quería permanecer allí y ayudar a las buenas gentes de Lynacre, pero por el otro, su alma seguía ardiendo con el fuego de su orgullo Romanov y con el dolor de su pérdida.

Era un dilema inesperado, al que se le sumaba la complicación añadida de lo que sentía por su marido. A veces, Stephen parecía aceptarla, se mostraba agradecido por su ayuda y complacido por sus habilidades; sin embargo, cuando estaba de mal humor la acusaba de intentar atraparlo en un matrimonio permanente.

La idea era una verdadera ridiculez. Una princesa como ella, de tan largo linaje, jamás se plantearía siquiera algo así... pero no podía evitar pensar en ello cuando yacía sola en medio de la noche, con el cuerpo ardiendo de deseo, mientras recordaba las caricias de su marido, sus besos, la sensación de su aliento en el cuello, y el anhelo doloroso que le había recorrido las venas como un torrente.

En un abrir y cerrar de ojos, Stephen pasaba de ser un escéptico amargado por un pasado del que no quería hablar, a un hombre tierno y alentador que trabajaba junto a ella y la desafiaba constantemente.

—Desafiar a una Romanov es una insensatez —murmuró, antes de limpiarse las manos en el delantal y de echar a andar a toda prisa hacia el altar principal.

Para que entrara más luz, se habían quitado las tablas de las ventanas que flanqueaban las capillas absidales, y también las de las que se alzaban por encima del altar. Juliana se alegraba de que los iconoclastas de Cromwell no hubieran roto las vidrieras de colores cuando habían destrozado la abadía durante su cruzada reformista contra los papistas, ya que al mirarlas no veía las malvadas maquinaciones del papado, sino reliquias de una época olvidada.

Los trabajadores habían utilizado un sistema de cuerdas y poleas para quitar las tablas que tapaban la ventana más elevada, que era un quinquefolio con una preciosa alegoría de Santa Inés.

En ese momento, Stephen entró de nuevo y se acercó a ella. La miró con expresión fría y distante, y comentó:

—Hay que quitar esa vidriera de inmediato.
—Pero si es la más bonita de todas...
—Quiero que desaparezca —lo dijo con voz baja y llena de furia.
—Está demasiado alta, no alcanzarás...
Él agarró una piedra bastante grande, y la alzó por encima de la cabeza con ambas manos.
—Stephen, no...
La piedra dio de lleno en la ventana, y arrancó el marco. Los cristales y los trozos de mortero explotaron hacia el exterior en una lluvia del color del rubí y el zafiro, de la esmeralda y el topacio.

El estrépito resonó en la abadía, y dejó tras de sí un silencio profundo y ominoso en el que sólo se oía la respiración acelerada de su marido. Él abría y cerraba las manos como si quisiera estrangular a alguien, tenía los ojos empañados de un odio visceral, y parecía distante e inalcanzable.
—Oh, Stephen...
El sonido de su voz pareció sacarlo de sus casillas. Después de soltar una imprecación, dio media vuelta y salió hecho una furia.

Al oírle pedir a gritos que le ensillaran su yegua, Juliana supo que iba a marcharse de nuevo, que iba a realizar otro de aquellos frecuentes viajes que solía hacer sin darle explicación alguna.

Miró a William Stumpe mientras intentaba recuperar la compostura, y le preguntó con voz trémula:
—¿Por qué lo ha hecho?
—Esa ventana fue un regalo que el rey le hizo a la primera esposa de lord Wimberleigh.
—¿Por qué la ha roto?
—Porque el rey se la dio a lady Margaret.

Juliana sintió que la recorría un escalofrío, y al final susurró:
—Entiendo... sí, creo que ya lo entiendo.
Había sabido desde el principio que Stephen y el rey

Enrique se odiaban, y acababa de descubrir el porqué: los dos habían rivalizado por el corazón de lady Margaret.

Al cabo de una semana, aldeanos inquietos y cíngaros cautelosos estaban en extremos opuestos de la pradera que había delante de la abadía de Malmesbury. Juliana contempló desde el porche al gentío que se había reunido para la celebración, y deseó que Stephen llegara a tiempo. ¿Por qué tardaba tanto?, el sol estaba a punto de desaparecer del todo tras el horizonte.

William Stumpe, que al oír su idea había reaccionado con incredulidad y después se había entregado al proyecto con entusiasmo y determinación, estaba junto a ella en su silla con ruedas, chasqueando los nudillos con nerviosismo.

—¿Creéis que la hoguera es lo bastante grande, mi señora?

La pila de madera y escombros parecía el doble de alta que un hombre, y olía a alquitrán de pino. A su lado había varias antorchas listas para encender el fuego.

Juliana asintió con gesto ausente. Miró a su izquierda, hacia los cíngaros que habían sido su familia durante cinco años. La habían enseñado a tallar madera, a contar historias y a bailar, la sabiduría de su estilo de vida milenario... y con el tiempo, también la habían enseñado a reír de nuevo.

A su derecha estaban los arrendatarios y los aldeanos, tan sólidos y francos como la tierra que trabajaban, como las plegarias que recitaban y las promesas que hacían. Había ido conociéndolos cada vez mejor desde que había llegado a Lynacre, había visto cómo crecían sus hijos, cómo casaban a sus jóvenes, cómo enterraban a sus muertos.

Había estado tan absorta en la actividad frenética, en el proyecto de reparación de la abadía para convertirla en un taller textil, que últimamente había tenido muy olvidada su propia promesa. Moscovia parecía un sueño irreal y distante, mientras que Lynacre era algo real e inmediato.

Al ver la suspicacia con la que se miraban las dos facciones, soltó un profundo suspiro y se volvió de nuevo hacia Stumpe.

—Vuelven a ser como desconocidos ahora que el trabajo está terminado, siguen sin confiar los unos en los otros a pesar de que han estado trabajando codo con codo.

—No os preocupéis, mi señora —el administrador dio una sonora palmada en el brazo de la silla, y añadió—: Lo que pasa es que no se conocen demasiado bien. Decid unas palabras a modo de brindis, ya veréis cómo se van relajando.

Juliana esbozó una sonrisa trémula y se volvió a hacerle un gesto de asentimiento a Kit, que estaba esperando su señal junto a la mesa que habían colocado en el prado. El muchacho llenó una copa con cerveza, y fue a llevársela con ojos brillantes. Entonces bajó la mirada hacia Catriona, la joven cíngara, que lo miró a su vez con una sonrisa.

Juliana deseó que Stephen llegara de una vez, pero desde lo ocurrido con la ventana se había ausentado más que nunca.

Sintió una punzada de amargura, y decidió no esperar más. Alzó la copa, y dijo en voz alta:

—Bebamos para celebrar el trabajo que hemos realizado. Que todos seamos bendecidos con sabiduría y valor, y que Dios nos acompañe.

El cervecero golpeó su jarra de madera contra el tonel. Estaba serio y vacilante, pero al final alzó la jarra en un brindis.

Cuando Juliana lo miró con expresión suplicante, Laszlo dio un taconazo y alzó su jarra. Las sonrisas empezaron a aparecer una tras otra, como las primeras estrellas de la noche.

Kit y Catriona agarraron sendas antorchas, y acercaron las llamas a la base de la hoguera. La madera empapada en alquitrán se encendió con un rugido sordo, y las llamas se alzaron hacia el cielo y tiñeron el crepúsculo de un intenso tono dorado.

Lyle, el jefe de música de Stephen, lanzó una fanfarria

con la trompeta; para no ser menos, Troke, el gaitero cíngaro, empezó a tocar también la melodía. El resto de músicos de uno y otro bando se unieron de inmediato, y se creó una cacofonía espontánea de gaitas, tambores, trompetas, y laúdes.

La gente empezó a seguir el ritmo con los pies. Sima, la niña cíngara, atravesó el prado con paso firme y empezó a bailar delante de Tam, el muchacho que había robado el nido del campanario. La tomó de la mano, y empezaron a bailar juntos entre risas.

El repique de las dos campanas de la torre reverberó a través de los campos. Stephen les había diseñado unas ruedas especiales, y el sonido continuó sin parar y se sumó a las risas y a la música.

—Creía que era un proyecto imposible, pero vos habéis conseguido que se haga realidad, mi señora —le dijo William Stumpe.

Juliana sintió que se le formaba un nudo inesperado en la garganta, y tuvo que tragar antes de decir:

—No, lo hemos conseguido todos juntos. Will...

Él soltó una carcajada, tiró de ella hasta tenerla sentada en su regazo, y bajó por la rampa que se había construido para él.

Juliana soltó un grito, y se aferró al cuello de aquel hombre que en su día había sido considerado inútil por parte de hombres de pocas miras, y que en ese momento bailó con ella una danza triunfal de lo más singular.

—¿Estáis viendo lo mismo que yo? —le preguntó Algernon Basset a los hombres que le acompañaban.

Jonathan Youngblood se frotó los ojos como si quisiera asegurarse de que estaba despierto, y contempló boquiabierto la hoguera que se alzaba imponente en la oscuridad de la noche, a la gente que bailaba con desenfreno, y a la multitud que bebía y charlaba entre risas.

Stephen fue el único que no mostró sorpresa alguna; al fin y al cabo, iba acostumbrándose a los cambios que su esposa generaba en todo lo que la rodeaba. Juliana había vuelto a poner en práctica su magia: había convertido una abadía abandonada en un lugar donde tanto hombres como mujeres iban a poder prosperar, y había unido a los aldeanos y a los cíngaros al darles un objetivo común.

—Tu esposa es una maravilla, Stephen —le dijo Jonathan, mientras se acercaban al galope a la abadía.

Él soltó una pequeña carcajada burlona, a pesar de que su mirada buscó y se aferró a Juliana.

—Mi maravillosa esposa es una lunática —intentó hacer caso omiso de la sensación que lo golpeó de lleno al verla, luchó por tragarse el nudo que se le formó en la garganta, por calmar los latidos acelerados de su corazón, pero no lo consiguió. Que Dios se apiadara de él, pero no lo consiguió.

Juliana era como una rosa de verano que florecía bajo la luz y la calidez del sol. Estaba sentada en el regazo de Stumpe, aferrada a su cuello con un brazo. Tenía los pies en el aire, y mostraba los tobillos y las piernas sin pudor.

Mientras Stumpe movía la silla siguiendo el ritmo de la música, Juliana echó la cabeza hacia atrás y soltó una carcajada.

—Dios, es preciosa —Algernon le lanzó una mirada de soslayo, y añadió—: Aunque supongo que opinas que una muchacha tan campechana carece de la dignidad necesaria para ser una baronesa.

—A Juliana le da igual lo que yo opine.

—¿Es demasiada mujer para ti, Wimberleigh? —Jonathan soltó una carcajada, y espoleó a su caballo.

Mientras sus dos compañeros galopaban hacia la fiesta, Stephen permaneció donde estaba durante unos segundos. Las palabras de su amigo le habían dolido. Contempló la luna llena, que se alzaba en un cielo morado tachonado de estrellas. Era una noche perfecta... despejada y clara, con una brisa fresca que aún conservaba la calidad latente del verano.

«¿Es demasiada mujer para ti?»

Aquellas palabras empezaron a aporrear la barrera de frialdad tras la que se había escudado, y que era la única defensa que tenía contra su extraña y cautivadora esposa. Mientras se decía que debería ir a casa para emborracharse a solas en la oscuridad, sintió que la sangre se le encendía, y que un diablillo travieso cobraba vida en su interior.

CAPÍTULO 10

Stephen hincó los talones en los flancos de Capria, y la yegua atravesó los campos al galope hacia la abadía. Pavlo empezó a ladrar como un loco, y Juliana se levantó del regazo de Stumpe y se acercó al borde del prado. A pesar del movimiento del caballo, podía verla con una claridad sorprendente.

Aunque llevaba un vestido sencillo, su esposa destilaba elegancia... era delgada y fuerte, estaba iluminada desde atrás por la hoguera, y su pelo ondeaba con suavidad bajo la brisa.

Cuando detuvo a Capria delante de ella, se quedó enmudecido por un momento, y al final soltó lo primero que se le pasó por la mente.

—¿No crees que la hoguera es un poco exagerada, baronesa?

Ella ladeó la cabeza, y se llevó las manos a las caderas antes de decir:

—Dicen que las hogueras mantienen alejados a los dragones.

—Eso son supercherías.

—¿Ves algún dragón por aquí, mi señor?

—No, claro que no.

—¿Lo ves?, funciona —le dijo ella, con voz risueña.

El aguante de un hombre tenía un límite. Sintió que se hundía en aquellos ojos resplandecientes, su encanto lo tenía hechizado.

Como a través de un sueño, la vio hacer un gesto con la mano y dar una orden, y un muchacho cíngaro llegó con un caballo cuyos flancos musculosos brillaban con un color rojo sangre bajo la luz de la hoguera. Juliana metió el pie en el estribo, y montó con un movimiento fluido a lomos del animal. Se inclinó hacia él, y le susurró:

—Cabalga conmigo esta noche, quiero que vayamos muy lejos y a toda velocidad.

«Cabalga conmigo».

Estaba descalza, así que no llevaba espuelas, pero en cuanto notó la presión de sus talones desnudos en los flancos y oyó su orden pronunciada con voz baja y gutural en una lengua extranjera, el semental salió al galope.

La crin y la cola del caballo cíngaro estaban trenzados con cintas de colores que ondeaban al viento. Stephen no tenía ni idea de adónde se dirigía, pero el impulso de seguirla era incontrolable. Chasqueó la lengua, y Capria echó a correr.

Oyó la voz de Juliana mientras la seguía a través del amplio prado que había entre la arboleda del sur y el camino de Chippenham. La hierba estaba perlada de rocío, y las gotitas salieron disparadas bajo los cascos de los caballos. Juliana era una amazona experimentada, y galopaba cada vez más rápido.

Stephen se sorprendió al darse cuenta de que estaba disfrutando del desafío de la carrera. Atraparla no iba a ser nada fácil.

Saboreó la velocidad, la sensación del viento acariciándole el rostro, el golpeteo de los cascos de la yegua contra el suelo, los resoplidos y la respiración acelerada del animal. Sintió la forma en que aquel cuerpo cálido y musculoso se extendía y se contraía rítmicamente.

Vio su propia sombra en el suelo bañado por la luz de la luna, avanzando como un rayo hacia Juliana.

Para cuando se dio cuenta de la dirección que llevaban, ya era demasiado tarde. Ella había elegido un camino que conducía a un sendero oculto que sólo conocían unas cuantas personas, y a media milla de allí se encontraba...

Espoleó a Capria, que aceleró aún más. Cuando logró alcanzar a Juliana, ésta se volvió a mirarlo con una sonrisa deslumbrante. Él se inclinó tanto hacia delante para que la yegua acelerara más, que su pecho quedó a escasa distancia del cuello del animal. Cuando consiguió sobrepasar a su esposa, rezó para que la yegua respondiera bien a la maniobra que tenía en mente.

Con las manos en la parte superior del cuello de la yegua y las riendas sujetas en corto, tiró hacia un lado y Capria le cortó el paso al semental, pero éste había sido entrenado por los cíngaros y no se comportó como cualquier otro caballo. En vez de virar y seguir cabalgando en otra dirección, se encabritó mientras soltaba un sonoro relincho.

—¡Juliana! —gritó con desesperación, mientras tiraba de las riendas para que la yegua se detuviera.

Ella se aferró como una lapa mientras el semental se empinaba hasta quedar vertical. Cuando el animal volvió a bajar, el impacto la hizo exhalar de forma audible.

—¡Agárrate! —se apresuró a desmontar, y fue a la carrera hacia ella—. ¡Por el amor de Dios, agárrate!

El semental estaba fuera de control, y en cuanto tocó el suelo con las patas delanteras, alzó las traseras con fuerza. Empezó a cocear a diestro y siniestro, y cada vez que Stephen intentó acercarse, tuvo que apartarse a toda prisa. Aquel animal era como un caballo de guerra de los de antaño, entrenado para luchar con tanta ferocidad como su jinete en el campo de batalla.

Aquellos segundos se le hicieron eternos, y Stephen sintió que moría de angustia al ver a su mujer luchando por salvar la vida. Gritó su nombre una y otra vez mientras lo carcomía la impotencia, mientras las palabras burlonas del rey resonaban en su mente... «¿También habéis mandado a la tumba a ésta?».

La tormenta se detuvo de golpe. Juliana usó las riendas con maestría, y el semental se detuvo con la cabeza gacha y la respiración jadeante.

Cuando ella se apartó el pelo de la cara y lo miró, Stephen se preparó para sufrir el envite de su furia, pero se quedó boquiabierto cuando ella se echó a reír y abrió los brazos de par en par, como si quisiera abrazar el aire que la rodeaba.

—¡Ha sido maravilloso! No sabía que podías ser tan divertido, Stephen.

—¿Divertido? —sus emociones emularon al caballo... se desbocaron de repente, a pesar de que intentó mantenerlas bajo control.

Juliana desmontó con fluidez, y comentó:

—En Nóvgorod también jugábamos a esto. Mi padre decía que era un juego de guerra que sólo era apropiado para los chicos, pero el jefe de cuadras me dejaba participar a menudo.

Stephen se acercó a ella con rapidez, la agarró de los hombros, y la apretó contra su corazón acelerado. Cuando ella lo miró con expresión sonriente, la besó con una pasión ardiente, una pasión acicateada por el anhelo que había estado negando durante tanto tiempo. Se dijo que tenía que resistir, pero la cautela se desvaneció bajo una oleada incontrolable de deseo.

Cuando Juliana se abrazó a su cuello y suspiró contra su boca, el deseo visceral que lo consumía se acrecentó. Trazó sus labios con la lengua y saboreó la forma y la suavidad de su boca, el vino que ella había bebido. Creyó enloquecer cuando oyó sus gemidos guturales de placer, y se hincó sobre una rodilla antes de tirar de ella para que se arrodillara también.

Juliana obedeció gustosa, como si hubiera estado esperando aquel momento.

—Ardo por ti, Juliana —susurró contra su boca. No le costó hacer aquella confesión.

Se tumbaron mientras volvía a besarla, y la hierba salpicada de flores le pareció más suntuosa que un colchón relleno de plumón. Saboreó la calidez que irradiaba de su propio cuerpo, la calidez que contribuía a relajar la tensión que le había atenazado el pecho. Exploró con la lengua la boca de Juliana, como si aquella búsqueda tan íntima pudiera proporcionarle la llave del alma de su esposa. El anhelo que le corría por las venas iba mucho más allá de un simple deseo carnal. Quería reverenciarla, adorarla, darle placer.

Se aferraba a él con fuerza, y la intensidad casi desesperada de su respuesta lo cautivó. Juliana era una mujer de muchas facetas, y albergaba en su interior una pasión desenfrenada que él quería explorar. Dio rienda suelta a un impulso que había contenido en incontables ocasiones, y le acarició el pelo. Era como la seda... fino como una telaraña, increíblemente suave, y caía como un líquido cálido entre sus dedos extendidos.

—Más suave que una marta cibelina, sabía que sería así —susurró, mientras se pasaba un mechón por los labios.

Juliana echó la cabeza hacia atrás, y la luz de la luna le bañó el cuello. Stephen posó los labios sobre su pulso, saboreó su piel con la lengua. Después de desabrocharle la blusa, echó la prenda hacia atrás y dejó sus senos al descubierto. Sintió una punzada de estupefacción mezclada con un pequeño toque de superstición, ya que ninguna otra mujer le había parecido tan hermosa. La mano le temblaba cuando acarició primero un seno y después el otro.

Dios... había olvidado lo que se sentía al tener el peso satinado del pecho de una mujer en la mano. La sensación era completamente extraña y exótica para un hombre hecho de músculos duros y piel bronceada, un hombre acostumbrado a mantenerse insensible, ajeno a cualquier sentimiento.

Cuando el pezón se endureció, bajó la cabeza y lo acarició con los labios. Saboreó su textura aterciopelada y delicada, y sintió una profunda satisfacción al oír que Juliana soltaba una exclamación de sorpresa y placer.

Ella arqueó la espalda, y bajo la luz de la luna le pareció una ofrenda pagana... misteriosa, deliciosa, e irresistible. Tomó el pezón entre los labios y empezó a acariciarlo con la lengua. Estaba enfebrecido de deseo, pero al mismo tiempo sentía una ternura avasalladora. Sentía una satisfacción salvaje, porque sabía que era el primero en llevarla a aquel estado de anticipación expectante y abrumadora.

En algún rincón de su mente, una vocecilla le advertía que estaba yendo demasiado lejos con aquella mujer que sólo era su esposa en nombre, pero hizo caso omiso de la cautela y el control que se había impuesto durante tantos años. Gracias a él, una nueva faceta de Juliana estaba cobrando vida. Sabía de forma instintiva que era una faceta que había estado latente en el interior de su esposa durante años... la pasión, el deseo sexual, los anhelos que ella había mantenido a raya... hasta que él había llegado a su vida, y a sus brazos. Le parecía un milagro que aquella mujer le deseara.

—¿Stephen...? ¿Qué estás...? ¿Estamos...? —le dijo ella, mientras se aferraba a sus hombros.

—Shhh... —tenía la garganta tan constreñida, que hablar le resultaba doloroso. Alzó la comisura de la boca en una media sonrisa, y le dijo—: Has elegido un mal momento para protestar, baronesa.

Ella le acarició el labio inferior con la punta de un dedo, y le dijo:

—Los dos acordamos que sería mejor que no...

—Shhh... —no quería oír sus propios argumentos fríos y racionales—. Hay cosas que no voy a arrebatarte. No haré nada irreversible, pero deja que... —le besó el cuello mientras apretaba la pierna contra la suya, y alcanzó a decir con voz ronca—: Deja que te dé algo.

—No lo entiendo.

—Ni yo mismo sé si lo entiendo —admitió para sus adentros que necesitaba tocarla, pero no se lo dijo. La tensión había ido acrecentándose entre los dos durante semanas, y era hora de darle una válvula de escape... al menos, para Juliana.

Ella no protestó más, aunque normalmente era capaz de discutir con él por cualquier cosa. Giró la cabeza para besarlo, y su dulzura y su entrega total consiguieron que olvidara su promesa, que olvidara que eran adversarios atrapados en un matrimonio de conveniencia, que olvidara lo que los había unido, y que a la larga sería sin duda lo que acabaría separándolos.

Pero en ese momento la tenía entre sus brazos, y dio rienda suelta a la necesidad que sentía de complacerla, de darle placer. Le acarició y le lamió los pechos hasta que la oyó respirar jadeante, hasta que sintió que movía las piernas contra él. Mientras capturaba su boca abierta y húmeda con la suya, bajó la mano y apartó a un lado la tela de la falda para poder deslizar los dedos hacia arriba, por la curva de su rodilla y la piel firme y suave de su muslo.

Esbozó una sonrisa contra sus labios al oírla jadear. Le daba igual que fuera una cíngara taimada o una princesa errante; en ese momento, era una mujer que anhelaba con desesperación el placer que él podía darle.

Le susurró palabras tranquilizadoras mientras la acariciaba, y al verla responder con una franqueza total, recuperó la fe en la honestidad del deseo físico. La instó a que abriera las piernas, y posó la mano en su sexo cálido y húmedo. Sabía que la había empujado más allá de la modestia propia de una doncella, que en ese momento a ella ya no le importaban las consecuencias de sus actos, ni lo que pudiera deparar el futuro.

Era tan ingenua, que no era consciente de adónde iban a conducirla sus caricias, pero él sí que lo sabía, y estaba ansioso por darle aquel placer. En todos los sentidos... menos en uno... aquél iba a ser el fin de la inocencia de Juliana. A partir de esa noche, ella sabría lo que era el placer carnal, estaría familiarizada con aquel momento interminable en que uno creía morir y contenía el aliento mientras el placer estallaba en su interior.

En cierta forma, era egoísta al querer darle aquello. Necesitaba saber que, después de tantos años, no se le había olvidado el breve pero feroz poder del placer sexual.

Sabía de forma instintiva dónde tocarla, dónde rebajar la presión y dónde aumentarla. Estaba tensa y vibrante como un arco, y él contuvo el aliento como si esperara el mismo éxtasis que ella.

Juliana se sacudió con un movimiento súbito convulsivo, y él sintió cómo estallaba de placer, oyó su grito mezcla de asombro y de éxtasis. Cuando ella pareció derretirse entre sus brazos como si se le hubieran licuado los huesos, la abrazó contra su cuerpo mientras escuchaba con una satisfacción inexplicable el latido de sus corazones.

—¿Stephen...? —le preguntó ella, con voz llena de incertidumbre.

Él se tumbó a su lado, le rozó la frente húmeda con los labios, y luchó por ignorar el dolor agudo del deseo insatisfecho.

—¿Mmm?

—¿Qué es lo que has...? ¿Hemos...?

Él sonrió contra su pelo, y le dijo:

—¿Tú qué crees, Juliana?

Ella se incorporó, se puso la blusa y se bajó la falda, pero permaneció junto a él, con el hombro contra la curva de su brazo.

—No sabía... no tenía ni idea. Creo que acabas de hacerme el amor, pero me ha parecido un poco... unilateral. Quizá debería...

—No —dejó de besarle el pelo y de acariciarle el hombro, y se obligó a soltar una carcajada burlona—. Querida, lo que acaba de pasar no ha sido más que un pequeño revolcón.

Ella se apoyó en los codos y lo miró con una expresión tan intensa, que él sintió que lo penetraba hasta lo más profundo de su ser, que llegaba hasta el alma temblorosa que escondía tras la falsa fachada de frialdad.

—¿Lo dices en serio? —le preguntó, sin apartar los ojos de él ni un instante.

—Sí —sintió que se le secaba la boca, pero se obligó a seguir mintiendo—. Entre los dos existía una tensión de simple deseo carnal. Tu idea de convertir la abadía en un taller me complació mucho, y los dos nos hemos dejado arrastrar por la pasión, pero...

—¿Pero qué?

La oyó contener el aliento, vio en su mirada una súplica silenciosa que le pedía que no la hiriera. Era obvio que estaba esperando a que él declarara sus verdaderos sentimientos. Apartó la mirada, y le dijo con firmeza:

—Pero ya está, el momento ha pasado.

—¡No! —le golpeó en el pecho para obligarlo a que volviera a mirarla, y añadió—: Stephen, conoces mi cuerpo mejor que yo misma. Sabías cómo y cuándo tocarme. Ha pasado algo que no alcanzo a comprender. Laszlo siempre me ha protegido mucho, así que apenas sé nada sobre las intimidades que pueden compartir un hombre y una mujer, pero me niego a creer que has utilizado esto a modo de... de recompensa, o para contentarme.

—Por el amor de Dios... —ella estaba acercándose demasiado, veía demasiado. La apartó a un lado, y se puso de pie a toda velocidad—. Le das demasiado valor a algo que en realidad es de lo más trivial.

—¿Trivial? —se sentó sin apartar la mirada de él, y apretó las rodillas contra su pecho.

—Insignificante —empezó a pasear de un lado a otro, y contuvo una mueca al sentir lo mucho que seguía doliéndole la entrepierna—. Carente de importancia.

Ella ladeó la cabeza, y lo fulminó con la mirada.

—Esta noche ha cambiado la forma en que te veo, en que me veo a mí misma. ¿Crees que eso es insignificante, que carece de importancia?

—Para mí, sí que lo es —le espetó con sequedad, antes de silbar para que Capria se acercara.

Lo cierto era que la deseaba tanto, que la sangre le corría como un torrente ardiente por las venas. Estaba tan duro que le resultaba doloroso, la deseaba hasta tal punto, que le dolían hasta los dientes.

Cuando agarró las riendas de Capria, se volvió hacia ella de nuevo y le dijo:

—Los hombres y las mujeres hacen este tipo de cosas constantemente, ¿cómo es posible que creas que van a afectarme unos minutos de lujuria?

Juliana se levantó de golpe, y le gritó:

—¡Maldito seas, Stephen de Lacey!

—No. Maldita seas tú, baronesa. Maldita seas por intentar darle importancia a algo que no la tiene.

Fue incapaz de mirarla mientras la ayudaba a montar, mientras se colocaba tras ella y contenía un gemido por el dolor de la entrepierna. No quería ver el rostro de su mujer, porque sabía que ella sería capaz de leer las mentiras en el suyo.

Aunque hacía un día soleado, el corazón de Juliana parecía tan frío como el invierno, tan yermo como un campo baldío. Observó en silencio a su esposo, que estaba trabajando junto al río. Las grandes y poderosas manos que la noche anterior la habían llevado a un éxtasis tan indescriptible estaban atareadas en ese momento en su última invención.

—Lord Wimberleigh es muy ingenioso —le dijo Jillie—. Con el sistema que ha ideado, podremos llevar la lana al taller el doble de rápido.

—¿Ah, sí? —apenas prestó atención a las palabras de la doncella. Apoyó los codos en el cercado, y posó la barbilla en sus manos.

Su marido se encontraba a varias yardas, trabajando junto a William Stumpe, Laszlo y Rodion en las jábegas que se arrastrarían río abajo llenas de lana, desde los prados hasta la abadía; de esa forma, la lana bruta recibiría un primer lavado preliminar, y podrían recogerse los aceites para hacer jabones y ungüentos.

—Las mejores ideas suelen ser las más simples —comentó Jillie.

—¿Ah, sí? —tenía la atención centrada en su marido, pero cuando su cuerpo reaccionó con un cálido espasmo al recordar el placer que había sentido en sus brazos, no pudo evitar pensar en lo frío e insensible que se había mostrado después.

Estaba convencida de que Stephen no le había dicho la verdad en cuanto a sus sentimientos. Era imposible que un hombre no sintiera nada al llevar a una mujer a las puertas del paraíso.

La idea la reconfortó, y lo acarició con la mirada. Su marido vestía ropa de trabajo... una túnica y un jubón sencillos, y unas botas que le llegaban a la altura de las rodillas. Sintió una extraña sensación de bienestar que la sorprendió, porque siempre había creído que no sería feliz hasta que consiguiera vengar a su familia.

Dejó de fingir que estaba escuchando a Jillie, que seguía parloteando. Stephen de Lacey la fascinaba, y al mirarlo siempre encontraba en él algo nuevo, alguna faceta añadida.

A pesar de que en el grupo de hombres reinaba el buen ambiente, ella alcanzaba a ver cierto aire de melancolía en su marido. Era un abatimiento que permanecía escondido, sutil como las corrientes que se ocultaban bajo la superficie plácida de un riachuelo, y sólo lograban verlo los que miraban con suficiente atención.

Vio cómo dejaba a un lado las jábegas y se paraba a mirar a un grupo de niños que jugaban junto al río. Los pequeños vestían túnicas sucias, tenían las piernecitas bronceadas y las caras mugrientas, y sus risas se alzaban como vencejos hacia las copas de los árboles mientras corrían detrás de una pelota con el desenfreno de una horda de bárbaros.

Stephen no sabía que le estaba observando, y había bajado la guardia; en ese momento, ella alcanzó a ver el dolor de una pérdida terrible, o quizá la tristeza de una promesa rota, además de una profunda desesperanza. Aquella angustia oculta lo mantenía apartado de los demás, aunque estuviera rodeado de gente. Su marido se había parapetado tras un muro que nadie podía franquear.

Mientras atravesaba la puerta del cercado y se dirigía a paso lento hacia él, se dijo que a lo mejor por eso se sentía tan atraída por él, que por eso le perdonaba que a veces le dijera cosas que la herían. No era sólo por la pasión de sus besos, la ternura de sus caricias o el éxtasis explosivo al que la había llevado... no, eso eran cosas que hacían que lo deseara. Eran las otras cualidades de su marido las que despertaban su ternura... el desafío de su melancolía, el enigma de su aislamiento, el misterio atrayente de sus secretos.

—Stephen...

Él se sobresaltó al oír su voz suave, y apartó la mirada de los niños. El brillo de placer que relampagueó en sus ojos al verla desapareció rápidamente bajo una expresión fría y cortés, y la saludó con una pequeña inclinación de cabeza.

—Mi señora.

Qué formal, qué distante. Se comportaba como si no la hubiera perseguido al galope bajo la luz de la luna, como si no la hubiera besado, como si no se hubiera tumbado junto a ella sobre la hierba, como si no la hubiera llevado a un éxtasis que la había dejado sin aliento.

—Quería felicitarte por el trabajo que estás haciendo.

—No lo hago para ganarme tus felicitaciones, Juliana —miró al resto de trabajadores, y añadió—: Lo hago para los que perdieron sus tierras cuando el rey cerró el bosque.

—Por supuesto —intentó ver en su rostro algún rastro del hombre que la había tenido en sus brazos la noche anterior, el hombre que la había mirado con el corazón en los ojos, pero sólo vio a un desconocido distante—. En cuanto a lo de anoche...

—Es mejor olvidarlo —le espetó él con voz cortante.

Juliana lo agarró del brazo para alejarlo un poco del resto de trabajadores. Al tocar su piel sudorosa, al sentir la tensión de sus músculos bajo los dedos, recordó con una claridad dolorosa la pasión que habían compartido. Se detuvo a la sombra de un enorme roble, se colocó delante de él, y se puso de puntillas para tenerlo cara a cara.

—Dime que lo has olvidado, Stephen.

—Lo he olvidado.

—Estás mintiendo.

El mechón que le caía sobre la frente le daba un aire travieso, y a Juliana le pareció que estaba más guapo que nunca.

—Te aseguro que revolcarme en un prado con una moza no es ninguna novedad para mí —le dijo él, con una sonrisita carente de humor—. Me complace que para ti fuera una experiencia nueva.

—No creas que vas a escandalizarme con tanta facilidad, Stephen de Lacey. Aunque carezca de experiencia en lo que al deseo carnal se refiere, no soy estúpida.

—En ese caso, ¿por qué quieres hablar de lo que ocurrió anoche?

—Porque no había hecho nunca algo así, y tiendo a darles vueltas y más vueltas a las nuevas experiencias. Como la primera vez que comí huevos de esturión, o que conduje una troika...

—¿Una qué?

—Una troika, es un trineo tirado por caballos. Y no pongas esa cara, no pienso insistir en la verdad sobre mi pasado. Sólo quiero explicarte que no vacilo a la hora de probar experiencias nuevas.

—Sí, dejaste muy claro que no eres nada vacilante.

—¿Qué quieres decir con eso?

—Que eres una mujer que se deja llevar por los sentidos, no tiene nada de malo —alzó la mano como si fuera a tocarla, pero volvió a bajarla y añadió—: Cometí un error, no debemos mantener relaciones íntimas. Dios, podrías quedarte embarazada.

—Eso no es ningún pecado en un matrimonio.

—Nuestro matrimonio es una farsa, Juliana —le dijo, con una paciencia exasperante—. Debemos mantener a raya nuestros impulsos carnales, el rey se olvidará pronto de su broma y podremos pedir la nulidad. Los dos estamos de acuerdo en eso, ¿verdad?

—Hubo algo que nos hizo olvidarlo —intentó ocultar lo dolida que se sentía.

—Sí, y por eso debemos ir con cuidado para no complicar el problema. Eres una mujer encantadora, sería tan fácil... —dejó la frase inacabada y apartó la mirada. La fijó en las mujeres que estaban en la orilla del río, recogiendo la lanolina que iba soltando la lana sumergida.

—¿Qué es lo que sería fácil?

Él la miró con una inexpresividad total, y le dijo:

—Sería fácil darme un revolcón contigo como si fueras una ramera. Está claro que no te falta entusiasmo.

Juliana alzó la mano para golpearle incluso antes de que acabara de hablar, pero se obligó a controlarse. Bajó el brazo, y deseó poder odiarlo.

—Tienes miedo —le dijo, con una voz suave que reflejaba su asombro.

—No digas tonterías, Juliana.

—Tienes miedo, empiezas a sentir algo por mí.

—No tengo tiempo para las ideas descabelladas de una mujer —dio media vuelta de inmediato, y regresó al trabajo.

Juliana se cruzó de brazos mientras lo observaba. La fachada tras la que se ocultaba su marido empezaba a tambalearse, así que quizá llegaría a entenderlo un poco mejor si seguía insistiendo, si seguía ahondando en su vida y en su corazón.

Decidió que no iba a preguntarse de momento por qué le importaba tanto aquel hombre, y se dijo que simplemente estaba cansada de estar casada con un desconocido.

Se apoyó en el tronco del roble, y vio cómo una niña se acercaba corriendo a Stephen y lo tomaba de la mano. Él se giró de golpe, como con enfado, y la agarró por debajo de los brazos. Mientras la niña reía encantada, fue alzándola más y más, hasta que el rostro sonriente de la niña quedó enmarcado por el cielo azul.

Juliana sintió que se le formaba un nudo en la garganta, y decidió que aquella noche iba a descubrir el secreto de Stephen de Lacey.

CAPÍTULO 11

Stephen exhaló con fuerza mientras esperaba a que Nance acabara de llenar un saquito en la despensa, y miró sin demasiado interés el espetón autónomo que él mismo había diseñado. Había decidido construirlo porque el terrier gruñón que la cocinera solía usar para hacer girar el antiguo asador se había chamuscado el pelo, y se negaba a volver a acercarse al aparato. El nuevo diseño rotaba mediante una turbina que se propulsaba gracias a la fuerza del calor que subía por la chimenea.

—Apenas habéis probado la cena, mi señor —le dijo ella, a través de la puerta abierta de la despensa, mientras metía un poco de mazapán en el saco—. Habéis comido menos que un muchacho en ayuno, ¿acaso no os ha gustado la comida?

Stephen agarró una botella de sidra, comprobó que no tenía impurezas, y se la dio a Nance antes de murmurar distraído:

—La comida estaba bien.

—En ese caso, ¿por qué no habéis probado bocado?

—Porque no tenía hambre.

—Yo diría que estabais hambriento... pero las pechugas y los muslos que os apetecían no eran los de un capón, sino los de una mujer.

—Dios, no empieces tú también.

—¿Alguien más se ha dado cuenta?

Stephen movió los hombros para intentar relajar un poco los músculos. Había sido una larga jornada de trabajo, y le esperaba una noche aún más agotadora.

—Juliana. Esa mujer tiene algo...

Nance esbozó una sonrisa, y le dijo:

—Sí, un corazón tierno y considerado. Debo admitir que tuve mis dudas cuando llegó infestada de piojos y mugrienta, pero no es la primera vez que me equivoco —le dio un codazo en las costillas, y añadió—: No sé si os acordaréis del boticario bribón que me vendió aquel filtro de amor...

—Se está haciendo tarde, Nance.

—... me puse tan nerviosa que se me cayó al suelo, y aquel ganso se lo tragó...

—Nance.

—Al final tuve que quitarme de encima a aquel bicho con el hacha de la cocina —sacudió la cabeza, cerró el saco, y le dijo en tono de broma—: Ni se os ocurra acercaros a esa hacha. ¿Acaso es tan horrible encontrar una mujer que os aprecia, que se preocupa por...?

—¡Sí, claro que es horrible! Precisamente tú deberías saberlo mejor que nadie.

—Mi señor, a veces me pregunto si de verdad sería tan catastrófico que le contarais a lady Juliana... —se interrumpió y se santiguó al ver que él le lanzaba una mirada asesina.

—Ya basta, Nance. Juliana no debe enterarse nunca, jamás —sintió que la garganta se le constreñía, y añadió con voz ronca—: La mataría... me moriría.

Juliana pensó con cierta satisfacción que Pavlo tenía oportunidad de demostrar de lo que era capaz en noches como aquélla. El animal llevaba una vida relajada y fácil desde que habían llegado a Lynacre, pero había nacido para rastrear.

Al anochecer había dicho que estaba cansada, se había

marchado pronto del salón, y había fingido que se retiraba agotada a sus aposentos; sin embargo, en ese momento estaba en el extremo más alejado del jardín principal, ataviada con un sencillo vestido y descalza, y acompañada por su perro. El cielo nocturno estaba nublado, y tanto el portón principal como los muros que rodeaban el jardín estaban envueltos en sombras.

Se sintió un poco incómoda, como si estuviera haciendo algo ilícito al salir a hurtadillas en busca de su marido, pero mientras Pavlo rastreaba a lo largo del muro con el hocico en el suelo y la cola en alto, se dijo que la culpa la tenía Stephen; al fin y al cabo, era él quien ocultaba secretos y mentía.

La presencia de su marido estaba en todas partes, cada rincón de la finca tenía la impronta de su mente privilegiada. El jardín estaba delimitado por empalizadas y muros con contrafuertes que había diseñado él, los bancos que rodeaban un olmo tenían a los pies preciosos lechos de manzanillas y poleos, los enrejados eran intrincados y estaban entrelazados con enredaderas, y en el centro de un largo lecho de flores había un blasón con el estandarte de Stephen... una cenefa propia de los Lacey, que enmarcaba las iniciales entrelazadas M y S.

A Margaret le había construido un emblema floral; en cambio, a ella quería echarla de su vida.

Esbozó una sonrisa tensa cuando Pavlo se detuvo junto a la base del blasón y levantó la pata, pero le ordenó en ruso que se apartara de allí. Se hacía tarde, y tenía que actuar con premura. No iba a permitir que su marido se descarriara ni una sola noche más.

El perro fue alejándose cada vez más de la casa, avanzó por caminos de grava hacia una zona de hierba más espesa donde el olor a lavanda impregnaba el aire, y Juliana fue impacientándose cada vez más. Se preguntó si Pavlo había entendido lo que esperaba de él cuando le había dado a oler un pañuelo de Stephen que había conseguido a escondidas en el lavadero.

El perro avanzó junto a un seto, olisqueando sin parar, y al final se detuvo y soltó un pequeño gimoteo cerca del borde de los enormes jardines.

Juliana pensó que habría topado con la madriguera de un erizo o algo así y fue hacia él, pero vaciló al sentir un miedo súbito por lo que pudiera encontrar. Se obligó a apartar las ramas de retama, y vio que había una abertura en el seto. Alguien había cortado las ramas, y había una puerta baja que pasaba casi inadvertida. Cuando la empujó con el aliento contenido se abrió con fluidez, como si los goznes estuvieran perfectamente engrasados.

Cruzó la puerta detrás de Pavlo, y se detuvo por un instante para intentar orientarse. Creía que aquella sección de la finca era una arboleda espesa y agreste, pero en realidad la maleza escondía un extraño entramado de pasadizos.

—Dios Bendito... ¿qué es todo esto? —susurró en ruso, con la espalda apretada contra la puerta.

Como la luna aún no había salido, iba a tener que guiarse gracias a la luz de las estrellas y a la vista aguzada de Pavlo. Era obvio que estaba ante un laberinto enorme, con setos de más de ocho pies de altura y tan densos e impenetrables como muros de piedra. Las ramas formaban arcadas por encima de la cabeza.

Sintió que la recorría un estremecimiento. Un laberinto secreto... ¿por qué ocultaba Stephen algo así?, ¿acaso tenía algún secreto terrible que quería esconder a toda costa? A lo mejor se trataba de un cadáver, o de una guarida de ladrones...

Se obligó a templar los nervios, y le dio una orden a Pavlo en voz baja. El perro bajó la cabeza, volvió a encontrar el rastro, y echó a andar. Ella respiró hondo, y fue tras él.

Al cabo de media hora, empezó a preguntarse si iba a acabar muriendo allí. Había seguido al perro durante más de tres millas de caminos tortuosos, y de momento lo único que había encontrado era más senderos inacabables. Se imaginó sus huesos olvidados, tirados junto a una de las ramas de aspecto siniestro que había dispersas por el suelo, después de que los cuervos y los grajos dieran buena cuenta de su carne.

Se estremeció de nuevo, y mantuvo la mirada fija en la cola de Pavlo. ¿Qué se diría de ella tras su desaparición? Seguro que la gente de Wiltshire la recordaría como la cíngara loca que se había visto obligada a elegir entre la horca o el matrimonio con un noble inglés. Nadie la creía cuando revelaba su verdadera identidad, Laszlo era el único que sabía con certeza que era una Romanov.

Se dijo que era una lástima, y entonces se dio cuenta de que a un cadáver le daban igual las jerarquías y las ascendencias... la idea no la reconfortó demasiado.

Cuando la falda se le quedó enganchada a un seto, tiró para liberarse, y se dejó un jirón de tela en una de las espinas.

—Las *vurma*... —susurró en la oscuridad. Tendría que haber dejado un rastro, vivir con tanto lujo estaba haciendo que olvidara las sensatas costumbres cíngaras.

Hizo acopio de valor, y retomó la marcha con decisión renovada. Empezó a señalar el camino con pelos, y con trozos de hilo que fue arrancando de su falda rasgada. Pavlo continuó incansable, fue siguiendo el rastro y no vaciló ni una sola vez al llegar a alguna bifurcación.

Estaba descalza, y empezaban a dolerle los pies. Justo cuando estaba a punto de darse por vencida y de dar media vuelta, oyó que Pavlo gemía con suavidad. Llegó a una bifurcación que estaba más iluminada, porque el follaje era un poco menos denso y las ramas superiores no formaban arcadas. Alzó la mirada, y vio la luna llena.

Le bastaron unos pasos más para salir del laberinto... y lo que encontró fue un jardín encantado.

Mientras miraba ceñudo a la luna desde la segunda planta de la casa, Stephen maldijo a su esposa para sus adentros. A pesar de que no estaba lejos de Lynacre Hall, se sentía como si hubiera viajado infinidad de leguas.

Se preguntó por qué deseaba tanto a Juliana, cómo era posible que una sola sonrisa suya pudiera iluminar todo lo que la rodeaba, por qué sus brazos ansiaban abrazarla... a ella, a ninguna otra. Ni siquiera por Meg había sentido aquel anhelo constante, aquel vacío en el alma que sólo parecía llenarse cuando ella estaba cerca.

Se había pasado los últimos siete años aprendiendo a no sentir, pero en cuestión de unos cuantos meses Juliana había hecho que todo volviera... la felicidad embriagadora, la dulce angustia, la pasión, y el deseo.

Por culpa de su esposa, lo quería todo otra vez... el dolor y el éxtasis, la ternura y un amor que nacía desde lo más profundo del corazón.

Se quedó mirando la llama de la vela que había en el alféizar de la ventana, y se dijo que no podía tener nada de todo aquello. No podía tener a Juliana, porque su vida estaba gobernada por el miedo. Era un miedo taimado y sigiloso que tenía vida propia y que era capaz de dejarlo indefenso en cuestión de segundos, de recorrerlo de pies a cabeza como un veneno letal.

Vivía en el infierno. Si amara a Juliana, sólo conseguiría condenarla a que corriera la misma suerte que él.

Se apartó de la ventana, y siguió con su vigilia en la habitación en penumbra.

Juliana sintió que se le ponía la carne de gallina mientras observaba boquiabierta aquella profusión de flores y arbustos, los senderos sinuosos, los bancos rodeados de claveles silvestres y bocas de dragón.

En medio del esplendoroso jardín había un montículo cubierto de hierba, rodeado de setos con formas de animales mitológicos. Cuando las pequeñas hojas de la hiedra se movían bajo la brisa, el unicornio, el grifo y el dragón parecían cobrar vida.

Pavlo se había quedado tan tenso como un guardia de palacio, tenía el pelo erizado y estaba gruñendo con suavidad. Dio un par de pasos hacia delante, y de inmediato retrocedió un poco.

En la parte superior del montículo había una fuente decorada con cuatro rosas de piedra de las que salían chorros de agua, que a su vez caían en las bocas abiertas de una ranas risueñas. El agua del pilón bajaba por un conducto, y llegaba a una noria que giraba poco a poco y sin hacer ruido... y al parecer, sin ningún propósito concreto.

Se sintió como si estuviera inmersa en un sueño mientras subía hacia la fuente. Con movimientos un poco vacilantes, metió un dedo en el agua del pilón y se lo llevó a los labios, pero ni siquiera la sensación de frescor consiguió que se desvaneciera la magia.

Sí, era un lugar mágico, uno de esos que creía que sólo existían en los cuentos de hadas o en los sueños de los niños. Las flores, los seres mitológicos, la fuente... todo aquello era demasiado maravilloso para ser real.

Pero lo era, y ella sabía quién lo había hecho posible.

—Stephen...

Hacía mucho que se había dado cuenta de que era un genio a la hora de crear cosas, pero los inventos que él diseñaba para Lynacre siempre tenían una naturaleza práctica. No sabía que su marido tuviera una imaginación tan fértil y llena de fantasía, una imaginación capaz de crear aquellos jardines de cuento de hadas.

Era como asomarse a una ventana que daba al interior del alma de Stephen, y ver al príncipe encantado que estaba atrapado dentro de su exterior frío y taciturno.

Pavlo pasó a una distancia prudencial de los seres mitológicos, y atravesó un cenador que conducía a una casa. Ella se apresuró a seguirlo, y vio que el edificio tenía chimeneas, varias ventanas en ambas plantas, y un huerto en la zona sur con las plantas tan bien alineadas como un regimiento de soldados.

Se quedó mirando la luz de la vela que ardía en una ventana de la segunda planta, y de repente deseó no haber ido a aquel lugar. No quería estar allí, no quería saber quién compartía aquella elegante casa con su marido.

De repente, la luz de la vela parpadeó como si alguien hubiera pasado cerca; por alguna razón, aquel pequeño movimiento despertó su alma Romanov, aquel rincón en su interior donde se ocultaba una pasión ingobernable, donde la furia y el orgullo acallaban al miedo y a la incertidumbre.

Maldijo para sus adentros a Stephen de Lacey, y también a la mujer lo bastante necia como para pensar que podía verse a escondidas con el marido de Juliana Romanovna.

Se llevó la mano al broche, y sacó la pequeña daga. No se paró a pensar por qué quería ir armada, el instinto le decía que no debía enfrentarse indefensa a su marido y a la amante de éste.

—Su amante... —susurró las palabras con furia, y entonces le indicó a Pavlo que se quedara quieto y echó a andar con sigilo hacia la casa. En aquel lugar secreto no hacían falta cerraduras, así que sólo tuvo que levantar el pestillo de la puerta principal.

Entró a ciegas en una sala oscura, y se detuvo para que los ojos se le acostumbraran a la penumbra. Notó un extraño olor a hierbas y gachas que no le resultó demasiado agradable, y se dijo que la amante de su marido debía de ser una mujer con muy mal gusto... excepto a la hora de elegir a sus amantes.

Por fin se sintió capaz de admitirlo: Stephen era un hombre único que podía ser tierno y firme, descaradamente romántico y fríamente lógico. Era un hombre con sentido común, pero que también tenía una imaginación desbordante. Un hombre capaz de enloquecerla de deseo con sus caricias.

Se puso furiosa al recordar cómo la había besado, y su propia reacción extasiada. Aferró con más fuerza la daga, y echó a andar hacia la escalera que había al fondo. Mientras atravesaba la sala sólo tuvo impresiones vagas de lo que la rodeaba, pero se dio cuenta de varios detalles extraños. Las mesas y las sillas parecían tener las patas más cortas de lo habitual, y las vigas del techo le quedaban bastante cerca de la cabeza. Atribuyó aquellas imperfecciones al mal gusto de la desconocida amante de su marido y empezó a subir la estrecha escalera de mampostería.

Subió con sigilo, y llegó a un pasillo abovedado de techo bajo. Había tres puertas, y al ver que por debajo de una salía un hilo de luz, se dirigió hacia allí. Conforme fue acercándose empezó a oír los sonidos que procedían de la habitación, y se le puso el pelo de punta cuando se dio cuenta de que se trataba de la respiración jadeante de un hombre enloquecido de pasión.

Su resentimiento y su furia fueron acrecentándose mientras los roncos sonidos de pasión de su marido la atormentaban.

—Maldita sea, soy tu esposa —masculló, antes de abrir la puerta con sigilo.

Al entrar en la habitación, se detuvo como si la mismísima mano de Dios acabara de petrificarla. Stephen estaba de espaldas a ella, y no la había oído entrar. La imagen de lujuria y desenfreno que había imaginado no tenía nada que ver con la realidad, ya que estaba completamente vestido y arrodillado en el suelo.

Nada podría haberla preparado para aquello.

Los hombros de su marido temblaban, pero no de pasión, sino debido a los sollozos llenos de angustia que lo sacudían. Tenía la cabeza gacha, estaba arrodillado junto a una cama con dosel, y se aferraba al cobertor de forma convulsiva.

En la cama, profundamente dormido y ajeno a la angustia de Stephen, yacía un hermoso niño de pelo dorado.

Juliana recordó de golpe las miniaturas que había encontrado en los aposentos de su marido. Había encontrado los retratos de dos niños que ya tenían unos años, aunque Stephen le había asegurado que uno había muerto al nacer.

Desde el momento en que había entrado en aquella habitación, se había olvidado de moverse y de respirar, y su mente sólo era consciente de la imagen que tenía delante: Stephen, su magnífico marido, un hombre que siempre hacía gala de una absoluta confianza en sí mismo, estaba agachado con actitud derrotada junto a aquel angelito dormido.

—¿Stephen? —susurró, cuando logró recuperar la voz.

Él se puso de pie y se volvió como una exhalación. La miró conmocionado, con las mejillas húmedas de lágrimas, y sus ojos brillaron con un odio visceral.

—Sal de aquí —lo dijo con voz letal pero baja. Incluso en aquel estado de desolación parecía tener cuidado de no despertar al niño—. Sal de aquí antes de que te mate, Juliana.

Stephen jamás había pronunciado una amenaza tan sincera en toda su vida. Era consciente de que tanto su voz como sus ojos reflejaban su furia, así que esperó a que Juliana echara a correr, que huyera de su cólera, como todo el mundo.

Pero ella permaneció inmóvil, iluminada por la luz tenue de la vela. A pesar de que llevaba una redecilla en el pelo, algunos mechones habían escapado y le enmarcaban el rostro. Estaba mirándolo, mirándolo de verdad, con aquella intensidad tan única y perturbadora típica en ella, que parecía penetrarlo hasta llegar a lo más profundo de su alma.

Cuando Juliana se movió por fin no fue para huir, sino para bajar la mirada hacia la daga que tenía en la mano.

—Está claro que no voy a necesitarla —comentó, antes de volver a meterla en el broche que llevaba sujeto al corpiño.

Al verla avanzar un paso hacia él, se apresuró a decir:

—Te ordeno que te marches de aquí, Juliana. Quiero que te olvides de este lugar, que salgas de mi casa y de mi vida para siempre −sintió una punzada de arrepentimiento al ver su expresión dolida. No era un hombre cruel por naturaleza, pero un momento de dolor era preferible a darle cabida en su corazón a aquella mujer cautivadora.

−No pienso irme, aún no.

Su esposa hizo entonces lo impensable... se acercó, y se arrodilló junto a la cama.

−¡Aléjate de él! −masculló en voz baja.

Ella no le hizo ni el menor caso, y mantuvo la mirada fija en el niño.

−¿Cómo se llama tu hijo?

Stephen miró atormentado a su hermoso hijo... su hermoso hijo moribundo.

−Se llama Oliver, y si no te alejas de él, te apartaré a rastras.

Ella rozó con los dedos la frente del niño en un gesto tan dulce y maternal, que Stephen sintió que se le formaba un doloroso nudo en la garganta. Meg ni siquiera había llegado a tenerlo en sus brazos.

−¿Quieres apartarme? Hace un momento querías matarme, parece que vamos progresando.

−Maldita sea... −la agarró del hombro, y la obligó a levantarse−. No permito que nadie le toque.

Ella se zafó de su mano de un tirón, y lo miró desafiante.

−Este niño tiene fiebre, Stephen.

−¿Crees que no lo sé, zorra entrometida? Maldita sea, tiene fiebre cada noche...

−Estás haciéndome daño −le dijo ella, con voz queda.

Él bajó la mirada, y se dio cuenta de que estaba agarrándola con fuerza de los brazos. Se sintió como un villano, y se obligó a soltarla.

−No tendrías que haber venido, Juliana −le dijo con cansancio.

−Tenía derecho a hacerlo. Soy tu esposa, y me harté de que desaparecieras cada noche −esbozó una pequeña sonrisa, y añadió−: Esperaba encontrarte con alguien muy diferente a Oliver.

—¿A quién pensabas encontrar? —le preguntó, al recordar que había entrado con la daga desenfundada.

—A una mujer... una amante.

La idea era tan absurda, que Stephen estuvo a punto de echarse a reír.

—¿A quién habrías atacado con la daga, a ella o a mí?

—Jamás lo sabrás, mi señor —bajó la mirada hacia Oliver, y los ojos se le empañaron de lágrimas. El niño tosió un poco, se puso de lado, y colocó la mano bajo la barbilla.

Stephen se sintió descorazonado al verlo tan frágil y delgado. Pensó en los niños del pueblo, en aquellos pequeños vigorosos de ojos vivarachos y pies enlodados. Incluso el hijo del hojalatero más pobre tenía más peso que Oliver.

Antes de que pudiera detenerla, Juliana se inclinó para darle un beso al niño. Ella mantuvo los labios contra la frente del pequeño, y por un momento cerró los ojos y contuvo el aliento. Entonces se incorporó con actitud serena y controlada, agarró la vela, y se volvió hacia él.

—Acompáñame, Stephen. Quiero hablar contigo.

Él se dijo que tendría que arrebatarle la vela y mandarla de vuelta a casa, pero no podía quitarse de la cabeza el beso lleno de ternura que acababa de presenciar. La expresión de preocupación sincera en el rostro de Juliana, la forma en que había cerrado los ojos con fuerza... en ese momento, su mujer había conquistado algo muy dentro de él, una parte temerosa de su alma que le había impedido incluso hablar de Oliver durante años.

Apenas podía creerlo: Juliana había descubierto a Oliver, y el mundo no había llegado a su fin.

—¿A qué huele?, en el pelo de Oliver el olor era incluso más fuerte.

—Es borraja —caminaba como un autómata, se limitaba a seguir la luz de la vela—. Se supone que corrige el desequilibrio entre la bilis negra y la amarilla.

Cuando bajaron a la sala, Juliana dejó la vela sobre una mesa y se volvió hacia él. La luz ámbar bañaba sus facciones con un resplandor difuso, oscilaba como una caricia sobre sus pómulos y sobre los mechones de pelo que le rozaban el cuello.

—Así que has consultado a un médico, ¿no?

—Por supuesto.

—¿Tu hijo está mejorando?

Stephen no contestó de inmediato. Se quedó mirándola, y sintió que le flaqueaban las rodillas al ver la compasión profunda y real que se reflejaba en su rostro. Sin pensar en lo que hacía, la abrazó contra sí y saboreó el contacto exquisito de su cuerpo, su calidez vibrante. Ella le dio la fuerza necesaria para decir la verdad.

—Mi hijo está muriéndose, Juliana. Es sólo cuestión de tiempo —susurró contra su pelo.

Ella inhaló con fuerza, y entonces se apartó un poco y se puso de puntillas para darle un beso suave y breve, pero que para él fue como un destello de calidez reconfortante contra su boca seca.

—¿Estás seguro?

—Sí. Dickon, mi primer hijo, tenía la misma afección. La mayoría de los médicos y los astrólogos coinciden en que la enfermedad es una fiebre asmática de los pulmones. Oliver acabará asfixiándose tarde o temprano, igual que su hermano —aquellas palabras frías e inexpresivas ocultaban el dolor desgarrador que constreñía su garganta—. Dickon murió en mis brazos, no pude salvarlo de ese dragón. A pesar de cuánto le amaba, de lo mucho que recé, de las velas que encendí y de los médicos a los que consulté, fui incapaz de salvarle.

—Oh, Stephen... —posó la mano en su mejilla, y le dijo con voz suave—: Asumes una carga demasiado pesada. ¿Por qué mantienes en secreto la existencia de Oliver?, ¿por qué dejas que todo el mundo crea que murió al nacer?

—Porque quiero protegerle. Mi primer hijo fue llamado a la corte para servir como paje, y murió al cabo de medio año. Los rigores de la corte le arrebataron las fuerzas que le quedaban.

—Y temes que Oliver corra la misma suerte.
—Sí.
—En ese caso, hiciste lo correcto.
—No, me temo que lo que hice fue una locura.

Juliana bajó la mano, y agarró un molinete de madera que había en una estantería. Lo había hecho él mismo, para el quinto cumpleaños de Oliver.

—¿Qué quieres decir? —le preguntó, mientras veía cómo giraban las aspas.

—No estoy seguro. El rey Enrique se ha enterado de la existencia de mi hijo —sonrió con amargura, y añadió—: ¿Aún no te has dado cuenta, baronesa? El rey puede llamar a la corte a Oliver cuando quiera. Ésa es la amenaza que pende sobre mi cabeza, la razón por la que me casé contigo.

A Juliana se le cayó el molinete de las manos. Lo miró boquiabierta, y le preguntó:

—¿Estás diciendo que el rey está utilizando a ese pobre niño en tu contra?

—La compasión nunca ha sido una de las virtudes de Su Majestad.

Ella se sentó temblorosa en un escabel acolchado. Cuando les llegó desde el piso superior el leve sonido de la tos de Oliver, Stephen se tensó con impotencia; al cabo de unos segundos, el niño dejó de toser.

—Tendrías que habérmelo contado, Stephen.

Él soltó una carcajada seca, y le dijo:

—¿Para qué?, no habría servido de nada.

—Lo habría entendido —lo tomó de las manos, y tiró para que se sentara junto a ella—. Quiero entenderlo.

Él respiró hondo, y le dijo con voz trémula:

—Después de que Dickon muriera, mi esposa falleció al dar a luz a Oliver, nuestro segundo hijo. En cuanto llegó al mundo, me di cuenta de que tenía dificultad para respirar, y supe que padecía la misma afección que su hermano. Me pareció más fácil dejar que todos pensaran que había muerto al nacer. Ésa fue la noticia que se difundió por equivocación, y no me molesté en corregirla.

—¿Quién más sabe que está vivo?

—Sólo los criados en los que más confío. La vieja Nance Harbutt y su hija Kristine, que vive aquí. Es herborista, ingresó en un convento, y es muy culta. Se encarga de supervisar este lugar, y cuida de Oliver.

—¿Siempre está con él?

—Sí, no tiene razón alguna para querer dejarlo. Estaba consagrada a la vida monástica, y el hecho de que el rey rompiera con Roma la ofendió profundamente. Aquí puede dedicarse a estudiar y a rezar.

—¿Cómo se enteró el rey de que tu hijo está vivo?

Stephen apoyó el codo en la rodilla, y se pasó una mano por el pelo.

—Tanto Nance como Kristine y el doctor Strong juran que no han revelado el secreto, pero uno de ellos debe de estar mintiendo.

—¿Dónde está Kristine en este momento?

—Ha ido a Chippenham en busca del doctor Strong, la fiebre de Oliver me preocupa.

Tan pronto como acabó de hablar, Oliver empezó a toser de nuevo. Stephen agarró la vela de inmediato. Sus sentidos siempre estaban alerta ante la posibilidad de oír aquel sonido, y en un abrir y cerrar de ojos estaba subiendo la escalera a toda prisa.

«No pienses, no sientas nada».

—No entres, Juliana. Si se levanta y ve a alguien desconocido, se pondrá nervioso —dijo con voz áspera.

Ella lo miró con resentimiento, pero asintió con un gesto cortante y permaneció entre las sombras del pasillo.

Stephen se acercó a la cama, y susurró:

—Tranquilo, hijo.

Encendió la vela que había debajo del brasero, y mientras iba hacia el armario a toda prisa, vio por el rabillo del ojo que Oliver había extendido una mano hacia él.

—Quédate tumbado, no te muevas —susurró, mientras contenía a duras penas el impulso de acercarse a él.

El doctor Strong había aconsejado que nadie tocara ni abrazara al niño, sólo se le podía tocar cuando le sangraban. De modo que contuvo la necesidad instintiva de abrazarlo hasta que pasara el ataque, y se puso manos a la obra. La rutina le resultaba dolorosamente familiar... manzanilla seca y picada, maranta, y vinagre blanco que chisporroteó al tocar el recipiente que había sobre la llama del brasero. A pesar de que el humo olía muy mal, el doctor le había asegurado que era beneficioso para los pulmones.

Afortunadamente, el ataque no pasó a mayores y el niño dejó de toser sin acabar de despertar del todo, aunque abrió los ojos y se quedó mirándolo con expresión vacía durante unos segundos.

El corazón de Stephen se llenó hasta rebosar con un amor abrumador, pero no se acercó a él por miedo a alterarlo. Era mejor mantener controlados los sentimientos, permanecer ajeno a las emociones, suprimir con mano férrea cualquier esperanza.

El niño cerró los ojos. Siguió un poco inquieto durante unos minutos, pero al final volvió a dormirse.

Stephen agarró la vela, y al salir vio a Juliana esperando en el pasillo. Tenía el puño apretado contra los labios, los ojos inundados de lágrimas, y parecía como si se le estuviera rompiendo el corazón.

—Tendrías que haber regresado a casa —le dijo, mientras la precedía escaleras abajo—. Te agradecería que te marcharas ahora mismo, no vuelvas nunca más.

Ella lo siguió sin decir palabra, pero al llegar a la sala le dijo:

—Cuando era pequeña, mi niñera me sentaba en su regazo y me contaba historias. Me ha extrañado que no tocaras a tu hijo, que no le besaras ni le dijeras que todo iba a salir bien.

—Eso sería una mentira, mi querida baronesa —le espetó él con furia, antes de echar a andar hacia la puerta.

—Creía que cada noche salías para encontrarte con tu amante —Juliana miró hacia la escalera. El fuerte olor a hierbas empezaba a impregnar la casa—. No sabía lo que pasaba en realidad, Stephen. No tenía ni idea.

—No tenías por qué saberlo.

—De haberlo sabido, no habría pensado mal de ti.

El deseo de abrazarla que lo golpeó de lleno fue tan repentino y poderoso, que se sintió aterrado. Sería demasiado fácil dar cabida a Juliana en su vida y en su corazón, demasiado fácil repetir los errores del pasado... venderle su alma a una mujer hermosa.

Con un esfuerzo sobrehumano, abrió la puerta principal y se obligó a inyectar en su voz una dosis letal de veneno al decir:

—A estas alturas, ya deberías saber que me da igual lo que pienses de mí.

Un hijo, Stephen tenía un hijo. Juliana no podía pensar en otra cosa mientras recorría el laberinto de regreso a casa. Se quedó dormida dándole vueltas al asunto, y despertó con la imagen del niño en la mente.

Tenía muy claro lo que debía hacer.

—Estaré fuera gran parte del día, Jillie.

—¿Vais a ir de nuevo a trabajar a los telares, mi señora? —le preguntó la doncella, mientras acababa de recogerle el pelo con una redecilla.

—No —Juliana se puso unas zapatillas de terciopelo, y añadió—: A lo mejor podrías echarle una mano a tu padre en la tintorería.

—Sí, es verdad. Desde que se pusieron en marcha los telares, tiene trabajo de sobra.

—Ve con él, no te necesitaré en todo el día.

Esperó a que la doncella se fuera, y entonces metió en una bolsa de tela un laúd, un libro, y una pandereta cíngara. Con cuidado de que nadie la viera, atravesó el enorme jardín, y salió por la puerta oculta entre los setos. La determinación que sentía aceleraba sus pasos. Durante años, su único objetivo había sido vengar la muerte de su familia, pero se trataba de una meta sombría y teñida de furia que la dejaba sin fuerzas y a veces la asustaba.

Aquello era diferente, era una tarea iluminada por el brillo de la compasión y la esperanza. Sentía el corazón liviano como una pluma mientras recorría el laberinto junto a Laszlo y llegaba al jardín encantado.

De día era incluso más fascinante que bajo la luz de la luna. Las criaturas parecían estar a punto de cobrar vida, mientras permanecían en su eterna vigilia alrededor de la fuente.

Al llegar a la casa, abrió la puerta y entró en la sala donde había dejado a Stephen. Vio el escabel donde habían estado sentados, donde él le había hablado por fin de su pasado con voz trémula y ojos llenos de angustia.

En aquella sala ella se había enfrentado por fin a la verdad: estaba profundamente enamorada de su atractivo y atormentado esposo.

Y también había sido allí donde él la había rechazado con tanta brutalidad... «me da igual lo que pienses de mí». Sintió una punzada de dolor al recordar sus palabras, pero se obligó a dejarlas a un lado, hizo acopio de valor, y se dispuso a subir la escalera.

Dio un respingo al oír que algo se rompía en la planta superior.

—¡No pienso comérmelo! ¡No pienso hacerlo, y no puedes obligarme! —gritó una vocecita llena de furia. Se oyó el murmullo ahogado de una voz femenina que le contestaba, y entonces el niño añadió—: ¡Ni te atrevas! ¡Si lo haces, le diré a mi padre que me has pellizcado!

Juliana subió la escalera y fue con decisión a la habitación de Oliver, que tenía la puerta entreabierta. El niño estaba sentado en la cama, y miraba con expresión enfurruñada y mejillas sonrosadas a una joven mujer vestida de negro. Junto a la cama había un cuenco hecho añicos, y las tablas del suelo estaban cubiertas de unas gachas grisáceas.

—Señorito Oliver, por favor...

—Id a buscarle alguna otra cosa para desayunar —le dijo Juliana, mientras entraba en la habitación.

La mujer soltó una exclamación ahogada, y el niño se quedó mirándola boquiabierto.

—Soy Juliana de Lacey, la esposa de lord Wimberleigh. Y vos debéis ser...

—Kristine Harbutt, mi señora —le dijo, antes de hacer una reverencia.

Como muchas de las mujeres del suroeste de Inglaterra, era fuerte y de facciones anchas. Tenía el pelo de un profundo tono castaño, y lo llevaba recogido en una sencilla cofia. El único ornamento que lucía era el rosario que llevaba a la cintura. Fue recuperándose de la sorpresa, y la miró con ojos que reflejaban una aguda inteligencia.

—Nance me ha hablado de vos, Kristine. Es un honor conoceros, podéis retiraros.

—Pero... pero milord dijo...

—Soy su esposa, y deseo conocer a mi hijastro. Por favor.

La mujer empalideció, pero recogió los trozos del cuenco roto y se apresuró a salir de la habitación.

Después de dejar a un lado su bolsa, Juliana miró a su alrededor. Había regalos de Stephen por todas partes... pequeños animales de hojalata, un tablero de ajedrez, y montones de libros. Encima de una mesa había un cuaderno en el que Oliver había estado practicando ortografía. Al final de la página las letras cuidadosas habían ido dando paso a unos garabatos llenos de frustración, y el muchacho había escrito *Papá es un aguafiestas*.

Mientras intentaba mostrarse agradable a la vez que firme, se acercó a la ventana y descorrió el pestillo.

—No puedo respirar el aire de fuera —le dijo el niño con voz tristona y suspicaz.

—Tonterías —le dijo por encima del hombro. Empezó a

golpear el filo con el talón de la mano, y al final el tragaluz se abrió–. Hace un día precioso, y las plantas del jardín huelen muy bien –se sentó en el borde de la cama, y lo miró sonriente–. Bueno, así que tú eres Oliver de Lacey.

Él parecía receloso, era obvio que no sabía si contestarle. Mientras seguía mirándola con expresión de desconcierto, Juliana se sintió maravillada al ver cuánto se parecía a su padre. A pesar de que el pelo del niño era un poco más claro que el de Stephen, parecía tener la misma textura, también era espeso y ondulado como la melena de un león. La forma cincelada de su rostro y su boca seria también le recordaron a Stephen, al igual que aquellos ojos extraños y fríos como un ópalo.

«Dios, tiene los ojos de su padre», se dijo para sus adentros.

–No deberías estar aquí –le dijo él, con una mezcla de cautela y de petulancia.

–Claro que debo estar aquí –sabía que no tenía que sonreír, porque era obvio que se trataba de un niño serio y orgulloso al que no le haría ninguna gracia que le trataran con condescendencia–. Soy tu madrastra.

–Kristine me dijo que mi padre se había casado con una cíngara mugrienta.

–Soy cíngara por adopción. Conozco a muchos cíngaros, y te aseguro que no son ni más limpios ni más sucios que cualquier otra persona.

–Hablas raro.

–El inglés no es mi lengua materna. Primero hablaba ruso y después romaní, la lengua de los cíngaros. A veces me cuesta pronunciar algunas de vuestras palabras, a lo mejor podrías ayudarme.

–¿Por qué querría hacerlo?

–Todo el mundo necesita ayuda, Oliver. Deberíamos ayudarnos los unos a los otros.

–No quiero una madre –le dijo él con voz cortante.

–Todo el mundo necesita una madre.

–Nunca he tenido una –comentó, mientras empezaba a darle tironcitos al cobertor en un gesto de nerviosismo.

—Bueno, yo nunca he tenido un niño. Creo que no deberíamos preocuparnos por eso, a lo mejor podríamos convenir en ser amigos —al ver que él agachaba un poco la cabeza y murmuraba algo, le preguntó—: ¿Qué has dicho? —le dolía verlo tan encogido en la cama, tan pálido y distante.

Él respiró hondo, y resolló un poco al exhalar. La miró ceñudo, y le dijo:

—He dicho que tampoco he tenido nunca un amigo.

Juliana se apresuró a apartar la mirada, y parpadeó con fuerza mientras intentaba contener las lágrimas. Mientras luchaba por controlar la tristeza que la invadía, sintió que una chispa de furia se encendía en su interior. ¿Cómo era posible que Stephen hubiera aislado hasta tal punto a su hijo?

Reprimió su enojo y lo guardó en un rincón para poder sacarlo a la luz más tarde, cuando no estuviera cerca del niño, porque no quería asustarlo.

—Oh, Oliver... —tenía un nudo tan enorme en la garganta, que apenas podía hablar.

La emoción que sentía era demasiado enorme, no podía mantener la compostura. Como era incapaz de pronunciar ni una palabra, recurrió al único método que le quedaba para reconfortarle: le abrazó con fuerza contra su pecho. Sintió que se le rompía el corazón por aquel niño extraño y lastimero que vivía solo en un mundo propio.

—Oliver... ¿qué te pasa?

—¡No... me... toques! —le dijo él, con un grito jadeante.

Tenía los ojos brillantes, y de un tono azul más pronunciado que antes. Tragó aire con un fuerte sonido sibilante, y luchó por exhalar. Resolló ligeramente, pero aún parecía incapaz de soltar el aire.

Estaba sofocándose, le faltaba el aire. Su mirada se desenfocó mientras un sonido ahogado escapaba de sus labios. Apartó de golpe el cobertor como si estuviera aprisionándolo, y la piel bajo el esternón y entre las costillas se hundió con cada una de sus inspiraciones desesperadas.

—¡Kristine, venid rápido! ¡Oliver os necesita!

La joven subió la escalera a la carrera, irrumpió en la habitación, se acercó al armario, y se apresuró a pertrecharse con las medicinas y los instrumentos necesarios.

Oliver se desplomó contra la cabecera de la cama mientras seguía jadeando. Su cuello y su pecho estaban cubiertos de una horrenda urticaria. No sólo luchaba por exhalar el aire que inhalaba, también intentaba desprenderse del pánico, como si se tratara de un demonio al que había que exorcizar.

Kristine miró con indignación la ventana abierta de par en par, y la cerró con un sonoro golpe antes de prender fuego a un montoncito de hierbas que había colocado en el brasero. Mientras el aire se llenaba con un humo de lo más desagradable, colocó tres vasitos de vidrio alrededor de las hierbas.

—¿Qué ha causado el ataque? —dijo con voz seca.

Juliana empezó a toser por culpa del humo, y al final logró decir:

—Le... le he abrazado.

—¿Qué queréis decir? —Kristine la miró ceñuda a través del humo, que cada vez era más denso.

Juliana se acercó a la cama. Algunas de las exhalaciones del niño eran largas y dificultosas, y otras cortas y superficiales. Jamás se había sentido tan impotente. A pesar de lo que había pasado antes, sintió el impulso de apartarle un mechón de pelo que le caía sobre la frente.

—Le he apretado contra mí —se arrodilló junto a la cama, y al mirarlo a los ojos vio un terror profundo y descarnado—. Lo siento, Oliver —susurró, mientras para sus adentros le rogaba que permaneciera con ella, que no se dejara arrastrar por el miedo—. Nunca he conocido a un niño como tú, y no sabía que no te gusta que te toquen. Kristine está aquí, y está preparándote tu medicina. Vuelve con nosotras.

Siguió a su lado hasta que le dolieron las rodillas, hasta que sintió que se entumecía, y fue parloteando sin cesar como si estuviera intentando calmar a un potrillo nervioso. La mirada llena de pánico del niño se aferraba a ella, y no se atrevía ni a parpadear por miedo a perderlo.

Entonces sintió una mano en el hombro.

—Se acabó, mi señora.

Gritó una negación tras otra para sus adentros. Soltó un sollozo, y susurró:

—No puede estar...

—El ataque, mi señora. Ya respira mejor.

Juliana empezó a entender por fin lo que Stephen había soportado cada minuto de cada día... la aprensión insoportable, la incertidumbre... las palabras imprecisas de un criado podían provocar un pánico sobrecogedor.

—¿Oliver? Oliver, ¿te sientes mejor?

—Sí —le contestó él, con un hilo de voz.

Kristine estaba atareada con la bandeja de instrumentos. El rostro del niño reflejaba una expresión de frío desinterés mientras apartaba las sábanas y se tumbaba boca abajo. Las costillas se le marcaban como si estuviera famélico, y su piel estaba casi tan pálida como las sábanas de lino. Tenía la espalda salpicada de siniestras cicatrices. Giró la cara, y preguntó:

—¿Vas a ponerme las sanguijuelas, o los vasos?

—Los vasos. No os mováis...

Kristine se puso manos a la obra con la eficiencia de alguien que ha hecho una misma tarea en incontables ocasiones. Hizo un corte en el hombro izquierdo del niño con un pequeño cuchillo, y colocó un vaso caliente encima de la herida.

Juliana permaneció arrodillada, presa de una mezcla de conmoción y sobrecogimiento, mientras la mujer hacía dos cortes más. El humo de las hierbas quemadas llenaba la habitación como un sudario azul grisáceo. Sintió que un fuerte martilleo empezaba a resonarle en los oídos, y soltó un pequeño gemido.

—¿Nunca habías visto la técnica de la ventosa? —le preguntó el niño, con un tono de voz carente de inflexión.
—No.
—Estás muy pálida, a lo mejor Kristine tiene algo en el armario para ti —le dijo, mientras la miraba con una expresión traviesa.

Al darse cuenta de que estaba intentando bromear, Juliana se obligó a sonreír y le contestó:
—Hoy no, creo que mis humores están equilibrados.

El niño fue quedándose dormido, y el sarpullido empezó a desvanecerse.

Juliana se volvió hacia Kristine, que estaba guardando sus medicamentos, y le preguntó en voz baja:
—¿Se pondrá bien?
—Sí, el ataque ha sido más corto que de costumbre. Me parece que le ha gustado teneros a su lado, hablándole.
—¿Creéis que ha sido culpa mía?, se ha resistido cuando le he tocado —dijo, mientras lo tapaba con el cobertor.
—Es un niño bastante irritable, quién sabe lo que le ha provocado el ataque.

Bajaron a la cocina, y bebieron cerveza sin alcohol mientras Kristine se lo explicaba todo. Oliver había vivido allí durante los últimos siete años. Su padre iba a verlo cada noche, y en ocasiones también recibía la visita de un médico eminente. Le habían sangrado, le habían aplicado sanguijuelas, le habían purgado, le habían dado todos los brebajes habidos y por haber, y le habían untado todos los mejunjes imaginables, pero ningún tratamiento conseguía detener los ataques.

Stephen le regalaba juguetes, libros, y toda clase de cosas para que se entretuviera... soldados mecánicos, un caballo de juguete que relinchaba, la maqueta de un castillo con una catapulta que funcionaba, un teatro de marionetas, y multitud de juegos. El niño vivía en un mundo de cuento de hadas, con todos los regalos mágicos que Stephen podía darle.

Después de que Kristine le contara todo aquello, Juliana

supo con total convicción que Stephen le negaba a su hijo lo que el pequeño necesitaba más: el amor de un padre.

Jillie luchó por conseguir que se mantuviera quieta mientras la ayudaba a vestirse para la cena.
—Éste sí que es un tono único —la doncella le tocó la mejilla, y añadió—: No sabría decir el nombre concreto, pero si tuviera que darle uno, sería «cólera». ¿Qué os pasa, mi señora?
—Debo hablar con mi esposo sobre un asunto. Y es una impertinencia que te entrometas en mis asuntos —al ver que Jillie murmuraba algo, le preguntó—: ¿Qué has dicho?
—Todo el mundo sabe algo que a uno aún le queda por aprender —lo dijo en romaní, y sonrió al añadir en inglés—: Si no me necesitáis más por ahora, mi señora...
Juliana no pudo evitar sonreír. Le apretó la mano con afecto, y le dijo:
—Puedes retirarte, Jillie.
Siguió sonriendo después de que se fuera. Aunque Jillie Egan jamás había ido más allá de Chippenham, Rodion parecía estar mostrándole el mundo. Recordó que Stephen le había advertido que no era prudente dejar que la doncella se encariñara con un hombre que podía romperle el corazón, y soltó un resoplido burlón. Su marido no era ningún experto en cuestiones románticas.
—Eres tú quien tiene mucho que aprender, Stephen —susurró.
Con decisión renovada, fue en su busca.

CAPÍTULO 12

Stephen no había podido concentrarse en todo el día. Durante las reuniones rutinarias con el administrador y el alguacil había estado descentrado y distraído, y apenas había prestado atención a los temas de gestión que solían fascinarle. Ni siquiera había logrado centrarse en su último invento, una polea para abrir el portalón principal cuando éste estuviera desatendido.

Lo atenazaba un temor persistente, y no podía dejar de pensar en la razón que lo provocaba: Juliana había descubierto la verdad sobre Oliver.

No pudo evitar recordar el día en que el rey Enrique le había dicho que estaba al tanto del secreto.

—Ha llegado a mis oídos que habéis estado ocultando algo, Wimberleigh —había dicho el rey con voz atronadora en el salón de audiencias.

Él se había arrodillado ante el trono con baldaquín, y había esperado en silencio a que el monarca continuara. Enrique había hecho un gesto con la mano para indicarles a sus cortesanos que se alejaran un poco del estrado, y había añadido en voz baja:

—¿Por qué no me dijisteis que el hijo de Meg estaba vivo?

Stephen habría querido poder negarlo, decirle que se equivocaba, pero a juzgar por su expresión severa, era obvio que estaba enterado de lo que pasaba y que estaba a punto de entrar en cólera, así que había decidido que había llegado el momento de dejar que la verdad saliera a la luz.

—El niño está enfermo, los médicos no esperan que sobreviva —«Oliver, por favor, perdóname».

Enrique había permanecido en silencio durante un largo momento, y la final sus ojos negros se habían ensombrecido con una expresión cruel.

—El hijo de Meg... decidme, lord Wimberleigh, ¿es también vuestro?

La pregunta le había dolido como un hierro al rojo vivo. Mientras contenía las ganas de darle un puñetazo a su rey, se había limitado a sostenerle la mirada en silencio.

—Sí, Alteza, es mi hijo.

—Y aun así, dejasteis que todo el mundo creyera que había muerto junto con Meg en el parto.

Él había asentido mientras lo invadía un sentimiento de vergüenza que le resultaba muy familiar.

—Me pareció más sencillo así, Majestad. Las esperanzas de que sobreviviera eran escasas, y aunque no falleció, era tan enfermizo que cada día temía que fuera el último para él.

—¿Y cómo está ahora, Wimberleigh?

—Oliver está mortalmente enfermo —había entornado los ojos para intentar disimular la expresión desafiante que relucía en ellos, y había añadido—: Su condición es la misma que... la de Dickon.

—Dickon. Llamado así en honor del usurpador, Ricardo de la casa de York. Supongo que dudaréis de lo que os digo, pero lamento de verdad lo que le sucedió a vuestro hijo mayor.

—Tenéis razón, Majestad, lo dudo.

—Lo suponía. Pero no os he llamado para reabrir esa vieja herida, sino para hablar del otro niño. Habéis mencionado que se llama Oliver, ¿verdad?

Stephen se había limitado a asentir, pero por dentro ardía en deseos de averiguar quién le había revelado la verdad al rey.

—Oliver es el hijo de uno de mis barones más poderosos, así que no debería eximírsele del servicio debido a la Corona. Si otros nobles se enteraran, también pedirían un trato especial.

—Estoy dispuesto a suplicar, Majestad.

—¿Suplicar por qué, Stephen?

La voz femenina lo arrancó de sus oscuros recuerdos, y se levantó de golpe al darse cuenta de que Juliana había entrado en el despacho. Se puso furioso consigo mismo por haber pronunciado en voz alta las palabras de sus recuerdos.

—Hola, mi señora —le dijo con voz gélida.

Cuando ella cerró la puerta tras de sí, no pudo evitar darse cuenta de que estaba especialmente guapa. Llevaba una falda de un intenso color azul y un corpiño a juego, y su melena recogida en una redecilla dejaba al descubierto la longitud y la delicadeza de su cuello.

—Debemos hacer algo en lo que respecta a Oliver —le dijo ella.

—No quiero que hables de él —midió con cuidado sus palabras, porque sabía que si revelaba sus emociones le daría a su esposa más poder del que ya tenía sobre él—. Ni conmigo, ni con tus amigos cíngaros, y en especial con nadie de Lynacre.

Ella se acercó a la mesa con paso firme, y le dijo:

—Es tu hijo, Stephen, además de mi hijastro. Pienso hablar de él cuando me venga en gana.

Se levantó y la agarró de los hombros de forma tan súbita, que ella soltó una exclamación de sorpresa.

—Te lo prohíbo, Juliana.

Esperaba que ella se acobardase, pero lo que hizo fue acercarse aún más a él hasta que sus narices quedaron a escasa distancia.

—¿Por qué?

—Porque el mundo no es seguro para un niño como Oliver —sintió que un torbellino de furia se arremolinaba en su interior, y echó hacia atrás a su esposa con un empujón explosivo.

Ella trastabilló, pero consiguió mantener el equilibrio. Se quedó conmocionado por lo que acababa de hacer, apenas podía creer que la hubiera tratado con tanta brusquedad. Sintió el impulso de disculparse, pero ella parecía inmutable, incluso serena.

—Quiero entenderlo, Stephen. ¿Qué has querido decir con lo de que el mundo no es seguro para él?

—La vida ya es bastante dura para un niño sano y robusto. Si la gente supiera de la existencia de Oliver, habría... expectativas.

—¿Qué clase de expectativas?

—Mi hijo tendría que ir a la corte. Ya es bastante malo que el rey sepa que está vivo, pero si Cromwell se enterara, convencería a Enrique de que le hiciera llamar.

—Eso debe de ser un honor, la corte...

—Es lo que mató a su hermano, arpía entrometida. Ya te lo dije. Dickon era más menudo que los demás muchachos, así que le gastaban bromas crueles y se burlaban de su debilidad. Si Dickon se sintió honrado alguna vez por servir en la corte, ese sentimiento quedó destruido por rivalidades rastreras que habrían puesto a prueba incluso a un niño sano.

Se volvió de repente, dio un puñetazo en el cerco de la ventana, y se quedó mirando ceñudo el paisaje. Kit y una muchacha cíngara que vestía una falda roja cabalgaban sin silla en la distancia. A veces odiaba al hijo de Jonathan Youngblood, odiaba su buena salud y su constitución atlética, pero al mismo tiempo le daba gracias al Señor por tenerlo a su lado, ya que el muchacho era una prueba viviente de las cosas buenas que tenía la vida.

Se sorprendió al oír que Juliana se le acercaba por la espalda, creía que se marcharía llorando después de cómo la había insultado.

Se quedó tan atónito al notar que lo tocaba, que al principio no pudo ni reaccionar. Sus manos cálidas le subieron por la espalda poco a poco, con dulzura, hasta llegar a los nudos de tensión que tenía en el cuello, y empezaron a masajearlo. Era obvio que su esposa era consciente del poder relajante que tenía el contacto humano, del extraño vínculo que se formaba cuando dos seres se unían a través de una necesidad común... el uno dolorido, y el otro curando.

—Detente —le dijo en voz baja.

—No.

—Juliana...

—Vuélvete y mírame, Stephen. Vuélvete y dime que quieres que me vaya.

Él se volvió de golpe, y cuando ella posó las manos sobre sus hombros, sintió un nudo en la garganta y se le olvidó qué era lo que ella acababa de pedirle que dijera.

—Te ordeno que te olvides de Oliver. Déjalo en manos de los que han estado cuidándolo durante todos estos años... ¡por el amor de Dios, Juliana, está muriéndose!

—Todos estamos muriendo, Stephen. Nadie ha escapado de este mundo con su vida mortal.

No supo qué contestarle, y se sintió atrapado en sus ojos verdes. No eran como esmeraldas ni como el jade, tenían el tono suave y luminoso de las hojas iluminadas desde detrás por la luz del sol.

—¿Stephen...?

Parpadeó al oír su voz, y se dio cuenta de que se había quedado mirándola como si dentro de ella hubiera un lugar al que estaba desesperado por llegar. Hizo un esfuerzo supremo para obligarse a decir las palabras que iban a distanciarlo de ella de nuevo.

—El tema de mi hijo está zanjado, Juliana. Va a seguir como hasta ahora, y quiero que te olvides de su existencia.

—¿Pretendes que olvide que tengo un hijastro?

Aquella pregunta tan simple hizo que Stephen se diera cuenta de lo ridículo que era lo que acababa de ordenarle a su esposa. Se pasó la mano por el pelo, y le dijo:

—Quiero que le dejes tranquilo, que le dejes vivir en paz.

—Debo admitir que no soy ninguna experta en niños, pero hasta yo sé que lo que ansían no es paz y tranquilidad.

Sus palabras le hicieron recordar la primera sonrisa de su hijo, sus primeros pasos tambaleantes y sus primeras palabras, pero aquellos momentos inolvidables quedaban empañados por recuerdos terribles como los ataques en los que el niño luchaba por respirar y que lo dejaban exhausto y débil, y las fiebres que ardían durante días y noches. La enfermedad era como un demonio que se agazapaba entre las sombras, y que atacaba de repente.

—Yo sé lo que le conviene a mi hijo, no quiero que interfieras —masculló con voz tensa.

—Vive como un ermitaño, Stephen.

—Tiene todo lo que podría desear un niño, y mucho más. Un jardín, una casa llena de juguetes, y una criada atenta y culta que se preocupa por él.

—¿Y qué me dices de un padre?, ¿tiene uno?

Lo dijo con voz tan queda, que por un momento Stephen creyó que la había oído mal. Cuando consiguió reaccionar, las palabras brotaron de su boca con tanta fuerza, que ella retrocedió de golpe.

—¡Claro que tiene un padre! Voy a hacerle compañía cada noche, y a veces también durante el día. Si fuera como la mayoría de hombres, se lo entregaría a otra familia y sólo iría a verlo una vez al año.

—¡Si fueras como la mayoría de padres, le tocarías y le abrazarías en vez de mantenerlo escondido! —le espetó ella con indignación—. ¿Cuánto hace que no lo tomas en tus brazos?, ¿cuándo fue la última vez que besaste a tu hijo y le dijiste que le querías?

Aquellas palabras lo atravesaron como una lanza, y el hecho de que reflejaran una gran verdad le dolió aún más. Pero sabía que no podía mostrar un afecto efusivo con su hijo, porque el pequeño era demasiado frágil y se alteraba con facilidad. Oliver podría morir en uno de sus ataques.

—No voy a permitir que me juzgues, Juliana —le dijo con furia—. Esta enfermedad podría arrebatármelo en cualquier momento, su muerte podría precipitarse si insistes en inmiscuirte en su vida.

—Ya sé que está enfermo, pero es un niño, y ansía desesperadamente que lo traten como tal. Desea que lo quieran, pero no mediante regalos, sino con el corazón. Si tú no estás dispuesto a hacerlo, déjame a mí.

Su súplica lo desgarró por dentro, y tuvo que luchar por mantener el control.

—Si supieras las ganas que tengo de estrangularte, en este momento estarías huyendo despavorida.

Ella echó los hombros hacia atrás, alzó la barbilla, y le dijo con firmeza:

—¿Cómo puedes ser capaz de mantenerle a distancia? Es sangre de tu sangre, el hijo de la mujer a la que amas más allá de la muerte.

Stephen se quedó boquiabierto, y se preguntó de dónde habría sacado aquella idea. De repente recordó el día en que lo había encontrado en la capilla. Dios del cielo, ¿de verdad creía que iba allí por amor? Lo cierto era que iba a la capilla porque no conocía ninguna forma de remediar un amor fallido.

El dolor de perder a su esposa y a su hijo mayor jamás había desaparecido. A veces lo soportaba, y otras era como una tormenta desatada en su interior. Le habían arrancado una parte de su ser. Oliver era la única porción que quedaba intacta del pasado, y le aterraba pensar en el día en que su hijo acabara falleciendo.

—Trato a mi hijo como si fuera un príncipe.

—¡Le tratas como si estuviera en su lecho de muerte!, ¡se pasa el día esperando morir! Cada día de su vida debería ser un regalo, ¿por qué no lo entiendes? Ahora está vivo. Cada vida es un tesoro... cada hora, cada minuto, cada bocanada de aire que toma. Los días no deberían ser una vigilia, sino una celebración. No deberían ser un sinfín de horas interminables a la espera de que llegue la muerte –su acento se acentuó, y se le aceleró la respiración.

Stephen se preguntó cómo era posible que aquella mujer se preocupara tanto por un niño al que ni siquiera conocía.

–Eres muy convincente, Juliana, pero tus argumentos no me impresionan. Conozco a mi hijo, y sé que es demasiado frágil para disfrutar de la vida sin cortapisas. El desenfreno sólo serviría para acelerar su muerte.

Juliana enrojeció de furia. Se puso de puntillas, y aferró su jubón con los puños antes de decir:

–Teniendo en cuenta cómo has sepultado a tu hijo en ese escondrijo, lo cierto es que ya está muerto.

Juliana Romanov de Lacey vivía una doble vida. Con su marido se mostraba distante pero cortés, tal y como debía ser una dama de buena cuna que tenía un matrimonio carente de amor. Aparentemente, había acatado las órdenes de Stephen y actuaba como si se hubiera olvidado de la existencia de Oliver, pero en realidad cada día desafiaba a su marido y atravesaba el laberinto para ir a visitar al niño.

Al principio se limitaban a hablar, porque el pequeño era tan cauto y asustadizo como un potrillo.

–Tu padre no puede enterarse de que vengo a verte –le había dicho en la primera visita, minutos después de la dolorosa pelea que había tenido con Stephen–. Kristine está de acuerdo conmigo.

No mencionó cuánto le había costado conseguir la aceptación de la mujer. Iba a deberle indulgencias a la Iglesia romana durante el resto de sus días.

–A lo mejor se lo cuento –le había dicho el niño, con expresión recelosa.

–Pues sería una lástima, porque iba a traerte a Pavlo para que le conocieras...

–¿Quién es Pavlo? –le había preguntado, mientras intentaba fingir desinterés.

—El amigo más fuerte, rápido y valiente del mundo. Pero no hace falta que te hable más de él, porque como vas a contarle a tu padre que...
—No he dicho que fuera a hacerlo.
Ella había contenido una sonrisa de satisfacción. La promesa de llevarle a Pavlo le había bastado para granjearse la complicidad del niño.
En su siguiente visita, encontró al niño como siempre, tumbado en su habitación en penumbra y con expresión malhumorada. Junto a la mesa había un cuenco lleno de gachas, y Kristine dormitaba en la habitación de al lado.
—¿Dónde está Pavlo? —le preguntó el niño.
—Vendrá dentro de un momento.
—Me dijiste que vendría contigo.
—Quería asegurarme de que estuvieras... despierto.
—Querrás decir vivo, ¿no? —lo dijo con naturalidad, sin censura.
Ella se alegró de que la habitación estuviera en penumbra, porque sabía que sus ojos la habrían traicionado.
—¿No tienes hambre?
—No me gustan las gachas, ni el manjar blanco, ni la cerveza y el vino aguados, ni el puré de nabos. Eso es lo único que me da Kristine, dice que todo lo demás me hace toser o me provoca urticaria.
Ella sacó una suculenta ciruela de la bolsa de tela, y se la ofreció.
—Ten, prueba esto.
—¿Qué es? —le preguntó, mientras miraba la fruta con suspicacia.
—Una ciruela —contuvo el aliento y se preguntó si estaba cometiendo una equivocación. ¿Qué pasaría si la fruta le provocaba un ataque al niño?
—No la quiero.
—Bueno, si no te la comes, sólo me queda una opción.
—¿Cuál?
—Hacer malabarismos.

Sacó dos ciruelas más de la bolsa, y fue pasándoselas de mano a mano. En cuestión de segundos, las tres estaban girando mientras el niño miraba fascinado.

—¿Dónde has aprendido a hacer eso?

Ella se metió la mano en el bolsillo, y añadió otra ciruela más.

—Me enseñó Rollo, uno de los cíngaros. Se le da mucho mejor que a mí. A lo mejor podrías verle algún día, pero... —dejó la frase inacabada.

—¡Me encantaría!

—Bueno, a lo mejor podemos arreglarlo —agarró una ciruela con los dientes, y sintió que el zumo le bajaba por la barbilla mientras recogía las otras tres.

—No eres una baronesa normal —comentó el niño.

—Me alegro. En Nóvgorod, mi madre tenía una amiga que era baronesa. Olía a alcanfor, y no sonreía nunca; además, tenía un tic en los ojos, siempre estaba haciendo así —parpadeó varias veces para demostrárselo, y el niño soltó una risita. Le dio otro mordisco a la ciruela, y añadió—: ¿Seguro que no quieres probar una?

El niño agarró una ciruela, y la sostuvo entre las manos como si le gustara sentir la textura cálida y suave de la fruta.

—No te la comas aún, huélela primero.

El niño se la acercó a la nariz, cerró los ojos, e inhaló. Esbozó una sonrisa desafiante antes de darle un bocado, y de inmediato abrió los ojos como platos.

—Está dulce y ácida a la vez —empezó a devorar la fruta con entusiasmo, mientras el zumo le corría por el cuello.

Juliana lo observó con atención, pero no daba muestras de que le costara respirar ni soltaba sonidos sibilantes.

—El doctor Strong dice que tengo demasiada sangre en el lado izquierdo del cuerpo, y que la comida roja lo empeora.

—Ya veo. Bueno, a lo mejor tienes los humores más equilibrados últimamente.

Sin dejar de mirarlo a la cara, posó una mano sobre la

suya. El niño se tensó por un instante, pero entonces giró la palma hacia arriba y le dio un apretón.

—Oliver...

—¿Qué?

—¿Te gusta vivir aquí?

—Sí, claro que sí. Es mi propio mundo. Kristine sabe muchas cosas, y nunca se enfada conmigo. Y papá... él viene cada noche, y siempre me trae regalos.

—¿Tu padre se ha enfadado alguna vez contigo? —le preguntó, al recordar el comentario que el niño había escrito en su cuaderno.

—No. Bueno...

—Dime.

—A veces, cuando me cuesta respirar, aprieta mucho el puño, y lo estrella contra la pared.

—Entiendo —intentó aparentar un interés despreocupado, pero sintió que se le rompía el corazón.

—Se enfada por mi culpa, porque estoy enfermo.

—Claro que no. Lo que pasa es que se siente frustrado, porque quiere ayudarte.

—Puede.

—¿Nunca te has planteado ir a la casa principal?, ¿no te gustaría conocer a otros niños y jugar con ellos?

—Me parece que no, no puedo correr ni jugar.

—¿Por qué no?

Él hizo una mueca, como si pensara que era una tonta por no saber algo tan obvio.

—Pues porque estoy enfermo. Podría caer fulminado en cualquier momento, es lo que le pasó a Dickon.

—Tu hermano.

—Sí. Kristine dice que después de su muerte mi padre no habló en semanas.

—Seguro que quería mucho a Dickon —agachó un poco la cabeza para ocultar el dolor que sentía, y añadió—: ¿Quieres ver a Pavlo?

El niño sonrió de oreja a oreja, y exclamó:

—¡Sí! —pareció contener su entusiasmo, y volvió a su actitud insolente—. Bueno, de acuerdo.

—A Pavlo no le gusta la oscuridad —le dijo, mientras se acercaba a una ventana.

—Pero, se supone que no debo...

—No estás solo en esta habitación, no seas egoísta —le dijo por encima del hombro. Se esforzó por aparentar naturalidad, aunque estaba tensa por los nervios.

¿Qué pasaría si estaba equivocada, si lo que estaba haciendo era perjudicial para el niño? Pero había acertado en lo de la ciruela, y estaba convencida de que su sentido común y su instinto eran mucho más acertados que los supuestos conocimientos del doctor Strong. Estaría dispuesta a confrontar los métodos curativos que le habían enseñado los cíngaros contra los de cualquier alquimista.

—Voy a por Pavlo —dijo, después de abrir la ventana.

La luz entraba a raudales, y al mirar a su alrededor se dio cuenta de que había incluso más cosas que antes... marionetas, silbatos, juegos, libros, y toda clase de juguetes; aun así, la habitación parecía muy vacía.

Se obligó a dejar a un lado aquella idea tan deprimente, fue al rellano de la escalera, y soltó un sonoro silbido. Pavlo subió a toda velocidad, y la siguió por el pasillo.

Cuando entraron en la habitación, deseó tener talento para la pintura, porque la expresión del rostro de Oliver no tenía precio. Parecía atónito, fascinado, y anhelante.

—¿Éste es Pavlo? —susurró, mientras lo señalaba con un dedo tembloroso.

—Sí.

—Creía que era una persona.

Juliana se dio una palmadita en el muslo, y dijo en ruso:

—Ven, Pavlo.

El perro adoraba a los niños. Se subió a la cama a toda velocidad, colocó las patas delanteras a ambos lados de Oliver, y empezó a chuparle la cara.

—¡No! ¡Socorro, me quiere comer!

—No seas tonto, está saludándote —los miró sonriente. Era obvio que, al menos para el perro, había sido amor a primera vista.

—No... no puedo respirar, apártalo. ¡Quítame a este bruto de encima, te lo ordeno!

Se sintió horrorizada y dio un paso hacia ellos, pero una mano firme la detuvo. Se volvió para ver de quién se trataba, y vio a Kristine observando la escena con interés.

—Dejadlos, mi señora —le dijo la mujer en voz baja.

—Pero, Oliver dice que...

—Tranquila, miradle bien.

Juliana se volvió de nuevo hacia el niño, que estaba luchando vigorosamente por apartar al perro. Pavlo creyó que se trataba de un juego, y ladró con entusiasmo antes de volver a chuparle la cara.

—No tose ni jadea, y tiene muy buen color de cara —comentó Kristine.

—¡Bájate! ¡Quitádmelo de encima, va a matarme!

Pero sus gritos no tardaron en convertirse en risitas, y en cuestión de segundos estaba abrazando al perro con fuerza y riendo contra su cuello. Parecía un niño que acababa de reencontrarse con su mejor amigo.

Juliana miró a su alrededor, y se dio cuenta de que la habitación ya no le parecía vacía.

—¿Dónde está tu perro, Juliana? Llevo unas dos semanas sin verlo —le preguntó Stephen un día.

El herrero y él habían ideado una bomba de aspecto bastante extraño para sacar agua, y ella había ido a verle trabajar. Al oír su comentario, bajó la mirada y fingió que estaba muy interesada en una rueda dentada que había en la parte superior de la bomba.

—Pavlo nunca se aleja demasiado, a lo mejor está con los cíngaros.

No habían pasado dos semanas, sino tres, desde que había llevado al perro a visitar a Oliver. Cerró los ojos por un instante, y recordó la sorpresa y el entusiasmo del niño. Jugaban durante horas a diario, y estaba cada vez más vigoroso.

—Me resulta sorprendente que ese animal consiga encontrar el camino a casa cada noche para dormir en tu cama.

Juliana le lanzó una mirada tentativa. Su marido le parecía más fascinante que nunca en momentos como aquél, cuando se olvidaba de que era el amo y señor de aquellas tierras y estaba centrado en algún invento. Parecía ajeno al aire que generaba la bomba, a pesar de que le apartaba el pelo de la cara y del cuello.

—¿Desde cuándo te preocupa quién duerme en mi cama, Stephen?

Él ni siquiera se volvió a mirarla, pero se tensó de forma visible y le espetó:

—Nos guste o no, eres mi baronesa, y no pienso tolerar que mancilles mi nombre.

—El hecho de que duermo con un borzoi daría pie a un sinfín de habladurías.

Él tomó un poco de agua entre las manos, se la bebió, y la miró por un instante con una expresión impávida. Ella pensó que estaba inhumanamente guapo, pero antes de que pudiera reaccionar, él se centró de nuevo en la bomba mientras murmuraba algo sobre un griego llamado Arquímedes.

Ella lo miró en silencio, y se dijo que aquel hombre podía ser a veces tan exasperante como su hijo. Deseó poder hablar con él sobre el progreso que había conseguido con el niño. Había ido eliminando todos los elementos de la insulsa dieta a la que estaba sometido, desde las gachas a la cerveza aguada. Desde que comía naranjas, ensaladas, carne fresca y leche de burra, el pequeño había ganado peso. Conseguía convencerlo de que saliera con ella al jardín una vez al día por lo menos, y el sol había puesto algo de color en sus mejillas. Un té elaborado a partir de una hierba llamada efedra, que cíngaros dedicados al comercio marítimo transportaban desde la remota Asia, le ayudaba a respirar mejor.

Kristine y ella apenas se atrevían a hablar del tema, pero lo cierto era que Oliver había tenido muy pocos ataques últimamente, y casi todos habían pasado con rapidez.

Se preguntó si Stephen había notado la mejoría de su hijo... seguramente no. Aunque él visitaba al niño con frecuencia, se esforzaba por no mencionar el tema de su salud; según Kristine, todos los médicos y los herboristas a los que Stephen había consultado a lo largo de los años se habían mostrado pesimistas.

Aquello la enfurecía, y todo aquel engaño la incomodaba. Quizás había llegado el momento de admitir que había estado interfiriendo en el tratamiento del niño.

—Stephen, me gustaría hablar contigo de tu hijo...

Él no alzó la mirada, pero sus hombros se tensaron.

—Acordamos no volver a mencionar siquiera al muchacho.

—El muchacho tiene nombre. Se llama Oliver, ¿acaso se te ha olvidado?

Él alzó la mirada por fin. Sus ojos estaban carentes de vida.

—No, no se me ha olvidado. Condenada mujer...

Ella lo miró de frente, y rezó para parecer más valiente de lo que se sentía.

—Me parece que estás condenándote a ti mismo. Por el amor de Dios, Stephen, deja de reprimir el amor que sientes por él.

—¿Por qué?

En ese momento, lo entendió con claridad. Su marido tenía miedo, le aterraba perder a Oliver. Debía de haber sufrido mucho cuando habían muerto su esposa y su primer hijo, y estaba intentando protegerse por si le pasaba algo al niño.

Ella estaba decidida a no sentir lástima por Oliver, no podía empezar a pensar como Stephen. El niño estaba vivo en ese preciso momento, y no debería sufrir por el mero hecho de que su padre tuviera miedo a perderlo.

—Stephen, ¿te acuerdas de la feria de caballos que se celebró en Chippenham el martes pasado?

—Sí, por supuesto —era obvio que el súbito cambio de tema lo había desconcertado.

—¿Y de la yegua ruana que compró Laszlo?

—Sí, ese animal estaba en las últimas.

—Eso fue lo que te pareció a ti. Ven, acompáñame.

Lo tomó de la mano, y lo condujo por el pueblo mientras se detenían de vez en cuando a saludar a alguien. Reinaba un ambiente alegre, porque el taller había recibido un encargo muy grande desde Nápoles y los telares trabajaban sin descanso.

Bajaron hacia el claro junto al río donde estaba el campamento de los cíngaros. El día era claro y despejado, la hierba crujía bajo sus pies, y las hojas de los árboles creaban un mosaico de colores vivos contra el azul del cielo.

Juliana se dijo que era un día glorioso, un buen día para estar enamorada.

Cuando llegaron al campamento, lo condujo hacia el lugar donde los caballos pastaban sujetos con largas cuerdas.

—Aquí está el animal que según tú estaba en las últimas, Stephen.

Él se quedó mirando la yegua, y Juliana saboreó la progresión de expresiones que se sucedieron en su rostro: sorpresa, incredulidad, y admiración.

—Laszlo ha conseguido que parezca otra, ¿cómo demonios lo ha hecho?

—Los romaníes tienen un talento especial para curar las enfermedades de caballos que otros descartan. El granjero que vendió esta yegua creía que estaba lista para ir al matadero.

—Pero Laszlo la ha curado.

—Sí. Puede que jamás llegue a ser perfecta, que nunca corra tan veloz como tu Capria, pero será útil y vivirá feliz

—le dio un apretón en la mano, y añadió—: ¿No lo ves, Stephen? Lo que un hombre descartó creyendo que no había ni esperanzas ni curación posible, otro ha conseguido devolverlo a la vida.

Él apartó la mano de un tirón, y le espetó:

—No es lo mismo, mi hijo no es un caballo.

—Exacto, es un niño. Le has dado todo lo que necesita, menos lo que realmente quiere: tu amor.

—¿Supondría alguna diferencia?

Juliana sabía por experiencia propia la respuesta a esa pregunta. Primero se había limitado a rozar la mano de Oliver con la suya, y en una ocasión, mientras el niño estaba riendo al ver a Pavlo haciendo equilibrios con un trozo de pan que ella le había puesto sobre el hocico, había posado la mano sobre su hombro. Había ido acercándose a él día a día, hora a hora, hasta que al fin había llegado el día en que se habían abrazado cuando él había apoyado la mejilla contra su pecho y se había aferrado a su cintura con fuerza.

—Creo que supondría una gran diferencia, tanto para tu hijo como para ti.

Acarició el cuello de la yegua, y al verla echar las orejas hacia atrás, la tranquilizó hablándole en romaní, la lengua que se había usado para adiestrar a los caballos de los cíngaros desde tiempos inmemoriales. Cuando el animal agachó la cabeza y le olisqueó el hombro, se volvió sonriente hacia su marido y le dijo:

—Sí, estoy segura de que supondría una gran diferencia.

—Maldita seas... lo único que quiere mi hijo es respirar, y en eso no puedo ayudarlo. Daría todo lo que tengo, hasta mi vida y mi alma, por poder curarlo. Si creyera que haciéndome con la luna lograría curarlo, diseñaría la forma de atraparla. ¿Cómo te atreves a insinuar siquiera que estoy negándole algo?

—Porque es verdad.

Su marido estaba mirándola con ojos gélidos, tenía el

rostro ruborizado por la furia y los puños apretados, pero a pesar de todo ella no le tenía miedo. Sabía que él podía herirla, y de hecho estaba convencida de que lo haría, pero no con los puños.

—Hay algo que no le has dado, Stephen: tu amor incondicional, y la oportunidad de tener una vida normal.

Él se inclinó hasta que sus rostros quedaron a escasa distancia, y le dijo:

—¿Desde cuándo tiene poderes curativos el amor?

Su furia era tan feroz, tan tangible, que la yegua resopló y se alejó un poco.

Juliana se cruzó de brazos, y lo fulminó con la mirada antes de decir:

—Puede que tu amor no lo cure, pero dará esperanza y sentido a su vida.

Como él le había prohibido que viera a su hijo, tuvo que contener las ganas de decirle que el niño parecía respirar mejor cuando ella lo abrazaba, que le costaba menos exhalar y parecía tener más controlada la situación.

—Así que esperanza y sentido, ¿no? —le dijo él, con tono burlón—. Los crearía yo mismo si tuviera ese poder. Crees que soy un hombre duro y despiadado, pero por suerte para ti, no tendrás que seguir soportándome durante mucho más tiempo.

—¿Qué quieres decir? —le preguntó, desconcertada.

—El obispo de Bath ha recibido mi petición de nulidad. El rey ha mandado un emisario que va a encontrarse con la hermana del duque de Cleves, puede que esté gestándose un matrimonio. Sin duda ha perdido ya su interés en atormentarme.

—¿Qué es lo que estás diciendo, Stephen? —sintió ganas de llorar, aunque ni ella misma habría sabido decir por qué.

Él esbozó una sonrisa carente de humor, y le dijo:

—Nunca has tenido problemas para entenderme cuando te hablo, Juliana. Estoy diciéndote que pronto serás libre y podrás marcharte.

La noticia la dejó enmudecida. Al principio estaba ansiosa por alejarse de aquellas tierras y de aquel noble taciturno, pero últimamente apenas había pensado en marcharse de allí. Sintió una frustración profunda que rayaba en la desesperación. Había empezado a entender a Oliver, y necesitaba... tragó con fuerza, y no tuvo más remedio que aceptar la realidad: necesitaba a su marido.

–No puedo marcharme, Stephen –le dijo con voz queda.

Por un instante, en los ojos de su marido relampagueó algo... quizá fue esperanza, sorpresa, o triunfo... pero él se apresuró a ocultar sus sentimientos tras la habitual máscara de indiferencia.

–¿Por qué no? Creía que eras una princesa rusa con sed de venganza.

–¡Lo soy! –su tono burlón la había enfurecido, pero se obligó a controlarse y le dijo con calma–: Aún me quedan algunas cosas por hacer aquí, el taller...

–William Stumpe lo gestiona sin problemas.

–Entonces, me...

Él alzó una mano para indicarle que se callara, y le dijo:

–Ya basta, Juliana. Los dos acordamos que este matrimonio sería puramente nominal, que sería algo temporal –posó la mano bajo su barbilla, le acarició el labio inferior con el pulgar, y la miró con cierto pesar al añadir–: La farsa llega a su fin, Juliana. Este matrimonio no tardará en quedar anulado.

CAPÍTULO 13

Ya habían pasado tres semanas desde que Stephen le había dicho a su mujer que la anulación era inminente; últimamente, el tiempo parecía pasar volando. Con Juliana cerca, uno nunca sabía con certeza lo que podía depararle el día. Podía encontrarla enseñando mímica a los aldeanos en la plaza del pueblo, o haciendo trucos con ponis para los niños en el patio de los establos, o intentando que algún animal saliera del bosque de la Corona para poder llevar comida a la mesa de algún pobre. En vez de enfadarse con ella, se quedaba mirándola encandilado mientras se preguntaba qué nuevas ocurrencias tendría.

En ese momento estaba en el laberinto, pero a pesar de que hacía una hermosa tarde otoñal y sentía la calidez del sol en el cuello, se sentía taciturno y desesperanzado.

Casi nunca iba a ver a Oliver durante el día, porque sus encuentros eran demasiado tensos y formales. Ni el uno ni el otro se atrevía a salvar la distancia invisible que los separaba.

Se había dado cuenta de que tenía un poco descuidado el mantenimiento del laberinto. El camino correcto estaba muy pisoteado, mientras que los vericuetos que llevaban a callejones sin salida estaban cubiertos de maleza por la falta de uso. De modo que se había puesto unas pesadas botas, y en ese momento estaba recorriendo los caminos pisando con fuerza mientras podaba los setos espinosos con unas tijeras que había diseñado él mismo. Tenían el mango largo para llegar a las zonas más altas, y funcionaban mediante un sistema de cuerda y polea.

Mientras podaba con un ritmo constante, no pudo evitar sumirse en sus pensamientos.

Tres semanas. Sobre su mesa tenía una carta procedente de Bath, sólo tenía que firmar los documentos. Entonces quedaría libre, se habría liberado de Juliana. No volvería a verla, ni volvería a ver cómo se le iluminaban los ojos al ver alguno de sus inventos, ni volvería a oír el sonido de su risa, ni volvería a ser el blanco de una de sus miradas desafiantes durante la cena, ni volvería a consolarla por la noche cuando gritara aterrada por culpa de las pesadillas... ni volvería a tocarla.

Sólo con pensarlo, sintió que el alma se le caía a los pies. Dios, si ella supiera.

«Si lo supiera, te comería vivo», se dijo para sus adentros. La última vez que habían hablado a solas, cuando habían ido a ver los caballos de los cíngaros, había necesitado toda su fuerza de voluntad para contener las ganas de tomarla en sus brazos, hundir el rostro en su pelo, y ofrecerle su corazón con ambas manos.

Siguió recorriendo el laberinto con paso airado, cortando ramas a diestro y siniestro con movimientos bruscos. Aquella mujer era una bruja, una hechicera malvada. A saber qué clase de polvos mágicos estaba metiéndole en la comida, qué conjuros murmuraba cuando él dormía. Pero fuera lo que fuese, estaba funcionando a la perfección, porque la deseaba con toda su alma. La deseaba hasta tal punto, que estaba dispuesto a... se detuvo en seco al darse cuenta de que estaba justo a la entrada del jardín de Oliver.

«¿Cuándo fue la última vez que besaste a tu hijo y le dijiste que le querías?»

Las palabras de Juliana seguían atormentándolo, aunque se

decía una y otra vez que era una ridiculez; al fin y al cabo, Dickon había acabado muriendo a pesar de lo mucho que le había querido. Su hijo mayor se había llevado su corazón, y Meg le había dejado sin alma debido al peso de la culpa. No había quedado nada para Oliver.

Sintió una punzada de dolor al pensar que su hijo pequeño vivía en un mundo propio extraño y silencioso, y que no parecía necesitarle en nada. Cuando se veían, los dos se comportaban con una cortesía rígida. Oliver recitaba sus lecciones de latín o demostraba su agilidad mental a la hora de hacer sumas, y él se limitaba a dar su aprobación con cierta torpeza.

Oliver era un niño formal y serio que se sentía a gusto en aquel lugar hermético que había creado para él... ¿o no?

De vez en cuando había alguna rebelión, y era como si una pequeña tempestad pasara por la casa. Oliver tiraba algo, gritaba enfurecido, o rompía alguno de sus juguetes. Pero las tormentas eran poco frecuentes y efímeras, y no tardaban en quedar olvidadas.

Fue al pozo del jardín para refrescarse y lavarse el sudor y los restos de plantas. Después de sacudirse el agua como un perro, entró en la casa sin hacer ruido y se detuvo en la cocina. Mientras se secaba con una toalla de lino, se sorprendió al ver zanahorias y chirivías, hinojos y lechugas, un cesto lleno de manzanas, y un capón rustido.

Se dijo que Kristine debía de tener bastante apetito, y decidió probar el capón. Estaba delicioso, era una pena que Oliver no pudiera...

Se negó a pensar en ello. La dieta de su hijo tenía que ser severamente restringida, la gachas y las horribles medicinas por fin parecían estar dando resultado. El niño había ganado algo de peso en las últimas semanas, y tenía mejor color de cara.

Dio media vuelta para ir hacia la escalera, pero se detuvo cuando su pie golpeó un hueso bastante masticado. Se sorprendió bastante, porque Kristine jamás había sido negligente con las labores domésticas, y decidió hablar con ella del tema de inmediato.

Subió la escalera poco a poco. Tenía que hacer acopio de valor antes de cada visita como un guerrero a punto de entrar en batalla, pero por mucho que se esforzara en cubrirse bien con una coraza, su corazón siempre quedaba expuesto.

Visitar a su hijo de día era incluso más arriesgado que hacerlo de noche. A esas horas, el niño debía de estar más despejado, y sin duda resultaría más difícil resistirse a él; además, durante las últimas semanas había visto en sus ojos un extraño anhelo, como si se hubiera dado cuenta de que su vida tenía un gran vacío en aquel lugar aislado.

De noche, en el momento mágico entre los sueños y el despertar, podía abrazarlo y fingir que era un niño fuerte y sano, que por la mañana se levantaría de la cama lleno de energía y saldría a montar a caballo con Kit, o a jugar al escondite con los niños del pueblo.

Al llegar a la puerta de la habitación, se detuvo para templar los nervios. Se dio cuenta de que todo estaba muy silencioso, y supuso que el niño estaría durmiendo una siesta; últimamente, se dormía con mayor facilidad, como si estuviera exhausto después de un largo día.

La idea hizo que se le helara la sangre. Se preguntó si aquella fatiga presagiaba un final inminente, si su hijo estaba consumiéndose a pesar de haber ganado peso.

Apoyó la frente contra el marco de la puerta, y cerró los ojos con fuerza. El invierno pasado, mientras sufría una fiebre muy alta, Oliver le había mirado a los ojos y le había dicho: «Quiero ser un ángel. ¿Verdad que sería un buen ángel, papá?»

Lo peor de todo era que el niño había dicho una gran verdad, así que él había sido incapaz de contestar y había girado la cara para ocultar la agonía que se reflejaba en su rostro. Entonces había salido a cazar, y había matado a un desafortunado jabalí como un salvaje, como un pagano ofreciendo un sacrificio para rogarles clemencia a los dioses.

Abrió la puerta, y la luz que entraba a raudales en la habitación lo golpeó de lleno. El doctor Strong había prohibido que a Oliver le diera la luz del sol directamente; al parecer, desequilibraba los humores.

Sintió que se le paraba el corazón cuando miró hacia la cama y vio que estaba vacía. Atravesó la habitación a toda velocidad, sin apenas darse cuenta de los juguetes que fue pisando a su paso. Las mantas estaban muy revueltas... como si alguien hubiera sacado al niño de la cama a toda prisa.

«No... por favor, Dios, no...».

—¡Kristine!

Al ver que la mujer no respondía a su grito desesperado, se dijo que sin duda había ido a buscarlo para darle la noticia que había estado temiendo durante años.

La casa, el jardín y el laberinto pasaron como un borrón difuso mientras corría de vuelta a Lynacre Hall. Luchó contra la angustia desgarradora que le nublaba la mente, intentó mantenerse racional, mantener la calma.

Desde el momento en que Oliver había nacido, había sabido que aquel día llegaría tarde o temprano, había tenido años para prepararse. No podía permitir que la muerte de su hijo lo destruyera.

Pero a pesar de todo, mientras corría como un loco, fue incapaz de mantener a raya los recuerdos. Con cada respiración, con cada martillazo de su corazón, recordó cómo había sujetado el cuerpecito cálido de su hijo recién nacido mientras sujetaba la mano sin vida de Meg, la felicidad que había sentido al verlo sonreír por primera vez, la desesperación que lo había atenazado al verlo con los labios azulados y luchando por respirar, cómo había mentido para protegerlo del mundo, sus primeros pasos, sus primeras palabras, la felicidad al verlo alargando sus bracitos hacia él.

Mientras corría hacia el portón principal, se dijo que había sido un necio. Apoyó la espalda contra el muro mientras respiraba jadeante, y alzó la mirada hacia el cielo otoñal.

«Le he amado durante todos estos años, su muerte va a acabar conmigo».

Mientras corría hacia la casa sintió una furia explosiva y destructiva. Luchó por contenerla, porque sabía que si le daba rienda suelta acabaría devorando su cordura. En medio de aquella vorágine de sentimientos, deseó con todas sus fuerzas que Juliana estuviera a su lado, poder hundirse en su calidez. Con la ingenuidad de un muchacho inexperto, deseó que ella le reconfortara.

Recorrió las habitaciones y el despacho, pero no encontró a Kristine por ninguna parte. Fue a la cocina en busca de Nance Harbutt, y un criado le explicó tembloroso que había ido al campamento cíngaro para que le repararan una cazuela; al parecer, aquella mujer había cambiado de forma radical, porque meses antes estaba convencida de que los cíngaros eran los culpables de todas las desgracias habidas y por haber en los últimos cien años.

Fue a los establos hecho una furia mientras los criados se apartaban temerosos de su camino, y después de montar a lomos de Capria sin perder tiempo en ensillarla, hincó los talones en sus flancos. Cabalgar a tanta velocidad podía ser peligroso, pero en ese momento le daba igual su propia seguridad.

Galopó hacia los prados que bordeaban el río, y deseó poder volverse insensible. No quería ver y oír con tanta claridad, pero no pudo escapar de las imágenes que se arremolinaron ante sus ojos cuando entró en el campamento cíngaro. Oyó el sonido de las gaitas y los cascabeles, y la risa del viento otoñal; vio a Juliana aplaudiendo y riendo mientras un grupo de niños corría detrás de una pelota; oyó los ladridos llenos de júbilo de Pavlo y varios perros más que corrían entre los pequeños.

Al ver aquel ambiente festivo, los rostros sonrientes y a los niños cíngaros fuertes y sanos, al oír la música alegre, tuvo ganas de abalanzarse hacia Juliana, de zarandearla y decirle a gritos que su hijo había muerto. Logró controlarse con un esfuerzo titánico, y desmontó con rigidez y dignidad antes de echar a andar con paso firme por el camino enlodado que atravesaba el campamento.

Cuando llegó junto a Juliana, se colocó delante de ella y le dijo:

—Estoy buscando a Nance Harbutt.

Ella se sobresaltó al verlo, y su mirada se desvió por un momento hacia el grupo de niños. Se volvió de nuevo hacia él, y esbozó una sonrisa forzada.

—Está por aquí... —lo agarró de la camisa, y tiró como si estuviera deseando alejarlo de aquella zona—. Ven, creo que está con el hojalatero...

En aquel momento, una pelota enlodada hecha a partir de una vejiga inflada lo golpeó de lleno en la cabeza.

El campamento entero pareció enmudecer. Juliana, que también tenía la cara salpicada de barro, lo miró boquiabierta, y sus ojos brillaron con risa contenida mientras le decía en voz baja:

—Stephen, ha sido un ac... —se interrumpió al oír el grito severo de Laszlo.

—¿Quién ha lanzado esa pelota? ¡Por Dios, voy a molerlo a palos!

Juliana apretó los labios con fuerza. Era obvio que estaba conteniendo una carcajada.

Stephen se quitó el lodo de la cara con una mano temblorosa, y se limpió los dedos en el abrigo. En ese momento, volvió a sentir la misma rabia asesina que lo había atenazado la noche que Juliana había descubierto a Oliver. Vagamente, como desde una gran distancia, oyó que Laszlo repetía la pregunta.

—He sido yo —dijo una voz firme y clara.

—Oh, no... —Juliana agachó la cabeza, y masculló en voz baja algo en un idioma extranjero.

Stephen se volvió como en un sueño hacia aquella voz tan familiar. Esperaba encontrarse a un fantasma, pero lo que vio fue un grupo variopinto de niños con las caras enlodadas. Vio piernecillas desnudas y pies descalzos, sonrisas traviesas y risueñas, y cuando uno de los granujillas se adelantó como si fuera el líder del grupo, pensó que había enloquecido. Parpadeó varias veces, porque creyó que estaba viendo visiones.

—¡Oliver!

—Sí, he sido yo quien ha lanzado la pelota —no estaba avergonzado, sino muy orgulloso de sí mismo.

Stephen cayó de rodillas. Su hijo sólo vestía una sonrisa enorme y una sencilla túnica marrón. Antes de darse cuenta de lo que estaba haciendo, lo agarró de los hombros y lo apretó contra su pecho sin prestar la menor atención al barro y a la hierba que tenía bajo las rodillas. Entonces lo tomó en brazos, y echó a andar hacia Capria.

Su hijo empezó a retorcerse, y le dijo:

—Papá, puedo caminar...

—Tranquilo. Voy a llevarte a casa, allí estarás a salvo.

—¡No quiero ir a casa! —le dio un codazo con una fuerza sorprendente, y añadió—: ¡Quiero quedarme a jugar!

—No digas tonterías, tienes que acostarte cuanto antes. No puedes jugar... —mientras pronunciaba las palabras, se dio cuenta de lo que estaba diciendo—. Oliver...

El cuerpecito delgado de su hijo se arqueó de golpe, y el familiar sonido sibilante empezó a surgir de su garganta. Tenía los ojos muy brillantes, y sus manos se convulsionaron mientras sus mejillas empalidecían de golpe.

Stephen había presenciado los ataques de su hijo incontables veces, pero jamás a plena luz del día, ni delante de un montón de cíngaros.

Juliana se apresuró a acercarse mientras rebuscaba algo entre los pliegues de la falda. Sacó un paño blanco humedecido, y le dijo:

—Prueba con esto, Stephen. Es efedra, a veces le ayuda.

Él le apartó la mano de golpe, ya que estaba convencido de que se trataba de algún mejunje pagano. La miró ceñudo, y le dijo:

—La culpa es tuya. ¿Qué esperabas demostrar exponiéndole a semejante peligro?

Ella hizo ademán de contestar, pero el niño empezó a

abrir la boca de forma espasmódica mientras luchaba por respirar. El doctor Strong había dicho que, en cuanto empezara a tener un ataque, había que encerrarlo en su cuarto con los braseros llenos de hierbas y las contraventanas bien cerradas para que no entraran ni la luz del sol ni el aire del jardín, que al parecer eran muy nocivos para él.

Pero en ese momento estaban bajo la luz del sol, en medio de un prado, y Stephen no sabía qué hacer.

—Echa tu abrigo sobre la hierba, Stephen —le dijo Juliana.

—Ju... Ju... Juli...

Al ver que su hijo alargaba los brazos hacia ella, Stephen sintió que el corazón le daba un vuelco. El niño estaba usando las pocas fuerzas que le quedaban para llamar a la mujer que le había sacado de su pequeño mundo seguro y lo había rodeado de desconocidos mugrientos.

A falta de un plan mejor, hizo lo que Juliana le había dicho. Después de extender el abrigo sobre la hierba, tumbó al niño encima y retrocedió para observar... y para rezar por la vida de su hijo.

Juliana le lanzó una mirada extraña, y entonces se arrodilló junto al niño. Lo tomó entre sus brazos, y sujetó el paño humedecido bajo su nariz mientras le acariciaba la mejilla y le besaba el pelo.

Stephen se quedó tan atónito, que al principio fue incapaz de moverse y hasta de respirar. La imagen de su esposa con su hijo puso su mundo patas arriba. Juliana era como una madonna, su rostro reflejaba terror y un amor profundo. Oliver se aferraba a ella con desesperación, su pecho se convulsionaba a un ritmo irregular mientras permanecía con la mirada fija en ella.

Juliana empezó a canturrearle con suavidad una canción extranjera, una balada que contenía los ecos de una antigua melodía, mientras le acariciaba sin parar la espalda, los brazos, y el pecho.

—Por el amor de Dios, ¿qué estás haciendo? —le preguntó,

cuando consiguió recuperar la voz–. Vas a sofocarlo –se arrodilló junto a ella, y susurró–: Maldita sea, deja en paz a mi hijo. Los médicos me dijeron que necesita espacio. Apártate, y deja que expela los malos humores.

Ella hizo caso omiso de sus palabras, y siguió mirando con ternura el rostro enrojecido del niño mientras le acariciaba sin parar, siguiendo el ritmo lento de la canción cíngara.

Stephen se sentía impotente. No podía arrancarle el niño de los brazos, pero tampoco podía permanecer de brazos cruzados mientras su esposa sofocaba a su hijo.

–Por favor, Juliana...

Se detuvo de golpe al notar que el sonido sibilante había disminuido un poco, que los ojos de su hijo estaban más calmados, y que su pecho no se movía de forma tan espasmódica. El ataque había durado muy poco, el niño ya estaba respirando mejor; por regla general, tardaba horas en recuperarse. Era un milagro, un verdadero milagro.

–¿Hijo? –alcanzó a decir, con voz queda. Empezó a alargar una mano hacia él, pero volvió a bajarla de inmediato–. ¿Estás mejor, Oliver?

El niño exhaló con alivio, y le dijo:

–Sí, papá –parecía relajado, con una madurez impropia de su edad.

–Juliana... el ataque ha terminado muy pronto –las emociones se arremolinaban en su interior. En una hora había pasado de una angustia desgarradora a una alegría cauta y abrumadora.

–Parece calmarle que le abracen, y la hierba que usan los cíngaros funciona mucho mejor que las sanguijuelas y las ventosas. Ya sé que todo esto contradice las órdenes del médico, pero Kristine también ha notado la mejoría.

Cuando Oliver se puso de pie y se tambaleó un poco, Stephen hizo ademán de sujetarlo, pero Juliana lo detuvo.

–¡Mira lo que hago, papá!

Se sintió horrorizado al verle ir hacia los otros niños,

que estaban jugando de nuevo con la pelota. Empezó a ir tras él, pero Juliana le dijo:

—No, espera. Sabe que no debe cansarse demasiado después de un ataque. Confía en él, Stephen.

—No es la primera vez que haces algo así, ¿verdad? —la miró con furia, y añadió—: ¿Cuánto tiempo llevas tomándome el pelo, Juliana?

—Dirás que cuánto tiempo llevo cuidando de mi hijastro —le espetó ella con indignación—. Me ocupo de él desde el primer día, desde que descubrí que le tenías encerrado como si fuera un secreto bochornoso. Ordené que no se le volvieran a aplicar aquellos remedios inhumanos, y me aseguré de que empezara a comer bien. He abrazado a tu hijo, he reído con él, y he llorado a su lado.

—Sí, y has estado a punto de matarlo.

—¿Ah, sí? Míralo, Stephen. Míralo bien, y dime que está a las puertas de la muerte.

Oliver se había unido al grupo de niños, y estaba jugando con un método diferente. En vez de correr detrás de la pelota, alzó un brazo y gritó algo, y Pavlo corrió como un rayo entre los otros niños.

—¿Qué le ha dicho al perro?

—Que le traiga la pelota. Estoy enseñándole a hablar ruso.

Por Dios, aquella mujer estaba enseñándole a su hijo a hablar una condenada lengua extranjera.

Pavlo se internó en el grupo de niños a la carrera, y después de una cacofonía de ladridos y de risas infantiles, emergió con la pelota en la boca y fue hacia Oliver.

El niño se echó a reír encantado. Parecía feliz, lleno de vida. Nadie diría que acababa de vivir un peligroso ataque.

Stephen lo miró maravillado, y se dio cuenta de que Juliana lo había conseguido. Ni doctores ni alquimistas habían podido ayudar a Oliver, pero ella había encontrado la forma de acortar el ataque. No era un necio, sabía que su hijo no estaba curado, pero su esposa le había demostrado que la ternura y el afecto podían ser más beneficiosos que cualquier medicina.

Cuando se volvió a mirarla, sabía que su rostro estaba desnudo, que el corazón se le reflejaba en los ojos, que su sonrisa irradiaba gratitud y asombro. Fue incapaz de contenerse, las palabras surgieron de lo más profundo de su alma.

—Te amo, Juliana.

—¡Te odio, papá! —dijo Oliver, en su tono de voz más grosero—. Eres un marimandón. Quiero que pongas mi cama aquí —plantó el pie en un punto bañado por la luz del sol, junto a la ventana de su nuevo dormitorio.

Stephen hizo acopio de paciencia. Jamás se había atrevido a plantearse siquiera la posibilidad de que Oliver viviera en Lynacre Hall, y sin embargo allí estaba, en la habitación que Juliana había elegido para el niño. Era una estancia espaciosa y aireada situada en el nivel superior del salón, a un lado del pasillo abierto.

Pavlo estaba tumbado en el suelo, con el morro entre las patas.

Juliana le había convencido de que a Oliver le convenía mudarse a Lynacre Hall, ya que así dejaría de sentirse como un inválido, y de momento, el niño parecía estar esforzándose al máximo por comportarse como un crío exasperante e ingobernable.

—Estarías demasiado cerca de la ventana, hijo. Podrías resfriarte.

El niño lo miró enfurruñado, y le contestó:

—Me gusta estar cerca de la ventana, quiero estar cerca de la ventana, te odi...

—Estás comportándote como un mocoso insoportable, Oliver —dijo Juliana, al entrar en la habitación como un soplo de primavera tras un largo y oscuro invierno.

Aquella mañana estaba especialmente encantadora. Llevaba un vestido floreado de damasco en tonos azules, y un tocado precioso. En momentos como aquél, Stephen creía que podía ser cierto que era una princesa, pero se dio cuenta de que le daba igual que lo fuera o no.

Al recordar que el día anterior le había dicho que la amaba, sintió una felicidad inmensa y tuvo ganas de decírselo de nuevo; de hecho, si Oliver no hubiera estado presente, la habría tomado en sus brazos y habría empezado a dar vueltas y más vueltas sin parar de gritar cuánto la amaba.

Ella le dio un beso al niño en la cabeza, y le dijo con voz firme:

—Claro que no puedes tener la cama junto a la ventana, granujilla.

—¿Por qué no? —Oliver se chupó la palma de la mano, y se alisó el remolino que se le formaba en el pelo.

Juliana bajó la voz y susurró con tono ominoso algo en una lengua extranjera, que Stephen supuso que debía de ser ruso o romaní.

—¿En serio? —el niño la miró boquiabierto.

—Sí, en serio. Y ahora, vete con Pavlo a ayudar a Kristine. Está en el jardín, acabo de verla llegar con un montón de juguetes tuyos.

—De acuerdo —se dio una palmada en el muslo, y dijo algo en ruso.

El perro se puso de pie de inmediato, y los dos salieron corriendo de la habitación.

—¿Qué le has dicho, Juliana?

Ella se echó a reír.

—Algo que me contó mi abuela Luba cuando era muy pequeña: si un niño duerme demasiado cerca de la ventana, un demonio vendrá y le arrebatará el alma por la nariz.

—Vaya, qué historia tan agradable.

—Está claro que es una mentira. Yo no me la creí de pequeña, y Oliver también sabe que no es cierta.

—En ese caso, ¿por qué ha cedido?

—Porque no le he dicho lo que tiene que hacer, ni he

intentado imponer mi criterio. Le he dado la oportunidad de acceder sin perder el orgullo.

Stephen abrió la ventana, y vio a su hijo jugando con Pavlo cerca del muro del jardín mientras Kristine daba instrucciones a unos lacayos.

—Tengo mucho que aprender sobre mi hijo.

—Yo tampoco tengo todas las respuestas, Stephen.

—Dice que me odia.

—Créeme, te adora.

—Tanto él como yo nos ponemos un poco tensos cuando estamos juntos —se volvió hacia ella, y añadió—: No... encajamos.

—Estas cosas requieren su tiempo, además de paciencia y comprensión —apoyó la mejilla en el poste labrado de la cama, y lo miró con el mundo en los ojos.

«Te amo». Stephen tuvo la impresión de que aquellas palabras salían de su corazón y quedaban suspendidas entre los dos, aunque no las hubiera pronunciado. Era como si pudieran verlas escritas en el aire.

—Juliana, en cuanto a lo que te dije ayer...

—¿Sí?

—No era el momento apropiado. No tenía derecho a... no tendría que haberlo dicho.

—¿Por qué no? —lo miró con expresión serena, como si le diera igual su respuesta.

Él flexionó las manos con nerviosismo. Se sentía torpe, incapaz de lidiar con sus emociones desbocadas.

—Te prometí la nulidad... ¿aún deseas que nuestro matrimonio termine?

—¿Y tú?

—No lo sé. Con todo el barullo de la mudanza de Oliver, no hemos podido hablar con calma.

Ella esbozó una sonrisa que no se reflejó en sus ojos, y le dijo:

—Te pasaste media noche intentando explicarles la situación a la servidumbre, intentando convencerlos de que no soy una bruja que ha hecho aparecer a Oliver de la nada —se apartó del poste de la cama, y dio un paso hacia él—. Stephen, ¿qué va a pasar ahora que todo el mundo sabe que tienes un hijo?

—¿Y me lo preguntas ahora?, tendrías que haber pensado en eso antes de anunciar la existencia de Oliver a los cuatro vientos.

—Aún puedes protegerlo. Si se requiere su presencia en la corte, puedes negarte a dejarle ir.

Él soltó una carcajada llena de ironía, y le contestó:

—Nada es tan fácil en lo que respecta al rey Enrique y a Thomas Cromwell.

—Olvídate de ellos por ahora, lo principal en este momento es que tu hijo y tú aprendáis a llevaros bien.

—Todo te parece muy simple —le dijo con exasperación.

En ese momento oyeron un gran bullicio en el jardín, seguido de pasos que subían la escalera a la carrera. Juliana pareció aliviada ante la interrupción, y comentó:

—Ya hablaremos de esto más tarde. Céntrate por ahora en tu hijo, apenas os conocéis —lo miró pensativa, y añadió—: Me parece que los cíngaros podrían ayudarte.

—Por el amor de Dios, Juliana, dime si...

—¡Mirad esto!

Oliver se detuvo en la puerta, formó un aro con los brazos, y dio una orden. Cuando Pavlo saltó a través del aro y lo tiró al suelo, se echó a reír; en ese momento, varios criados llegaron con las pertenencias del niño, y como seguía riendo en el suelo, tuvieron que pasar por encima de él para poder entrar en la habitación.

—Hablaremos más tarde, Stephen —dijo Juliana, con ojos chispeantes.

Stephen aún no entendía por qué había accedido a llevar a cabo la descabellada idea de su esposa. Mientras montaba a Capria en el patio de los establos, sintió que se le formaba un nudo en el estómago al pensar en el solemne rito romaní en el que estaba a punto de participar. Aquella reacción visceral le recordó a su matrimonio pagano. A pesar de su moralidad y de sus principios cristianos, se sentía atraído por la mística de la ceremonia.

Mientras salía por la poterna a lomos de Capria, fue incapaz de contener la avalancha de recuerdos. Era como si en todos los rincones de la finca hubiera algún recuerdo de ella... de Juliana.

Las cosas no tendrían que ser así. Era su esposa temporal, se suponía que él acabaría superando lo que sentía por ella y que entonces sería inmune para siempre. Ni siquiera tendría que estar pensando en ella en ese momento.

Mientras cabalgaba por la cima de una colina, recordó la primera vez que ella había visto Lynacre Hall. Esperaba que mostrara el asombro propio de una pobretona ante un lugar tan impresionante, que se sintiera abrumada, así que su aceptación fría y ligeramente desdeñosa lo había sorprendido. Era como si estuviera acostumbrada a sitios mucho más grandiosos que aquél.

Hacia el noroeste alcanzaba a ver las agujas de Malmesbury. Meses atrás era una abadía abandonada, pero gracias a Juliana, se había convertido en un próspero taller textil.

Al pasar junto a la casa de la viuda Shane, vio los campos segados y cosechados, a la espera de la siembra de otoño, gracias a los trabajadores cíngaros. No tenía ni idea de cómo se las había ingeniado Juliana para convencerlos de que trabajaran los campos, porque solían huir de las labores agrícolas como del demonio.

A pesar de que no tendría que haber ocurrido, Juliana había llegado a formar parte de Lynacre, y la impronta de sus logros permanecería allí durante mucho tiempo después de que ella se marchara. Él siempre recordaría aquel maravilloso verano de los cíngaros, una época única llena de esperanza y de posibilidades en la que se había atrevido a amar de nuevo.

Intentó dejar a un lado aquellos pensamientos cuando el campamento apareció en su campo de visión, pero la imagen provocó una nueva oleada de recuerdos.

Había accedido a participar en la boda cíngara porque estaba convencido de que un ritual pagano no significaría nada para un cristiano, pero la experiencia había sido toda una revelación y le había llegado muy hondo. Lo recordaba todo con claridad... la novia cubierta con un velo, y dejando caer una gota de sangre sobre un trozo de pan. Juliana había bailado para él como si fuera el único hombre vivo sobre la faz de la tierra. Aquella noche había pasado algo místico. Sí, el ritual había sido pagano, pero la magia había sido muy real.

Mientras entraba en el campamento, se dijo que ésa era la razón por la que había accedido a celebrar otra ceremonia: porque Oliver y él necesitaban con desesperación aquella magia.

—¿Estás listo, *gajo*? —le preguntó Laszlo, al verlo desmontar.

—Sí —le dio las riendas a un muchacho, y preguntó—: ¿Tendría que haber traído algo?

—No —Laszlo indicó con un amplio gesto teatral a la gente que iba acercándose, y añadió—: Los cíngaros creemos que un hombre debe reconocer a su hijo frente al mundo. Saber quién es la madre de un niño es muy fácil, en eso apenas puede haber duda alguna. Pero saber quién es el padre... —miró a Stephen de soslayo, y comentó—: Eso, amigo mío, es un acto de fe.

Stephen sintió un escalofrío al oír aquellas palabras. «Saber quién es el padre... es un acto de fe».

—¿Te pasa algo, *gajo*? Pareces pálido como un fantasma.

—Vamos a empezar de una vez. ¿Tengo que...?

Dejó la frase inacabada, porque al girarse vio una imagen sorprendente e inesperada. Sus amigos y los criados de la casa estaban alineados en el borde del campamento. Sabía que tendría que sentirse avergonzado de que le vieran participando en otro ritual romaní más, pero no fue así. Sonrió de oreja a oreja, y fue hacia donde estaba Jonathan con Kit y Algernon.

—Debería disculparme —le dijo a Jonathan.

—¿Por qué?

—Porque dejé que creyeras que no tenía hijos, me enviaste a Kit para que llenara ese vacío en mi vida.

Jonathan sonrió, y le dio a su hijo un afectuoso capón.

—A lo mejor te envié a este granujilla porque era un incordio.

Stephen se sintió aliviado al ver que su amigo no se había tomado a mal su engaño, y le dijo:

—No soy un mentiroso por naturaleza, y me dolió tener que engañar a un amigo.

Jonathan soltó un suspiro que le levantó los bordes del bigote, y comentó:

—Nadie habría cuidado a mi hijo tan bien como tú.

Le dio una fuerte palmada a Kit en la espalda. El muchacho, que estaba mirando embobado a Catriona, se sobresaltó y se puso firme.

—¿Verdad que sí, Kit?

—Eh... sí, papá, lo que tú digas.

Jonathan soltó un resoplido de diversión, y empujó al joven hacia Catriona.

—Puedes mirar, pero nada de tocar. A los ojos de un caballero de verdad, todas las mujeres son unas damas.

—Sí, papá —Kit se apresuró a alejarse.

Stephen soltó un largo suspiro de alivio, porque le había preocupado que el muchacho pudiera mostrarse celoso o resentido al enterarse de la existencia de Oliver.

—¿Cómo demonios te las has ingeniado para mantener un secreto así, Wimberleigh? —le preguntó Jonathan.

—Sí, explícanoslo. Nos tienes en ascuas —apostilló Algernon con expectación.

—En cuanto nació, me di cuenta de que padecía la misma afección que Richard, mi primer hijo.

—Dickon, el que murió después de ir a servir a la corte —comentó Jonathan con voz suave.

—Sí —Stephen cerró los ojos mientras la imagen de Dickon aparecía en su mente como un rayo de luz. Recordó su pelo dorado, su aroma, su cuerpo frágil, y aquellos ojos enormes y hermosos.

—Era un niño precioso, se parecía mucho a Meg —comentó Algernon.

—No podía permitir que Oliver corriera la misma suerte. Que Dios me perdone, pero cuando se difundió la noticia de que había fallecido junto a su madre, no la desmentí. Sólo sabían la verdad Nance Harbutt y su hija Kristine, que hizo de partera y ha cuidado al niño durante todos estos años. Nadie más sabía que mi hijo vivía... o al menos, eso creía yo.

—¿Alguien se enteró? —le preguntó Jonathan.

Algernon hizo un pequeño sonido gutural, y fijó la mirada en sus zapatos.

—Sí, el rey Enrique —dijo Stephen, con la voz baja por la furia contenida—. Por eso me vi obligado a casarme con Juliana. Si me hubiera negado, Enrique habría hecho llamar a Oliver a la corte.

—Sí, el rey habría sentido la tentación de usarlo como peón en sus maquinaciones. ¿Cómo se enteró?, no creo que Nance...

—No fue ella —dijo Algernon Basset, con voz suave pero firme.

—Dios mío, Algernon... —Stephen lo miró boquiabierto.

—Lo siento...

—Sabía que eras un bocazas —Stephen se golpeó la palma de la mano con el puño, y dijo con furia—: Sabía que tenías la ambición de subir peldaños en la corte, pero no sospechaba que serías capaz de rebajarte a utilizar a un niño enfermo.

—No lo hice con mala intención, Stephen —Algernon parecía desesperado, la voz le temblaba de miedo y remordimiento–. ¡No tenía ni idea de lo de Dickon, te lo aseguro!

—¿Cómo te enteraste de lo de Oliver?

Algernon arrastró un poco los pies, y entonces se arrancó la placa esmaltada que llevaba sujeta al hombro del abrigo.

—Esto me lo hizo un artista, Nicholas Hilary. Me contó que también había pintado los retratos en miniatura de tus dos hijos.

Stephen había sido consciente de que estaba corriendo un riesgo absurdo, pero el trabajo de aquel artista ambulante era fantástico. Había conservado las imágenes de Meg y de Dickon como si fueran joyas de un valor incalculable. El hombre había regresado a Lynacre años después, y como en aquella época Oliver estaba muy frágil... se había odiado por pensarlo siquiera, pero si hubiera perdido a su hijo, no habría tenido nada con qué recordarlo.

—Lo contraté el verano pasado, y le pagué para que lo mantuviera en secreto —fulminó a Algernon con la mirada, y comentó—: Supongo que se dirigió hacia Hockley Hall cuando se marchó de aquí.

—Sí, yo también lo contraté; al parecer, le gustaba mucho el buen vino, y una noche me describió al muchacho que había retratado por encargo tuyo. Dijo que el niño no dejaba de parlotear mientras posaba... y que se llamaba Oliver de Lacey —miró a Stephen con ojos llenos de arrepentimiento, y añadió—: Tu hijo. Que Dios me ayude, pero le dije al Lord del Sello Privado que el niño que se suponía que había muerto en el parto junto a tu esposa aún estaba vivo.

Jonathan lo agarró por el cuello de la camisa, y lo levantó del suelo con un tirón.

—No podías mantener la boca cerrada, tenías que ir corriendo a llevarle el rumor al rey. ¿Ganaste una invitación a la corte, tal y como esperabas?

—No. Stephen, si hubiera sabido lo débil que estaba el niño...

—¡Eres un malnacido! —le gritó Jonathan—. Tendría que enseñarte lo que hace un hombre ante tal deslealtad.

Stephen apartó a su amigo de Havelock, que estaba temblando, y dijo con pesar:

—Ahora no, Jonathan. La cosa ya no tiene remedio. Eres un canalla, Algernon, pero no puedo cambiar lo que ha sucedido. Los nobles de Enrique van a enterarse de la existencia de Oliver, no me queda más opción que esperar a ver cómo reacciona el rey.

—No merezco tu perdón.

Stephen sólo sentía un enorme vacío, y le contestó con apatía:

—Es demasiado pronto para que me lo pidas, Algernon. Ya hablaremos del tema más adelante.

Havelock se mordió el labio con nerviosismo, y le dijo:

—Debo marcharme, espero noticias de Londres —sin más, se alejó y se perdió entre las sombras.

Jonathan se quedó mirando con expresión recelosa el lugar por donde se había ido, y comentó:

—Así que espera noticias de Londres, ¿no? ¿Qué se traerá entre manos?

CAPÍTULO 14

—No quiero ir.
Juliana tomó la manita fría de Oliver, y le dio un pequeño apretón.
—Ya lo sé —se hincó sobre una rodilla, y lo miró a los ojos—. La música suena muy alto, y está llegando mucha gente. Es normal que tengas miedo.
—¿Quién dice que tengo miedo? —el niño alzó la barbilla con orgullo.
Juliana miró por encima del hombro del niño, y a través de la entrada entreabierta del pabellón vio a Stephen esperando con actitud tensa junto a la hoguera. A pesar de la presencia de Jonathan, Kit, y la gente de Lynacre, daba la impresión de que estaba muy solo. Tenía los hombros tensos, y su rostro iluminado por la luz de la hoguera reflejaba una gran incertidumbre.
—No, es tu padre el que tiene miedo —dijo en voz baja.
El niño giró la cabeza para poder verlo, y comentó:
—¿Papá?, ¿cómo es posible que tenga miedo? Es el hombre más grande y fuerte de todo Wiltshire.
—Sí, es verdad, pero el hombre más grande y fuerte del mundo puede tener miedo, porque puede amar —Juliana bajó la mirada antes de añadir—: El amor puede hacerte daño, por muy grande y fuerte que seas.

—No lo entiendo —el niño empezó a juguetear con las cintas de su jubón de terciopelo recién estrenado.

—Un día lo entenderás, pero por ahora lo que quiero que entiendas es que tu padre necesita saber que lo quieres, y que quieres que sea tu papá.

—Entonces, ¿por qué no me lo ha dicho sin más?

Juliana se echó a reír, y lo llevó hacia la hoguera; algún día, aquel niño entendería lo que era el orgullo masculino, y probablemente él mismo tendría en exceso. Tomó su rostro entre las manos, y lo giró hacia Stephen.

—Lo está diciendo ahora, Oliver.

El niño miró a su padre a través del fuego. Asintió de aquella forma tan adulta típica en él, y le dio una palmadita en la mano a Juliana. Entonces se mordió el labio, y le preguntó:

—¿Va a doler?

Ella negó con la cabeza y lo abrazó. «No como tú crees, pequeño. No como tú crees».

El sonido de las gaitas fue ganando intensidad, y el oboe entonó una nota larga que encogía el corazón.

Juliana tomó a Oliver de la mano, y sufrió un momento de duda mientras iban hacia Stephen. El niño seguía estando enfermo, y eso era algo que no podía cambiar ningún rito romaní; sin embargo, ya era demasiado tarde para echarse atrás. En el círculo de luz creado por la hoguera estaban tanto la tribu cíngara como la gente de Lynacre, y delante de todos ellos estaba Stephen... poderoso y vulnerable a la vez, con el rostro serio y bañado por la luz del fuego.

Mientras rodeaba la hoguera y se acercaba a él, se dijo que la ceremonia sólo era un acto simbólico, nada más. La magia tenía que surgir del padre y el hijo.

Cuando se detuvo delante de él, la música bajó hasta adquirir un ritmo suave. Tuvo la impresión de que permanecían inmóviles durante un momento interminable... mirándose en silencio, con Oliver apretado contra sus faldas y ella con la cabeza alzada hacia él, mientras a su alrededor flotaban pequeñas chispas procedentes del fuego.

Cuando posó las manos sobre los hombros del niño, notó aliviada que su respiración era normal. A pesar de que aún tosía de vez en cuando, no había tenido un ataque fuerte en días.

Laszlo colocó una sábana en el suelo entre padre e hijo, alzó la mano para silenciar la música, y dijo en romaní:

—Si este niño es carne de tu carne y sangre de tu sangre, reclámalo.

Al ver que su marido se arrodillaba en la sábana con la mirada fija en su hijo, Juliana se preguntó cómo era posible que hubiera pensado alguna vez que sus ojos azules eran fríos e indiferentes. En ese momento parecían más impactantes que nunca... eran azules como el corazón de una llama, y en ellos brillaban un amor intenso y una profunda esperanza.

—Eres Oliver de Lacey —dijo él, mientras desenfundaba su daga y se hacía un corte en la palma de la mano—. Eres mi hijo. Carne de mi carne, sangre de mi sangre —apretó el puño y lo sostuvo sobre la sábana, para que varias gotas de sangre cayeran sobre la tela blanca.

Juliana sintió que el niño se tensaba, pero que volvía a relajarse al ver que su padre enfundaba de nuevo la daga. Oliver permaneció inmóvil como un soldado mientras Stephen agarraba una punta de la sábana en cada mano, y ella tuvo que contener el impulso de darle un pequeño empujoncito. El niño tenía que ir hacia su padre por su propia voluntad.

—Por favor, hijo —le dijo Stephen, con voz baja y llena de dolor.

Los músicos cíngaros empezaron a tocar de nuevo, y la extraña y sinuosa canción hizo que Juliana se estremeciera. El contrapunto de los oboes y las gaitas, de las guitarras y los tambores, inundaba el aire nocturno, y la melodía era tan misteriosa como el vínculo ineluctable entre padre e hijo.

Oliver avanzó un paso. Stephen lo apretó contra su pecho, lo envolvió con la sábana, y lo abrazó con fuerza.

Los presentes lanzaron vítores de júbilo, y los músicos empezaron a tocar una canción alegre y perfecta para bailar. Stephen alzó a su hijo hacia el cielo, y empezó a girar con él en alto mientras el niño reía encantado.

Juliana recordaría aquel momento durante toda su vida. No olvidaría jamás a padre e hijo riendo juntos, girando sin parar mientras el mundo entero parecía sonreírles.

Ella también sonrió, pero no pudo evitar sentir una punzada de tristeza. Debido a toda la excitación que se había creado por lo de Oliver, Stephen no había vuelto a mencionar el tema de la nulidad, pero ella sabía que su marido tenía los documentos sobre el escritorio, pendientes de su decisión. Y lo peor de todo era que ni ella misma sabía lo que quería... una vida con Stephen en Lynacre, o la posibilidad de descubrir al culpable de los asesinatos de su familia.

Rodion agarró a Jillie de la cintura, y empezaron a bailar. Laszlo hizo una reverencia ante Nance Harbutt, que se ruborizó y se abanicó con el delantal mientras negaba vigorosamente con la cabeza. Cuando el cíngaro se encogió de hombros y empezó a dar media vuelta, la mujer lo agarró del brazo, tiró de él, y se pusieron a bailar. Los que no tenían pareja formaron un corro y empezaron a girar alrededor del fuego.

Juliana lo observó todo con los ojos inundados de lágrimas, mientras una felicidad agridulce le constreñía la garganta. Había aprendido a amar a toda aquella gente, compartía tanto sus alegrías como sus penas, pero aun así permanecía separada de ellos, era una forastera que lo observaba todo desde fuera, porque tiempo atrás había hecho un juramento de sangre y estaba decidida a cumplirlo.

Pero aún no había llegado el momento. Aquélla no era una noche para la venganza, sino para el amor y la curación.

Cuando Stephen se acercó a ella, lo miró con el corazón en los ojos mientras sentía que se le aceleraba el corazón. Oliver estaba subido a hombros de su padre, y cuando éste se inclinó hacia delante para saludarla con una reverencia exagerada, soltó un grito de entusiasmo.

Los tres se unieron al baile entre risas, mientras la luz del fuego bañaba sus rostros.

—Shhh... —Stephen se llevó un dedo a los labios después de tumbar en la cama a Oliver, que ya estaba dormido.

Juliana acarició el pelo del niño, y se inclinó para darle un beso en la frente. Sintió una oleada de afecto y ternura, y vaciló por un momento con la cabeza aún inclinada. Las sombras que reinaban en la habitación en penumbra ocultaron la emoción que se reflejó en su rostro.

Stephen también besó al niño, y las miradas de ambos se encontraron cuando se incorporó.

—Antes sólo le besaba cuando estaba dormido —susurró.

La honestidad de aquellas palabras la conmovió. Mientras tapaba bien al niño, comentó:

—Creo que él siempre supo que le querías, pero tenéis que ir conociéndoos día a día.

—Momento a momento —tomó su mano y se la llevó a los labios antes de añadir—: Así llegué a conocerte a ti, Juliana.

«Te amo». Ella oyó las palabras que su marido no pronunció, la pregunta silenciosa, y le dio la respuesta que sabía que él quería.

—Sí, Stephen.

Él la alzó en sus brazos, y ella apoyó la cabeza en su hombro mientras la sacaba de la habitación pasando por encima de Pavlo, que estaba dormido, y de todos los fantásticos juguetes que había construido para su hijo y que habían quedado olvidados desde que Oliver podía jugar con otros niños.

Juliana sintió una oleada de excitación al ver que iban directamente a la habitación de su marido. Conforme había ido avanzando la velada, se había dado cuenta de que aquella noche iba a pasar algo inevitable. Stephen y ella iban a hacer el amor. La idea había ido abriéndose paso en su mente poco a poco y en secreto, como si él le hubiera susurrado al oído lo que pensaba hacer.

Su marido no había dicho nada, pero el mensaje había quedado claro con cada mirada seductora, con cada roce de la mano en el muslo, con cada sonrisa compartida; aun así, la tomó por sorpresa que la llevara a su propia habitación.

El brillo tenue y anaranjado del brasero se mezclaba con la luz de la luna que entraba por la ventana. Los árboles se mecían bajo la brisa, y sus sombras se proyectaban en el suelo y las paredes. Las finas colgaduras del dosel le daban a la cama un aire de misterio.

Stephen la dejó en el suelo con cuidado, y enmarcó su rostro entre las manos antes de decir:

—Esto es una locura. Dime que me detenga, Juliana.

—Eso sí que sería una locura, mi señor —aún no estaba plenamente convencida de que no estaba soñando.

Con una lentitud deliberada, se quitó el tocado y el pelo le cayó libre por la espalda. Entonces oyó un sonido sordo, y se dio cuenta de que él estaba quitándose el jubón.

—No estás ayudándome en nada, baronesa —le dijo, antes de inclinarse a besarla.

Sus labios la rozaron con suavidad al principio, con la delicadeza de un hálito de viento, y Juliana sintió una calidez placentera que fue bajando desde sus labios por sus pechos y su estómago hasta llegar a su entrepierna.

—Por favor... —se apretó contra él para intentar aliviar la deliciosa presión que se acrecentaba en su interior, y añadió—: Stephen, no quiero que sea como aquella noche en el campo, cuando sólo yo llegué al éxtasis.

Él soltó una carcajada ronca, y le dijo:

—Sería incapaz de conseguirlo. Esta noche estás perdida, querida.

Cuando él profundizó el beso y empezó a explorarla con la lengua, Juliana arqueó el cuello y deslizó las manos por su pecho, que aún estaba cubierto con la fina tela de la camisa.

Inhaló profundamente su aroma masculino y único, que para ella era tan embriagador como un buen vino.

Se le había olvidado lo bueno e inventivo que era con las manos, pero lo recordó de golpe al notar que le quitaba las mangas, que deslizaba los dedos por debajo de los cordones del corpiño y abría la prenda de un solo tirón. En cuestión de segundos le quitó la falda y las enaguas, y la dejó sólo con la camisa interior.

Él apartó la boca de la suya, alzó una mano, y trazó con la punta de un dedo la curva húmeda de su labio inferior. Entonces la tomó de la mano, y la condujo hasta la cama.

—Dios del cielo, eres una bruja —murmuró, cuando ella quedó iluminada por la luz de la luna.

Juliana ladeó la cabeza. Al sentir el peso de su pelo, se alegró de tener algo que pudiera cubrirla un poco.

—¿Por qué lo dices?

Él posó una mano sobre su seno, la otra en la nuca, y la atrajo con firmeza hacia su cuerpo.

—Lo que me haces sentir debe de ser cosa de brujería, Juliana. No sé de qué otra forma llamarlo.

—Llámalo como quieras —susurró, mientras se acercaba aún más a él.

—¿Sabes lo duro que ha sido mantenerme alejado de ti?, ¿saber que eras mi mujer y no poder tenerte?

—Sí, creo que tengo una vaga idea —le dijo ella, mientras bajaba la mano hasta su braguета.

Él gimió al sentir el roce de sus dedos mientras ella le desabrochaba las calzas, y le dijo:

—Sabes que esta noche va a cambiar todo entre los dos, ¿verdad?

Ella no se paró a pensar en el significado que podrían tener aquellas palabras, y le contestó:

—Eso espero —le besó el cuello, y se sintió embriagada con su aroma.

—¿Por qué dices eso?

—Porque me he enamorado de ti, Stephen de Lacey.

Él la levantó en vilo y empezó a girar y girar, mientras soltaba una exclamación mezcla de felicidad y frustración. Juliana echó la cabeza hacia atrás y vio el caleidoscopio de luces y sombras dando vueltas a su alrededor.

Cuando la dejó en el suelo, de espaldas a uno de los postes de la cama, ella permaneció inmóvil y jadeante, a la espera, ardiendo de deseo.

La miró con una sonrisa seductora mientras se inclinaba hacia delante, y la besó en la oreja antes de bajar los labios por su cuello. La acarició con la lengua y entonces empezó a mordisquearla con suavidad, como si fuera un hombre hambriento y ella un festín.

La atrapó entre su cuerpo y la cama al agarrar el poste, y empezó a desatarle el lazo de la camisa interior con los dientes. Cuando dio un firme tirón, el lazo se deshizo y la prenda cayó al suelo. Al verla desnuda, inhaló hondo y le dijo con voz trémula:

—Oh, Juliana... amor, no tienes ni idea de lo que siento al verte así —le apartó un mechón de pelo de la cara, y bajó la cabeza para besarle un pecho—. Cariño, vienes a mí tan pura y nueva, tan inocente...

—Lo mismo que tú, amado mío. Últimamente, pareces un hombre nuevo.

—Me has enseñado a volver a tener esperanza —la alzó en brazos, y la tumbó sobre el cubrecama de terciopelo.

Viviendo entre los cíngaros, Juliana había aprendido que hacer el amor era algo frenético y furtivo que se realizaba en la oscuridad y que generaba un ritmo discordante de respiraciones entrecortadas, algún que otro gemido ahogado, y los crujidos de un carromato; sin embargo, mientras yacía con Stephen en aquella cama enorme se dio cuenta de que estaba equivocada.

A pesar del deseo que se reflejaba en sus ojos, él se tomó su tiempo. Después de tumbarse junto a ella, empezó a besarla en los labios, el cuello, y los senos, y entonces se apartó un poco como si fuera un artista contemplando su obra.

Él apenas hablaba, pero a pesar de que las pocas frases que susurraba eran inconexas, su significado estaba claro. Sus caricias despertaron en lo más profundo de Juliana una pasión y una ternura avasalladoras, y también la convicción de que allí estaba su lugar, entre los brazos de aquel hombre. Se sentía como si hubiera alcanzado el final de un largo camino.

Al sentir que él se apartaba de repente, soltó una exclamación ahogada y se arrodilló mientras intentaba encontrarlo en la oscuridad.

Él se rió con suavidad, posó la mano bajo su barbilla, y le dijo:

—Ten paciencia, cariño —apoyó una mano en el poste de la cama y se quitó las botas, las calzas y las medias. Cuando quedó cubierto sólo con un blusón largo y ancho, se detuvo y la recorrió con la mirada.

Era obvio cuánto la deseaba, Juliana lo vio en sus ojos con tanta claridad como si él lo hubiera admitido en voz alta. Se estremeció al ver su expresión descarnada.

—Tienes miedo —le dijo él, en voz baja.

—No... —apartó la mirada antes de poder admitirlo—. Sí.

Él la tomó de la barbilla, y la instó a que lo mirara.

—Te va a doler.

—Sí, es posible.

—¿Quieres que pare?

—¡No! —lo agarró de la camisa, y le dijo—: Siento como si me hubiera pasado la vida buscando algo, sin saber de qué se trataba —bajó las manos hasta el borde de la prenda, y añadió—: No sólo necesito el calor de tu cuerpo junto al mío... necesito algo más, algo más profundo, algo que empiezo a creer que puedo encontrar contigo, con nadie más.

Lo miró con atención al oírle soltar un extraño sonido gutural, y lo que vio en su rostro la sorprendió.

—Tú también tienes miedo.

Él esbozó una sonrisa traviesa, y le dijo:

—No traigo a una esposa a mi lecho todos los días.

—Soy una mujer como cualquier otra, y debes de haber estado con muchas...

—Shhh... —le dio un beso breve y firme, y le dijo—: En primer lugar, eres una mujer muy diferente a las demás; de hecho, estoy seguro de que eres la baronesa más singular de toda Inglaterra. Y en segundo lugar, creo que deberías saber que no ha habido nadie desde Meg.

Ella lo miró con incredulidad, y le dijo:

—Por favor, no me mientas. Esta noche no. Tu reputación te precede, Stephen. La gente chismorrea sobre tus aventuras amorosas con mujeres descocadas.

—Puras invenciones, mi amor. Era una forma de evitar compromisos matrimoniales que no quería.

—¿En serio?

—Sí —hundió los dedos en su pelo, y añadió—: Esto es lo más íntimo que pueden compartir dos personas, Juliana. Hay quien se lo toma a la ligera, pero yo no. Nunca lo he hecho.

—Te amo —le dijo en voz baja. Al ver que su boca se tensaba por un instante, sintió el peso de la duda, y no pudo evitar preguntar—: Stephen, ¿amabas a tu primera mujer? ¿Amabas a Meg?

Él vaciló por un momento, y sus manos se detuvieron.

—¿Tenemos que hablar de ella ahora?

—Es algo que me he preguntado durante mucho tiempo, desde que te vi en la capilla que construiste en su memoria.

Él alzó la mirada hacia el techo, y le preguntó como si fuera una autoridad superior:

—¿Por qué las mujeres siempre quieren saber estas cosas? —bajó la mirada hacia ella, y le dijo—: Cariño, la verdad es que sabes usar las palabras como si fueran una jarra de agua fría.

Ella contuvo una risita, y le acarició la mano antes de decir:

—Aprendo a conocerte sabiendo qué tenía importancia para ti.

Stephen soltó un profundo suspiro, se sentó en el borde de la cama, y se llevó las manos a la cabeza.

—La eligieron para mí, al igual que mi primer caballo. Nos casamos cuando aún éramos unos niños, y al principio daba la impresión de que sólo jugábamos a estar casados. ¿Cómo podía amarla, si ni siquiera pensaba que ella era de verdad?

Juliana alzó las sábanas contra su pecho, y se enderezó hasta sentarse. Como no tenía ninguna respuesta para su pregunta, se limitó a escuchar mientras intentaba imaginarse a un Stephen mucho más joven, cuando aún no tenía el alma empañada por el dolor.

—El mundo cambió, por supuesto, y yo también. Heredé la finca tras la muerte de mi padre, y Meg dio a luz a un niño... a Dickon.

—¿Tener un hijo la cambió?

—La verdad es que no, por extraño que parezca. Era tan infantil como siempre, jugaba con Dickon como una niña con un muñeco. Supongo que, cuando los veía juntos, sentía gratitud y una calidez en el corazón que podría llamarse amor, pero ese sentimiento no tardó en quedar destruido.

—¿Por la enfermedad de Dickon?

—Sí, y también... porque era incapaz de perdonarla —alzó la cabeza, y apretó los puños sobre las rodillas.

Juliana cerró los ojos, y recordó la piedra que Stephen había tirado. Volvió a verla impactando contra la hermosa vidriera, contra el regalo que Meg había recibido del rey Enrique.

Stephen se volvió hacia ella de repente, y la agarró de los hombros.

—Soy un hombre implacable, Juliana, pero no soy ningún mentiroso. Lo que pensaste que era mi devoción por Meg en realidad era culpabilidad, porque murió antes de que pudiera perdonarla, antes de que pudiera comprender por qué se había convertido en la amante del rey. Murió maldiciéndome, y maldiciendo a los niños que había dado a luz. No son recuerdos demasiado agradables.

—Pero ahora tienes esperanzas, las veo en tus ojos cuando miras a Oliver. Por eso me has traído a tu habitación esta noche —le dijo con firmeza, antes de darle un beso largo y profundo.

Cuando ella apartó la boca de la suya, parecía un poco aturdido.

—Creo que me he recuperado del agua fría, Juliana —se puso de pie, y se quitó la camisa.

—Cielos... —fue lo único que alcanzó a decir. Posó las manos sobre sus hombros y saboreó la calidez de su piel mientras iba trazando el contorno de su pecho musculoso, pero se apresuró a apartarlas cuando él soltó un gemido.

—Por Dios, no pares —le suplicó, mientras la agarraba de las muñecas.

Cuando ella soltó una exclamación de entusiasmo y le rodeó el cuello con los brazos, cayeron juntos y quedaron en diagonal sobre la cama, encima del cobertor de terciopelo.

Juliana estaba embriagada con su sabor, con aquella mezcla de vino, dulzura masculina, y deseo ardiente. Fue explorándolo con confianza creciente, y al final se atrevió a tocarlo en su parte más íntima. Se sobresaltó con la calidez y la dureza que notó bajo la suavidad de su piel, y se le olvidó cualquier temor que hubiera podido tener.

Arqueó las caderas hacia arriba mientras él la acercaba con su mano y sus dedos a aquel placer adictivo.

—Descarada —le susurró él al oído. Tenía la respiración acelerada, y parecía a punto de perder el control—. Estoy intentando ir despacio, pero no soy de piedra.

La apretó contra las almohadas mientras bajaba la cabeza y le besaba los pechos, y entonces deslizó la mano entre sus muslos y empezó a acariciarla con una ternura refinada que la dejó sin aliento.

—Stephen, ¿qué estás haciendo?

Él sonrió al oír aquella pregunta tan ingenua. Dios, era tan dulce y cálida, tan carente de falsa modestia...

—Estoy amándote. No te preocupes, cariño —le dijo con voz suave.

Había mil razones por las que no debería estar con ella, por las que no debería estar tocándola, pero en ese momento no podía recordar ni una. Y entonces se dio cuenta de que no tenía sentido pensar. Deslizó la mano por la parte interna de su muslo cálido y suave, como de alabastro. Cuando bajó un poco más los dedos, ella abrió los ojos de golpe y lo miró con la anticipación y el desconcierto de una mujer que estaba a las puertas de un descubrimiento maravilloso.

—Sí, amor... —susurró, enfebrecido de deseo, mientras le mordisqueaba la oreja—, deja que te acaricie aquí... y aquí... y aquí también...

Con cada palabra fue profundizando la caricia, hasta que Juliana jadeó y se estremeció de placer. Su cuerpo entero se cubrió de un cálido rubor, y la mirada de sus ojos pasó de anticipación al éxtasis mientras echaba la cabeza hacia atrás y se le escapaba un pequeño grito.

Sintió una punzada de pesar mientras se inclinaba para besarla, porque aquello iba a ser el fin de la inocencia de Juliana, pero la idea se desvaneció bajo el peso de la pasión. Estaba perdiendo el control, no iba a poder postergar mucho más su propia satisfacción. Cuando ella lo abrazó y lo rodeó con las piernas, sus cuerpos se amoldaron el uno al otro.

—No te muevas, Juliana.

En vez de obedecer, ella arqueó las caderas y completó la tarea, y el sonido que soltó no era tanto de dolor como de placer. Él perdió el poco autocontrol que le quedaba, y se hundió en su cuerpo hasta el fondo.

—No... —intentó una última protesta inútil, pero llevaba demasiado tiempo reprimiendo sus deseos, y sucumbió ante ellos—. Juliana... —su voz era la de un desconocido, la de un hombre que estaba aprendiendo a volver a sentir, que estaba descubriendo que los sentimientos no siempre eran dolorosos.

Al cabo de un largo momento, alzó la cabeza, miró maravillado a su esposa, y alcanzó a decir:

—Dios del cielo.

—¿Qué pasa?

Él intentó poner en palabras lo que sentía, y al final le dijo:

—Acabo de ver el cielo. Nunca me había pasado algo así... Dios, no tenía ni idea —la besó en la frente, en las mejillas, y en los labios.

—¿Eso es bueno?

Él se echó a reír, y su cuerpo le recordó que aún estaban profunda e íntimamente unidos. No recordaba haber sentido en toda su vida una felicidad tan grande.

—No, no es bueno —cuando ella lo miró alicaída, añadió—: Es magnífico, increíble, mágico —y aterrador, le dijo una vocecilla desde el fondo de su mente. ¿Qué iba a hacer con Juliana?—. Voy a hacerlo otra vez —contestó como por voluntad propia el desconocido en que se había convertido.

Ella lo miró desconcertada, y le dijo:

—¿Hacer el qué? Stephen, tu comportamiento es muy extraño. ¿Qué es lo que vas a hacer otra vez?

—Esto —bajó la cabeza, y empezó a acariciarle el pecho con los labios y la lengua—. Y esto —descendió aún más, y saboreó el néctar dulce y adictivo de su sexo. Cuando ella empezó a rezar en ruso, añadió—: Y esto —siguió amándola hasta dejarla sin palabras.

CAPÍTULO 15

La brisa que entraba por la ventana entreabierta despertó a Stephen. Sintió una sensación de bienestar tan grande mientras yacía allí con los ojos cerrados, escuchando el canto de las alondras y disfrutando del olor a manzanas que impregnaba el aire, que pensó que aún estaba durmiendo; sin embargo, se dio cuenta de que no era así al sentir un movimiento sinuoso contra el costado... y no fue sólo su mente la que despertó cuando sintió que el cuerpo cálido y suave como el satén de Juliana se movía contra él.

Giró la cabeza, y recorrió con los labios la piel delicada de su nuca. Mientras subía la mano por su brazo hasta llegar al hombro, recordó lo que había pasado la noche anterior.

Había conocido a muchas mujeres hermosas, se había casado con una y había cortejado a muchas otras, pero ninguna de ellas... ni Meg, ni las bellezas refinadas de la corte, ni las mujeres que Cromwell presentaba ante el rey... podían compararse a Juliana.

No habría sabido decir con exactitud qué era lo que la hacía tan única. Era un brillo especial, una exuberancia, un entusiasmo agresivo y decidido que le había dado el valor suficiente para superar las defensas tras las que él se escudaba, el valor para enfrentarse a él sin amilanarse, para mirar en su corazón y ver algo allí por lo que valía la pena luchar.

Cuando la miraba, veía mucho más que una mujer hermosa. Se veía a sí mismo reflejado en los ojos de Juliana, veía su propio miedo y su dolor, su orgullo y su pasión, y el amor que día a día iba aprendiendo a entregar libremente.

«Juliana...», su nombre era como una canción silenciosa en sus labios. El amor de aquella mujer era como un círculo en el agua que iba expandiéndose hasta abarcar incluso a los corazones más remotos.

Había sido un necio al creer que tendría las fuerzas necesarias para resistirse a ella.

Mientras la luz del amanecer proyectaba un sinfín de arco iris sobre la cama, Stephen de Lacey se atrevió a soñar. Al contemplar el delicado rostro de su esposa enmarcado por su hermoso pelo, se imaginó el intenso color castaño de los mechones dando paso a un blanco puro como el armiño, sus facciones con la marca sutil del paso del tiempo, y se dio cuenta de que quería envejecer con ella a su lado, en sus brazos.

Quería volver a enamorarse.

La idea lo dejó atónito, y sintió que un miedo gélido le atenazaba el corazón. Si le suplicaba a Juliana que se quedara, ella le daría hijos... niños como Dickon y Oliver, destinados a brillar como llamas efímeras que acabarían apagándose por culpa de aquella maldita enfermedad, y que dejarían tras de sí los corazones carbonizados de sus padres.

Juliana no había sufrido aquella pérdida devastadora, no había tenido en los brazos a un niño moribundo, no había alzado el puño hacia el cielo en un gesto de frustración impotente, no había experimentado la angustia enloquecedora que se sentía al ver que una vida se apagaba entre sus brazos.

Se dijo con decisión que no iban a tener ningún hijo, que practicaría la abstinencia... y estuvo a punto de echarse a reír al darse cuenta de lo absurda que era aquella idea. Le resultaría imposible contenerse estando junto a Juliana.

La abrazó con más fuerza al recordar de nuevo la increíble noche que habían compartido. Dios, la había poseído una y otra vez como un loco, era comprensible que estuviera tan profundamente dormida.

Su cuerpo se endureció de deseo cuando recordó la pasión desatada de su esposa, su deseo ardiente, su éxtasis desenfrenado... era obvio que la abstinencia no era una opción, y se dijo que quizá sería buena idea conseguir una de esas fundas francesas. Había oído decir que usarlas era como bañarse con las botas puestas, pero estaba dispuesto a pagar ese pequeño precio con tal de evitar que Juliana sufriera.

—¿A qué precio te refieres? —le preguntó ella, mientras lo miraba adormilada.

Stephen se sobresaltó al oír su voz, y sólo alcanzó a decir:

—¿Qué?

—Has dicho que estás dispuesto a pagar ese pequeño precio.

—No he dicho nada.

—Te he oído —se apoyó en los codos, y se echó el pelo hacia atrás.

Al ver que el movimiento le dejaba los pechos al descubierto, Stephen sintió que se le secaba la garganta y que la mente se le quedaba en blanco. Sin apartar la mirada de ella, alargó la mano, agarró la jarra que había sobre la mesa que estaba junto a la cama, y tomó un largo trago.

—Supongo que estaba pensando en voz alta.

Cuando Juliana se sentó en la cama y agarró la jarra, contempló fascinado el movimiento ondulatorio de su garganta al tragar.

—¿Por qué me miras así, Stephen?

Él se colocó entre sus piernas, y la besó en la boca antes de deslizar los labios hasta sus senos. Cuando empezó a chuparle los pezones, ella gritó de placer.

—Por esto, Juliana.

—No te entiendo.

Él deslizó la boca de un pecho al otro, y la mordisqueó con ternura mientras ella jadeaba de placer.

—¿Lo entiendes ahora? —le dijo, mientras deslizaba las manos entre sus muslos.

Ella respondió con un gemido, y él fue bajando los labios hasta llegar a su vientre plano.

—Intenta adivinarlo, cielo mío —la besó entre las piernas, y ella se arqueó de golpe—. ¿Por qué crees que estaba mirando así a mi esposa desnuda?

La única respuesta que recibió fue la de su maravillosamente expresivo cuerpo, los gritos de placer que ella soltó mientras la llevaba al éxtasis con la boca y las manos. Fue incapaz de controlarse, y a pesar de la decisión que había tomado, la penetró y creyó enloquecer de placer al sentir la calidez de su cuerpo, la constricción deliciosamente evocativa de sus músculos femeninos.

Mucho tiempo después, mientras yacían saciados y repletos, escuchando el canto de las alondras y saboreando la caricia de la brisa en sus cuerpos desnudos, Stephen se sentía aturdido por el amor y el sobrecogimiento que lo embargaban. Parpadeó y sonrió como un hombre embobado que acababa de despertarse y aún no tenía la cabeza despejada, y dijo:

—Responde esto a tu pregunta, ¿mi señora?

Juliana lo miró con una expresión de aturdimiento igual a la suya, y le contestó:

—Supongo que sí, mi señor, pero la verdad es que ni siquiera me acuerdo de la pregunta.

El otoño empezaba a agonizar, pero Juliana se sentía más viva que nunca. Se sentía despejada, con los cinco sentidos agudizados, mientras trabajaba en el lagar del manzanar. Era consciente del olor de las manzanas, y del aire frío que presagiaba la llegada del invierno; al oír que el vigilante del portón principal gritaba algo, recordó que Stephen estaba esperando un envío de Francia, y sonrió al oír la voz llena de entusiasmo de Oliver.

Cada día era una nueva aventura para el pequeño. A ella

le encantaba ver cómo empezaba a entablar amistad con los otros niños, disfrutaba llevándolo a ver el taller textil que se había creado en la antigua abadía de Malmesbury, e incluso atesoraba la agridulce agonía de amor que sentía cuando lo abrazaba durante alguno de sus ataques sibilantes.

Y en cuanto a las noches... vació otro cesto de manzanas en el lagar mientras Jillie giraba el cabrestante, y sus ojos adquirieron una expresión ensoñadora al pensar en su marido. Cada noche era una aventura muy diferente. Pasaba horas y horas haciendo el amor con Stephen, que había resultado ser tan imaginativo en el dormitorio como a la hora de diseñar sus inventos. Cuánto disfrutaban de la intimidad que compartían, del amor sin cortapisas, de la falta de sueño, de la pasión...

—Ya estáis otra vez con la cabeza en las nubes, mi señora —dijo una voz, en tono de broma.

Juliana parpadeó al salir de su ensoñación, y miró sonriente a Nance Harbutt.

—Llevo trabajando en la sidra desde el amanecer, tengo derecho a tomarme un respiro.

Jillie le dio un codazo a Nance, y comentó:

—Apuesto a que no estaba pensando en descansar precisamente. Vamos, mi señora, decidnos qué ha teñido de color vuestras mejillas.

—Jamás. Aún eres doncella, Jillie Egan.

—Sí, pero no por voluntad propia —Jillie se apartó el pelo de los ojos y miró hacia el río. Rodion estaba trabajando sin camisa con los caballos de los cíngaros, y el sol le bañaba en tonos dorados.

Nance chasqueó la lengua, y le dijo con desaprobación:

—Ese egiptano acabará rompiéndote el corazón, ya lo verás.

—¿A qué viene tanto chismorreo? —preguntó Stephen, mientras se acercaba a ellas con Oliver sobre los hombros.

Juliana sintió una punzada de júbilo al verlo. A pesar de que era el mismo hombre que la había atrapado mientras intentaba robarle el caballo, ella veía con claridad las sutiles diferencias. Su marido había dejado de ser un noble taciturno y hermético, y se había convertido en un hombre franco y afectuoso de ojos chispeantes y rostro sonriente.

Oliver agitó la copa que tenía en la mano, y exclamó:

—¡Mirad lo que ha llegado de Francia, en el fondo hay dibujada una mujer desnuda!

—Dame eso —Juliana se la quitó de la mano, miró dentro, y se echó a reír antes de enseñársela a Jillie y a Nance. La mujer desnuda era Betsabé, estaba cubierta con uvas y hojas de parra, y llevaba una corona de laurel en la cabeza.

Las tres examinaron la copa entre exclamaciones de admiración, hasta que Stephen dijo con severidad fingida:

—Se supone que deberíais estar trabajando.

—No somos esclavas, mi señor —le dijo Juliana.

—¡Sí que lo sois! Oí que papá le decía al tío Jonathan que te hacía esclava de la ocasión.

—¿La ocasión? —Juliana miró a su marido, y vio que se le habían enrojecido las orejas.

—De la pasión —Nance señaló a Stephen con un dedo, y le dijo—: Sois un deslenguado, mi señor. ¿Cómo se os ocurre hablar así delante de un pilluelo?

—No soy un pilluelo —Oliver bajó de su padre como si fuera el tronco de un árbol, y añadió—: ¡Soy un espía! ¡Sí, un espía como el tío Algernon! —lanzó un salvaje grito de guerra para llamar al hijo de la viuda Shane, que en ese momento estaba atareado recogiendo manzanas, y los dos salieron corriendo del manzanar.

Cuando Juliana se subió a un taburete para poder mirar a su marido cara a cara, Jillie y Nance se apresuraron a marcharse como si estuvieran buscando cobijo ante una tormenta inminente, y cerraron la puerta de la valla tras ellas.

—Así que soy una esclava de la pasión, ¿verdad? —le dijo con indignación.

Stephen agarró una manzana con fingida indiferencia, le dio un mordisco, y masticó sin prisa antes de contestar.

—Siento que Oliver me escuchara, pero es la pura verdad.

—Es insultante, y tú muy arrogante.

Él le dio otro mordisco a la manzana, sujetó el trozo de fruta entre los dientes, y se inclinó hacia delante para ofrecérselo. Al verla vacilar, la tomó de la nuca y la atrajo hacia delante. Ella soltó una pequeña carcajada y agarró el trozo de fruta con los dientes con la intención de retroceder de inmediato, pero él se le adelantó y la besó con pasión mientras la apretaba contra su pecho.

Juliana se dio cuenta de que no tenía defensas contra aquel hombre; en cualquier caso, tampoco las quería. Había crecido rodeada de privilegios, pero su marido conseguía hacerle olvidar que era una Romanov.

A plena luz del día, la alzó en brazos y la llevó a una cabaña de piedra con el tejado de paja. Allí, entre botellas de arcilla y cubas de sidra, extendió sobre el suelo el chal que ella llevaba, la desnudó, y le hizo el amor.

Juliana no protestó cuando él le agarró las manos y se las sujetó por encima de la cabeza, cuando la penetró con una embestida firme, cuando sin dejar de moverse dentro de ella se las ingenió para bañarle los senos y el estómago con sidra, y empezó a chupar la bebida de su piel.

Después, cuando yacía repleta en sus brazos, admitió con voz suave:

—Tienes razón, soy una esclava de la pasión.

Él le dio un beso que sabía a sidra, y le dijo:

—Eres perfecta tal y como eres —se echó a un lado, y agarró el saquito que colgaba de su tahalí.

—¿Qué tienes ahí?

—Una funda procedente de Francia. Se usa para... evitar ciertas cosas.

—Para evitar que tengamos un hijo, ¿verdad? ¿Cómo te atreves?

—Juliana, escúchame —le dijo, mientras la tomaba con firmeza de los hombros—. He engendrado dos hijos, y uno de ellos murió en mis brazos. El otro está enfermo. Sólo quiero protegerte...

—¿Protegerme? —se zafó de sus manos de un tirón, y añadió–: ¿Cómo te atreves a tomar esa decisión?, ¿quién te crees que eres?

Él irguió los hombros y alzó la barbilla. A Juliana se le había olvidado lo imponente que era cuando estaba enfadado. Su pecho desnudo se cernía sobre ella como un muro.

–Soy un hombre con un hijo que sufrió una muerte agónica, un hombre con otro hijo que puede correr la misma suerte. No puedo volver a pasar por eso, Juliana. Me niego. Y tampoco quiero que sufras ese dolor. Si te niegas a usar la funda, practicaremos la abstinencia.

–Abs... –Juliana no conocía aquella palabra.

Él la atrajo hacia sí, posó un nudillo bajo su barbilla, y la instó a que alzara la cabeza. La miró con ojos llenos de dolor, y le dijo:

–Piensa en ello, Juliana. No volver a sentir mis caricias... –deslizó la mano por su cuello y sus senos, y añadió–: Ni mis besos... –inclinó la cabeza, y le rozó los labios con los suyos una y otra vez–. Dormir sola en tu habitación, noche tras noche.

Ella sucumbió a aquella pasión que él podía despertar con una sola mirada desde el otro lado del salón. Cuando la acariciaba y la besaba, la enloquecía de deseo.

Al darse cuenta de lo que estaba pasando, lo apartó de un empujón y le dijo:

–Maldito seas, Stephen de Lacey. Eres un granuja egoísta.

–¿Soy egoísta por negarme a mí mismo el placer de hacer el amor contigo? –empezó a vestirse con movimientos bruscos que revelaban su frustración.

Se sintió dolida al oír su tono de voz irónico, y le espetó:

–Quieres tenerme según tus propias condiciones, pretendes alterar el destino. ¿Qué me dices de todas las veces que no hemos usado la funda, Stephen? Podría estar embarazada en este mismo momento.

Él empalideció de golpe. Parecía aterrado, un animal acorralado, asustado y peligroso.

—Si estás esperando un bebé, deshazte de él —susurró, frenético—. La partera puede ayudarte, a lo mejor los cíngaros tienen un remedio para...

—¿Un remedio? Un niño no es una enfermedad, sino una bendición del cielo —le dijo, enfurecida.

—¡Es una maldición!

Ella giró la cara como si acabara de abofetearla.

—Creía que había encontrado la felicidad a tu lado —se puso de pie con brusquedad, y empezó a retroceder hacia la puerta—. Creía que podía abandonar mis planes de encontrar a los asesinos de mi familia. Estaba dispuesta a renunciar a mi identidad, a mis deseos de justicia, a todo por lo que he vivido durante estos últimos cinco años. Por ti, Stephen. Lo habría sacrificado todo por ti.

—No vale la pena que sacrifiques nada por mí, Juliana. A estas alturas, ya deberías saberlo —le dijo él, mientras se ponía las botas.

—Sí, es verdad. Aún tienes los documentos de la anulación, ¿verdad? —respiró hondo, y le dijo con amargura—: Quiero que esta farsa de matrimonio se termine.

Él alzó un brazo, y su mano se cerró en el espacio vacío que los separaba.

—Juliana...

—¡Milord! ¡Milord! —la puerta del manzanar se abrió.

Juliana salió a toda prisa de la cabaña, y Stephen la adelantó.

Nance iba a la carrera hacia ellos, con la falda levantada hasta las rodillas.

—¡Venid, daos prisa! Es el señorito Oliver... ¡se ha desplomado, y no puede respirar!

Después de lanzarle a su esposa una mirada tan fugaz y letal como un rayo, Stephen echó a correr hacia la casa.

Juliana estaba paseando de un lado a otro, delante de la puerta de Oliver. Stephen llevaba horas allí dentro. Como la puerta estaba entreabierta, podía verlo a través de la neblina de alcanfor. Estaba sentado contra la cabecera de la cama, y Oliver estaba laxo y jadeante en sus brazos.

Su marido tenía la cabeza gacha, y el pelo le ocultaba el rostro. Acariciaba sin parar al niño, deslizaba las manos por su espalda, por sus hombros, y por aquel frágil pecho convulso.

Estaba aterrada, y empezaba a entender el pánico que había impulsado a su marido a negarse a tener más hijos. Jamás había visto al niño con un ataque tan fuerte, y presenciarlo era un tormento.

«Mi hijo murió en mis brazos».

El amor que sentía por Oliver había despertado su corazón de madre, y en ese momento se le encogió sólo con pensar en la posibilidad de perder al niño. Se rodeó con los brazos en un gesto protector. Lo cierto era que aún no sabía si estaba embarazada, era posible que estuviera sufriendo un simple retraso. No había pensado en contar las semanas.

«Deshazte de él».

Apenas podía creer que su marido hubiera sido capaz de pedirle tal cosa, que se hubiera atrevido a condenar a muerte a su propio hijo. Seguro que no lo había dicho en serio... sí, seguro que no.

—¿Mi señora? —Kit se acercó a ella. Estaba pálido, y parecía preocupado—. Hay un emisario del rey en el salón.

Juliana sintió que se le helaba la sangre en las venas.

—¿Qué quiere?

—Trae un llamamiento del rey.

Juliana lo agarró del brazo, y lo alejó de la puerta antes de decirle con firmeza:

—No le digas nada a mi esposo, Kit. Ni siquiera debe enterarse de que ha venido el emisario.

—Pero... se trata de una orden real, mi señora.

—He dicho que no. Mi marido ya tiene bastantes preocupaciones, yo misma me ocuparé del emisario.

—¿Estáis pidiéndome que guarde esto en secreto?

—No, estoy ordenándotelo —al ver su expresión dolida, añadió con voz más suave—: Oliver está muy enfermo, y Stephen está haciendo todo lo que puede por ayudarle a superar este ataque. Es una tarea que requiere concentración, y todo el amor que mi esposo tiene en su corazón. Si se distrae aunque sea por un momento y a Oliver le pasa algo, ¿a quién crees que culpará? Dime, Kit, ¿a quién?

—A sí mismo.

—¿Lo entiendes ahora?

—Sí, mi señora.

Juliana bajó al salón, y cuando escuchó el mensaje, supo qué era lo que tenía que hacer.

Se despidió de Lynacre en secreto. Kit era el único que sabía que iba a marcharse, y le había hecho jurar que no se lo diría a nadie.

Al llegar al jardín, sintió el frío del invierno inminente. El suelo estaba salpicado de hojas, y el viento agitaba las flores. Tenía tantos recuerdos vinculados a aquel lugar... allí, en la distancia, estaba Malmesbury. Recordó a Stephen bajando por la cuerda para resolver la disputa que había entre dos niños, y lanzando una piedra hacia la vidriera que el rey le había regalado a la primera baronesa.

En el margen del río ya había largos cercados preparados para el esquileo de primavera, y al final de un sendero estaban los setos y el muro que en otro tiempo habían ocultado el laberinto. La puerta había pasado a estar siempre abierta, y a los niños del pueblo les encantaba ir a jugar al laberinto y al jardín de Oliver.

Se detuvo por un instante a mirar hacia el manzanar. La puerta baja de la valla estaba abierta, y vio una luz que pasaba por la zona donde había hecho el amor por última vez con su marido. Guardó aquel recuerdo muy dentro de su corazón, porque era la última vez que sentiría las caricias de sus labios y sus manos, la última vez que sus cuerpos se unirían.

Cuando había perdido a su familia, pensaba que había sentido un dolor insoportable, pero lo que estaba experimentando en ese momento era incluso peor.

Se fue con premura, se marchó de Lynacre como si fuera una espina que había que sacar con rapidez. Si dudaba, acabaría echándose atrás, y sabía que lo que estaba haciendo era lo mejor para todos.

Mientras viajaba hacia Londres con Laszlo a su lado, consiguió mantener a raya las lágrimas. Tampoco las vertió en la gran cámara de honor de Hampton Court, y permaneció con los ojos secos mientras las doncellas de la duquesa de Bedford la ayudaban a bañarse y le prodigaban atenciones.

Un mayordomo la condujo a la Cámara Privada, un lugar donde sólo podían entrar un selecto grupo de personas. Consejeros ataviados con mantos y nobles vestidos con ropas de seda la miraron con incredulidad, pero ella hizo caso omiso de las miradas y los murmullos y saludó al rey con una elegante reverencia.

El rey Enrique estaba en la cúspide de su majestad, y vestía su ropa regia en todo su esplendor... cuello de armiño, pesadas cadenas de oro, dedos enjoyados, ropa de seda labrada y batista bordada; por si eso fuera poco, los rayos de sol que entraban a través de una ventana creaban un halo alrededor de su cabeza.

—¿Cómo es posible que vuestro esposo os haya enviado sola a la corte? —le preguntó el monarca.

—No fue él quien recibió vuestro mensaje, sino yo.

Los cortesanos empezaron a hablar entre ellos en voz baja, pero se dispersaron como semillas al viento cuando el rey les indicó que se retiraran con un gesto displicente de la mano.

—Necios —murmuró, ceñudo, mientras los veía alejarse—. Quieren que vuelva a casarme. Cromwell tiene en mente a una moza de Flandes que está emparentada con el duque de Cleves.

Se creó un incómodo silencio que se alargó varios segundos; al final, Enrique pareció dejar a un lado lo que estaba pensando y la miró con expresión imperiosa.

–Habéis cometido una insensatez al viajar sola hasta aquí.

–Y vos demostrasteis no tener corazón al hacer llamar a mi esposo.

–¿Desde cuándo necesita un rey tener corazón?

Juliana se habría echado a reír si no lo hubiera dicho tan serio.

–Creía que todo gran príncipe estaba en la obligación de tener uno.

–¡Los súbditos están en la obligación de obedecer a su rey!

Juliana aguantó el embate de su mal genio con calma. Era como si Stephen se hubiera apoderado de todas sus emociones y las hubiera guardado en un arcón mágico que sólo podía abrir él.

–¿Por qué queríais que Stephen de Lacey viniera a la corte, Majestad?

–No tengo que daros explicaciones... ni a vos, ni a nadie. Mientras Wimberleigh mantenía oculto a su hijo, no vi necesidad alguna de imponerle mi voluntad.

En ese momento, Juliana se dio cuenta de que el rey estaba nervioso, y que no dejaba de lanzar miradas furtivas hacia una puerta lateral de la Cámara Privada.

–Entonces, ¿por qué...?

–¡Silencio! –su grito llenó la estancia como el fuego de un dragón–. Ha llegado a mis oídos que el muchacho... se llama Oliver, ¿verdad? Que su salud está mejorando.

–No hasta el punto de poder soportar...

–El heredero de Wimberleigh no va a recibir ningún tratamiento especial, mis nobles se sublevarían si consintiera algo así. El muchacho vendrá a servir a la corte.

En ese momento, alguien llamó desde el otro lado de la puerta lateral, y el rey empalideció de golpe.

–Adelante –dijo con voz más suave, casi deferente.

Un paje vestido con una librea verde y blanca entró en la

estancia, seguido de un hombre que llevaba un largo manto negro... sin duda era un médico.

El pecho de Enrique empezó a subir y a bajar a un ritmo acelerado cuando el médico le dijo algo en voz baja. Juliana reconoció su reacción de inmediato, porque había visto el mismo terror en el rostro de Stephen cuando Oliver tenía uno de sus ataques.

—Se trata del príncipe, ¿verdad? —le preguntó con voz queda, cuando el médico se marchó.

—Sí —parecía aturdido, entumecido por el terror; en ese momento, parecía más hombre que rey.

—¿Por qué no vais a hacerle compañía, Majestad? Los niños se curan mejor si tienen cerca a sus padres.

—¿Cómo lo sabéis? —la miró con expresión suplicante.

—He visto cómo sucedía con Oliver. Necesitaba caricias y cariño, como todos los niños —se mordió el labio, ya que no sabía si sería prudente mencionar a la reina Jane, y añadió—: Sobre todo un niño que no tiene madre.

—¿Estáis diciendo que debería encargarme de los cuidados del príncipe de Gales? Tiene multitud de lacayos a su disposición, además de médicos, enfermeras, tutores...

—Pero sólo tiene un padre, Majestad.

Enrique se quedó inmóvil como una estatua durante unos segundos, con la excepción del brillo de la rosa Tudor de oro que llevaba al cuello. Entonces asintió con un gesto seco, agarró una campanilla, y la hizo sonar.

—Los Romanov sois unos alborotadores impertinentes.

Mientras sus asistentes personales se apresuraban a acercarse para ayudarle a bajar del trono, Juliana lo miró con asombro y le preguntó:

—¿Cuándo decidisteis creer que soy una Romanov?

Enrique soltó un gruñido cuando dos de sus asistentes lo agarraron de los brazos y le ayudaron a levantarse. Los vendajes que tenía en la pierna creaban un bulto debajo de las calzas, y apoyó el pie en el suelo con cuidado.

—Havelock nos dio información sobre vuestro broche, y

Cromwell hizo algunas averiguaciones; al parecer, tanto el diseño como el lema son propios de los Romanov.

—Sangre, promesas, y honor —Juliana pronunció las palabras en ruso.

—Tengo otra sorpresa para vos, que supongo que os complacerá —mientras iba cojeando hacia la puerta, gritó—: ¡Cromwell!

Thomas Cromwell entró de inmediato, como si hubiera estado hasta ese momento escuchándolo todo desde la antecámara.

—Conducid a nuestra invitada al jardín del río.

Juliana le hizo un sinfín de preguntas al Lord del Sello Privado, pero no obtuvo ninguna respuesta. Cuando cruzaron una puerta, el viento frío la golpeó de lleno en la cara. Estaba en la parte superior de una cuesta salpicada de senderos y cenadores que bajaba hasta el Támesis, por donde navegaban multitud de barcazas.

Miró por encima del hombro con una pregunta en los labios, pero se dio cuenta de que Cromwell ya se había ido. El jardín parecía vacío, los árboles eran como esqueletos, y las plantas de hoja perenne carecían de brillo por culpa del humo londinense.

Notó por el rabillo del ojo un ligero movimiento, y vio a un hombre que estaba de espaldas a ella, mirando hacia el río. Llevaba botas y un manto rojo echado sobre un hombro, y su pelo negro brillaba bajo la luz del atardecer.

Se quedó mirándolo en silencio durante un largo momento. El hombre llevaba la parte superior de las botas doblada bajo la rodilla, y su manto estaba ribeteado con un llamativo diseño de cruces bizantinas.

Sintió que se le formaba un nudo en el estómago, y el mundo pareció tambalearse a su alrededor. Debió de hacer algún sonido... un grito ahogado, una exclamación de incredulidad... porque el hombre se giró hacia ella.

Juliana vio los botones enjoyados sobre su pecho, vio sus ojos oscuros y un mechón de pelo rizado que caía sobre una frente noble. Vio un rostro apuesto y familiar que se iluminó con una sonrisa al verla.

Fue hacia él como si estuviera andando en sueños. Intentó hablar, pero sólo pudo pronunciar su nombre.

—¡Alexei!

CAPÍTULO 16

—Que Dios me ayude, Jonathan. No sabes cuánto la echo de menos —Stephen resopló con frustración, y pasó el filo de su estoque por la piedra de afilar.

Había cancelado la clase de esgrima de Kit por culpa de una nevada temprana e inesperada, y los tres estaban limpiando armas y bebiendo cerveza en la armería. Oliver se había recuperado de su ataque, y desde allí se le oía jugar con su perro.

Jonathan Youngblood dejó su jarra sobre la mesa con un sonoro golpe que sobresaltó a Kit, que en ese momento estaba limpiando unas espuelas en una pila con vinagre y arena. El muchacho llevaba unos días bastante nervioso.

—Perdona, la cerveza debe de ser más fuerte de lo que pensaba. Me ha parecido oírte decir que echas de menos a tu mujer —dijo Jonathan, mientras se secaba con los dedos el espeso bigote.

—Es la pura verdad. Ya sé que es una locura, que discutíamos constantemente...

—¿Constantemente?

Los recuerdos se arremolinaron de repente en la mente de Stephen. Juliana abrazándolo, susurrándole al oído...

—Bueno, casi —admitió, ceñudo.

Su amigo soltó un profundo suspiro, y le dijo:

—En ese caso, no tendrías que haberla echado.

Stephen dio un puñetazo tan fuerte en la mesa, que la piedra de afilar cayó al suelo y se desmoronó.

—Yo no la eché.

Era consciente de que aquello no era cierto. Recordaba con terrible claridad cómo lo había mirado con expresión dolida, la incredulidad y la devastación que se habían reflejado en el rostro de su esposa cuando le había dicho que no quería tener hijos con ella. Habría intentado explicarle el miedo y la angustia que lo atenazaban, pero entonces los había interrumpido la emergencia con Oliver; después, Jillie le había mirado con expresión acusadora y le había dicho que Juliana se había marchado con Laszlo.

Quizá su sangre cíngara se había impuesto, quizá se había marchado porque no podía vivir en un mismo sitio durante demasiado tiempo... no, lo que pasaba era que no podía vivir con él, con un hombre que no confiaba en el amor ni tenía fe en el futuro.

¿Adónde había ido?, ¿cómo había sido capaz de abandonarlo?

—Seguro que regresa cuando se calme —le dijo Jonathan, para intentar consolarle—. Aunque la verdad es que pensaba que a estas alturas ya estaría aquí —esbozó una sonrisa juguetona, y tocó apenas la oreja de su hijo con la punta de su espada—. Ya han pasado dos semanas, ¿verdad?

El muchacho agachó la cabeza, y frotó con brío las espuelas en la pila. Antes de que pudiera contestar, oyeron que Pavlo ladraba desde fuera, y Algernon Basset entró de improviso. Tenía las mejillas enrojecidas por el frío, y llevaba una gorra veneciana de terciopelo.

—Vaya, si es mi leal amigo Havelock. ¿Has revelado algún secreto últimamente? —le preguntó Stephen con frialdad.

Algernon se agachó al pasar por debajo de una viga. Del techo colgaban yelmos y escudos de antiguas batallas olvidadas.

—Ya sé que no puedo esperar tu perdón, Stephen, aunque desearía poder ganármelo —se quitó los guantes, y sacudió los dedos para que entraran en calor—. Tengo que confesarte algo más.

—Vaya, esto va a ser de lo más interesante —Jonathan se puso de pie, y dobló su estoque mientras miraba al recién llegado con una sonrisa amenazadora.

Algernon se humedeció los labios antes de decir:

—Es algo relacionado con tu mujer, Stephen. Le conté a Cromwell lo de su broche... le hablé del rubí Romanov, y del lema de la familia.

—Caramba, has estado muy ocupado.

—Fue hace meses, y creí que lo que estaba diciéndole carecía de importancia.

—Maldito malnacido... —Stephen sintió que lo recorría una oleada de furia—. Primero usaste a un niño enfermo para congraciarte con el rey, porque no podías ganarte su atención por tus propios méritos, y ahora este... este... —masculló una imprecación, y le dio la espalda.

—¿De qué broche estáis hablando? —les preguntó Jonathan.

—Del que lady Juliana llevaba siempre encima. Tengo ciertas aptitudes como lingüista, y reconocí las marcas que había grabadas. Creí que te ayudaría a quedar en buen lugar si demostraba que no te habías casado con una cíngara, sino con una princesa rusa.

Stephen plantó las palmas de las manos sobre la mesa, y se inclinó hacia delante.

—¿Desde cuándo me he preocupado por quedar en buen lugar, Algernon?

—Eh... en fin, parece ser que al final Cromwell hizo gestiones para que el embajador ruso viniera a Inglaterra.

Stephen lanzó una mirada hacia la estrecha ventana de la armería, y sintió un escalofrío al ver los pequeños copos de nieve que oscurecían la vista.

—No conseguirá localizarla, se ha escapado con Laszlo.

Puedes añadir esta información a tu colección de chismorreos.

—¿No creéis que deberíamos intentar encontrarla? Al fin y al cabo, no sabemos qué clase de hombre es ese ruso.

—En eso tiene razón este pequeño pestilente —comentó Jonathan.

—No tengo ni idea de dónde pueden estar —dijo Stephen.

—Mi señor... —dijo Kit, con manos temblorosas.

—Organizaremos la búsqueda —Stephen se sentía más vivo que en días—. Jonathan, reúne a un grupo de hombres del pueblo. Kit, encárgate de...

—Sé adónde fue lady Juliana, mi señor —el muchacho tenía los labios muy pálidos, casi incoloros.

—¿Qué?

—Vuestra esposa. Que Dios me perdone, pero lo he sabido desde el principio.

—¿Adónde fue?

—A Londres, mi señor —tenía el rostro tenso por la culpa que sentía—. A la corte real.

Juliana estaba arrodillada en el suelo, vomitando en un orinal. Cuando vació del todo el estómago, se levantó temblorosa y se acercó a la palangana con agua fresca que había encima de la mesa. Después de lavarse la cara, apoyó la frente en el borde del recipiente.

Dos semanas atrás, se habría sentido entusiasmada ante los síntomas que tenía, pero en ese momento estaba angustiada y llena de dudas. Sabía que no debería alegrarse por el hecho de estar esperando un hijo de Stephen, pero...

Se incorporó y posó la mano abierta sobre su vientre en un gesto protector. Desde lo más profundo de su alma, brotaba una felicidad inmensa como una fuente cálida y reconfortante. La había tomado por sorpresa la magnitud de los sentimientos que inspiraba en ella aquella vida pequeña e indefensa que estaba gestándose en su interior.

«Deshazte de él».

Cuando la despiadada orden de Stephen resonó a través del tiempo y la distancia, hundió el rostro en el agua de la palangana antes de que las lágrimas tuvieran tiempo de surgir.

Media hora después, salió de sus elegantes aposentos en Hampton Court y se dirigió hacia el salón de audiencias. Estaba recién bañada, peinada, bien vestida... y sonriente. Era lo apropiado en la corte de Enrique VIII, se había dado cuenta de inmediato. Por mucha angustia que uno sintiera por dentro, tenía que sonreír e interpretar el papel de alegre cortesano.

Mientras atravesaba patios helados y avanzaba por pasillos ventosos, se preguntó dónde estaba Laszlo. El cíngaro se había marchado en cuanto ella le había contado que Alexei se había salvado milagrosamente de la matanza, y no había vuelto a saber nada de él desde entonces. Quizá se había sentido incómodo en Hampton Court, rodeado de portones imponentes, patios amurallados, y guardias armados.

Tampoco había vuelto a ver a Alexei, aunque sabía que no se había marchado. Las damas de la corte no dejaban de hablar de lo apuesto que era, y de su atractivo exótico y misterioso. Él afirmaba que no se acordaba de nada de lo que había pasado la noche de la matanza en Nóvgorod, y ella prefería evitar verlo siquiera.

Se preparó mentalmente para el día que tenía por delante. Después de pasar una semana entera esperando, un heraldo había ido a anunciarle que el rey iba a recibirla.

No había pasado aquellos días de brazos cruzados, sino que los había aprovechado para familiarizarse con la corte del rey Enrique. Le había resultado más fácil de lo que esperaba, ya que había descubierto muchas similitudes con la casa ducal de su padre... la ceremonia, el secretismo, los chismorreos, y la fastuosidad.

Escuchando con cuidado y discreción en el salón de las damas, se había enterado de algunos de los rasgos del monarca; al parecer, le gustaba ser rey, pero le resultaba tedioso cumplir con las obligaciones propias de su cargo. Enrique sólo dedicaba dos horas por la mañana a los asuntos del reino, y se comentaba entre susurros que ni siquiera le gustaba firmar los decretos y los documentos oficiales, y que utilizaba un sello único que contenía la impresión en relieve de su firma... y que había sido diseñado años atrás por un barón llamado Stephen de Lacey.

Cada vez que pensaba en su esposo, sentía una oleada de añoranza que la dejaba sin aliento. A pesar de que se repetía una y otra vez que no debería echarle de menos, su corazón se negaba a escucharla.

Después de la reunión matutina con el consejo, el rey dejaba los asuntos del reino en manos del implacable Cromwell, y durante el resto del día se dedicaba a divertirse. Aquel día en concreto, y gracias a la fría lluvia que durante la noche había cuajado hasta convertirse en pequeños copos de nieve, el rey había optado por los entretenimientos que podían disfrutarse dentro del castillo, que eran mucho más peligrosos que las actividades al aire libre como la caza o la arquería.

El salón de actos era un hervidero de actividad. A lo largo de las paredes había largas mesas, el vino y la cerveza fluían de forma copiosa, y en el centro de todo, como el eje de una rueda que no dejaba de girar, estaba sentado el mismísimo Enrique.

Un grupo de teatro estaba actuando. Al perder de vista al heraldo, se detuvo a la sombra de un tedero. Se le había olvidado desayunar, y de repente se sintió hambrienta. Se acercó con paso un poco vacilante a una de las mesas, pero volvió a sentir náuseas al oler la cerveza y la carne.

Respiró hondo cuando sintió que la cabeza empezaba a darle vueltas. Decidió marcharse de inmediato, pero al dar media vuelta se encontró cara a cara con lord Spencer Merrifield, al que había conocido unos días antes. Era un caballero de aspecto distinguido bastante mayor que ella, que tenía un aire de espléndida melancolía. Tenía un aspecto bastante incongruente, ya que iba ataviado con la elegante ropa propia de la corte, y sujetaba un bebé contra la cadera.

Después de saludarlo con una débil sonrisa de cortesía, centró su atención en la obra de teatro. No tardó en darse cuenta de que la obra que estaban interpretando le resultaba familiar, y se dijo que debían de ser unos actores bastante osados.

Un hombre corpulento que llevaba una corona torcida estaba discutiendo con una mujer mayor de aspecto severo. Ella sacudió un rosario exageradamente grande en las narices del hombre, hasta que éste alzó las manos en un gesto de exasperación y se volvió hacia la belleza de ojos color azabache que estaba esperándolo entre las sombras.

En cuanto la joven le dio un muñeco con el pelo color naranja, el hombre lo lanzó a un lado, se volvió de nuevo hacia ella, y le cortó la cabeza. Una cabeza de papel que tenía pintada una cara sorprendida y con la boca abierta rodó por el suelo.

Los nobles se echaron a reír, pero en cuanto empezaron a darse cuenta de que al rey no le había hecho ninguna gracia lo que acababa de presenciar, fueron callándose escalonadamente, como velas apagándose una a una.

Cuando el bebé que Spencer tenía en brazos empezó a lloriquear, él lo acunó con suavidad y susurró:

—Shhh... tranquila, Alondra.

—¿Se llama Alondra? —le preguntó Juliana.

—En realidad se llama Guinivere Beatrice Leticia Rutledge Merrifield, pero Alondra le queda bien.

Juliana miró a la niña con la fascinación de una mujer embarazada. La pequeña tenía la piel marfileña y rosada, y el pelo negro.

—Es preciosa, mi señor. ¿Es vuestra nieta?

Él se volvió ligeramente hacia ella, y esbozó una sonrisa llena de amarga ironía al decir:

—No, es mi esposa.

—¿Vuestra esposa?

—Sí, pero es una larga historia.

Al ver que volvía a centrar su atención en los actores, Juliana se ruborizó al darse cuenta de que se había comportado como una entrometida, pero cuando el rey ordenó con voz imperiosa que sacaran a los actores de la corte, no pudo evitar preguntar:

—¿Van a castigarlos?

—Sí, con un día en el cepo. Si no mueren congelados, podrán marcharse.

—¿Cómo es posible que se hayan atrevido a satirizar así las tribulaciones matrimoniales del rey?

—Son irlandeses —al parecer, aquello le parecía explicación suficiente, pero al ver que Juliana lo miraba con desconcierto, añadió—: Todos los irlandeses son unos necios, y odian a los ingleses —señaló a los actores, y comentó—: Ése es el más necio de todos, afirma que tuvo una visión. Dice que encontrará una línea de nobles irlandeses, y que uno de los miembros de esa línea se sentará en el regazo del monarca inglés —escupió en el suelo con actitud despectiva—. Las visiones de un irlandés carecen de valor.

Al ver que Alexei y sus compañeros rusos entraban en el salón, Juliana murmuró:

—Entiendo. Ha sido un placer hablar con vos, mi señor, y conocer a... a vuestra esposa —dio unas palmaditas suaves en la cabeza de la niña, y fue a saludar a Alexei.

Mientras se abría paso entre la multitud, pensó de nuevo en los extraños caprichos del destino. La profecía de Zara no había sido más que un recuerdo lejano, pero en ese momento la recordó con total claridad. Sí, era cierto que había viajado lejos tanto en el tiempo como en la distancia, pero había algo que no encajaba. Cuando miraba a Alexei, veía un boyar apuesto y orgulloso, pero a pesar de sus muchas virtudes, no era el hombre al que amaba.

Pero, ¿lo era Stephen?

Aún seguía igual de indecisa cuando saludó a Alexei con una sonrisa cortés. Los hombres que lo acompañaban retrocedieron de inmediato, y cuando uno de ellos quedó iluminado por la luz de una antorcha, alcanzó a ver una cicatriz que tenía en el cuello. Sintió que se le ponía el vello de punta y se tambaleó ligeramente, pero atribuyó su mareo al malestar matutino propio del embarazo.

Alexei entrechocó los talones de las botas y la saludó con una reverencia. Cuando la luz de la antorcha se reflejó en un ornamento que llevaba, quedó cegada por un momento y tuvo que parpadear. Entonces fue cuando vio los botones de su chaqueta, y se dio cuenta de que eran granates.

—Alexei...

Él le rozó la barbilla con un nudillo, y le dijo en ruso:

—Siempre pensé que serías atractiva, pero jamás imaginé que pudieras ser tan hermosa.

Ella se estremeció al oír aquellas palabras, y fue incapaz de apartar la mirada de aquellos botones.

—¿Recibiste mis mensajes, Alexei?

—¿A qué mensajes te refieres?

—A todos ellos —las sospechas empezaron a abrirse paso como bilis por su garganta—. Envié a tu familia un botón con cada mensaje, porque sabía que ellos pagarían en oro por cada uno.

Él la tomó del brazo con aparente dulzura, pero Juliana notó la fuerza férrea de sus dedos agarrándola justo por encima del codo.

—Debiste de recibir el primero hace unos cuatro años, o incluso más. ¿Por qué no empezaste a buscarme de inmediato?

Él no contestó, no dejó de andar hasta que llegaron al estrado donde esperaba el rey.

Juliana apenas podía pensar. Las ideas se arremolinaban en su mente, giraban y cristalizaban antes de desaparecer como copos de nieve en el agua.

—Vaya, mi buen y leal embajador de todos los rusos —dijo Enrique, con grandilocuencia—. No sabéis cuánto me alegra recibiros.

Juliana reconoció aquella adulación propia de las relaciones diplomáticas. De niña solía esconderse junto a sus hermanos debajo de la escalera de mármol, para escuchar las conversaciones que su padre mantenía con los otros boyares.

Sintió que los ojos le ardían con lágrimas contenidas al pensar en Boris y en Misha, y se obligó a prestar atención a la conversación.

—El príncipe Iván es un niño, sólo tiene ocho años —estaba diciendo Alexei—. Su querida madre, la princesa Elena, murió este mismo año. Pero algún día será fuerte, un príncipe para todos los rusos. Mi padre es su asesor principal.

Aquellas palabras acrecentaron las sospechas de Juliana. En el pasado, los Shuisky eran una familia con poco poder. ¿Cómo se las habían ingeniado para ascender tanto en cinco años?

—Vuestra reunión con lady Juliana es todo un acontecimiento.

Con el entusiasmo de un bardo, el rey procedió a narrar ante la corte una historia de dos jóvenes enamorados separados por la tragedia, por leguas y años, que se sentían rebosantes de alegría al reencontrarse en presencia de un poderoso y benevolente monarca.

«El problema es que no siento ni un ápice de alegría», se dijo Juliana para sus adentros.

—El Lord del Sello me ha asegurado que vuestro matrimonio va a formar una dinastía inigualable —dijo el rey, a modo de conclusión.

—¿*Matrimonio?* —la palabra escapó de los labios de Juliana en un arranque de incredulidad—. Pero...

—Os aseguro que se cumplirán por fin los deseos de vuestro padre, el gran boyar Gregor Romanov.

—Pero...

—Y para cimentar nuestros nuevos acuerdos comerciales con Rusia, las nupcias se celebrarán en este palacio, con todos los honores.

Juliana apenas podía creer lo que estaba oyendo. Sintió náuseas de nuevo, y se habría desplomado si Alexei no hubiera estado sujetándole el brazo. Apenas notó el alboroto que estaba creándose a su espalda... una voz alzada y llena de enojo, exclamaciones de indignación, y finalmente el tintineo de unas espuelas mientras unos pasos firmes se acercaban al estrado.

El rostro del rey se endureció hasta asemejarse al de una estatua.

—No he oído que os anunciaran, Wimberleigh —dijo, con actitud displicente.

Juliana se zafó de un tirón de la mano de Alexei, y se volvió de golpe.

—Oliver... —susurró, aterrada.

—Se recuperó —los ojos gélidos y llenos de odio de Stephen la miraron por un momento, después se volvieron hacia Alexei, y por último se centraron en el monarca. Hizo una reverencia, y dijo—: Disculpadme, Majestad. He venido en busca de mi esposa.

—¿Esposa?, ¿qué significa todo esto? —masculló Alexei en ruso.

—Habéis llegado en el momento perfecto, Wimberleigh —el rey parecía perversamente satisfecho—. Estábamos hablando de vuestra situación; al parecer, lady Juliana llevaba muchos años prometida a lord Alexei.

Stephen sonrió con ironía, y comentó:

—Qué interesante. Pero sin duda el compromiso terminó cuando la dama se casó conmigo por orden vuestra.

Mientras en el exterior el viento invernal azotaba el patio, Juliana miró a su marido y al hombre que su padre había elegido para ella tanto tiempo atrás. El atractivo dorado de Stephen, enfatizado por el enrojecimiento causado por el frío, contrastaba con la apostura morena de Alexei. Eran como el día y la noche; el uno dorado y el otro oscuro, y ambos mirándola con expresión fiera y posesiva.

—Un matrimonio que se concertó tan a la ligera se puede terminar con facilidad —Enrique repiqueteó los dedos sobre su pecho, y añadió—: ¿Qué preferís, la anulación, o el divorcio?

—Ninguna de las dos cosas —le espetó Stephen con tono cortante—. Nos casamos a los ojos del estado, de la iglesia, y...

Al ver que se interrumpía, Juliana se dio cuenta de que debía de estar pensando en la ceremonia cíngara.

—La unión es tan fuerte e inviolable como un vínculo de sangre —añadió, mientras la agarraba por la muñeca con su mano enguantada.

El rey esbozó una sonrisa engañosamente despreocupada, y le dijo:

—Mi querido lord Wimberleigh, ¿acaso estáis diciendo que carezco de la autoridad necesaria para invalidar un matrimonio?

Se hizo un silencio denso, que contenía implícitas las palabras que el monarca no tuvo necesidad de decir. Había desafiado al papa para disolver el matrimonio de veinte años que lo había unido a Catalina de Aragón. Un hombre que podía descartar de un plumazo cientos de años de tradiciones no necesitaba justificarse ante un mero noble.

Enrique se dio una palmadita en el estómago, y miró sonriente a Alexei.

—La injusticia que sufristeis será reparada en mi corte. Podréis casaros con lady Juliana en cuanto esté todo dispuesto.

Stephen se abalanzó hacia el estrado.

—Majestad, no...

La punta de una espada afilada en el cuello lo detuvo en seco. Una mujer soltó un grito y se desmayó. Juliana empalideció de golpe, pero él ni siquiera se inmutó mientras un hilillo de sangre le bajaba por el cuello. Todo el mundo pareció contener el aliento hasta que al fin, con una calma gélida, Stephen posó un pulgar enguantado en la punta de la espada, la apartó a un lado, y miró impasible a Alexei.

Juliana reconoció el fuego que brillaba en los ojos de su marido, y supo que estaba deseando enfrentarse al ruso.

—Eso ha sido muy descortés por vuestra parte, señor.

Alexei lo miró con soberbia, y le dijo:

—En mi país, uno no desafía a su soberano.

Stephen esbozó una sonrisa carente de humor.

—Tampoco lo hacemos en Inglaterra —sin apartar la mirada de Alexei, se mordió el dedo medio y tiró del guante. Mientras iba quitándoselo dedo a dedo, añadió—: Lo que sí que hacemos es desafiar a los advenedizos extranjeros que intentan robarnos las esposas.

El guante surcó el aire y dio de lleno en el pecho de Alexei, justo encima de los botones de granate, antes de caer al suelo.

El ruso estaba hecho una furia. Alzó un pie, aplastó el guante con el tacón de la bota, y dijo con voz tensa:

—Sois un necio, milord.

—¿Debo suponer que aceptáis mi desafío?

—Por supuesto.

—¡No! —Juliana utilizó la furia para intentar ocultar el miedo que sentía—. No pienso permitir que mi futuro lo decidan dos necios mediante un duelo —sintió que alguien la agarraba del brazo para sujetarla, y se dio cuenta de que era uno de los asistentes del rey.

Enrique alzó una mano, y le dijo:

—Mantened la calma, lady Juliana. Que empiece ya el entretenimiento.

Hizo un gesto lleno de soberbia, y los cortesanos se apresuraron a ir al patio donde iba a celebrarse el duelo. Los compañeros de Alexei empezaron a lanzarle gritos de ánimo.

Juliana se zafó del asistente del rey que la tenía sujeta, y agarró a su esposo del brazo.

—No lo hagas —le susurró, mientras sentía que la recorría un escalofrío. No confiaba en Alexei, aunque la única razón que cimentaba su desconfianza era el inquietante presentimiento que le aceleraba el corazón.

Stephen se quedó mirándola durante un largo momento, y en sus ojos azules relampagueó algo que ella no alcanzó a descifrar. Confusión, dolor, anhelo... él la había echado de su vida casi a la fuerza, pero aun así...

—No te preocupes, mi señora —le dijo él, con el rostro inexpresivo—. Puede que humille a tu querido Alexei, pero no voy a matarle; si lo hiciera, quizá me tocaría tener que quedarme contigo.

Los días cortos de invierno hacían que Laszlo recordara el viejo país, donde el sol empezaba a esconderse después de unas breves horas de claridad. La luz mortecina, sumada a las voces rusas que inundaban la taberna, le hicieron retroceder en el tiempo.

Sonrió con naturalidad, y miró con secreto desdén a los hombres con los que estaba tomando unos tragos. Como los oficiales le habían prohibido la entrada a palacio por ser cíngaro, la única forma que tenía de proteger a Juliana era relacionándose con los hombres de Alexei.

Eran unos patanes, y le facilitaban información con el entusiasmo de una novia entrada en años en su noche de bodas.

Durante la primera ronda de cerveza, descubrió que los cuatro miembros del séquito de Alexei habían formado parte de un grupo de trabajos forzados a bordo de un barco de comercio que navegaba en el Báltico.

—¿Qué clase de hombre permite que otro le obligue a trabajar? —murmuró, antes de apurar su jarra.

Obtuvo la respuesta durante la tercera ronda, y lo que

oyó le puso nervioso. Fingió admiración mientras sonreía de oreja a oreja, y comentó:

—¿Erais convictos? ¿Convictos de qué, caballeros?

Los rusos se echaron a reír mientras se daban algún que otro codazo.

Laszlo pidió más cerveza, y comentó:

—En fin, no soy más que un cíngaro estúpido. No alcanzo a entender por qué un gran embajador querría rodearse de convictos.

Los rusos rieron con más ganas, y uno de ellos dijo:

—Sí, sois estúpido como un inglés, ¿verdad que sí, Dimitri? Lord Alexei ha conseguido que todo el mundo, incluso el rey, se crea que es el embajador.

A pesar de que el instinto de Laszlo le impulsaba a salir de allí cuanto antes, se obligó a esbozar una sonrisa idiota y a decir:

—¿Estáis diciendo que Alexei Shuisky no es el embajador de Moscovia?

Dimitri agarró su jarra, y se llevó una gran decepción al ver que estaba vacía.

—El embajador está muerto, ni siquiera llegó a las puertas del Kremlin.

Mientras los asesinos reían a mandíbula batiente, Laszlo les dijo que tenía que ir a hacer pis y se alejó de la mesa.

El choque del metal resonó en el patio cubierto de nieve. Juliana estaba presenciando el duelo con las manos desnudas posadas sobre el vientre en un gesto protector. No hacía ningún caso a la actividad que la rodeaba... los hombres que bebían copas de vino caliente, los cortesanos que hacían apuestas sobre el resultado del duelo... sólo fue vagamente consciente de un alboroto que estaba formándose en la puerta que comunicaba aquel patio interior con los exteriores.

Tenía la atención fija en los dos hombres que estaban

intentando acabar el uno con el otro. Intentó sacar de su interior a la cíngara osada en la que se había convertido durante los últimos cinco años. La Juliana de los cíngaros se habría interpuesto entre los dos y les habría gritado que se detuvieran, pero las cosas habían cambiado. En ese momento estaba mareada, confundida, y tenía náuseas. Se sentía como un frágil recipiente de cristal diseñado para proteger a la vida que llevaba en su interior, tenía la impresión de que iba a romperse en mil pedazos sólo con moverse.

—Sois unos majaderos —dijo en voz baja.

Los dos adversarios estaban jadeantes. Alexei esgrimía su estoque en una mano y una daga corta en la otra, y luchaba con la habilidad fría y avezada de un guerrero; por su parte, Stephen esgrimía su espada y un puñal con igual destreza, pero con mucha más pasión. Corría riesgos, arremetía de forma temeraria y amagaba a escasos centímetros de la afilada hoja del ruso.

El rey ordenó que se sirviera un refrigerio, y elogió la habilidad de los dos duelistas. Estaba sentado en la litera real mientras reía con entusiasmo, y parecía un rey invernal con el rostro enrojecido y una gran afición por los entretenimientos sangrientos.

Juliana deseó que Laszlo estuviera allí, o por lo menos en las cercanías. Estaba sola, temblorosa, y apartada de los nobles. Cuando empezó a oscurecer, varios lacayos colocaron antorchas en los tederos que había a lo largo de las paredes, y ella sintió una inquietante sensación de familiaridad al ver el patio nevado bañado por la luz anaranjada del fuego.

El miedo que la atenazaba se acrecentó, y gimió con suavidad mientras se tambaleaba. Había sido un día largo y lleno de incidentes, estaba cansada y exhausta... Stephen y Alexei estaban intentando matarse.

No podía olvidar cómo la había mirado su marido cuando lo había tocado. Era obvio que creía que había escapado de Lynacre para reencontrarse con Alexei.

Se sobresaltó al ver que la hoja del ruso desgarraba la camisa de su marido. Éste contraatacó de inmediato, y Alexei arremetió con la daga y alcanzó a darle en la empuñadura de la espada.

Juliana hizo ademán de ir hacia ellos, pero cuando alguien la detuvo al agarrarla del brazo con firmeza, se volvió y vio que se trataba de Jonathan Youngblood, que parecía adusto y cansado tras un largo viaje.

—Está aguantando bien, no lo humilléis aún más.

—¿Qué queréis decir?

—Interceptasteis un mensaje del rey, y vinisteis corriendo a la corte para reuniros con vuestro amado ruso. Para muchos, algo así es vergonzoso.

—¡No tenía ni idea de que Alexei estaría aquí! Llevaba cinco años sin saber nada de él, y...

—¡Por los clavos de Cristo! —dijo él, con la mirada fija en el enorme portalón de entrada—. Ése que se acerca es Kit.

Juliana siguió la dirección de su mirada, y lo que vio la dejó atónita. Dios del cielo, estaban todos. Parecían una compañía teatral, algunos iban en los carromatos de los cíngaros y otros a lomos de sus monturas. Vio a Kit cabalgando al frente como un capitán en la vanguardia, y a Pavlo corriendo a su lado. Le seguían Rodion a caballo con Jillie montada detrás, y a pesar de la distancia, alcanzó a ver que su doncella no dejaba de dar instrucciones mientras señalaba hacia delante. En uno de los carromatos estaban Kristine y Nance Harbutt junto a William Stumpe, y entre ellos estaba sentado Oliver.

«Dios, no...», sintió que se le formaba un nudo en el estómago al ver al pequeño. Tanto ajetreo podría acabar con él.

—Maldita sea, le dije a mi hijo que se quedara en Wiltshire —masculló Jonathan.

Al escuchar un resoplido de sorpresa, se volvió de golpe hacia los duelistas y vio a Alexei retrocediendo un paso tras dar una acometida. Su barba enmarcaba la línea cruel de su sonrisa.

Stephen tenía un lado de la cara ensangrentado, y la expresión de su rostro era de aturdimiento y agonía.

Juliana sollozó y volvió a intentar abalanzarse hacia ellos, pero Jonathan la detuvo de nuevo.

—No es tan grave como parece. Las heridas en la cabeza suelen sangrar copiosamente, por muy superficiales que sean.

—No digáis tonterías, tiene que rendirse.

—Maldita sea, mujer, ¿acaso no lo entendéis?

—¿El qué?

—Prefiere morir antes que rendirse.

Juliana se llevó un puño a la boca, y respiró hondo. El aire gélido transportaba el olor de las antorchas y de la nieve recién caída. Se obligó a seguir mirando mientras los combatientes se movían en círculos. Stephen observaba con mirada acerada a su adversario, era obvio que estaba esperando a que apareciera la más mínima brecha en su defensa. Cuando bajó un poco el estoque mientras se preparaba para dar una estocada, Alexei alzó su espada en posición de defensa mientras con la mano derecha movía la daga en un gesto desafiante.

Stephen atacó con la rapidez de un látigo, y para cuando Alexei alzó la espada y detuvo el golpe, él ya estaba retrocediendo de espaldas al pabellón improvisado donde el rey y su corte estaban sentados.

Alexei avanzó mientras pasaba al contraataque.

—Eso es... acercaos, ruso pestilente —masculló Stephen, sin apartar la mirada de la espada de su adversario—. Soy un blanco voluminoso, y ya estoy sangrando.

—En mi país no se considera un deshonor rendirse a la primera sangre —Alexei atacó con una estocada súbita, pero Stephen la esquivó al retroceder hacia el salón—. Todo esto es por una mujer... decidme, milord, ¿de verdad merece la pena morir por ella?

Aquella pregunta abrió una pequeña brecha en las defensas de Stephen, y en un abrir y cerrar de ojos Alexei lo acorraló contra la pared y posó la punta de la espada contra su cuello.

Todo el mundo se quedó inmóvil, los únicos sonidos que quebraban el silencio eran los de la respiración agitada de los combatientes y el ruido cada vez más cercano de los carromatos y los caballos procedentes de Lynacre.

—¡Rendíos o morid! —gritó Alexei, con voz atronadora.

Stephen esbozó una sonrisa, y de repente alzó el pie y le dio un fuerte empujón en el pecho que le hizo trastabillar hacia atrás.

Alexei logró recuperarse y adoptó una posición de defensa, pero había cambiado los términos del duelo. Al intentar manipular las emociones de Stephen había abierto las puertas de una mezcla volátil de pasión, furia, y orgullo herido.

Stephen atacó sin descanso con estocadas amplias e implacables, y Alexei empezó a retroceder más y más mientras su rostro reflejaba miedo por primera vez. Sus ojos oscuros reflejaban una alarma creciente mientras intentaba parar estocada tras estocada.

Stephen era como un animal que jugueteaba con su presa. Fue abriendo heridas en el brazo izquierdo de su contrincante, en el hombro derecho, y en el muslo. Era tan rápido, que Juliana sólo se daba cuenta de la cuchillada al ver la herida.

Su marido era como un hombre blandiendo una guadaña, daba tajos a diestro y siniestro mientras Alexei se desorientaba cada vez más.

De repente, la mente de Juliana volvió a hacer de las suyas. Vio a Stephen y a Alexei derramando sangre sobre la nieve, y sus sombras se cernieron como demonios amenazadores bajo la luz de las antorchas. Al darse cuenta de que estaba de nuevo en Nóvgorod, bajo un arbusto cubierto de nieve, mientras unos soldados asesinaban a su familia, se cubrió la boca con las manos para sofocar un grito.

Un sonido súbito rompió el hechizo. La espada de Alexei rodó por el suelo, y se detuvo a los pies de una escalinata de piedra.

Al ver que Stephen echaba hacia atrás su estoque para dar el golpe de gracia, se oyó gritar a sí misma:

—¡No! ¡No le mates, Stephen, te lo suplico! —no sabía por qué estaba pidiendo clemencia para Alexei, quizá porque sabía que aquel acto de venganza convertiría a Stephen en un asesino, y lo atormentaría durante el resto de sus días.

Él bajó el arma mientras luchaba por recobrar el aliento, y dijo con calma:

—Supongo que deberíamos haberle pedido a la dama que resolviera esta disputa, nos habríamos ahorrado muchos problemas.

Mientras Alexei gemía de dolor y se desplomaba, Juliana echó a andar hacia su marido. Seguía mareada y le flaqueaban las piernas, pero consiguió seguir avanzando. Tenía tantas cosas que decirle a Stephen, que las palabras se le apelotonaban en la garganta.

De repente, antes de que pudiera llegar hasta él, la pesadilla cobró vida, precedida por los ladridos furiosos de un perro.

Alexei se lanzó a por su espada, y emergió de entre la nieve y las sombras como un ser poseído mientras gritaba:

—¡*Maldito seas!*

En ese momento, Juliana supo que era la misma voz que había oído tantos años antes, las mismas palabras, y el presente se convirtió en un espejo del pasado: el reflejo rojo como la sangre del fuego sobre la nieve, la espada surcando el aire, alguien que mascullaba una imprecación, una hoja mortal descendiendo más y más...

Stephen debió de oír su grito horrorizado, pero a pesar de que giró de golpe, ya era demasiado tarde. La espada de Alexei se acercaba a él... el gruñido feroz de un perro rompió el momento, y un relámpago blanco se abalanzó contra Alexei y lo tiró al suelo.

A pesar de que el mundo había enloquecido, todo cobraba sentido. El impacto de la furia y los recuerdos la golpeó de lleno, y cayó desmayada.

CAPÍTULO 17

Stephen se paseaba de un lado a otro como un centinela frente a la puerta de la habitación de su esposa. El atardecer había dado paso a la noche, y Hampton Court se había convertido en un laberinto de pasillos estrechos iluminados por antorchas y salones con corrientes de aire.

—Maldita sea, Jonathan... ¿por qué tardan tanto? —hizo un gesto de dolor cuando el corte que tenía en el rostro se tensó.

—Es mejor no intentar entender las cosas de mujeres, amigo mío. Son un peligro para la cordura de un hombre.

Stephen dio un puñetazo en la pared de piedra. El duelo le había dejado el cuerpo entero dolorido.

—Se desplomó de golpe, y parecía un cadáver cuando la traje en brazos a su habitación. Ya han pasado horas.

—Se desmayó, Stephen. Para ti y para mí es incomprensible, pero se trata de algo que las mujeres hacen con bastante asiduidad. Seguro que se sintió abrumada al ver a su amado en peligro.

—Alexei Shuisky no corrió ningún peligro, ese perro jamás le habría matado —le espetó Stephen con voz cortante.

—No me refería al ruso, sino a ti.

Stephen sintió que en su interior se encendía una pequeña e insensata chispa de esperanza, pero se apresuró a sofocarla.

—No soy estúpido, Jonathan. Juliana se marchó de Lynacre porque el rey envió un emisario con el mensaje de que el ruso había venido a por ella.

—¿Estás seguro de que se marchó por eso?

Stephen sintió una punzada de dolor al recordar la discusión que habían tenido. Prácticamente la había echado de su lado.

Nance se acercó por el pasillo, y lo saludó con una reverencia antes de preguntarle:

—¿Se ha despertado ya, mi señor?

—No, Kristine está con ella. ¿Cómo se encuentra mi hijo?

—Muy bien, mi señor. Ya ha entablado amistad con el príncipe Eduardo, los dos están durmiendo en los aposentos de los niños.

Stephen se había quedado atónito al ver aparecer a Oliver, y al día siguiente iba a darle una buena tunda a aquel granujilla... no, lo que haría sería abrazarlo e intentar explicarle las razones por las que Juliana no iba a regresar jamás a Lynacre.

—Me pregunto qué opina el rey sobre el duelo —comentó Jonathan.

Nance se rascó la cabeza por debajo del tocado, y le dijo:

—Ha sido algo de lo más curioso, mi señor. Su Majestad ha convocado una reunión privada. No intentaré siquiera intentar entender a un monarca, pero incluso yo sé que...

—Está dormida —les dijo Kristine en voz baja, al salir de la habitación—. Ha vuelto en sí durante unos segundos, y ha dicho algo en su idioma extranjero... algo relacionado con el príncipe ruso.

—Alexei Shuisky —Stephen pronunció con amargura el nombre de su rival—. No voy a molestarla, sólo quiero sentarme a su lado —se volvió hacia Nance, y le dijo—: Ve a vigilar a Oliver, y ven a avisarme de inmediato sólo con que tosa.

Entró en la habitación en penumbra, y cerró la puerta a su espalda. La única luz procedía del brasero que había junto a la cama. Se acercó a la ventana, y abrió los postigos para dejar entrar la luz de la luna.

Sintió que se le encogía el corazón al ver el taburete para vigilias que había junto a la cama. Había usado uno similar mientras veía con impotencia cómo se desangraba Meg después de dar a luz a Oliver.

Lo apartó a un lado, y descorrió los cortinajes de la cama. El tono azulado de la luz de la luna bañó el rostro de Juliana con un brillo casi mágico, y sintió una oleada de ternura.

Por Dios, la amaba con toda su alma.

Aquella certeza hizo que sintiera una felicidad inmensa. Había prometido que no volvería a amar, que no volvería a abrir su corazón para evitarse sufrimientos, que no sería vulnerable a los caprichos emocionales de otra persona... y sin embargo, Juliana había conseguido en unos cuantos meses que amara a dos personas: a su hijo, y a ella.

Aquel amor había cristalizado en unas ganas de vivir que había dado por perdidas. Se quedó mirándola embobado, contempló aquella piel pálida y suave, las sombras que tenía debajo de los ojos, y aquel pelo que se extendía por la almohada como un halo de seda oscura.

Juliana había irrumpido en su vida como un torbellino, le había arrebatado las defensas. Desde el momento en que la había visto por primera vez, algo en lo más hondo de su ser había sabido que sus destinos estaban irremediablemente entrelazados.

Pero en ese momento corría el peligro de perderla...

—No.

Pronunció la palabra con firmeza en el silencio de la habitación. Estaba dispuesto a suplicar de rodillas si era necesario, generaciones de rígido orgullo de los de Lacey se desvanecieron de un plumazo. Su vida estaba vacía sin Juliana.

No pudo dejar de darle vueltas al tema mientras avivaba las ascuas del brasero y se tumbaba junto a ella. Sintió una satisfacción abrumadora cuando se volvió hacia él y se acurrucó contra su cuerpo.

—Sí, cariño, éste es tu sitio... entre mis brazos —susurró, con una voz que ni siquiera él mismo reconoció—. Y cuando despiertes, será lo primero que te diga.

—Te amo.
Juliana oyó aquellas palabras mientras seguía sumida en sus sueños. Esbozó una sonrisa, y se acercó aún más al hombre cálido y fuerte que estaba a su lado. Saboreó el olor a aire fresco y a cuero, y notó el ligero olor a humo de su pelo.
Cuando una de las cintas de su camisa le hizo cosquillas en la mejilla, la apartó y entonces despertó de golpe.
—¡Stephen!
Él la besó con ternura en la sien, y le dijo con voz suave:
—Perdona si te he despertado.
Juliana se apoyó en un hombro al incorporarse, y parpadeó mientras intentaba verlo a pesar de la oscuridad. Estaba muy cerca de ella, y era como una sombra negra enmarcada por los cortinajes que rodeaban la cama. Cuando inclinó la cabeza hacia ella, sus ojos reflejaron un haz de luz de luna.
—¿Qué haces aquí? —le preguntó, desconcertada.
—Quería asegurarme de que estabas bien. ¿Lo estás?
—Sí. No había comido en todo el día, y me sentía un poco mareada por el viento frío. Ahora me encuentro mucho mejor —le dolió tener que decirle una verdad a medias, pero estaba embarazada de un bebé que él no deseaba tener, y en algún lugar del palacio dormía el asesino de su familia.
Estuvo a punto de confesárselo todo, pero había aprendido lo valiosa que era la cautela y lo explosivo que podía llegar a ser el mal genio de su marido. Si le decía que Alexei había asesinado a su familia, volvería a retarlo, y era posible que en aquella ocasión no resultara vencedor.
Se estremeció sólo con pensar en la posibilidad de perder a Stephen. Tenía que enfrentarse a aquello sola, se trataba de su lucha y de su venganza.

—¿Tienes frío?

Él abrió los cortinajes sin esperar a que le respondiera, y acercó el brasero a la cama. Se quedó mirándola durante un largo momento, y al final pareció llegar a alguna conclusión y se quitó la camisa.

Juliana intentó no mirarlo, intentó no ver las líneas adoradas de su perfil, intentó no sentir el amor que la embargaba. Antes de aclarar las cosas con él, tenía que enfrentarse a Alexei y entregarlo a la justicia.

Stephen se volvió hacia ella, tomó su rostro entre las manos, y susurró:

—Qué hermosa estás bajo la luz de la luna... —le acarició con el pulgar la mejilla y el labio inferior, y entonces lo deslizó en el interior de su boca—. Te amo con todo mi corazón, Juliana.

No estaba preparada para la oleada de felicidad que la recorrió y la dejó sin aliento. No se había dado cuenta de hasta qué punto necesitaba que él la amara. Como estaba convencida de que él notaría que estaba ocultándole algo, se sentó y le dio la espalda antes de decir con voz queda:

—Cuando te he oído decirlo antes, pensé que era un sueño.

—Ha sido muy real, Juliana —se acercó a ella por detrás, le apartó el pelo de la nuca, y recorrió su piel con la lengua.

Ella se estremeció de placer, y alcanzó a decir con voz ronca:

—¿Stephen...?

—¿Quieres que pare, amor mío? —le desabrochó la camisa interior, y fue bajándosela poco a poco mientras deslizaba los labios por la piel que iba quedando al descubierto—. Me detendré si aún te sientes mal.

—No, estoy muy bien —se apresuró a decir.

Él la rodeó con los brazos desde detrás, le cubrió los senos con las manos, y empezó a acariciarla con ternura.

—Stephen, quiero... quiero...

—Dime —hizo que se volviera hacia él, y reemplazó las manos con la boca—. Dime lo que quieres, cariño.

—Te quiero a ti —era incapaz de ocultar el deseo que sentía por él.

Su cuerpo ardía de pasión mientras él iba deslizando los labios hacia abajo, y creyó que iba a morir de placer cuando la instó a abrir los muslos y la besó en la entrepierna. Sintió que estallaba en mil pedazos, y después de un momento en el que se le olvidó hasta respirar, lo obligó a ascender y lo abrazó con fuerza mientras sus cuerpos se unían.

Él se estremeció cuando alcanzó un clímax igual de explosivo, y ella lo amó más que nunca al ver la expresión honesta y maravillada que se reflejaba en su rostro mientras gritaba cuánto la amaba. Era un amante fantástico, y daba la impresión de que hacer el amor con ella siempre le parecía una experiencia nueva y prodigiosa.

La pasión dio paso al letargo, como la calma después de una tempestad, y permanecieron tumbados el uno en brazos del otro. Él cubrió sus cuerpos con las sábanas, y la instó a que apoyara la mejilla contra su pecho.

—Duérmete, Juliana. Mañana ya hablaremos de... todo.

Ella sabía que se refería a Alexei, y fue incapaz de conciliar el sueño. Cuando estaba convencida de que él dormía profundamente, se levantó de la cama con cuidado, se vistió en la oscuridad, y desenfundó la espada de su marido. Se detuvo a mirarlo antes de marcharse, y contempló durante un largo momento su rostro relajado que parecía insoportablemente atractivo bajo la luz de la luna.

Él le había dicho que la amaba, y eso le dio fuerzas para aventurarse a salir sola en medio de la noche con la intención de enfrentarse al demonio de su pasado.

—¡Maldita sea! —Stephen se sentó de golpe al darse cuenta de que la cama estaba vacía, al igual que sus brazos.

¿Dónde demonios estaba Juliana?

Apartó las sábanas con brusquedad, se sentó en el borde de la cama, y parpadeó cuando la luz del amanecer le dio de lleno en los ojos. Después de ponerse las botas, se acercó a una palangana que había sobre la mesa. Rompió la fina capa de hielo que se había formado en la superficie del agua, y se lavó la cara.

Masculló una imprecación mientras se secaba con la manga, y los recuerdos de la noche anterior se sucedieron en su mente mientras se vestía a toda prisa. Juliana había sido increíblemente dulce, y había despertado en él una ternura que ni siquiera sabía que poseía. Gracias a ella, había entendido que enamorarse no era el desastre que siempre había creído.

El pánico empezó a apoderarse de él. ¿Dónde estaba Juliana?, ¿acaso se había arrepentido de lo que había pasado entre los dos? No, estaba convencido de que lo amaba, confiaba en ella... pero tenía el presentimiento de que estaba pasando algo malo.

Abrió la puerta de golpe, recorrió el pasillo con paso firme, bajó por una escalera de caracol, y avanzó por otro pasillo hacia los aposentos reales. Oyó vagamente que algún que otro alabardero le prohibía el paso, pero pasó de largo a toda velocidad y no se detuvo hasta llegar a la antecámara de los aposentos privados del rey.

Estaba a punto de abrir la pesada puerta sin miramientos, pero se detuvo cuando un hombre vestido de negro apareció junto a él.

—¿Buscáis a vuestra esposa, Wimberleigh? —le preguntó Thomas Cromwell.

Se enfureció al ver su actitud petulante, y le espetó:

—¿Dónde está? Maldita sea, Thomas...

—Se ha ido.

Stephen sintió que se le encogía el corazón, pero alcanzó a decir:

—¿Adónde?

—Lo más seguro es que haya huido hacia la costa... con su amante ruso.

La tenían prisionera.
—No tienes honor, Alexei —le dijo, mientras intentaba ocultar el miedo que sentía tras una fachada bravucona.
—Cállate —le dijo él, por encima del hombro. Se inclinó más sobre el cuello del caballo, y le clavó las espuelas.

Juliana torció las muñecas para intentar liberarse de la cuerda con la que se las habían atado, pero el súbito acelerón del caballo la echó hacia delante y chocó contra la espalda de Alexei. Sus compinches cabalgaban junto a ellos... tres en la retaguardia, y dos a modo de avanzadilla.

Sintió un odio visceral hacia aquel hombre que había asesinado a sangre fría a su familia. Su acto de crueldad inhumana la había arrancado de su hogar, la había obligado a realizar un viaje plagado de peligros y a vivir en la pobreza.

Había confiado en él, había llorado su muerte.

Para intentar evadirse de la angustia que la atenazaba, recordó lo que había pasado la noche anterior. Stephen la había tomado entre sus brazos, le había dicho que la amaba, y la había tratado con un ardor que la había llenado de felicidad.

No podía entender cómo había sido capaz de pensar que no le bastaba con ganarse el amor de aquel hombre.

Tendría que haberle contado lo que sabía, tendría que haberle dicho que Alexei era el hombre de su pesadilla, pero se había negado a renunciar a su juramento de sangre y había decidido ocuparse del asunto ella sola. Ataviada con un manto en el que llevaba prendido su broche, había irrumpido en los aposentos de Alexei hecha una furia, y había caído de lleno en la trampa que él le había tendido.

Jamás olvidaría la expresión de suprema satisfacción de su rostro. Él le había arrebatado la espada de un tirón, y le había dicho:

—Estaba esperándote, el orgullo típico de los Romanov te ha traído directa a mis manos.

Sus esbirros estaban durmiendo en la antesala, pero él los había despertado con una orden imperiosa y en cuestión de segundos la habían atado y amordazado. Entonces la habían llevado a la orilla del río, y la habían subido a un rápido barco de remos que se había abierto paso con facilidad entre los trozos de hielo que había en el agua.

De aquello ya hacía unas horas. Habían dejado el barco en un rincón apartado donde había una arboleda, y después de montar en los caballos que los esperaban allí, habían puesto rumbo al este, hacia el sol que empezaba a alzarse en el cielo.

No tenía ni idea de qué era lo que pretendía Alexei, él se había negado a decirle hacia dónde se dirigían. Siguió intentando romper la cuerda que le ataba las muñecas. El roce ya le había raspado la piel. Cuando se movió con incomodidad en la silla, Alexei le dijo con furia:

—Por el amor de Dios, estate quieta.

—Pues detente, necesito descansar —era consciente de que cada minuto que pasaba la alejaba más y más de Stephen.

Él masculló una imprecación, les dio una orden a sus hombres, y enfilaron por un camino ascendente que se alejaba del margen del río y se internaba en un bosque de Kent.

Juliana utilizó el pie para conseguir que el dobladillo del manto fuera enganchándose en varios arbustos espinosos a lo largo del camino, con la esperanza de que los cíngaros reconocieran el rastro.

Se detuvieron en un claro bordeado de árboles desnudos, cuyas ramas huesudas parecían rasgar el cielo, donde los esperaban cuatro rusos más.

Al oírles hablar de un barco que los esperaba en Gravesend, no tuvo más remedio que enfrentarse a la verdad: si no moría antes, iba a acabar yendo a la fuerza a Moscovia con un grupo de asesinos.

—Zarparemos en menos de una hora —le dijo Alexei al oído, mientras la ayudaba a desmontar.

Ella perdió los nervios, y se volvió hacia él como una exhalación.

—Quiero saber por qué, Alexei. ¿Por qué?, ¿por qué asesinaste a mi familia y quemaste mi casa? —al ver que él se limitaba a enarcar una ceja, añadió—: Durante años, creí que habías muerto mientras intentabas defender a mi familia —el odio que sentía era tan intenso, que apenas podía hablar—. Pero la realidad fue muy diferente, ¿verdad?

—¿Qué importancia tiene lo que pasó hace tanto tiempo?

—Entraste en la casa de mi padre, comiste en su mesa, dormiste bajo su techo, pediste la mano de su hija... y todo para ocultar tus malvados propósitos. ¿Cuánto tiempo pasaste buscándome aquella noche?

—No el suficiente —soltó una carcajada seca, y añadió—: Tu padre era un necio. En su lecho de muerte, el príncipe Basilio quiso arrebatarnos a los nobles nuestros derechos... ¡a nosotros, sus boyares, que habíamos luchado en guerras por él...!

—Sí, y que obtuvisteis una buena parte del botín. Mi padre sabía que, tras la muerte de Basilio, arruinaríais a los aldeanos y echaríais a los granjeros de sus tierras.

—No tendría que haberse puesto de parte de un príncipe moribundo que dejó como único legado esos dos hijos inútiles... Iván es un mocoso llorón, y Yuri medio tonto.

El príncipe Iván no tenía edad de reinar, y los nobles querían usarlo como si fuera un pelele.

—¿Por qué has venido a Inglaterra?

—Cuando me enteré de que habías demostrado tu verdadera identidad ante el rey de Inglaterra, supe que tenía que... encontrarte —le rozó la mejilla con los labios, y añadió—: Podría llegar a enamorarme de ti, Juliana. Tienes fuego en las venas, y eres orgullosa. Serías un buen ornamento para mi familia.

Juliana sintió náuseas. Estaba loco si creía que estaría dispuesta a aceptarle, que sería capaz de acostarse con el hombre que había asesinado a su familia.

—¿Qué fue de la finca de mi padre?

—Quedó abandonada. Es una tumba de lo más adecuada para él, ¿verdad?

Juliana tuvo que aferrarse a toda su fuerza de voluntad para contener las ganas de abalanzarse contra él. Le odiaba lo suficiente como para matarlo, pero no era el momento adecuado. Sus esbirros estaban haciendo guardia a corta distancia de allí.

—¿No recibieron sepultura?

—Murieron como cerdos, y sus cuerpos se dejaron allí para que los lobos y las aves carroñeras dieran buena cuenta de ellos.

—Corrupto traidor, eres tú el ave carroñera —le dijo, con una voz letal—. Eres un cobarde que ataca de noche, que asesina a mujeres y a niños y se aprovecha de su indefensión. Me das asco.

Él le dio un bofetón en la cara con la rapidez de un asesino experimentado. Juliana sintió la mejilla entumecida al principio, pero al cabo de un momento sintió un fuerte dolor y notó el sabor de la sangre en la boca.

Él se recuperó de su arranque de genio con la misma rapidez que había mostrado al golpearla, y le dijo con voz casi conciliadora:

—Discúlpame. Quiero llegar a tenerte aprecio, Juliana, pero debes obedecerme. No lamentes el estado en que se encuentra la finca, cuando nos casemos la restauraremos y la usaremos como refugio veraniego.

—¿Esperas que nos casemos? —sintió que se mareaba, y cuando empezó a tambalearse un poco, retrocedió hasta apoyar la espalda en el tronco de un tilo—. Eso es imposible, me casé con un noble inglés por orden del rey.

—Puede que en este momento ya hayas enviudado —le dijo él, con una sonrisa ladina.

Sus palabras fueron como un golpe físico. Se preguntó

desesperada si era cierto, si sus hombres o él habrían asesinado a Stephen mientras dormía, pero se dijo con firmeza que era imposible.

Si hubiera muerto, ella habría notado su pérdida, porque aquel hombre formaba parte de su ser. Era el dueño de su corazón, el guardián de sus sueños. Al principio habían sido enemigos, pero ella había ido entrando de forma gradual en su vida vacía. Habían trabajado juntos en la gestión de las tierras y la casa, habían sido padres que se preocupaban por Oliver y se enorgullecían de los logros que conseguía el pequeño, y habían sido amantes en todo el sentido de la palabra... habían compartido tanto los secretos que albergaban en el alma como los placeres carnales, y tenían un vínculo más fuerte que ningún otro... el niño que crecía en su vientre.

—Estás mintiendo... y por cierto, amo a Stephen de Lacey.

Él esbozó una sonrisa carente de humor, y le dijo:

—El amor es una enfermedad inglesa que padecen los que tienen el corazón débil.

—Amarme es uno de los actos más valientes que Stephen ha realizado en toda su vida.

Alexei escupió en el suelo, y dijo con voz despectiva:

—En Rusia, los hombres saben que los sentimientos carecen de valor —alargó la mano con un movimiento repentino, y acarició uno de sus mechones de pelo—. Tienes un pelo precioso, quiero que lo lleves así hasta que nos casemos... suelto, como el de una virgen.

—Si lo que quieres es casarte con una virgen, será mejor que busques a otra mujer.

Él aferró con fuerza el mechón que había estado acariciando, y le dijo:

—Es una lástima que ese cerdo inglés te haya poseído, pero cuando lleguemos a Moscovia, será como si nada hubiera pasado. Estaremos prometidos y nos casaremos, tal y como querían nuestros padres.

—Lo dudo —posó sus manos atadas sobre su vientre, y añadió—: Llevo dentro un pequeño recuerdo de mi noble inglés.

Él le echó la cabeza hacia atrás al tirarle del pelo de golpe, y la obligó a que lo mirara.

—Espero por tu bien que estés mintiendo, pequeña ramera. No pienso hacer de padre para el hijo de un inglés. Te lo quitaré a golpes...

—¡No te atreverías!

—Si estás embarazada, no puedo casarme contigo —antes de que Juliana pudiera respirar aliviada, añadió—: Si lo estás, tendré que matarte.

—No se os ha invitado a entrar, lord Wimberleigh —comentó el rey con voz displicente, mientras se miraba las uñas con aparente interés. Sobre la enorme mesa había una bandeja con su desayuno a medio comer, y él estaba sentado con la pierna apoyada en un escabel acolchado.

Stephen ni siquiera se inmutó ante aquel pequeño toque de atención. Después de hacer una reverencia somera, se llevó la mano a la cabeza para quitarse el sombrero y se dio cuenta de que se le había olvidado ponérselo debido a las prisas. Los caballeros que estaban en los aposentos reales estaban realizando con discreción sus respectivas tareas, como prepararlo todo para el aseo del rey y alistarle la ropa.

Stephen no se sorprendió al ver que Algernon era uno de los caballeros en cuestión. Era obvio que se había ganado un puesto privilegiado en la corte gracias a su afición por revelar secretos ajenos; al parecer, le daba igual haber destrozado su matrimonio con Juliana.

—He venido a pedir permiso para marcharme —le dijo al rey.

Enrique lo miró con interés, y le preguntó:

—¿El ruso ha conseguido reemplazaros con tanta facilidad?

Algernon estaba sirviendo una copa de cerveza, pero se le cayó de la mano cuando oyó aquellas palabras. La copa rodó por el suelo, y se detuvo a los pies de Stephen.

—Disculpadme —murmuró Algernon, mientras se agachaba a recogerla—. Stephen, tengo que hablar contigo.

—¡Por el amor de Dios, Havelock! ¿Queréis hacer de bufón? Creía que Will Somers tenía esa función —el rey se volvió de nuevo hacia Stephen, y le dijo—: Veamos, Wimberleigh, ¿dónde estábamos...? Ah, sí, vuestra esposa se ha marchado con nuestro querido embajador de Moscovia. Es una lástima que el hombre se haya ido tan pronto, se me habían ocurrido unos acuerdos comerciales bastante prometedores.

—¡Majestad! —Algernon interrumpió al rey, y esperó con valentía el envite de la furia real—. Hay algo que deberíais saber sobre el hombre que se presentó ante vos diciendo ser el embajador de Rusia.

Stephen se puso alerta de inmediato. Para que Algernon se arriesgara a sufrir la cólera del rey, el asunto debía de comportar un peligro mortal.

—Ya basta, Havelock —Thomas Cromwell lo miró ceñudo mientras se acercaba a toda prisa. Vestía de negro, como siempre—. Podéis regresar a vuestros aposentos.

—Sí, ya basta. Me asegurasteis que le contaríais a Stephen la información que obtuvo el tal Laszlo —los rizos de Algernon se balanceaban como la melena de un león.

—¿A qué información te refieres?, ¿dónde está Laszlo? —le preguntó Stephen.

Cromwell fulminó con la mirada a Algernon, y le espetó:

—Si valoráis vuestra posición en la corte, permaneceréis en silencio.

—Si mi posición es a vuestro lado, Cromwell, no la valoro en lo más mínimo.

Cromwell hizo un pequeño gesto y dos alabarderos se acercaron de inmediato, pero Stephen les cortó el paso y dijo:

—Havelock tiene algo que decir, dejadle hablar.

Los alabarderos miraron al rey, que se limitó a entrelazar los dedos y a observar la escena con interés.

—Stephen, he participado en la traición más artera... —empezó a decir Algernon.

—¡Maldito bellaco...! —Cromwell miró a los alabarderos, y les ordenó—: ¡Lleváoslo!

—Os ruego que me escuchéis, Majestad —gritó Algernon, por encima del hombro—. Thomas Cromwell me juró que le contaría a Stephen la información que había descubierto Laszlo, pero no lo ha hecho, y...

Los alabarderos lo llevaron hacia la puerta abierta, pero allí estaba Nance Harbutt, retorciéndose las manos y con los ojos inundados de lágrimas.

—¡Dios del cielo, Nance...! ¿Qué sucede? —le preguntó Stephen.

—Se trata de vuestro hijo, mi señor —la mujer tuvo que alzar la voz para hacerse oír por encima de los gritos de Havelock.

—¿Otro ataque?

—Sí, jamás lo había visto así. Me temo que esta vez puede ser mortal, está...

Stephen no oyó el final de la frase, porque ya había echado a correr hacia los aposentos de los niños.

Mientras permanecía sentado en una pequeña cama con su hijo en los brazos, Stephen recordó la noche en que Dickon había muerto.

—Otra vez no —susurró, mientras salpicaba de besos el pelo sudoroso de Oliver—. Por favor, Dios, no vuelvas a hacerme algo así.

Oliver inhaló aire, y los espasmos que le sacudían el pecho le impidieron soltarlo. Stephen sintió un dolor desgarrador al ver las convulsiones desesperadas de su hijo, y aquella agonía hizo arder su corazón hasta convertirlo en cenizas.

«Por favor, Dios, otra vez no...».

Oliver se aferró a su camisa, y lo miró con ojos vidriosos.

—Ju... Juli...

—No está aquí, hijo —deseó con toda su alma tenerla allí. Sólo una cosa en el mundo había podido impedir que fuera a buscarla: Oliver.

La indecisión estaba destrozándolo. Necesitaba a Juliana, y Oliver también. Ella tenía un efecto mágico y tranquilizador en el niño, su presencia y sus caricias parecían calmarle. Los conocimientos médicos de toda Inglaterra no habían conseguido controlar los ataques de su hijo, pero su esposa había logrado fortalecerlo, le había dado confianza en sí mismo, y lo había integrado en un mundo que hasta entonces sólo había visto desde su ventana.

Y a él le había enseñado a amar de nuevo. Gracias a ella, se había dado cuenta de que retraerse y construir muros para escudar el corazón era una cobardía; por si fuera poco, ella le había devuelto a su hijo.

—Quiero a Ju...

—Ha tenido que irse, hijo.

—¡Ve a buscarla! —el grito estuvo a punto de arrebatarle todas sus fuerzas. Se quedó inmóvil y pálido, con su pelo dorado enmarcándole el rostro macilento como un halo.

«No».

El cuerpo del niño se estremeció como una tetera soltando vapor.

—Creo que deberíais ir a buscarla, mi señor —le dijo Nance, con expresión solemne—. Tienen una relación muy estrecha, el niño se calma cuando la tiene cerca.

—Maldita sea, no puedo dejarlo en este estado.

—¿De qué va a servirle que le sujetéis mientras se muere? —le dijo ella, en un susurro desafiante—. La necesita. Es su madre en todos los sentidos, excepto en el menos importante.

—Habéis hecho todo lo que estaba en vuestras manos, mi

señor —apostilló Kristine—. Mi madre tiene razón, deberíais ir a buscar a vuestra esposa.

Stephen se preguntó por enésima vez por qué se había marchado. Juliana adoraba a Oliver, ¿cómo había sido capaz de abandonarlo?

—Wimberleigh, os ordeno que vayáis a buscar a vuestra esposa —le dijo con voz suave el rey, que acababa de entrar en la habitación.

—Majestad, no puedo...

—Escucha a Su Majestad, Stephen —Algernon irrumpió en la habitación. Tenía el jubón rasgado, no llevaba sombrero, y estaba despeinado por culpa de la escaramuza con los alabarderos.

—Decidí escuchar a Havelock —Enrique evitó mirar a Oliver, como si no pudiera soportar ver a un niño enfermo—. Vos también deberíais hacerlo, Wimberleigh.

Stephen se apartó de la cama, mientras Nance y Kristine se centraban en poner paños fríos sobre la frente del niño.

—Te escucho.

—Alexei Shuisky no es el hombre que enviaron desde la corte del príncipe Iván, Laszlo descubrió la verdad y nos la contó esta mañana a Cromwell y a mí. Sabe hablar en ruso, y consiguió ganarse la confianza de algunos de los hombres de Alexei a base de jarras de cerveza. Anoche consiguió sacarles la verdad; al parecer, Alexei asesinó al embajador y a su escolta, y vino en su lugar.

—¿Con qué objetivo?

Algernon empalideció de golpe, y sus labios adquirieron un tono azulado.

—Alexei Shuisky dirigió la matanza de la familia de Juliana.

Enrique se acarició la barba, y comentó:

—Desde el principio noté algo raro en ese individuo. El perro de lady Juliana siempre parecía de lo más dócil, pero se abalanzó contra él. Dicen que los perros y los caballos no olvidan nunca.

—Juliana está con él —susurró Stephen, aterrado—. Juliana se ha marchado con el hombre que asesinó a su familia.

—Eso me temo —dijo Algernon.

Stephen masculló una imprecación. Miró hacia la puerta y después hacia su hijo, que seguía respirando jadeante en la cama.

—Wimberleigh, no me siento orgulloso de... todo lo que os he hecho —le dijo Enrique, con un tono de voz sorprendentemente amable.

Stephen lo miró boquiabierto. ¿El rey estaba disculpándose? ¿Y por qué? ¿Por Meg, que se había convertido en su amante por pura ignorancia? ¿Por todos los compromisos que se habían roto por culpa de su lujuria? ¿Por poner a Juliana en las manos de un asesino?

—Soy consciente de que sentís la necesidad de permanecer junto a vuestro hijo, pero lady Juliana os necesita aún más —añadió el monarca.

«Si aún está viva». Stephen no pudo evitar que aquel pensamiento se formara en su mente.

—¿Estáis seguro de que los cargos en contra de Alexei son ciertos? —le preguntó, con la boca seca.

—¿Por qué se ha marchado de forma tan apresurada y furtiva, si es un hombre de honor?

Nance cayó de rodillas y empezó a rezar tanto en latín como en la lengua vernácula, como si no estuviera segura de a cuál le haría más caso el Señor.

Stephen se imaginó a Juliana en manos de un hombre que la había buscado espoleado por el odio, y entonces miró a Oliver, que apenas podía respirar. No soportaba la idea de que su hijo pudiera morir mientras él estaba lejos.

—Por favor... tráela de vuelta, papá —le suplicó el niño, jadeante.

—El destino del pequeño está en manos de Dios, pero puede que el de lady Juliana esté en las vuestras —dijo el rey.

Kristine se limpió las manos en el delantal con nerviosismo, y dijo:

—Es peligroso para ella galopar en su estado.

—¿En su estado? —Stephen luchó por controlar la oleada de emoción que lo recorrió. Se acercó a ella, pero sólo alcanzó a repetir—: *¿En su estado?*

Ella asintió, y le dijo:

—Creía que lo sabíais, mi señor. Vuestra esposa está embarazada.

CAPÍTULO 18

Y así fue como Stephen de Lacey, barón de Wimberleigh, se encontró cabalgando a toda velocidad hacia la costa al mando del ejército más singular de toda la cristiandad.

Jonathan Youngblood era el teniente, y hacía gala de la capacidad de mando y las agallas que había mostrado durante las guerras con los escoceses. Kit poseía tanto la lealtad inquebrantable de su padre como los frutos del excelente entrenamiento que había recibido a manos de Stephen.

Tras ellos cabalgaba Algernon Basset, que llevaba un yelmo un poco aboyado y un peto con el aire de un penitente ataviado con un cilicio, y un tahalí ancho de cuero alrededor de la cintura del que colgaban una espada corta y una amplia selección de dagas.

Alrededor de ellos, organizados en una formación que no se le habría ocurrido jamás a ningún estratega, estaban los cíngaros y una incorporación de lo más notable: Jillie Egan.

Mientras avanzaba a un ritmo frenético, Stephen intentaba contener sus pensamientos sombríos. Había dejado a Oliver en medio de un ataque, y esperaba haber tomado la decisión correcta al ir a buscar a la madre que su hijo adoraba.

Se maldijo una y otra vez por lo tonto que había sido. Había dejado que Juliana se le escapara de entre los dedos, y en ese momento era la cautiva del hombre que había asesinado a su familia; y por si fuera poco, estaba embarazada.

Dios del cielo, él le había dicho poco menos que no quería tener más hijos, seguro que por eso no se había atrevido a decirle lo del embarazo.

Se detuvo al llegar a una encrucijada que estaba a unas veinte millas de Londres, y observó con atención el terreno. A su izquierda se alzaba un camino pedregoso que subía hacia la costa de Kent, y a su derecha había un sendero enlodado que descendía hacia la desembocadura del Támesis.

—Iremos por aquí —dijo, mientras indicaba con un gesto el sendero de la derecha.

—No —Laszlo se acerco a él en uno de los caballos de los cíngaros, y le dijo con firmeza—: Se fueron por aquí —al verle vacilar, fue hacia el borde del camino y se agachó para agarrar un trozo de tela azul—. Juliana ha dejado un rastro.

Stephen sintió una gratitud inmensa, y le dijo:

—Que Dios te bendiga, Laszlo —hizo un gesto con la mano para indicar que todo el mundo le siguiera.

En el frío silencio de aquellos montes sólo se oían los resoplidos de los caballos, el golpeteo de los cascos, y el crujido de las sillas de cuero. Stephen pensó con ironía en todos los objetos y los aparatos que había inventado a lo largo de los años. En ese momento no había herramienta que pudiera ayudarlo, sólo contaba con su inteligencia y su determinación.

De repente, Juliana llenó su mente como la imagen de un sueño, al igual que había llenado su vida. Era la belleza, la gracia, y la nobleza personificadas... y corría un peligro mortal porque él se había negado a confiar en el amor que sentía por ella.

Siguió avanzando por aquel camino pedregoso con el corazón lleno de desesperación, y al llegar a una zona plana donde el camino desaparecía en una arboleda, se volvió para preguntarle a Laszlo si había encontrado alguna pista más. Antes de que pudiera articular palabra, una flecha salió disparada de la arboleda y se incrustó en un árbol, a escasa distancia del cíngaro, que soltó una imprecación en un idioma extranjero.

—¡A cubierto! —Stephen retrocedió junto a los demás, y empezó a decir—: Caballeros... —al oír que Jillie carraspeaba, añadió—: Y mi señora, creo que ha llegado el momento de entrar en batalla.

—Matad primero a Stephen de Lacey, los demás se dispersarán —les dijo Alexei a sus hombres—. Yo voy a bajar con la mujer hasta la orilla, desde allí nos dirigiremos al puerto.

—Alexei, por favor, no le hagas daño a mi marido —le suplicó Juliana.

Él soltó una carcajada, y le dijo:

—¿Una Romanov suplicando? Puede que aún haya esperanzas para ti, Juliana.

—¡Eres un cobarde! Estás dispuesto a secuestrar a una mujer como un cosaco, y a dejar que tus hombres se ocupen de tus batallas.

Él se giró en la silla, y comentó:

—Ha sido un comentario muy desafortunado, querida. Tengo muy buena memoria, y un mal genio terrible —se volvió hacia su teniente, y le ordenó—: Haced lo que os he dicho, no dejéis que nadie nos siga.

Mientras él espoleaba al caballo, Juliana miró frenética hacia atrás, y lo que vio la dejó atónita. Stephen avanzaba al galope a lomos de Capria, tras él cabalgaban Kit, Jonathan, Algernon, y los cíngaros, y Jillie cerraba la marcha con sus trenzas y su toca al viento.

Tres hombres armados con ballestas tomaron puntería.

—¡No! —su grito quedó ahogado por el silbido de las flechas y el golpeteo de los cascos de los caballos.

—¡Sólo tres de ellos han disparado sus ballestas! —le dijo Jonathan a Stephen, mientras se ponían a cubierto tras unos árboles.

—De modo que quedan seis con las armas cargadas y listas para disparar —Stephen respiró hondo y dio gracias al cielo porque Juliana estaba viva, pero al mismo tiempo había sentido pánico al verla a caballo con Alexei, el más peligroso de todo aquel grupo—. ¿Quién está conmigo? Estos hombres son asesinos bien entrenados, nadie os reprochará nada si decidís dar media vuelta.

Todos permanecieron donde estaban, incluso Algernon, y Stephen se planteó por primera vez perdonarlo.

—¿Y qué pasa con la mujer? —Laszlo le lanzó una mirada a Jillie, que estaba sonrosada y firme a lomos de un caballo, y que como única arma llevaba un rastrillo que había agarrado a toda prisa.

—Creo que deberías esperarnos aquí, Jillie —le dijo Stephen.

—Eso mismo me dijisteis en Hampton Court, pero aquí estoy —lo miró ceñuda, y añadió—: Creo que deberíais vigilar vuestro propio trasero, mi señor, si no queréis que os dé una tunda.

—¿No puedes controlar a tu mujer? —le preguntó él a Rodion.

—Tanto como tú a la tuya —le espetó el cíngaro.

Como no quería perder más tiempo con discusiones, Stephen condujo su caballo hacia el claro y les dijo a los demás:

—Cabalgad con rapidez, y agachaos todo lo que podáis.

Cuando apenas acababa de pronunciar aquellas palabras, una de las flechas alcanzó un blanco de carne y hueso. Se oyó un fuerte relincho, y uno de los caballos se encabritó.

La flecha le había dado en un flanco. El jinete, un joven romaní de tez oscura, saltó de la silla y cayó de pie como si se tratara de un truco planeado. El caballo se alejó al galope.

Una flecha pasó muy cerca de Stephen, pero la gélida determinación que sentía borró cualquier miedo que hubiera podido sentir, y se limitó a agacharse más mientras espoleaba a su caballo.

Estuvo entre ellos en apenas un momento. Eran nueve rusos vestidos con pieles, que tenían unas extrañas barbas cuadradas y la actitud desapasionada de unos asesinos experimentados.

Les vio dejar a un lado las ballestas y desenfundar las espadas. Era consciente de que sus compañeros llegaban tras él, y sofrenó el caballo mientras mantenía la mirada fija en la silueta de la mujer y el hombre que se alejaban al galope. Aquel muro de asesinos era lo único que se interponía entre Juliana y él.

—Sois un majadero —le dijo el líder, en un inglés bastante tosco—. Sólo un majadero metería a cíngaros y a mujeres en una pelea. No queremos haceros daño, nos conformamos con que deis media vuelta y regreséis a casa.

Stephen intercambió una mirada con Jonathan. Si aquel hombre pretendía convencerlos, no estaba haciendo un buen trabajo... ni siquiera con Algernon, que desenfundó una daga corta.

El ruso alzó su espada con actitud amenazante, y le dijo:
—¿Qué pensáis hacer con eso?
—Esto —le contestó Algernon, antes de lanzarle la daga.

Dio de lleno en el brazo del ruso, que gritó y dejó caer las riendas. Cuando su caballo se encabritó, el hombre cayó al suelo y se quedó tumbado mientras se agarraba el brazo herido.

Stephen decidió que Havelock acababa de redimir sus culpas.

—¿Alguna otra pregunta? —dijo Algernon, mientras desenfundaba otra daga.

Cuando el líder gritó una orden y se lanzó al galope, Stephen le salió al encuentro y desenfundó la espada mientras guiaba a Capria con las rodillas. Cuando las hojas de acero chocaron, su brazo vibró por la fuerza del impacto.

Por el rabillo del ojo, vio que Rodion desmontaba y atacaba a otro de los asesinos; después de esquivar la estocada del enemigo, el cíngaro lo agarró de la muñeca y lo tiró al suelo, y entonces Jillie Egan golpeó al ruso en la cabeza con el rastrillo.

Kit cabalgó hacia el flanco izquierdo de los rusos. Parecía aprensivo, y terriblemente joven. Como tributo a las horas de entrenamiento que había pasado junto a Stephen, golpeó con una puntería perfecta y en el momento preciso, y tiró al suelo a su oponente.

Mientras aún seguía luchando con uno de los rusos, Stephen vio que Juliana y Alexei se perdían de la vista al empezar a bajar por el otro lado de la colina.

—¡Ve tras ella, Stephen! ¡Nosotros nos ocupamos de estos granujas! —le gritó Jonathan.

Stephen hizo que su yegua se abriera paso entre los rusos, y a pesar de que sintió que una daga le alcanzaba en el hombro, el dolor no era nada. Pronunció el nombre de Juliana como un grito de guerra, y galopó por la bajada hacia la costa.

Juliana sintió el pomo enjoyado de la espada de Alexei contra las manos. Tenía los dedos entumecidos por culpa de la cuerda con la que el bellaco la había atado a su cintura.

El caballo de Alexei no podía ni compararse a Capria, y en cuestión de segundos Stephen los adelantó con la espada desenfundada, su pelo dorado ondeando al viento, y una expresión de furia en el rostro.

—¡Por el amor de Dios, te ruego que la sueltes! —le gritó a Alexei—. ¡Que esta pelea quede entre tú y yo!

En aquel instante, ella se dio cuenta de lo profundo que era el amor de su marido, y su corazón entonó una canción agridulce. Sintió una alegría súbita y maravillosa, que nadie podría arrebatarle pasara lo que pasase.

Al ver que Alexei hacía ademán de desenfundar su espada, ella movió las manos sin apenas pensar y dejó que la afilada hoja cortara la cuerda que la ataba. Sintió que se hacía un pequeño corte, pero no le importó. Por fin tenía las manos libres, y aprovechó para empezar a aporrear a Alexei en la espalda.

—¡Zorra traidora! —Él lanzó una estocada, y soltó un grito de triunfo al ver que había conseguido romper la espada de Stephen.

Mientras el ruso hacía girar su caballo para dar el golpe de gracia, Juliana bajó las manos hacia uno de los estribos con la intención de hacerle caer, pero él se limitó a soltar una carcajada y volvió a espolear a su caballo mientras apuntaba la espada hacia el vulnerable vientre de Capria.

—Siempre has sido un cobarde —masculló ella, mientras sacaba la daga del broche.

El tiempo pareció detenerse, y volvió a ver a su familia... la sangre de su padre tiñendo de rojo la nieve, el pecho de Boris explotando al recibir un disparo, el pelo de su madre al viento mientras gritaba, Misha pidiendo misericordia entre sollozos hasta que le habían acallado para siempre con una espada...

Juliana era una Romanov, y había vivido a la espera de aquel momento. Echó el brazo hacia atrás y se preparó para hundirlo en la espalda de Alexei, pero entonces vaciló y se preguntó si acabar con otra vida le devolvería a su familia, si más derramamiento de sangre pondría fin a sus pesadillas.

Stephen gritó algo que no alcanzó a entender. Bajó la daga justo cuando Alexei la golpeó en el brazo, y el arma atravesó la manta de la silla de montar y pinchó apenas el flanco del caballo.

Stephen volvió a gritar algo mientras el caballo se encabritaba. A pesar de que su instinto la impulsaba a aferrarse a Alexei, se obligó a deslizarse hacia atrás por encima de la parte posterior de la silla, y bajó por la grupa del enloquecido animal. Había realizado aquel truco en infinidad de ocasiones delante de espectadores fascinados que tiraban monedas a los cíngaros.

Cuando se acercó al suelo, saltó y cayó de pie. Sintió un alivio enorme al sentir el contacto de la arena húmeda y sólida, y al darse cuenta de que aún tenía la daga, volvió a enfundarla con manos temblorosas.

Stephen la miró atónito, y Alexei masculló una imprecación mientras intentaba controlar a su montura. El bocado de la brida se movió de un lado a otro en la boca del animal herido, y cuando el caballo echó la cabeza hacia atrás de repente, su cuello golpeó de lleno en la cara de Alexei. El caballo se alejó al galope por la playa en dirección a una marisma, pero la arena húmeda le dificultaba el paso y se detuvo de golpe.

El súbito movimiento lanzó a Alexei por encima de la cabeza del animal, y después de golpear contra el suelo con un terrible crujido, se quedó inmóvil. El caballo se alejó al galope con las riendas rozando el suelo, mientras coceaba con las patas traseras y sacudía la cabeza.

Stephen desmontó de Capria a toda prisa, echó a correr hacia Juliana, y la abrazó con fuerza.

—¿Estás bien, amor mío? —le preguntó, con la respiración acelerada.

Ella asintió contra su pecho, y le preguntó:

—¿Y tú?

—Sólo tengo una herida superficial, nada más —la tomó de la mano, y pasó el dedo con cuidado por su muñeca herida.

—No es un corte profundo. ¿Alexei...? —tenía el rostro apretado contra el jubón de su marido, y su voz sonó amortiguada.

Se sintió agradecida cuando él la tomó en brazos, porque de repente sentía que le flaqueaban las piernas.

Stephen caminó poco a poco hacia Alexei, y ella se obligó a mirar al cuerpo que yacía en el suelo.

El asesino Alexei Shuisky había muerto con los ojos bien abiertos, y una expresión de eterna incredulidad.

—Tiene el cuello roto —le dijo Stephen.

—Fue él quien asesinó a mi familia.

—Sí, ya lo sé.

Ella alzó la cara hacia la suya para poder mirarlo, y le preguntó sorprendida:

—¿Lo sabías?

—Me he enterado esta misma mañana, Laszlo lo descubrió.

Ella se aferró con más fuerza a su cuello, y le dijo:

—Quería que muriera. ¿Le he matado, Stephen?

Él la besó en la sien, y le contestó con firmeza:

—Se ha matado él mismo. Cuando atacó a tu familia, acabó con cualquier rastro de bondad que pudiera tener dentro. Desde entonces ha ido acercándose a su destino.

—El destino cae como una piedra en aguas mansas —Juliana recordó a Zara, a los soldados, y las llamas que proyectaban sombras rojas como la sangre sobre la nieve.

Aquella noche lo había perdido todo... su hogar, su familia, y todas las cosas que hacían de ella una Romanov, pero las lágrimas que le inundaban los ojos cuando alzó la mirada hacia Stephen ardieron con una calidez reconfortante. Había cambiado sus planes de venganza por algo mucho más duradero, esperanzador, y positivo. De la oscuridad había surgido aquel hombre, aquel amor, aquella vida.

—¿El destino cae...? —Stephen la miró con desconcierto.

—Es algo que oí decir hace mucho, mucho tiempo. Es una profecía cíngara. Aún no sé si lo entiendo, pero creo que ella lo sabía... sí, Zara lo sabía —miró por última vez a Alexei, y añadió—: A pesar de todo, me pregunto si alguna vez tuve el poder de evitar lo que ha pasado. Si no hubiera desenfundado mi daga, si el caballo no se hubiera encabritado por mi culpa...

—Entonces le habría matado yo mismo —Stephen dio media vuelta con ella en brazos, y se alejó de Alexei Shuisky. Cuando llegaron junto a Capria, la dejó en el suelo con cuidado y enmarcó su rostro entre las manos—. Eres mi mundo entero, Juliana. Te lo dije anoche, ¿por qué te marchaste?

—No quería que tuvieras que volver a luchar con Alexei —le acarició la mejilla, que estaba ensombrecida por una barba incipiente, y sintió una profunda ternura.

—La culpa es mía, apenas te di razones para que confiaras en mí. Es comprensible que no me contaras que Alexei era el asesino de tu familia... ni lo del bebé.

Ella contuvo el aliento, y le dijo temerosa:

—¿También estás enterado de eso?

—Sí. Juliana, no sabes cuánto desearía poder hacer desaparecer las duras palabras que te dije. Un niño es un regalo de Dios al que hay que amar y valorar, sin importar si es perfecto o si tiene algún defecto. Amaré a nuestro hijo al igual que he llegado a amar a Oliver... tal y como tú me enseñaste.

Juliana notó un matiz extraño en su tono de voz, y se apresuró a preguntarle:

—¿Le pasa algo a Oliver?

—Sufrió un ataque bastante fuerte, aunque pareció calmarse y mejorar un poco cuando le dije que iba a ir en tu busca.

—Será mejor que nos apresuremos a volver a su lado.

Juliana alzó la mirada al oír un grito en la distancia, y en la cima de la colina vio a Laszlo, a Jonathan, y a los cíngaros. Junto a ellos, en fila y unidos por el cuello con una cuerda, estaban los rusos, que habían acabado siendo derrotados.

Los guerreros cíngaros alzaron los puños con un grito de triunfo, y Rodion abrazó a Jillie y la besó con pasión.

Juliana miró sonriente a su marido, y le dijo:

—Me parece que nuestras aventuras se han acabado al fin.

Cuando él la besó, sintió que el amor se alzaba en su interior en una oleada que la recorrió de pies a cabeza y la bañó con una profunda ternura.

Stephen alzó la cabeza, y metió la mano por debajo de su manto para acariciarle el vientre, el lugar donde descansaba la vida que estaba creciendo en su interior.

—No, mi amor, esto sólo es el comienzo.

EPÍLOGO

Verano de 1548

—¡Que Dios nos asista, mi señor, ha vuelto a hacerlo!

Nance Harbutt entró corriendo en el jardín. La casa y los terrenos que en otros tiempos habían estado ocultos por un oscuro laberinto habían pasado a estar abiertos al mundo de par en par.

—¿Quién ha hecho el qué? —con su hija mayor tirándole de la mano y su hija pequeña sobre los hombros, Stephen echó a andar hacia Nance.

Pasó junto a Simon y Sebastian, sus hijos gemelos, que estaban entretenidos jugando a la Compañía Moscovita con barcos de juguete en el estanque. Nueve años atrás, el rey Enrique había puesto a Stephen al mando de aquella empresa comercial.

Nance se abanicó las mejillas acaloradas con el delantal, y le dijo:

—¡Ha vuelto a hacer que lo envíen de vuelta a casa desde Cambridge, y viene acompañado de esa panda de granujas! ¿No os dije que ese muchacho era un pillo? Siempre está metiéndose en algún lío, y...

—Nance —Stephen contuvo una sonrisa.

—Retozando con una moza tras otra...

—Nance.

Ella alzó la barbilla, y el tocado se le ladeó un poco. Natalya, que estaba subida en los hombros de Stephen, soltó una risita.

—¿Sí, mi señor?

—Vigila lo que dices delante de las niñas.

—Sólo digo la pura verdad, mi señor. ¿Adónde vamos a llegar, con un niño en el trono y esos anabaptistas burlándose de los sacramentos? No me extraña que el bruto de vuestro hijo carezca de moral...

—¡Oliver!

Belinda, la mayor de las niñas, soltó un grito de entusiasmo y echó a correr por el camino hacia los carromatos que se acercaban. Simon y Sebastian la siguieron de inmediato, y Natalya bajó de los hombros de su padre y echó a correr tras sus hermanos.

Nance echó a andar tras los niños mientras seguía refunfuñando.

Stephen se apoyó en el pilón de la fuente para esperar, y un impulso repentino e inefable le hizo mirar hacia la casa justo a tiempo de ver a Juliana saliendo por la puerta junto a Laszlo. El cíngaro había renunciado a la vida nómada, y vivía en la acogedora casa. Los flanqueaban cuatro elegantes borzoi, que eran hijos de Pavlo y de una hembra que habían llevado a Inglaterra en uno de los primeros viajes a Rusia.

Mientras Juliana iba hacia él, las rosas del cenador que se arqueaba sobre el camino crearon el marco perfecto para su belleza. Se le había ensanchado un poco la cintura después de dar a luz a sus hijos, y él seguía adorando su cuerpo.

—Por Dios, las rosas palidecen en comparación con tu belleza, amor mío —le dijo, mientras alargaba la mano hacia ella.

Juliana sonrió mientras él la apretaba contra su costado. La fuente borboteaba con suavidad en el silencio fragante, y una cálida brisa agitó la hiedra que cubría las bestias mitológicas que él había creado tanto tiempo atrás para un niño que se escondía del mundo.

Sintió que se le formaba un nudo en la garganta al recordarlo, y en ese momento vio a Oliver, corpulento y dorado como un dios, bajando del carromato cíngaro para saludar a sus hermanastros y hermanastras.

Los hijos de Jillie y Rodion bajaron del segundo carromato como un ejército de hormigas, y se unieron al alboroto.

—¿Qué ha hecho tu hijo esta vez? —le preguntó Juliana.

—¿Mi hijo? —la miró con indignación fingida, y le preguntó—: ¿Por qué siempre es mi hijo cuando surge algún problema?

—Seguro que ha heredado de ti la afición por meterse en líos.

—¿Ah, sí? Pues yo creo que le viene por haberse criado con una ladrona de caballos que se negaba a bañarse...

—Hasta que me metiste a la fuerza en el río.

Él se echó a reír, y le besó el pelo antes de decir:

—Los dos tenemos la culpa, el muchacho está muy consentido.

Mientras veían a Oliver jugando con los pequeños, ninguno de los dos se arrepintió de cuánto le mimaban. El joven había capeado una terrible enfermedad, y cuando había empezado a salirle la primera barba, los ataques habían cesado casi por completo. Había llegado a un punto en que sólo tenía un ataque en contadas ocasiones.

Juliana pasó una mano por el agua, y comentó:

—Será mejor que averigües cuál es su última ofensa, y que le impongas un castigo adecuado. ¿Qué habrá hecho?, espero que esta vez no tenga nada que ver con la esposa del rector.

—Ni con el robo de las estatuas de King's College.

—Ni con cantar canciones subidas de tono en una capilla.

Los dos intentaron enfadarse un poco al menos, pero ninguno de los dos lo consiguió. En ese momento, Oliver estaba a cuatro patas, rodeado de niños y de perros.

—A lo mejor sólo necesita una buena mujer que lo domestique, amor mío −dijo él, mientras las risas de sus hijos llenaban como música sus oídos.

Ella sonrió, se secó la mano, le rodeó el cuello con los brazos, y susurró:

−Puede que tengas razón, contigo funcionó.

Cuando se inclinó a besarla, el viento arrastró una lluvia de pétalos de rosa hasta la fuente, y se vio reflejado en el agua con su esposa. Era una imagen resplandeciente iluminada por el sol, y los círculos del agua parecieron rodearlos en el círculo de la eternidad.

NOTA DE LA AUTORA

En la época de los Tudor, el asma era una enfermedad que se malinterpretaba y que no estaba bien definida, y eso dio lugar a los tratamientos brutales y casi siempre ineficaces que soportaban los que la padecían, como en este caso el personaje ficticio llamado Oliver.

A pesar de todo, hace miles de años que tanto chinos como romanos trataban con éxito los síntomas del asma mediante una medicina elaborada con efedra, un tipo de arbusto. A pesar de que este tratamiento desapareció con la caída de Roma y no se redescubrió hasta finales del siglo diecinueve, siguió usándose de forma habitual en Oriente.

Es posible que los cíngaros nómadas que viajaron desde Cachemira hasta las Islas Británicas encontraran la efedra, que los chinos llamaban *mahuang*.

La efedrina se obtiene de esta planta, y en la actualidad sigue usándose en los tratamientos contra el asma.

Títulos publicados en Top Novel

Dime que sí – SUZANNE BROCKMANN
Secretos familiares – CANDACE CAMP
Inesperada atracción – DIANA PALMER
Última parada – NORA ROBERTS
La otra verdad – HEATHER GRAHAM
Mujeres de Hollywood... una nueva generación – JACKIE COLLINS
La hija del pirata – BRENDA JOYCE
En busca del pasado – CARLY PHILLIPS
Trilby – DIANA PALMER
Mar de tesoros – NORA ROBERTS
Más fuerte que la venganza – CANDACE CAMP
Tan lejos... tan cerca – KAT MARTIN
La novia perfecta – BRENDA JOYCE
Comenzar de nuevo – DEBBIE MACOMBER
Intriga de amor – ROSEMARY ROGERS
Corazones irlandeses – NORA ROBERTS
La novia pirata – SHANNON DRAKE
Secretos entre los dos – DIANA PALMER
Amor peligroso – BRENDA JOYCE
Nuevos amores – DEBBIE MACOMBER
Dulce tentación – CANDACE CAMP
Corazón en peligro – SUZANNE BROCKMANN
Un puerto seguro – DEBBIE MACOMBER
Nora – DIANA PALMER
Demasiados secretos – NORA ROBERTS
Cartas del pasado – ROSEMARY ROGERS

www.ingramcontent.com/pod-product-compliance
Lightning Source LLC
LaVergne TN
LVHW030335070526
838199LV00067B/6285